我的 喜欢,
因 你隆重

谈轻 著

中国华侨出版社

图书在版编目（CIP）数据

我的喜欢，因你隆重 / 谈轻著.—北京：中国华
侨出版社，2015.11
ISBN 978-7-5113-5792-2

Ⅰ．①我… Ⅱ．①谈… Ⅲ．①长篇小说－中国－当代
Ⅳ．①I247.5

中国版本图书馆CIP数据核字（2015）第281328号

我的喜欢，因你隆重

著　　者：谈　轻
出 版 人：方　鸣
责任编辑：月　姝
版式设计：刘碧微
经　　销：新华书店
开　　本：700mm×980mm 1/16　印张：19　字数：334千字
印　　刷：北京京都六环印刷厂
版　　次：2016年1月第1版　　2016年1月第1次印刷
书　　号：ISBN 978-7-5113-5792-2
定　　价：32.80元

中国华侨出版社 北京市朝阳区静安里 26 号通成达大厦 3 层 邮编：100028
法律顾问：陈鹰律师事务所
发 行 部：(010) 82068999　传真：(010) 82069000
网　　址：www.oveaschin.com
E－m a i l：oveaschin@sina.com

如发现图书质量问题，可联系调换。质量投诉电话：010-82069336

目录

第一章

情在不能醒

苏小白曾经听顾郗颜说过，她心里有一座城，城里住着一个人，此后，她的所有时光里，都容不下其他人了。

对于顾郗颜来说，她对李嘉恒的喜欢，令她余下的生命都变得隆重。

只可惜，苏小白在认识顾郗颜的这些年里，都未曾见过那个藏在她心中的少年。

时间将顾郗颜的思念层层叠叠地包裹住，如果她不细细去想的话，都忘记自己喜欢多少年了。

一下课，顾郗颜就收拾好包站起身来，门口站着等待许久的苏小白，跟她不一样，苏小白是声乐系的。A大是国内知名的音乐学府，而其中最出名的两个系就是钢琴系跟声乐系，顾郗颜是钢琴系大三学生。

"生日快乐啊宝贝，没有办法陪你一起过生日实在是太可惜了。"

苏小白微笑着将捧在手里的礼物递给顾郗颜。

这一天是顾郗颜的生日，很重要的日子，家里人想为她好好庆祝一下，就让她回家。但苏小白晚上还有课，所以不能到场了。

"谢谢你的礼物，我会给你带好吃的回来，放心吧。"

顾郗颜抱了抱苏小白后就跟她分开了，自己一个人回家，此时的她并不知道，还有一份更加惊喜的礼物在等着她。

顾郗颜的爸爸是A市重点高中的英语老师，妈妈是小学语文老师，从小到大，她都是在散发着书香气息的环境中长大的，所以性格非常温顺，偶尔还有一点儿呆萌，周围认识她的人都特别喜欢她。

顾郗颜家在顾爸爸任教高中附近的一个教师小区里，当她背着包慢慢走下斜坡，拐个弯进入小庭院的时候，她的视线里，出现了一个人的身影……

有那么一瞬间，顾郗颜听不到自己的心跳声，她瞪大了眼睛，停下了脚步，僵直了身子，绷紧了神经，只因为不远处那个男人。

与记忆中俊朗的容颜重叠，时光抹不去那熟悉的眉眼，看着李嘉恒嘴角那暖暖的笑容，顾郗颜觉得刹那间眼前有千万道光直射过来，晃得她睁不开眼睛，晃得她心乱了节奏。

李嘉恒一步一步走过来，与顾郗颜之间的距离越来越近，终于面对面的时候，她屏住了呼吸，她甚至都忘记了低头，直直地看着他，怕这只是一场梦。

"颜颜，好久不见。"

李嘉恒伸手揉了揉顾郗颜的头发，顺势轻轻将她搂到了怀中，给她一个浅浅的拥抱后才松开。短短的几秒钟里，顾郗颜感受到了他清晰有力的心跳，鼻子里充盈的还是那熟悉的专属于他的味道。

"李嘉恒……"

顾郗颜都快要听不到自己的声音了，小心翼翼地收紧了手掌，任由指尖攥紧传来的疼痛提醒着她，这一切并不是梦。

"颜颜，你又长高了。"李嘉恒宠溺地看着她，"生日快乐。"

一句生日快乐，将顾郗颜的所有思绪都拉回了现实中，垂在身侧的手指有些紧张地攥着衣摆，看着李嘉恒的眼神也是小心翼翼的。

"你……你回来了？"

跟从前喜欢在李嘉恒面前吵吵闹闹的那个顾郗颜相比，时光似乎在她身上沉淀了不少，说话的声音变得很轻，也藏了太多的情绪。

李嘉恒微笑着，深深地凝视着站在他面前的这个女孩子："嗯，我回来了。"

十多年的时光足够抚平他心底的那一道伤，唯有过得更好，才能让那个人放心，不是吗？

"叔叔阿姨还在等着给你庆祝生日呢，进屋去吧。"

就这样，李嘉恒帮忙拿着包走在前面，后面跟着还未搞清楚状况仍旧处于困惑中的顾郗颜。

他真的回来了……

这个让她一等很多年的男人，终于在她生日这天，回来了。

李嘉恒的父亲是第二中学的教导主任，以前也住在这个小区里，不过后来因为调任的关系,一家人就搬走了。尽管如此,李嘉恒跟顾家的关系依旧很好,搬家之后每个周末都会来顾家玩,因为顾家长女顾郗若跟他是同班同学,并且两个人都很喜欢音乐。

"顾叔,念初阿姨,颜颜回来了。"

顾俊森闻声放下手中的报纸,站起身来走到玄关口,看着宝贝女儿,脸上露出慈爱的笑容。

"郗颜,回来啦?祝你生日快乐。"

"谢谢爸爸。"

秦念初也从厨房走出来,双手湿漉漉的,看样子是在洗菜。跟女儿来了一个拥抱之后,又匆匆忙忙进厨房去忙了,顾郗颜的生日宴,虽然不隆重,但也绝对不简单潦草。

站在客厅中间,面对李嘉恒,顾郗颜还是有些手足无措,找了一个理由之后,拿起包包噔噔噔就往房间跑去。关上门的一刹那,脊背紧靠门板,湿湿的都是汗水,闭上眼睛仍然无法平复心里的那一股兴奋感。

她缓缓伸出手来,指尖触碰着柔软的发丝,那里,似乎还有李嘉恒指尖留下来的酥麻感,一圈一圈像是电流般散开,让她直到现在都还处于一种眩晕的感觉中。

真好,那是她放在心尖上整整十二年的人啊。

饭席。

顾俊森给李嘉恒倒了一杯自家酿的葡萄酒,拿起酒杯来跟他碰了碰:"这一次回国,是打算常住了吧?我之前听你爸说你跟一家唱片公司签约了,是准备进娱乐圈发唱片吗?"

顾郗颜捧着饭碗,规规矩矩地吃着饭,但实际上所有的心思都集中在了对面的李嘉恒身上。

他签了国内的唱片公司?

她怎么都没有听说过?不经意间漏掉了关于李嘉恒的消息,这让顾郗颜觉得很不开心。

"是的,EM的老总是我导师的好朋友,所以他介绍我来这家公司,以后每年都会出一张音乐专辑,收录我一年来的新曲。"

李嘉恒是国内很出名的青年钢琴家,十四岁的时候就获得了全国少儿钢琴比赛第一名,十六岁的时候远赴德国深造,其间拿过不少奖项。

秦念初微笑着点头,伸筷子帮李嘉恒夹了一个鸡腿:"你这个孩子啊,从小就争气，这一次你能够回国发展，还留在A市，你爸妈别提多高兴了。你都还没有飞回来，你妈妈就已经兴奋得睡不着觉了，还打电话来跟我说了。"

李嘉恒迎着秦念初的目光点点头："我爸妈就我一个孩子，我也该回来尽尽孝心了。其实颜颜也是很优秀的，我经常听我妈夸她拿了这个奖那个奖，上一次她在纽约音乐殿堂卡内基大厅演奏的时候，我还亲自到现场去看过，只不过那时候没来得及跟你们打招呼就离开了。"

听到李嘉恒的这句话，顾郗颜拿筷子的手顿了一下，筷子头不小心捅到了牙龈，疼痛瞬间蔓延开来，却覆盖不了一时间涌上心头的惊讶跟欢喜。他居然看过自己的演奏会，那是不是也说明他也是在乎自己、关心自己的……

小小的喜悦令所有的疼痛停止，顾郗颜抬起头来看向李嘉恒，微扬嘴角，正想要开口问他一句觉得自己的演奏怎样的时候，顾俊森的一个问题，又让顾郗颜屏住了呼吸。

"有女朋友了吗？这个年纪也该谈朋友了，谈一场恋爱，稳定一两年之后就结婚，圆了你爸妈急切抱孙子的心愿。"

"对啊，你这么优秀，应该有不少女孩子追求你吧？我还以为你这一次回来会带回一个碧眼美女呢。"

李嘉恒低下头抿嘴一笑，这个小动作落在顾郗颜的眼中，如遭雷击。

她屏住了呼吸，抓紧了手中的筷子，骨节分明，生怕接下来的这个消息，钻进了耳膜之后，会撕碎她的一颗真心。

"我觉得现在谈婚论嫁还有点儿早，再过几年吧，不着急。"

顾郗颜绷紧的心弦松了松，她抬起头来的时候，撞进了李嘉恒带笑的眸子，紧接着他笑着调侃道："颜颜呢，出落得亭亭玉立，又弹得一手好琴，有没有跟哪个男生交往？"

"这个啊，连我这个做妈妈的都不知道呢，你也知道她从小别的不会，就'打太极'非常厉害。你只要问她稍微严肃一点儿的问题，一旦她不想跟你说真话，你就别想知道。"

顾郗颜都还没开口，秦念初就先说话了，弄得她非常不好意思，支支吾吾了半天才开口："我有喜欢的人，不过还没有在一起。"

顾家家风一向都不是死板严格的那种，更何况顾郗颜现在都已经上大学了，每次假期秦念初就会旁敲侧击打听她有没有跟谁交往，但每一次都被顾郗颜给糊弄过去。

唯独这一次，她居然承认自己有喜欢的人，这让秦念初跟顾俊森都很惊讶。只有李嘉恒，仍旧是淡淡地微笑着，一语不发。

吃完晚饭之后，李嘉恒要离开了，顾郗颜主动提出要送他。

夜晚的道路非常安静，只有几盏橙黄的路灯陪伴着他们。李嘉恒走在前面，顾郗颜跟在后面，由于路灯距离的缘故，李嘉恒的影子一直在移动，出现在顾郗颜前面的时候，她就踩一下。

就这样，顾郗颜低着头走得极慢。

当李嘉恒突然停下脚步的时候，顾郗颜猛地撞了上去，鼻尖重重地撞在他的脊背上，她下意识地皱了一下眉头。李嘉恒连忙转过身来，手臂环住顾郗颜的肩膀，因为她个子矮他很多，还穿着平底鞋，所以是耳朵贴着他心脏这样的高度差。

"撞疼了吗？怎么走路走得这么慢，还低着头，不看路吗？"

顾郗颜捂着鼻子抬起头来，委屈地撅着嘴巴："那你怎么走到半路突然停下来了？"

"这不是看你半天都没跟上来，想要等你一下吗？"李嘉恒好气又好笑地开口，"这还怨我了？"

他修长的手指习惯性地想点一下顾郗颜的额头，但立马就被她给抓住了。

这个小动作，小的时候李嘉恒就很喜欢，每一次顾郗颜做错事或者两个人闹别扭，他就会伸出手来点一点她的额头。这么多年不见，他并没有觉得尴尬、陌生，还跟从前一样。

"让我看看，传说中很性感的手指。"

顾郗颜抓着李嘉恒的手，同自己的手掌心相贴，还是短他一大截。

苏小白作为顾郗颜的闺密，她知道顾郗颜喜欢手长得漂亮的男生，例如李嘉恒。

"没想到这么多年过去了，你变得这么漂亮，手指也这么修长。而且我从未想过，你也喜欢弹钢琴。"

他用了一个"也"字，敏感的顾郗颜，自然没有漏掉。

她忽然很想知道，这十二年来，在她于自己心中不断添砖加瓦筑造了一座属于他的城时，他是不是也跟自己一样在心中筑造了一座属于顾郗若的城，然后任何人都无法摧毁。

顾郗若。

顾郗颜的亲姐姐，李嘉恒的青梅竹马，在十一年前的那个冬天因为一场车祸离开了这个人世。

年幼如顾郗颜，就算是小孩子，她也看得出来，李嘉恒跟顾郗若之间的感情。

他喜欢自己的亲姐姐，早在很多年前，她就已经知道了。

可就算是这样，她也不失勇气。

之后的几天里，顾郗颜课程很忙，而李嘉恒也没有跟她联系。

"大小姐，这是你第N次没听到我说话了，到底怎么回事啊，回趟家之后你就魂不守舍的？"

苏小白忍不住抱怨一句，她都说了大半天话了，顾郗颜一句应答都没有也就算了，问她几个问题，也没有一个回答的。

顾郗颜有些歉意地抓了抓自己耳边的碎发，小声地说"对不起"。

"你听说了没有？李嘉恒要来学校开演奏会呢，听说就定在下周末。"

树荫下，顾郗颜停住了脚步，抱着书看着旁边走过的两个女同学，她们方才说什么了？是不是提到了李嘉恒？

"小白，你知不知道下一周谁要来我们学校开演奏会？"

苏小白想了想，其实她是声乐系的，平日里很少注意其他系的活动，但如果说是演奏会的话，方才在来找顾郗颜的路上，路过了布告栏，倒是看到了一张新贴上去的海报。因为上面男生的照片特别帅气，惹得她多看了几眼。

"我记得姓李，但你也知道我是金鱼记忆，具体什么名字我就不记得了，但上面写了他得过的奖项，好厉害的……年轻帅气，估计下周末演艺厅要爆棚了。"

听完苏小白的话，顾郗颜抱着书转身就往回跑。

"顾郗颜！你干吗去啊？"

"我去看一下通知！"

很快，白色的身影还有奔跑起来往后飞扬着的发丝消失在了这条荫凉的小道上，苏小白呆呆地站在原地，脑海里浮现出了一种可能。

这几天顾郗颜表现失常，会不会就跟这个要来开演奏会的男生有关？

布告栏新张贴出来的海报旁边有不少人围观，多数都是在谈论海报上的这个男生多帅多有才华，只有顾郗颜一个人怔在那里，舍不得眨眼，怕下一秒这个消息成为幻觉。

原来李嘉恒这几天没有跟自己联系，是在准备这场演奏会，回国的第一场演出就选在了A大，顾郗颜心想这一定不是巧合。

他的心思比任何人都要温柔细腻，他肯定守着当初的承诺——

他答应过她，会为她开一场演奏会。

苏小白喘着气追上来的时候，人群已经散去，唯有顾郗颜还站在那里，明明只有几行字，她却看得特别认真，仿佛要深深刻在脑海里一样。

"他就是深藏在你心底很多年的那个男生吧？"

顾郗颜点点头，她一点儿都不惊讶为什么苏小白会猜到，虽然苏小白这个人看上去大大咧咧的，但实际上她的观察力特别强。加上跟自己这么多年的友谊，许多小秘密小故事她也都清楚。

"嗯，在我生日那天，他回国了。"

苏小白一脸了然，怪不得从那天以后，顾郗颜经常魂不守舍，偶尔去琴房看她练琴的时候还会弹错几个音。

原来是心上人回来了。

苏小白重新将目光投向海报，这一次她看得非常认真，因为这是顾郗颜喜欢了很多年的男生，他一定很优秀，优秀到顾郗颜愿意为了他去改变自己。

苏小白忽然想起某个电视剧里面的经典台词——如果你真心喜欢一个人，爱一个人，你是不会想到自己的。

顾郗颜就是这样。

从六岁开始，她就因为李嘉恒而选择了音乐，选择了钢琴。她曾经说过，她甚至不知道自己原本最喜欢的东西是什么，她能够流畅回答出来的一切有关喜欢的问题，答案都是属于李嘉恒的。

日已西斜。

顾郗颜收回目光转过身对着苏小白微微一笑："走吧，我们回宿舍。"

苏小白拦住了顾郗颜，眼里藏着狡黠的光："说说，这次演奏会你肯定会去的吧？那么你打算跟他表白了吗？喜欢了整整十二年啊！想一想我都替你激动，姑娘，你真的是太长情了。"

顾郗颜低下头，目光淡淡，抱着书本的手紧了紧。

是啊，她也不知道为什么能够坚持十二年，整整十二年都那么专注地喜欢一个人，不接受任何人的告白，也从不打开自己的心去把感情转移到另一个人的身上。

其实这就是一场豪赌，她根本不知道把十二年的光阴压在李嘉恒这一个人身上的结局，会是胜利，还是满盘皆输。

等待，是最长情的告白。

她害怕这告白他会不接受，因为不论她顾郗颜有多努力，她都没有自信去战胜一个死去的人，更何况那个人还是她的亲姐姐。

"小白，我还没有足够的勇气，他好不容易回国，万一我的感情他不想接受，我怕他又出国，一走又是好多年。"

苏小白愣了一下，心中涌过异样的情绪，酸酸涩涩的。

在这一场暗恋里，顾郗颜付出了太多，如果真的像她说的那样，会是那种结局的话，苏小白觉得，这一辈子都没办法相信爱情了。

"算了算了，我们走吧，上了一天的课我都快累死了，就想洗个舒服的热水澡。"

顾郗颜恢复了乐观的情绪，拉起苏小白的手就离开了，长长的校道，来往的人虽然不算多但也不少，以至于她并没有发现站在不远处树荫下的那道身影。

今天是五月二十日，俗称告白日。

顾郗颜从未在意过这种日子，对于她一个单身的人来说，属于情人的日子都跟她毫无关系。可今天晚上不知道为什么，宿舍楼下却非常热闹，在阳台上晾衣服的时候顾郗颜就注意到了有不少男生围在那里，像是在布置什么，只是她并未放在心上。

林婧妍打电话来的时候，顾郗颜刚穿完衣服准备擦头发。

"郗颜，你现在在哪里呀？"

林婧妍跟顾郗颜同寝室，今天这个特殊的日子，她一下课就溜走了，顾郗颜知道肯定是跟男朋友约会去了。但她为什么要打电话来关心自己在哪里？

虽然心里这么想，但口头上顾郗颜还是如实告诉林婧妍自己在干什么。

"快换衣服下楼来，有重大事情等着你，快快快。"

说完林婧妍就把电话给挂掉了，顾郗颜迷茫地望着屏幕已经暗下去的手机，转身回到阳台，望了一眼楼下的草坪。

重大事情？

顾郗颜换好衣服下楼的时候，特意绕过了那个围了很多人的草坪，本身她对这种事情就不太感兴趣，再加上是林婧妍约的她，没有必要往人堆里面挤。

但接下来发生的所有事情，远远超出了顾郗颜的意料……

"顾郗颜下来了！顾郗颜来了！"

主人公停下了脚步，怔怔地转过头就看见林婧妍和另一个室友跑过来，笑得花枝乱颤，这让顾郗颜脸上的表情变得很僵硬。

从古至今，窈窕淑女，君子好逑。

何况是顾郗颜这样才貌双全的女孩子，更加受男生的欢迎，从小学、初中到高中再到大学，顾郗颜接到过不计其数的情书，以及各种各样有创意打动人心的告白。

可顾郗颜从来没有接受过。

因为她心里一直有一个人，她不愿意也不想欺骗自己，去伤害别人。感情值得任何人去尊重，包括她自己。

"亲爱的，今天可是个特别的日子，人家亦凡等你好久了。"

徐亦凡是林婧妍男朋友的好哥们儿，所以林婧妍在这里充当红娘的角色也是情有可原的。原本围观的人渐渐让出了一条小道，顾郗颜这才发现他们手中都拿着一枝红玫瑰，脸上挂着祝福的微笑。

徐亦凡就站在人群中，穿着白色的T恤，手里捧着一大束玫瑰，目测应该有九十九朵。

顾郗颜停住了脚步，看着徐亦凡，脸上并没有半点笑容，任凭周围的口哨声、欢呼声还有掌声此起彼伏，她脸上的表情都还是淡淡的。

就连林婧妍的男朋友都忍不住走上前来搂了搂林婧妍的手问一句："郗颜怎么了？你不是说她是单身吗？那怎么这个表情？"

"害羞吧？"

林婧妍把顾郗颜的表情归结为害羞到傻掉了，换作别的女孩子遇见这样声势浩大的告白，能不惊讶吗？

事实上，顾郗颜是在害怕，因为对方是徐亦凡，她最合拍的小伙伴。在无数的比赛上，凡是钢琴跟小提琴合奏的，可以说顾郗颜跟徐亦凡都是最佳拍档。默契跟技术无可挑剔，在A大被称为金童玉女，谁都知道徐亦凡喜欢顾郗颜，但顾郗颜却始终没有什么表示。

终于在大三这一年这个特殊的日子，徐亦凡迈出了勇敢的步伐，然而顾郗颜却害怕了。她知道她是不可能接受这份告白的，但如果她拒绝了徐亦凡，就等于失去了这么多年的情分，他们在音乐上还能做到心有灵犀吗？

徐亦凡一步一步走过来，他们之间的距离越来越近，呼喊声渐渐停下来，所有人都安静地看着眼前的这一幕。

男的帅气斯文，女的安静优雅，在音乐上他们更是梦幻般的无懈可击的组合。

如果他们能够在一起的话，将是A大最令人羡慕的情侣。

"郗颜，我们因为音乐认识很多年了，我也喜欢你很多年了，如果可以的话，做我的女朋友好吗？我想让你跟音乐，都成为我人生中的至爱，缺一不可。"

全场欢呼声掌声雷动，在这样喧闹的环境下，顾郗颜竟然想起了李嘉恒。

那时候她还小，尚未懂事，趴在他的背上揪着他的耳朵软软地问道："嘉恒哥哥，等我长大你娶我好不好呀？这样你就能天天听我弹钢琴了。"

那一年，她年纪尚小，不足以言喜欢。

那一年，她姐姐出车祸去世，李嘉恒背着行囊离开。

后来，就只剩下顾郗颜一个人，守着一个未知的答案。她永远不知道要等多久，她唯一能做的就是把音乐学得更好，更像姐姐。

是的，她永远无法打败一个优雅地存在于他记忆里的人，但她却可以以那个人的姿态活着。

只是偶尔在某一瞬间，某个念头会在她的脑海一闪而过：若他有一天真的爱上自己，那么究竟是因为她这个人，还是……

顾郗颜不敢去想，她太害怕这种感觉了，就如同现在，脊背一阵一阵发凉。

她抬头看向徐亦凡，紧紧攥着的手心都是汗水，她并没有伸手去接过那束红得如同火焰般的玫瑰。

"亦凡……"

声音沙哑到顾郗颜自己都很意外，甚至声线里面还有一丝颤意。

站在旁边的林婧妍还以为顾郗颜这是一时回不过神来，太紧张而不知所措，便鼓励她，带头喊着："顾郗颜，答应他！答应他！"

"答应他，答应他，答应他……"

周围的人都在起哄。

顾郗颜闭上眼睛，深吸一口气之后，像是鼓起勇气上前一步伸手夺过徐亦凡手中的那束红玫瑰。

在周围的人纷纷呼喊的时候，她却用手比了一个暂停的手势。

"大家能不能安静一下，我有话要说。"

徐亦凡一脸欣喜，他之前就听林婧妍说过，顾郗颜一直都没有男朋友可能是因为心里面有喜欢的人。这一次他鼓起勇气，是怕错过了这个美丽的日子，回想起他们之前那么多场演奏会配合得无可挑剔，徐亦凡是有那么点儿自信觉得顾郗颜是喜欢他的。

现在顾郗颜不仅接过了自己的玫瑰花，还表示有话要说，这让徐亦凡更加欣喜，连忙打着手势让周围的人安静下来。

徐亦凡的眼神那么澄澈，含着期待，落入顾郗颜的眼中，却让她万分愧疚。她真的做不到，欺骗自己的心，也做不到利用另一个人去忘记李嘉恒。

"感谢大家今天制造了这样的一个惊喜，费心了，但我还需要时间考虑，有些话我想单独跟亦凡说，所以抱歉了。"

就这样，众人都还没有回过神来，顾郗颜拉着徐亦凡的手就跑开了。有些人还想要追上去，林婧妍笑着拦住他们："让他们好好过二人世界吧。"

徐亦凡越来越觉得不对劲，因为顾郗颜好像都没有看路，拉着他直接跑到了校门口，因为是晚上，又是西门，所以路上的人特别少，到门口几乎就只有他们两个人了。

"郗颜，郗颜。"

徐亦凡拉住顾郗颜，这才让她停了下来。顾郗颜发誓这么多年她从来没有这么奋力地奔跑过，好像在躲避着什么一样。她弯着腰，双手扶着膝盖大口大口地喘气，感觉心都要跳出来了，这时才觉得双脚发软。

可比起这些，她更加慌乱的是心。

她把徐亦凡带到这里，却不知道接下来的话应该从何开口。

"郗颜，我知道我今天晚上的行为让你觉得唐突了，我只是想给你一个惊喜，值得庆幸的是你接受了我。"

徐亦凡还以为顾郗颜在害羞，所以想先把他自己的心里话说出来，当他说完第一句的时候，顾郗颜立马站直身子开口打断了他的话。

"不是的亦凡，你听我说，我，我……"

我并不是接受你！

这句话在顾郗颜心中大声地喊出来，可当她看到徐亦凡脸上那怎么也掩藏不了的笑容时，却瞬间像被堵住了喉咙一样说不出话来。

"我知道你心里面一直都有一个人。"

徐亦凡突然说出这句话，让顾郗颜愣了一下，他又是怎么知道自己的秘密的？纵使在音乐上他们是很好的合作伙伴，但私底下，关于感情问题，她从未多说过一句。

仿佛是知道顾郗颜疑惑什么一样，徐亦凡很快就做出了解释："都说音乐是通灵的，你弹的那些爱情的曲子，将精髓表现得淋漓尽致，若不是喜欢过谁，又怎么能够懂得音乐里面想要表达的情绪？"

顾郗颜的心一紧，攥紧了手里的鲜花。

"但我知道，如果我再不表达我的感情，就没有机会了。没有在一起，肯定是有原因的，那么可不可以给我这个机会，让我来弥补不能够在一起的遗憾？"

如果是在从前，在李嘉恒没有回来的时候，顾郗颜或许会答应，因为她不是冷血无情的，她也会被感动。

她知道喜欢一个人是怎样的感觉，喜欢一个人却无法在一起又是怎样的感觉。

可现在情况不是这样啊，李嘉恒已经回来了，她不想放弃。

所以——

"亦凡，我只能说对不起。我把你当作好朋友，所以我不能欺骗你。"顾郗颜无法直视徐亦凡的眼睛，唯有躲开他的眸光，她才能把想要说的那些话都说出来，"你猜得没错，我心里面一直都有一个人，我喜欢了他很多年，是无法轻易放弃的。所以我腾不出空间来装下你，倘若我虚伪地接受你的感情，那么痛苦的会是我们两个人。"

徐亦凡的脸色唰的一下变得苍白，在黑夜里仍旧能够看清楚他那失落的表情。

顾郗颜不知道该如何安慰他，她知道"对不起"这三个字没有任何价值。

"你很优秀，应该有比我更好的女孩子来喜欢你，我还不够资格……"

顾郗颜缓缓将手中的鲜花递还给徐亦凡，却见他快速地接过之后狠狠摔在地上，花束弹了几下，红色的花瓣散落了一地。

她的血液像是停止了流动，全身上下冰凉一片，眼睛死死盯着那束鲜花，不敢抬起头，生怕接下来无数个梦中都是徐亦凡那个责备失望的眼神。

"你喜欢了他那么多年，那么他呢？他喜欢你吗？如果他不喜欢你，守着这份感情又有何用？"

徐亦凡的语气陡然升了一个八度，夹带着冷意席卷而来。

顾郗颜眼眸里被生生刺出一丝温热。

她的沉默让徐亦凡的怒气噌的一下上涨，男人的尊严让他无法接受这荒唐的拒绝理由。

"你守着一份永远都不可能的感情，然后拒绝我？顾郗颜，你会后悔的！"

徐亦凡一直都是很绅士的，他很少大声说话，很少发怒，可现在，他对着自己大吼大叫，顾郗颜心里面虽然委屈，但也知道是她自作自受。

天空中那弯弦月，如刀般，尖锐冰冷。

徐亦凡的话，如针般，刺骨生疼。

"或许我这辈子都没有可能跟他在一起，但我始终无法放弃，亦凡，你或许不知道喜欢一个人十二年，是一种怎样的感觉。"

长长的眼睫毛颤抖着落下，顾郗颜轻轻地说出这句话，像是安慰徐亦凡，又像是安慰自己。

"我是不知道，但我现在最清楚，喜欢一个人，可在那个人心里，你什么都不是，是怎样的一种感觉。"

说完这句话，徐亦凡转身离开，脚步声一下一下踩在顾郗颜的心上，他话里面那最关键的警告，顾郗颜听懂了——

你喜欢他十二年，在他心里，也许你什么都不是。

顾郗颜慢慢蹲下身，把头埋在膝盖间，双手抱着腿，过了一会儿，肩膀开始抖动，安静的夜晚里传来低低的抽泣声。

一阵又一阵的酸涩涌上心头，为什么，为什么他要这么尖锐地拆穿那长期以来自己都不敢去面对的结局。

就那么无情地掀开，由不得你不去面对。

是啊，或许在李嘉恒的心中，自己什么都不是，她害怕有一天，当她满怀心意去表白的时候，像无数偶像剧里面演的那样，男主角摸着女主角的脸，一脸怜惜地说道："对不起，我一直把你当作妹妹来疼爱。"

她不想成为李嘉恒的妹妹，她不想一辈子都活在姐姐顾郗若的影子下！

"其实，没什么好哭的，不是吗？"

头顶传来熟悉的声音，顾郗颜差点儿以为是幻觉，抬起头来的时候，使劲儿眨了眨眼睛，就怕看错了。

"李嘉恒……"顾郗颜的眼里写满了惊讶，因为哭得太伤心，眼睛又红又肿，跟小兔子的眼睛一样，"你怎么会在这里？"

这可是A大，李嘉恒大半夜在这里干什么？

"我不来还不知道，你哭起来这么厉害。"李嘉恒伸手将顾郗颜搀扶起来，修长的手指温柔地抹去她脸上肆虐的泪水，"还有，从什么时候开始，你称呼我居然连名带姓了？"

前几天顾郗颜生日的时候，两人见面，她也是直呼姓名，那时候李嘉恒没有在意，觉得她顶多就是太惊吓，一时回不过神来。

可今天，她还是直呼自己的名字。

听到李嘉恒这句话，顾郗颜下意识地后退了一步，躲开他的手。她怎么敢告诉他，现在她不想喊他嘉恒哥哥了，哥哥叫多了，万一他真的把自己当成妹妹看怎么办？

她不要！

"刚才是什么画面？那个男孩子欺负你了？你表白失败了？还是……"李嘉恒看着地上散落着的玫瑰花，做出好几种猜测。

只可惜都猜错了。

"你别乱猜了，不是你想的那样，我反而想问你，大半夜的你来这里干什么？"

既然顾郗颜不想说，李嘉恒也不会勉强她，指了指她身后的那栋建筑："不知道你听说没有，下周末我会来你学校开一场演奏会，今天过来跟你们系的老师一起吃饭。刚送老师回教职工宿舍，这不，回家路上经过校门就看见某位小姑娘在这里哭得撕心裂肺，如果不是认出你身上这条裙子，我都还不知道是你。"

顾郗颜今天晚上穿的这条裙子，是那天李嘉恒送她的生日礼物。

"你接下来有时间吗？"

李嘉恒点点头，这个回答令顾郗颜很满意，只见她抹了抹眼角的泪珠后拉起李嘉恒的手："走，请我去喝酒！我成年了！"

"你酒量好吗？我可不想照顾一个醉鬼，特别是情场失意的醉鬼。"

李嘉恒开玩笑，但顾郗颜心意已决，怎么都阻止不了，无奈之下李嘉恒只好开车载着顾郗颜去了他认识的朋友开的酒吧。

可接下来发生的事情跟想象中的不太一样，喝醉的人是李嘉恒，意识清晰的却是顾郗颜。

"你怎么不告诉我他酒量这么差？"顾郗颜张大嘴巴，指着趴在吧台不省人事的李嘉恒对调酒师询问道，"你跟他不是好朋友吗？他不会喝酒你刚才干吗不告诉我？"

喝了酒之后，顾郗颜整个人也放开了，压根没有一点儿淑女的样子，在别人眼中还有一点儿耍酒疯。

"他一句话没说就陪你碰杯子了，我以为能让他这么特殊对待的人对他来说肯定意义非凡，哪里知道你其实什么都不了解。没事，我们老板徐止跟他是哥们儿，他会帮你叫个代驾，你送他回家就好了，你能照顾得了他吧？"

此时的顾郗颜脑袋里就跟装满糨糊一样，压根没有仔细去研究调酒师的话，倘若她是清醒的，一定会从话里面找到不少疑问。

譬如他为什么不关心自己跟李嘉恒的关系，譬如他为什么这么相信自己会照顾李嘉恒，譬如他对自己怎么这么随意……

只可惜，顾郗颜什么都没在意，点头答应之后，站起身拿起自己的包包就跟在他们后面出门了。

等代驾的时候，顾郗颜仅有的几分醉意被风给吹散了，站在李嘉恒旁边看他醉倒的模样才知道自己几分钟之前到底做了多荒唐的事情。她不知道李嘉恒酒量这么差，她还想着跟他来一场千杯不醉呢，在来酒吧的路上，她甚至设想过借酒醉来表白，现在看来，统统都没有用了。

"今天晚上你要好好照顾他，据我对他的了解，他酒品还算好，虽然醉了，但不会做出什么太过分的事情。万一太棘手，你再打电话给我。"

徐止一边搀扶着李嘉恒，一边艰难地从口袋里掏出一张名片，顾郗颜诚惶诚恐地伸出双手接过去。

"那个，我能不能问一句？"

"嗯？"

顾郗颜冒着冷汗："你怎么就这么放心地把他交给我了？"

徐止上下看了顾郗颜一眼，嘴角微勾："他可从来没有带女孩子来过我这里，还有……"说着，故意停顿了一下，这让顾郗颜有些紧张，"我见过他钱包里的照片，跟你挺像的。"

如果说顾郗颜方才因为徐止的第一句话而激动，那么后面一句话就又把她从天堂打落，再浇上一盆冷水。

挺像的。

这三个字说出来，顾郗颜就没有勇气去确定那张照片里的人是自己了，她还有那么一点儿自知之明，知道姐姐顾郗若在李嘉恒心目中的地位。照片里的人是姐姐吧，所以才会跟自己长得像，徐止不知道自己的身份，才会误以为那个人是自己。

这个时候代驾到了，跟徐止合力把李嘉恒扶到后座坐好以后，顾郗颜有礼貌地同徐止道别，绕到另一边打开车门坐进去。

地址是李嘉恒的私人公寓，顾郗颜从未去过，一路上趴在车窗上看着沿途的风景。在李嘉恒倒过来的时候，顾郗颜正魂魄出窍地想着今天晚上到底要怎么度过，所以有人往自己身上靠过来，她自然是吓了一跳。

代驾透过后视镜刚好看到这一幕，忍不住微笑着打趣："我做过几年代驾了，多数时候都是女孩子喝醉酒耍酒疯，男孩子百般照顾，男生喝醉酒的情况倒很少呢。"

顾郗颜尴尬地笑了笑，她能说她也没想过李嘉恒不会喝酒吗？

喝醉的李嘉恒像是很难受一样，紧皱眉头，脸上的表情看起来也很不舒服。顾郗颜不免有些担心，扶着他拜托代驾开慢一点儿，把车窗再摇下一点儿，使得微风吹进来能让他好受一些。

"李嘉恒，嘉恒……"

顾郗颜轻声唤道，因为林婧妍一通电话下楼来，她身上除了手机什么都没有带。想要拿湿纸巾给李嘉恒擦擦脸都不行，见他一直皱着眉头，顾郗颜忍不住伸出手指来抵着他的眉间轻轻地揉起来。

这幅画面看在代驾的眼里，显得非常柔美，令他不忍心打破这氛围。

耳畔传来轻柔的声音，像是跨过千山万水传来的一样，莫名的熟悉感令李嘉恒在梦境与现实中挣扎着。

有谁在喊他的名字，跟记忆中的重叠在一起，像极了那无数个黑夜中幻想的人儿。

顾郗颜放在李嘉恒肩膀上的手猛然被抓住，这个突如其来的动作令她惊慌，她下意识去看李嘉恒的眼睛，生怕他忽然睁开眼认清是自己的时候，脸上会有失望的表情。

不知道为什么，顾郗颜就是害怕，害怕看见那样的表情。

幸好，李嘉恒并未睁眼，他像是做了什么梦，梦里面在挣扎，在寻找，在恳求，直到最后，攥住她的手以后，抓得紧紧的，紧紧的，不放开。

他眉头舒展，呼吸平缓，脸上的表情也变得轻松。

顾郗颜抿紧了嘴唇，鼻尖酸涩，她很想知道他梦里面的那个主人公是谁，很想知道当他攥住自己的手时，心里面想的是谁。

倘若那个人是自己的话，此时翻山越岭，赴汤蹈火，她都在所不辞。

是的，为了李嘉恒，为了这份喜欢，顾郗颜早已经磨去了她所有的棱角，仅剩一颗真心。如若你要说她爱得卑微，她只能承认，因为时间种下来的毒，几乎无药可解。

从认识到分开再到相遇，这么多年里，顾郗颜看见过李嘉恒无数的模样，笑着的、沉思的、专注的，唯独像现在一样恬静入睡、毫无防备的样子，还是第一次看到。

"小姐，到了。"

车子停在了李嘉恒的公寓楼下，顾郗颜看了一眼外面，又看了一眼躺在自己怀里的李嘉恒，抿了抿嘴唇后轻声开口："你再带我们转一转吧，先绕着市中心转一圈。"

是的，她不希望这份静谧太早结束，她怕李嘉恒清醒的时候就跟自己保持距离，她承认她很自私，但她真的很想再留住一点儿时间。

假使以后她跟李嘉恒之间不可能的话，回忆起今夜的情形，也能够坦然微笑。

代驾没有多说什么，点点头就开着车子绕出小区。

顾郗颜扶李嘉恒坐好，让他好有一个舒服点儿的姿势，低下头便能够看清楚他棱角分明的脸。

记忆回到了很多年前，她也是这样，在李嘉恒弹钢琴的时候，安静地坐在他旁边，不吵不闹，只是安静地看着。

"你们是恋人吧？看得出来你很喜欢这个男孩子。"

代驾是个约四十岁的男人，在他的眼里，顾郗颜跟李嘉恒就像一对年轻情侣，而顾郗颜专一的眼神，稍微注意一下就能够察觉到。

"不是……"

顾郗颜回答得很小声，她不想欺骗自己，即使有这么短暂的时间令她遐想，她都不愿意。爱跟喜欢不同，爱可以使人丧心病狂如痴如魔，但喜欢，总有那么一个度在那里，时刻提醒你要理智。

但凡你有了一丝痴心妄想，你就不配去驾驭这份单纯的感情。

李嘉恒忽然睁开眼睛的时候，顾郗颜还在出神，所以有那么几秒钟，两个人的状态都是停滞的。最先反应过来的是顾郗颜，她吓了一跳，尴尬地推开李嘉恒，生怕接下来他的脸上会出现厌恶的表情，可就在她准备抽身坐远一点儿的时候，手腕却被李嘉恒拽住了，紧接着整个人往前一跌，跌入了李嘉恒的怀里……

"喂……"

顾郗颜惊慌地挣扎，明天早晨醒来她的手臂肯定有一圈瘀青了，就那样被一直攥着不说，现在干脆擒住。

李嘉恒紧紧抱着顾郗颜，像是要把她揉进自己的骨血里一样。这样唐突的动作让顾郗颜脑子一片空白，另一只手停留在半空中，不知所措。该挣扎逃开，还是任由他抱紧……

当脑海里闪现出顾郗若微笑的面庞时，顾郗颜的思维一瞬间变清醒了，手抵住李嘉恒的肩膀准备推开他——

"别动，让我抱一下！就一下！"

喝了酒的缘故，李嘉恒的嗓音不似之前那般澄澈清亮，反而有些沙哑。

他的要求令顾郗颜顿住了，他从未用过那样的语气，也从未请求过自己做什么。在顾郗颜的印象中，李嘉恒永远是那个嘴角挂着微笑、温润如玉的男人，举手投足之间永远都有一种风度存在。

却也是这样，才令她觉得彼此之间有着深不可测的距离。

终归还是不忍心，犹豫了几秒钟之后，搁置在肩膀处的手慢慢移动，贴在了李嘉恒的背上，轻轻地，一下一下拍抚。

他应该是梦见了什么吧，会不会是梦见了那场车祸，梦见了那一片血红，梦见了……

死去的顾郗若。

李嘉恒的身子微微有些颤抖，呼吸很重也很乱，事实上，顾郗颜比他好不到哪里去，因为无端的猜测令她心里的疲惫一层又一层地叠加。

都过去整整十一年了，他的梦里还有那些画面，到底是多么深的爱，才会如此念念不忘？

如果说几分钟之前顾郗颜的心里还有慌乱的话，现在，李嘉恒的行为一点点蚕食掉她所有的奢望、假想跟不平稳的情绪。原本被消磨着的、被蛊惑着的心智，一点点回来，她抬眼看向窗外，外面如同所有童话里的场景一样。

时针转向十二点，灰姑娘的水晶鞋脱掉，魔法消失，一切又回到了原先的那个起点。

车子再一次停在了公寓楼下，代驾转过头来无声地看着顾郗颜。

"辛苦你了，可不可以麻烦你和我一起把他扶上楼去，我怕我一个人力气不够。"

大门关上，顾郗颜全身力气都用尽了，灵魂像是被抽离一般，整个人跌坐在了玄关旁，靠着柜子，疲惫得提不起半点力气。

瞥一眼手腕，果然红了。

屋里，李嘉恒睡得正香，刚才在车上发生的那一切，就像是种幻觉。

顾郗颜闭上眼睛，眼角滚落一滴晶莹的泪珠。

第二天一大早，顾郗颜醒来的时候映入眼帘的是白色的天花板，身上盖着薄薄的毯子，她一点儿不记得自己是什么时候躺到床上来的。她只记得昨天晚上，她在玄关靠了差不多两个小时之后，用冷水洗了把脸就进卧室照顾李嘉恒了。

跟徐止说得一模一样，喝醉酒的李嘉恒不说梦话不发酒疯，就只是安静地睡觉。顾郗颜趴在床边，看着他的睡颜……

然后她就睡过去了？

想到这里，顾郗颜猛地坐起身来，动作太过利落，以至于头有些昏沉。房间是李嘉恒的，可他人却不在这里，这让顾郗颜有些着急，这毕竟是他的家，她就这样睡着了未免有些失态，掀开被子跳下床，鞋子都没来得及穿就跑出了屋子。

李嘉恒正站在餐桌旁边悠闲地喝咖啡，听到脚步声的时候回过头，刚好就看见披头散发跑过来的顾郗颜，目光往下移，当看到她光着脚的时候，眉头微蹙。

"怎么没穿鞋子就跑出来了？我在床边给你放了一双拖鞋的。"

"……"

这样的开场白，令顾郗颜有些说不出话来，原本堆在嘴边的话一下子消失得干干净净，张张嘴巴好半天，终于挤出了一句话——

"你喝的咖啡，加奶了吗？"

好吧，后来李嘉恒承认，当时他立刻被顾郗颜给萌翻了。

顾郗颜以为李嘉恒对她的态度会发生变化，但事实上没有，当顾郗颜问出那么无厘头的问题后，李嘉恒也只是站直了身子举起手中的咖啡杯问道："要不要来一杯？"

顾郗颜摇了摇头，她不太习惯早上一起来就空腹喝咖啡，总觉得那样很伤身体。

"先去穿鞋子吧，就算是夏天，总是光着脚在地板上走也不太好。"

见顾郗颜乖乖转身回房间穿鞋子，李嘉恒放下手中的咖啡杯，从面包机旁边端出一盘已经烤好的面包放在了餐桌上，拉开椅子。

"你做的早餐？"

重新回到餐厅，看了一眼餐桌上丰盛的早餐，顾郗颜有些瞠目结舌。平时她在学校不过就是给自己冲一杯燕麦片，有时间的话就多吃一个苹果，从没有吃过这么丰盛的早餐，除非是在家里……

潜意识里，顾郗颜其实想要夸奖李嘉恒手艺真棒，但话到了嘴边还是没有说出来。

"时间不早了，也不知道你早上有没有课，先吃早餐吧，吃完我送你回学校。"

顾郗颜点头，安静地低下头吃早餐，一时周围静得连掉根针都能听得见，表面上无波，实际上心里面忐忑、尴尬等各种情绪交杂在一起。

最先开口的还是顾郗颜，秉着关心李嘉恒的心问道："你感觉好些了吗？头痛不痛了？对不起……我不知道你不会喝酒。"

李嘉恒有些不好意思地摸了摸鼻尖，轻咳了一声才开口："你是不是觉得我很差劲？"

"嗯？"

顾郗颜有些诧异，为什么要这么想。

"因为一个男人你要看他成不成熟，有没有担当，很多时候是从酒量上看的。千杯不醉，眼神淡定，你们女孩子不都喜欢这种吗？"

顾郗颜失笑地看着李嘉恒，之前还不知道他开起玩笑来这么与众不同。

"那是别的女孩子吧，我不太喜欢喝酒厉害的男生。"

换另一句话来说，我就是喜欢像你这样不会喝酒但酒品很好的男生。

李嘉恒顿了一下，并未发现顾郗颜脸上浮现的淡淡红晕，细心地帮她抹好一块面包后递给她："以后你就知道了，男生会喝点儿酒还是不错的，起码有些场合他能够为你挡酒。"

"那你不行吗？"

这句话蹦出来后顾郗颜就后悔了，在看见李嘉恒一瞬间闪过的落寞眸光后，她更加懊恼为什么自己会问出这么脑残的问题来。

"不说太多了，耽误了你上课的时间不好，快点儿吃吧。"淡淡地说完之后，李嘉恒站起身来，"我先上楼换衣服，好送你去学校。"

就这样，餐厅只剩下了顾郗颜一个人，原本丰盛的早餐也变得多余了。

上车之后，李嘉恒一直都没有开口说话，气氛陷入莫名的尴尬。顾郗颜扭过头看了李嘉恒好几眼，小心翼翼地开口："你是不是有什么事情啊？从刚才开始就一直不说话，我有什么地方做得不好或者说错什么话了吗？"

此时从顾郗颜的位置看过去，看到的是李嘉恒的侧面，冷毅的侧脸线条半分柔软都没有，跟平日里那个嘴角带着温暖微笑的男人截然不同。

是因为她刚才说的最后一句话？

"颜颜。"

李嘉恒开口，声音清清冷冷，没有夹杂其他情绪在内。

"嗯？"

好不容易以为他要开口说什么的时候，他又停住了。清冷的眸子淡淡地凝视着前方，控制着方向盘，目光移到那双手上，有着很明显的青筋，显然他用力了。

不需要用力的时候，他在竭尽全力，像是控制将要喷涌出来的情绪。

顾郗颜的心开始慢慢下沉，不言语，唇瓣轻轻抿紧。

"你是不是想起她了？想起我姐姐了？"

像是鼓足了勇气，在重新遇见李嘉恒这么几天后，顾郗颜终于敢在他面前率先提起顾郗若。她还以为，可以不再提起的，但现实恐怕并不如她的意。

李嘉恒突然急刹车，车轮跟地面狠狠摩擦发出了刺耳的声响，顾郗颜整个人也毫无防备地往前倾。

惊魂未定时，顾郗颜猛然扭头看向李嘉恒，他是疯了吗？在公路上突然急刹车，万一后面有车追上来怎么办……

心上像是被凿开了一个洞，涓涓流出的除了气愤还有酸楚。

她很想大声朝着李嘉恒嚷嚷，指责他不应该拿自己的生命来开玩笑。可一旦想到是因为自己触及了那个禁忌，才让他情绪失控，又不免觉得失落。

太可笑了，对于曾经试图想要取代顾郗若在李嘉恒心目中位置这样的想法，顾郗颜觉得荒谬可笑。

她简直就是理想主义。

"对不起，我不该问你这个问题。"

"没关系，刚才在躲一个井盖罢了。"

李嘉恒平静地回答后，再一次发动车子，接下来的路程，两个人谁都没有说话。顾郗颜一直看着窗外的风景，放在膝盖上的手指绞在一块儿，泄露了她此时复杂的情绪。因为没有转过头来，她甚至没有注意到李嘉恒几次落在她脸上那带有深意的目光。

沉默让两个人之间原本悄然拉近的距离又变远了。

他们很默契地把昨天晚上发生的事情遗忘，只字不提。

车子停在了A大校门口，李嘉恒熄火却未落中控锁，顾郗颜解开安全带后疑惑地看着他："我到了，谢谢。"

"郗颜。"

李嘉恒叫住了她，扭过头来好半晌才缓缓启唇："以后不要在我开车的时候，提起你姐姐，可以吗？"

心颤的感觉是怎样，顾郗颜总算是体会到了，她近乎虚无地笑了笑，点头。酸楚蔓延开来，都快要把她整个人的理智与思维腐蚀掉了，但她终究还是扬了一下嘴角。

"好。"

至于心里的苦涩……就让它留在心里好了。

李嘉恒深邃的黑眸中闪过一丝不忍，他想要解释，可话到嘴边还是收回到心里面，起码现在不是时候，他默默打开车门让顾郗颜下车。

迎着李嘉恒的目光，顾郗颜轻轻地说声再见之后，头也不回地大步离开。裙摆飞扬起来的时候，明明是一道美丽得让人移不开目光的背影，落在李嘉恒眼中却生疼。

有时候有些话，不说出来，不是没有勇气，而是怕太过苍白无力。

手机响起来，取出来一看屏幕上面显示的号码，李嘉恒伸手揉了揉痛不可遏的额头，无奈地笑笑，指尖滑动接听电话，另一头传来了刺耳的女声——

"你这家伙是不是不要命了！警告你别喝酒你居然还喝！"

"不好，又被你发现了……"

顾郗颜一夜没有回宿舍，根本就不知道自己引起了多大的轰动，苏小白昨天晚上就听说了消息，结果狂打电话给顾郗颜也没人接听。

徐亦凡花前月下跟顾郗颜浪漫表白。

这件事情在整个A大传得沸沸扬扬，但更多的不是羡慕与祝福，而是疑惑不解跟流言蜚语。原因就是顾郗颜拽着徐亦凡跑开之后，有人亲眼见到徐亦凡负气离开，之后也的确在西门校道那里看见了被摔在地上早已枯萎了的玫瑰花。还有人看到一个神秘男人搂着顾郗颜的肩膀离开，此后她一夜未归。

林婧妍的处境最尴尬，一个是她的好朋友，一个是她男朋友的好哥们儿，原本精心准备好的告白变成一场闹剧，她两头都很难做。她发了好几个短信给顾郗颜也得不到回复，无奈之下只好打电话给苏小白，没想到对方也是联系了一夜都没找到顾郗颜。

事实上顾郗颜的手机落在了李嘉恒的公寓。

顾郗颜在A大的名声一直以来都很大，走在校道上就算素面朝天也有人能把她认出来，今天这一路上收到的都是目光的洗礼与窃窃私语，这让顾郗颜觉得很不舒服。她加快步伐朝教学楼走去，刚走到教室门口就被一早守株待兔的苏小白给逮了个正着！

“大小姐！你让我好找啊！”

顾郗颜被苏小白吓了一跳，手摁着胸口深呼吸。

“你怎么这么吓人，早上没有课吗，站在这里干什么？”

“你还问我干什么，你知不知道你现在是学校的大名人了，比以前还要出名。”

因为是站在走廊里，来来往往的同学不约而同地看向顾郗颜，这让她觉得很别扭，扯着苏小白就往教室里推。

“喂喂喂，你干什么？我不上课。”

苏小白拼命推搡着拒绝，给顾郗颜上接下来两节专业课的是A大有名的“灭绝师太”，她可不想体验。

“我就要上课了，你要么在门口等着我下课，要么就和我进来一块儿听课。”

无奈之下，苏小白只得妥协，跟在顾郗颜身后找了一个比较偏远的位置坐下。瞥见她双手空空，还一脸淡定，苏小白不得不佩服地伸出大拇指——

“真棒！‘灭绝师太’的课你不仅什么都没带，还能够这么镇定自若，不愧是顾郗颜啊。”

“你不是知道我昨天晚上一夜未归吗，既然知道还说什么废话？”

顾郗颜漫不经心地开口，目光开始搜寻林婧妍的身影，昨天晚上发生了那样的事情，辜负了她的好意，于情于理她都得说声对不起。顾郗颜也很想通过林婧妍跟徐亦凡说声抱歉，当着那么多人的面接受了他的花，却在最后将他的真心踩在了脚下。

当林婧妍走进教室的时候，顾郗颜也看见了跟在她身后的徐亦凡，他为什么会过来？

而徐亦凡的出现，也令原本安静的教室乱成一锅粥，同学们纷纷把目光转向坐在后面的顾郗颜。

就连苏小白也睁大了眼睛，缓缓吐出几个字：“他会不会过来扇你几个巴掌？”

“不会吧……”

顾郗颜默默为自己捏把汗，看着徐亦凡缓缓走近，最后停在自己的前一排时，屏住了呼吸。

随后走过来的林婧妍给顾郗颜比了一个OK的手势，意思是让她放心。

就这样，事件中的男女主角一前一后坐着，一句话一个眼神都没有交流，“灭绝师太"走进教室时讨论声才慢慢减弱。

"你猜，他要干什么？"苏小白在手机上打出这句话递给顾郗颜看，顾郗颜摇摇头，很快从前面传过来的一张纸条让顾郗颜悬着的心放了下来。

"宝贝儿，人家是过来道歉的。"

昨天晚上气愤地离开之后，回到寝室的徐亦凡怎么都睡不着，想了一夜，到今天早上才终于想清楚，特意拜托林婧妍带他过来上课，好给他一个机会跟顾郗颜道歉。

此等好男人，让苏小白叹为观止，深觉顾郗颜错过可惜。

如若不是知道顾郗颜心里面有一个李嘉恒，作为她的好闺密，肯定会百般撮合她跟徐亦凡。

"你现在可以告诉我昨天晚上到底怎么回事了吧，你明明接受了人家的花，为什么紧接着又把人家拉到西门给拒绝了？把你带走让你一夜未归的男人又是谁啊？"

接过苏小白的手机就看到这么一堆问题，顾郗颜想了好半天才组织好语言跟她说清楚。当苏小白看到接走顾郗颜的人是李嘉恒时，差一点儿尖叫着跳起来。

"怎么样怎么样，他是不是看到别的男生跟你表白，然后生气了嫉妒了一气之下把你带走了？后面呢，一夜未归你们是不是发生了什么事情啊，有没有突破性的进展？"

当看完苏小白这几句话的时候，顾郗颜默默将手机放回到桌上，扭过头低声说了几个字："小说看太多了！"

一节课四十分钟，苏小白从没觉得那么难熬过，脑子里有十万个为什么要问顾郗颜，偏偏前面还坐着一个徐亦凡，就是想要开口说话都怕被听见。

大约是在下课前的十分钟，徐亦凡突然转过身来丢给顾郗颜一张纸，初中时代传纸条害怕老师看见，那种小心翼翼的熟悉感觉又浮上心头。

徐亦凡的字很好看，写得俊秀。顾郗颜回想起之前有一个文艺活动，学校布告栏那里需要一张宣传海报，当时时间比较紧，再去设计做海报已经来不及了。这时徐亦凡挺身而出，担当字体设计，而他画出来的那张海报，在当时引起了不小的轰动，实在是因为字写得太漂亮了。

那时候苏小白就说过，要是让徐亦凡写情书，光凭那一手好字，对方就能心动。

现在顾郗颜手里就拿着一份徐亦凡亲手写的道歉信。

"昨天晚上是我太冲动，我控制不了自己的情绪所以才对你发脾气。抱歉，我收回我说过的那些话，如果让你生气了，我道歉，我不是有意去践踏你的感情，反而更加觉得你值得我去喜欢。如果你因为我的浪漫表白而接受我，放弃那段持续多年的单恋，那么你就不是我喜欢的那个顾郗颜了。"

徐亦凡并没有写很多，但那些话却很真诚，能打动人，苏小白不知道顾郗颜心里怎么想，但当她抬起头看着徐亦凡的背影时，深深地为他难过。

如果他喜欢的是一个心里没有李嘉恒的顾郗颜，该多好啊。

"亦凡……"

下课之后，顾郗颜主动叫住徐亦凡，脸上带着淡淡的微笑，伸出手来："我们还做好朋友，做音乐上最好的搭档。"

林婧妍作为中间人，对这样的结果虽然感到可惜，但总比两个人变成陌路好。

"一点儿都不觉得可惜吗？又或者有没有可能？"

林婧妍跟徐亦凡离开之后，苏小白挽着顾郗颜的手偷偷问道，其实她就是看不下去那么优秀的男生被这样的理由给拒绝掉。

"我已经跟他说清楚理由了，你觉得我还能够厚脸皮地接受他，把他当作感情转移的对象吗？"

被顾郗颜这么一反问，苏小白还真是无话可说了。

"那昨天晚上，你们两个人在一起有没有什么实质性的进展？"

回答苏小白的是，顾郗颜失落的摇头。

苏小白想都想不到，顾郗颜发泄的方式竟然是喝酒！

更无法理解的是，她明明昨天晚上就已经跟李嘉恒去过酒吧了，虽然因为李嘉恒醉酒使得她并没有喝多少，但……

为什么非得拉自己再来补一场？

"那个，颜颜，你明天没有课吗？我们还是不要去喝酒了，喝酒是不能解决问题的啊。"

出租车都已经停在酒吧门口了，苏小白还试图打消顾郗颜喝酒的想法，经常出入这种地方也不好啊。起码苏小白觉得，万一顾郗颜的爸爸妈妈知道了，肯定会很生气的。

"我觉得如果不醉一场，我会难过死的。"

苏小白真不知道顾郗颜的酒量是怎么练出来的，大学三年里她们参加过不少聚餐，别的女孩子一两杯就倒下了，唯独顾郜颜神志清醒。

"我真不赞同你喝酒，什么事情都用酒来解决，多糟糕啊。"

顾郜颜走向吧台，斜了一眼一路上叽叽咕咕说个不停的苏小白，然后点了一杯白兰地。

琥珀色的液体摇曳于高脚杯中，顾郜颜闭上眼睛浅抿了一口，柔和的感觉席卷整个喉间，虽是烈酒，却给人一种很舒畅的感觉，容易为之迷醉。

"我在想，我这一辈子是不是都不能代替我姐在他心目中的地位了。"

苏小白趴在吧台上，看着顾郜颜，从未见过这么落寞的她，眼神里甚至一点儿生气都没有。从前那个站在舞台上绽放着耀眼光芒、眸光明媚的女孩子，好像再也看不到了。

"你不把心里话说出来，又怎么知道能不能够代替呢？"

"你知道吗？"顾郜颜举起酒杯，盯着杯中的酒，微微一笑，这个笑容十分苦涩，在李嘉恒那里所得到的失落全部哽在了喉头，"我今天，不小心提到了我姐姐，他生气了，他让我以后不要在他面前提起她。那一瞬间我甚至不知道，我说什么才会不伤害他的感情。可他大概从没想过，他这么说，会不会伤害我的感情。"

苏小白撇了撇嘴巴，耷拉着脑袋。

该怎么说，她没有试过花那么长的时间去喜欢一个人，她也没有试过那么小心翼翼地去跟喜欢的人交流。比起顾郜颜，苏小白的恋爱来得快去得也快，风风火火，十分豪迈。她不觉得她是在玩弄感情，她只是在一个阶段又一个阶段中，去明白合适与不合适的价值和意义。

倘若两个人不合适，他并不是她的理想型，她也不是他的心仪对象，想着互相磨合，把心里那个理想型慢慢变为身边的这个男人，事实上，很少有人能够做到。

往往耐心就在这漫长的磨合期里消磨殆尽。

所以，在苏小白的行为准则里，每个人都一定要去找一个自己真正喜欢的人，然后就玩命争取，哪怕遍体鳞伤，至少自己动这一回心也值了。

苏小白抓住顾郜颜的手，拍了拍。

"好姑娘，下周末，你去跟他表白吧，鼓起勇气来，嗯？"

顾郜颜像是已经醉了，低着头，长长的睫毛轻轻颤着，没有立马答应苏小白，而是干脆伏在吧台上，把整张脸都埋在臂弯里。

她需要时间去想一想，想一想她的喜欢，要不要继续下去。

不远处，李嘉恒眯着眼睛盯着一动不动趴在吧台上的顾郜颜，旁边还站着徐止。

"我真没想到，你的小女朋友这么能喝，嗯？昨天晚上跟你喝还不够，今天晚上又过来了。"徐止笑吟吟地看向李嘉恒，"你说她是不是故意来我这里的？"

"你想的未免有些太多了。"

李嘉恒的声音冷冷的，听上去就知道心情不好。方才看见顾郗颜进门的时候，他的心一下就沉了，她什么时候把喝酒当作每日必做的事情了？她难道不清楚一个女孩子来酒吧喝闷酒，万一出了什么意外后悔都来不及吗？

就像现在，醉酒之后趴在那里，慵懒得像只不设防的小猫。

"你不打算去英雄救美，还是你们小两口昨天晚上吵架了，貌似她并不清楚你不能喝酒并且不会喝酒。"

李嘉恒把指尖夹着的香烟掐灭在了烟灰缸里，眼神淡淡的。

"我跟她不是男女朋友关系，你不要瞎说，也不要乱想。"

徐止显然很惊讶，手指指向李嘉恒的裤袋："拿出你的皮夹来看看，大爷我怎么说视力都是5.1，杠杠的，你说说你皮夹里的照片不是她是谁？"

李嘉恒瞪了徐止一眼，很显然是责怪他话多。

"再说了，我昨天跟她提起过这个事情，我记得你的笔记本里也夹了一张照片吧，我跟她说了，她没什么反应。这不就证明了……"

"你跟她说了我笔记本里夹着照片？"

很显然，李嘉恒是着急了，拽着徐止的领子，声音都提高了一个八度，引得周围的人纷纷把目光转移到这里来。

"喂喂喂，兄弟，酒吧是我开的，不要闹事。你放手，我慢慢跟你说好吗？"

李嘉恒放开徐止，狠狠地瞪向他："什么话该说什么话不该说，你难道不清楚吗？"

"我说，都这么多年了，你正视自己的内心好吗？"徐止理了理衣服的领口，坐在沙发上，"我跟她说照片上的人跟她很像，后面就什么都没说了，我也是想要试探她的反应，没想到她什么话都没说。"

徐止看着李嘉恒，撞了一下他的肩膀："你昨天怎么为了她喝酒了，说来听听？"

"她昨天出了点儿事情，心情不好。"

"啧啧啧，这还不代表什么吗？"

"你废话少说点儿好吗？"

苏小白没想到第一次遇见李嘉恒会在这里，还想着等下周末演奏会的时候好好看一眼到底是怎样的男人能令顾郗颜这么神魂颠倒呢。

"那个，你……"

李嘉恒最终还是看不过去走了上来，简单地跟苏小白做了自我介绍之后就去扶顾郗颜。原本还趴在吧台上的苏小白跌跌撞撞地站起来退开一点儿空间留给李嘉恒，想说什么，只开了个头就顿住了。

"你是颜颜最好的朋友？"

苏小白小鸡啄米般点头。

"那你还放任她这样喝酒？"李嘉恒的语气虽然算好，可声线里的压迫感还是很强的。苏小白头皮发麻，真想说一句——

这不都是你让她变成这样的吗？

可出口的话却变成了——

"对不起，我一路上都在劝她，可她说不喝酒心里难受，非得醉一场才好。"

李嘉恒一只手拉着顾郗颜的胳膊，另一只手搂着她的腰，将她整个人扶起来。这边顾郗颜压根不知道是谁，总是碰她拉扯她，好烦！

"你走开走开……不要管我……走开……"

听着她烦躁的声音，一副醉醺醺的样子，李嘉恒真想发脾气，最后还是很绅士地忍住了，低下头撩起顾郗颜散乱的头发。

"颜颜，是我，李嘉恒。"

李嘉恒，有魔力的三个字。

在李嘉恒说清楚自己是谁的时候，顾郗颜一秒钟变成乖乖女，安静地趴在李嘉恒的胸前，哼哼唧唧地也不知道在说些什么，在外人看来，就是小女生撒娇。

顾郗颜的这个反应让李嘉恒很满意，嘴角露出一丝轻不可见的微笑。

"你可不可以帮我扶她一下？"

听见李嘉恒的请求，苏小白立马上前帮忙，只见李嘉恒把身上的格子衬衫脱下来，然后盖在顾郗颜身上，挡住了她大半个身子。

苏小白指了指顾郗颜："那个，今天晚上你要把颜颜带走吗？"

李嘉恒挑了挑眉，低下头看着靠在怀里的顾郗颜，不知道为什么，他突然舍不得这份柔软。

"她明天有课吗？"

李嘉恒的声音听起来很沙哑却富有磁性，苏小白笑得贼兮兮的，果然是大帅哥，可以温润如玉，也可以冰冷倨傲。

"没课。"

"那我……"

李嘉恒的话还没有说完，就被忽然抬起头来的顾郗颜吓了一跳，只见她眼睛紧闭，双手胡乱比画，紧接着整个人吊在李嘉恒身上，双手紧紧环着他的脖子。

苏小白嘴角抽搐，眼睛都不敢直视这幅画面了，老天啊，顾郗颜这个家伙到底是真醉还是装醉啊！

比起苏小白，李嘉恒就淡定多了，搂着顾郗颜的纤腰，软声哄着她，真是好脾气。

"我先把她带走了，明天早上我再送她去学校。"

苏小白点头，扑到吧台跟调酒师要了纸跟笔，"唰唰唰"写下了自己的联系电话，然后递给李嘉恒。

"有什么事情你就打电话给我，我叫苏小白，是颜颜的闺密。"

"谢谢。"

就这样，李嘉恒抱着顾郗颜先离开了酒吧，苏小白呆呆站在原地，仿佛灵魂出窍一样一动不动。

观看了一场好戏之后，徐止走上前来，在苏小白面前打了个响指。

"嘿，放心啦，李嘉恒那小子不会对她怎样的。"

苏小白木木地把目光转移到徐止身上，看着他一副吊儿郎当的样子，漠然地摇摇头："你不懂，我担心的是顾郗颜那家伙，会不会做出什么疯狂的事情来。"

"……"

今天晚上李嘉恒之所以会来酒吧，不过是找徐止问点儿事情，没想到会遇见顾郗颜。把她带走，抱到车上之后，他直起身子时脑海里蹿出一个声音——

你在做什么？

是啊，自己在做些什么？为什么看她一个人在那里喝酒会烦闷？为什么看到别人流连在她身上的目光会焦躁？为什么会忍不住出手，然后将她带走？

李嘉恒无奈苦笑，从什么时候开始，他就不太会控制情绪了，都说会控制音乐的男人，控制情绪也是很厉害的。

可其实，他们往往最不会的，就是控制自己的情绪。

譬如现在的李嘉恒。

李嘉恒绕到另一边上车，刚关上车门扭过头就看见顾郗颜正与身上的衬衫打架。像是太热了想要脱掉衬衫，可头发却绕住了衬衫扣子，越缠越紧。

喝醉酒的顾郗颜变得很没有耐心，白皙修长的手指胡乱抓着头发大半天都没有弄好，看上去马上要发脾气了。后来她干脆拽起来，一副断了都无所谓的样子，腮帮子气得鼓起来，她嘟着嘴巴的模样落在李嘉恒眼里，真的是哭笑不得。

"我帮你。"

李嘉恒探身主动帮顾郗颜，拿开她的手，细心地把头发先拨弄好，再把缠住扣子的那些头发小心翼翼地绕出来。他一只手捏着衣服，另一只手弄着头发，动作很轻，生怕拽疼了顾郗颜。

两个人之间的距离靠得很近，呼吸如同藤蔓般交缠在一起。

李嘉恒能够闻到顾郗颜身上的酒味，他虽未喝酒，但这一瞬间，也有一种醉酒的感觉。他的心，坦白来说，跳得很快……

好不容易解开了她绕在衬衫扣子上的头发，李嘉恒如获大赦般坐回自己的位置，闭上眼睛长舒一口气。

接下来的一路，顾郗颜一直很安静地靠在位置上，嘴里偶尔念念有词，声音太小，李嘉恒也没有听清楚说的是什么。

到小区的时候，李嘉恒停好车子看了一眼睡得迷迷糊糊的顾郗颜，这个家伙还真是的。回想起昨天晚上，他自己喝醉酒的时候，她是不是也这样贴心地照顾自己？说实话，今天一早醒来看见她趴在自己身边睡着的时候，那一瞬间心里漾着一股无法言语的感情。

因为这张脸，他又不自觉地想起了那个容貌相似的人。

过往的回忆仿佛被人轻轻掀开，熟悉而又陌生地涌入脑海里，支离破碎的画面被拼凑成一个完整的故事，感觉心像是被人狠狠攥紧了一样疼，只因为想起的那个人，再也不会出现了……

伸手触碰那睡梦中恬静的容颜，小心翼翼。

她们是那么像，可性格却相差甚远，在感情上，顾郗颜永远比顾郗若要勇敢，她不甘被朦朦胧胧的情愫绊住。

半晌，他缓缓打开车门。

下车后，凉风习习，吹散了李嘉恒心中的一点烦闷和焦躁，他绕到另一边去抱顾郗颜。

解开安全带之后，他把她揽到怀里。感觉像是很熟悉，顾郗颜眼睛都没睁开就往李嘉恒的怀里蹭去，嘤咛了几声，叽叽咕咕了几句，双手乖巧地攀在李嘉恒的脖子上，顺利让他抱下车之后，乖巧得像只小猫咪，贴在李嘉恒的胸口蹭了蹭。

"李嘉恒……李嘉恒……"

声音不轻不重，但落在某人耳朵里却觉得非常好听，心情顿时也变得很好，抱着顾郗颜很有耐心地哄着。

这么近距离的接触，还是第一次。顾郗颜的鼻息喷在李嘉恒的脖子间，像是一根羽毛在轻轻拨弄，这感觉一点点蔓延到心间。还有她身上若有若无的清香与酒香混合在一起，令人迷醉。原本不远的距离，李嘉恒抱着顾郗颜走了很久，一步一步走得很慢。

把顾郗颜安顿好以后，李嘉恒松了一口气，直起身子的时候眼前突然一片乌黑，整个人往后退了好几步，紧拽住书桌角才不至于摔在地上。他伸手揉了一阵太阳穴，闭上眼睛等了好一会儿才缓过来。

该死的。

第 二 章

终 于 等 到 你

第二天早上，李嘉恒先醒了，看了一眼躺在床上缩得跟虾米一样的顾郗颜，无奈地笑了笑。他站起身来，弯腰还能听到骨头嘎嘎的声音，没有办法，沙发太小，他一米八三的个子在上面睡了一夜，怎么都不舒服。

把窗帘拉开，大片阳光洒进来，顾郗颜"嗯"了一声之后，皱着眉头把被子拉上盖住了眼睛。这个赖床的小动作落入李嘉恒眼中，不觉莞尔。

"真是个小懒虫。"

在顾郗颜睡着的时候，有她看不见的属于李嘉恒特有的温柔。

不敢太早把她叫醒，李嘉恒干脆去洗个澡，擦着湿漉漉的头发走出来时正巧看见顾郗颜在床上翻来覆去地伸懒腰，看样子就像要醒了。

"颜颜，颜颜。"

听到这熟悉的声音，原本还有点儿迷糊的顾郗颜一秒钟内就清醒过来，不敢睁大眼睛，可心里却警铃大作！

怎么回事！

她怎么听到李嘉恒的声音了！

见床上那一坨突然僵住不动，李嘉恒笑了。

"限你十秒钟内起床！"

是李嘉恒！

这一次顾郗颜确定她不是幻听也不是做梦，她小心翼翼、慢悠悠地把被子一点点拉下，当看到坐在床边看着自己的李嘉恒时，她弹簧般地往后退开了一大截距离。

清晨刚开嗓，声音沙哑。

"你怎么会在这里？"

李嘉恒直接捡起叠放在床头的衬衫丢到顾郗颜的头上。

"这里是我家，你说我不在这里在哪里？"

你家！

顾郗颜这辈子就没有经历过这么恐慌的时候，一大早起床接二连三地被莫名其妙的事情打击到。谁来告诉她，她明明是跟苏小白去酒吧喝酒的，为什么醒来的时候睡在李嘉恒的床上！

难道时光倒转了？

还是昨天李嘉恒醉酒然后她照顾他一个晚上，紧接着一大早回学校去上课，这些难道都是漫长的梦？

醉了的人是她！

还不要脸地梦见自己照顾李嘉恒！

短短的几秒钟里，顾郗颜的小脑袋瓜里各种猜测场景盘旋不停，可苦坏了她这个原本智商就不怎么高的人。

"闷在被子里面干什么？快起床。"

李嘉恒伸手去掀顾郗颜的被子，却被她死死拽住，紧接着从被子里传来视死如归的声音——

"对不起！我错了！"

李嘉恒揉着眉心，闭上眼睛叹了一口气，他怎么不知道顾郗颜醉酒之后清晨醒来会是这副模样？

他耐着性子问她什么地方错了，结果顾郗颜真的跟犯错误的小孩子一样，腾地从床上翻起来，火速跪在李嘉恒面前，双手规规矩矩地放在膝盖上，低着头嗫着嘴巴。

不得不说，看起来还真像在忏悔。

"我喝酒了，喝醉酒了……还喝断片了，我以为喝醉的人是你，然后我还照顾了你一夜，原来都是我在做梦啊……"

一句话断断续续好半天才说完，声音软软细细，生怕挨骂。

李嘉恒忍不住笑了，这样的反应令顾郗颜莫名其妙。

"你的智商是负的吗？"

"……"

李嘉恒站起身来，双手交叠在胸前："去刷牙洗脸，你身上的酒味太臭了，最好洗个澡，衣服就穿我的衬衣吧，新买的。"

说完，李嘉恒就走出房间了，房门关上的时候，顾郗颜眨了眨眼睛，默默地躺回到床上去，望着天花板思考着……

有哪个地方错了吗……

放在床头的手机突然响了起来，熟悉的音乐把顾郗颜游离的思绪拉回来。是她的手机在响，拿过来一看，是苏小白的来电，正好！问一问到底是怎么一回事！

接听的时候，电话另一端传来一个极具调侃的声音。

"姑娘，昨儿个睡得怎样啊？"

顾郗颜瞥了一眼紧闭的房门，掀开被子光着脚蹦跶到门口，把耳朵贴近门板听了听外面的声音，确定李嘉恒没有在附近，她才开口讲话。

"苏小白，你最好马上跟我说说到底是怎么一回事。我记得我是跟你一起喝酒的啊，为什么我醒来是睡在李嘉恒的床上。还有哦，我跟你说，我记得我明明昨天晚上在他家里照顾他的，他喝醉了，然后我昨天早上还回学校上课了，可为什么，为什么……"顾郗颜真的觉得自己要疯了，也不知道说半天苏小白听懂没有，"我会不会一直都在做梦啊！其实我就是跟他一起去喝酒之后，醉了的人是我，不是他！"

"……"

顾郗颜不知道电话另一头的苏小白，维持望天的姿势已经数十秒了……

"苏小白……小白……白白……"

"你在叫小狗吗？！"苏小白忍不住打断顾郗颜的哀号，"我跟你说，你不是做梦，你昨天早上的确是回学校来上课了，昨天晚上你把我拖到酒吧去，说什么不醉不归。我也不知道李嘉恒怎么会在那里的，他出现的时候你已经喝得烂醉如泥了，你知道吗？"

顾郗颜跌坐在地板上，一只手拿着手机，另一只手捂着嘴巴，脑海里像是突然记起了那些狼狈的画面一样……

"不得不说，他真的是太温柔了，但他看你喝成那样也很生气，有种指责我作为好朋友还不阻止你喝酒的意思。后来他就把你给抱走了。"

"抱……走……了？"

"嗯，他很温柔地把你扶起来，然后你就跟树袋熊一样吊在人家身上。"

因为挚友苏小白的贴切形容，顾郗颜几乎可以把昨天晚上的画面完美地在脑海里重现一遍……

吊……

吊在人家身上……

顾郗颜默默趴在地板上，呜咽了几声，她喝醉酒的样子简直不忍直视啊……

"你是不是今天早上醒来之后发现躺在人家床上，觉得匪夷所思？那现在呢，你打算什么时候回来？"

顾郗颜抓了抓头发："不知道，我刚起床，准备去洗澡然后吃早餐，满身都是酒气，臭死了。"

"啧啧啧，你说你，人家刚回国多久啊，你就在人家心里留下酗酒这样的印象！要我说，从昨天晚上的情形来看，我觉得李嘉恒对你有点儿意思，要不然怎么可能那么温柔那么宠溺你，知不知道你哼哼唧唧在那里不知道说什么的时候，他多有耐心，一句一句哄着你。我站在旁边都觉得是个高瓦电灯泡。"

越想象，顾郗颜就越害羞，其实心里面喜滋滋的。

"感觉他对你还是挺特别的，趁此机会，你好好表现一下，干脆鼓起勇气把你的心意说出来。早说早超生，你懂吗？"

如果说前面一句话还算是真理的话，苏小白后面一句话直让顾郗颜翻白眼。

"好了好了，我自己知道，先挂电话了，我受不了我身上的酒味。"

"嗯嗯嗯，回来再说，回来再汇报，好好加油哦！"

"……"

挂断电话之后，顾郗颜随手把手机扔在地上，捡起床边的衬衫跟毛巾就往浴室奔去。

李嘉恒大约在外面等了有一个小时，报纸都看完了，才听见卧室的房门啪嗒一声打开，紧接着就是顾郗颜小心翼翼地探头……

"出来吧，有什么好害羞的？"

顾郗颜奋力扯了扯身上的衬衫，勉强遮住臀部。心里面想着是她上身长的缘故还是男式衬衫本来就是这个长度，为什么小说里面电视剧里面都说女生穿男式衬衫，很长也很性感，两条白皙的长腿晃来晃去，特别吸引目光。

可实际上……

穿上衬衫的那一刻顾郗颜就后悔了，站在浴室大镜子前，打量了好半天，最终还是放弃说服自己。

没有身材就是没有身材，没有魅力就是没有魅力啊。

果不其然，顾郗颜走出来的时候，李嘉恒的眼神就暗了，紧接着默不作声地站起来走回房间，再出来的时候手里多了一条运动裤。

顾郗颜的脸唰的一下就变红了。

"穿上吧，别着凉了。"

大热天的，顾郗颜穿着长袖衬衫跟长运动裤，整个人站在那里就像是唱戏的，特别滑稽，关键是很热！

"李嘉恒……开空调吧……"

顾郗颜苦苦哀求，李嘉恒只好去拿遥控器。

吃早餐的时候，顾郗颜因为早上的事情很不好意思，都不敢说话了。而李嘉恒也是很安静地吃饭，动作特别优雅，一看就知道是接受了良好教育的人。

连续两天早上跟李嘉恒一块儿吃饭，顾郗颜的心情特别微妙，有一种说不出的感觉。特别舒服也特别幸福，不想轻易打破这种氛围，如果可以，希望一辈子都能够这样。

是不是，她真的应该勇敢表明自己的心意了？

正当顾郗颜思忖着用怎样的方式，怎样开头时，李嘉恒已经吃完早饭，抽出一张纸巾擦了擦嘴巴后轻声开口："颜颜，吃完饭我有话跟你说，我在客厅等你。"

"啊？"

顾郗颜愣了一下，反应过来的时候忙不迭点头。

李嘉恒移开凳子起身离开，留下顾郗颜一个人坐在餐厅里发呆……

他说他有话要说……

…………

"不得不说，他真的太温柔了，但他看你喝成那样也很生气，有种指责我作为好朋友还不阻止你喝酒的意思。后来他就把你给抱走了。"

…………

"嗯，他很温柔地把你扶起来，然后你就跟树袋熊一样吊在人家身上。"

…………

"啧啧啧，你说你，人家刚回国多久啊，你就在人家心里留下酗酒这样的印象！要我说，从昨天晚上的情形来看，我觉得李嘉恒估计对你是有点儿意思的，要不然怎么可能那么温柔那么宠溺你，知不知道你哼哼唧唧在那里不知道说什么的时候，他多有耐心，一句一句哄着你。我站在旁边都觉得是个高瓦电灯泡。"

…………

顾郗颜脑海里不停地回想着刚才电话里苏小白说的那些话，像"温柔""宠溺"那样的关键字眼，深深地烙在了她的脑中。

会不会，李嘉恒要说的，是喜欢自己这类的话？

感情突然朝着自己希望的方向发展，加之温柔相待，顾郗颜心里越来越相信等待她的会是一个很美丽的未来。

心中的雀跃使得她一刻都不想在餐厅多待，匆匆把牛奶喝完就起身跑去客厅。

看着顾郗颜一脸娇羞地跑出来，李嘉恒突然对自己接下来要说的话感到于心不忍，他不是没有发现……

"什么时候学会喝酒的？"

李嘉恒神情很严肃，他的问题让顾郗颜怔了几秒。

"上高中的时候，因为经常跟着爸爸妈妈出去吃饭，所以学会敬酒、喝酒。"

顾郗颜回答很老实，当然，她说的也是真的。因为顾俊森是老师，平时就经常有学生家长来家里请他帮忙给孩子辅导一下功课，时间长了，偶尔在节假日就会邀请顾俊森一家人出去吃饭。

跟长辈吃饭，一旦喝酒，小辈们就要起身敬酒。

这个习惯顾郗颜虽然不喜欢，但毕竟是礼仪，所以她也要那样做，久而久之，就练就了很好的酒量。

"很好"这个词，是顾郗颜自夸的。

而在昨天晚上，李嘉恒就已经见识过了顾郗颜真正的酒量。

"那前天晚上，我在A大西门遇见你的时候，你跟那个男生到底发生了什么事情？"

李嘉恒简直就是在拷问，可即使是这样，顾郗颜都不敢乱说什么，但唯独有关前天晚上的那个问题，却不知道怎么回答好。

"那个……"

顾郗颜偷偷地看了李嘉恒一眼，只见他俊眉微挑，薄唇紧抿，看起来好像是在生气。

"当然，你不想跟我说可以不说。"

"不是这样的。"顾郗颜深吸一口气，犹豫了好半天，"我只是不知道该怎么说，他跟我表白，然后我拒绝他了，就这样。"

听到这样的回答，李嘉恒有些疑惑不解，为什么他看到的画面是顾郗颜蹲在地上痛哭，男生气愤地扬长而去。如果把顾郗颜的解释安在这个场景上，怎么都有一种不协调的感觉，倒像是她表白失败……

可即使是不解，李嘉恒也没有说什么，他相信顾郗颜说的话，她的眼神那么澄澈，不像是会说谎的人。

"以后有什么事情，或者是心情不好，不要去喝酒。"

"嗯……"

"酒能少喝就少喝，女孩子会喝酒不是什么值得炫耀的事情。"

"嗯……"

李嘉恒坐在沙发上悠闲地靠着，左腿叠在右腿上，双手环抱在胸前，说话声调十分平稳，咬字不轻不重。顾郗颜光着脚丫，两脚并拢站在沙发旁边，双手规规矩矩地背在身后，微低着头不敢直视李嘉恒的眼睛。

这样的画面怎么看都像大人训斥小孩子……

"顾郗颜。"

"嗯？"

"过来。"

看见李嘉恒招手，顾郗颜就那么鬼使神差地走了过去，走到他身边时被他一把拉进了怀里。这个动作把她吓了一跳，僵直了身子一动都不敢动，呆呆地看着李嘉恒……

"你喜欢我，是不是？"

心跳在那一刻陡然变得飞快，扑通扑通地如同擂鼓一样一上一下。

只见李嘉恒笑容魅惑得让人睁不开眼睛，但你仔细看他的眸子，却没有半分暖意。顾郗颜思绪顿时混乱了，记不清楚刚才到底发生了什么，李嘉恒问的话一句一句在脑海里放大再放大……

"我知道你喜欢我，从很小的时候开始。"

当顾郗颜感觉到李嘉恒话中的冷意时，蓦地开始害怕。有一个声音在不停地提醒着自己，阻止李嘉恒，阻止他继续说下去！

可顾郗颜努力了好久，试图张开嘴，却一个字都说不出来。

任凭李嘉恒接下来的话，刺穿她的心。

"但我从来没有喜欢过你，因为我有未婚妻了。"

门铃很应景地响起来，李嘉恒将顾郗颜扶好，让她坐好，不留痕迹地收回自己的手，动作很疏离。

"她来了，我介绍你们认识一下。"

顾郗颜木然地看着李嘉恒站起身，走向大门，紧接着走进来一个身材高挑、长发飘飘的美女。

"阿恒。"

女人双手缠住李嘉恒的脖子，凑上前去拥抱他，李嘉恒也搂着她的腰，虽然没有更加亲密的动作，但行云流水般自然，像极了热恋中的情人，而坐在沙发上的顾郗颜，反倒成了空气，或者是不该有的风景。

他们的世界里，本没有她。

"歆艺，给你介绍一下，这位是顾郗颜。"

他说"顾郗颜"。

自己的名字，这二十多年来，顾郗颜从来没觉得这么刺耳过。从前他总是温柔地唤自己"颜颜"，而今天，他总共说了两次"顾郗颜"。

疏离，淡漠。

从前迷恋的声线此时就像是蘸了毒的针刺穿她的耳朵，刺痛她的所有神经，顾郗颜不知道她是用怎样的力气来支撑着身子站起来的，然后一步一步缓缓走到李嘉恒跟他的未婚妻面前。

她更加不知道，原来她在这个时候还能够保持着优雅的微笑，当然，如果面前有一面镜子的话，她定然可以看到镜中的自己，脸色苍白……

"你好，我是顾郗颜。"

"你好，我是赵歆艺。"

一个掌心冰凉，一个掌心温热，短暂握在一起的时候，赵歆艺的眼里闪过一丝情绪，而顾郗颜，早已没了任何表情。

"歆艺是我在德国认识的女朋友，我们准备订婚了。"

李嘉恒的声音落在顾郗颜的耳边，嗡嗡嗡的，听不清楚，她很想要问他，就在不久前她生日的时候，顾俊森问他有没有女朋友的时候，他不是说还没有吗？

哦，对……

没有女朋友，但有未婚妻啊……

魔法在渐渐失效，顾郗颜觉得她快要撑不住了，可在李嘉恒面前，她得保持最好的状态。

"对不起，我还有事情，先走了。"

赵歆艺拦住顾郗颜，提起手中的袋子，微笑着开口："这是我在路上刚买的裙子，早上阿恒打电话给我，拜托我帮你买一条新裙子过来，换上再走吧。"

顾郗颜愣了几秒钟后，尴尬地伸手接过袋子，瞥一眼自己身上不伦不类的穿着，再看一眼赵歆艺。

果然是气质修养都很好的女人啊，这种时候都能够这么大度、善解人意，连质问一句自己为什么会在她的未婚夫家里穿成这样都没有。

在浴室里换好衣服走出来的顾郗颜，一眼就看见坐在沙发上举止亲密的两个人，这样的画面落在眼里生疼一片。

眼神迷蒙，强忍住内心的痛苦。

"我先走了，谢谢你的衣服。"

门啪嗒一声关上，顾郗颜落荒而逃，眼里不争气的泪水疯狂地往下掉，奔跑的时候裙裾翻飞。

十二年的时光像是电影镜头一样迅速掠过，她的所有喜欢跟痴恋，她的所有期待与梦想，这一刻被肆无忌惮蔓延开来的绝望与痛苦所覆盖。

漫长的岁月里，他是她潜藏在心底的安好。

而如今，他用最决绝的方式告诉她要放弃。

是啊，不是所有人都是长情的，不是所有人都跟她顾郗颜一样愿意守着一份不可能的感情度过无数个日日夜夜。他早已忘记了顾郗若，早已经有了貌美如花的未婚妻，唯独她，还在固守着。

不知道跑了多久，脚下无力，顾郗颜整个人摔倒了，跪在冰冷的地面上，眼泪大颗大颗地砸落下来。

她年少青涩的爱恋，她自以为是最长情的告白，此刻，消失殆尽。

是谁说，爱情是一场劫难，是傻瓜与聪明人的恋爱，一个潇洒离开，一个遍体鳞伤还不愿离去。

可她都还没有开始相爱，就已经痛苦不堪。

这一场劫难，顾郗颜以最惨烈的方式收场，她恨不得就这样淹没在眼泪中，从此世界上再无一个自作多情的顾郗颜。

不远处一道身影，站在那里许久，身形笔挺，垂在身侧的手紧紧攥着……

赵歆艺刚给自己冲好一杯咖啡，听到开门的声音抬起头来，就看到眼神淡漠的李嘉恒。

她眯了眯眼睛看着眼前这个男人，认识那么久了，从没见过他这副模样，这么远的距离都能够看清楚他眼底的黯然，可见，他的心有多么难受。

"既然这么痛苦，为什么还要让我帮你演这出戏？看得出来那个女孩子真的很喜欢你。"

没错，赵歆艺并不是李嘉恒的所谓未婚妻，她今天来，不过是答应帮李嘉恒演一出戏。

一开始还以为对方是死缠烂打的女孩子，惹得李嘉恒不耐烦，这才让他这么有绅士风度的人想出这种馊主意。可在见到顾郗颜之后，赵歆艺推翻了心里的猜想，她感觉得出来这个女孩子在李嘉恒心里面是占有一定位置的。

"今天谢谢你了，至于其他，并不是你该过问的。"

李嘉恒的声音难得清冷，大步走到卧室门口，关门的时候动作顿了顿："下次再请你吃饭，出去的时候记得把大门带上。"

赵歆艺瞥了一眼无情关上的卧室门，摸了摸鼻尖，她是不是有些自作多情了，为什么要答应来演这出戏？

梦醒时分，最是残忍，这一点顾郗颜终于真真切切地感受到了。

淋了一场雨，高烧不退，整整病了一个星期，在医院的病床上昏昏沉沉，梦中似乎还有李嘉恒的身影，但她知道，那一定是梦。

能够让顾郗颜这样的人，除了李嘉恒之外，苏小白想不到还有谁。明明前一秒钟她还跟自己通电话，带着羞涩和明媚，可接下来接到的却是别人打来的电话——

顾郗颜被送到医院了。

看到病床上脸色苍白不省人事的顾郗颜，苏小白心里一把一把揪着疼，恨不得立马冲出去找李嘉恒算账。

只可惜那天晚上在酒吧的时候，主动递上电话的人是自己，并没有留下李嘉恒的电话。而顾郗颜的手机，仿佛是故意而为之，所有有关李嘉恒的信息，全部删除。

在此之前，她究竟经历了些什么。

当顾郗颜醒来的时候，她知道，李嘉恒在A大的演奏会结束了，他回国后的第一场演出，她在医院，也终于明白，那不是为了自己而开的演奏会。

"顾郗颜，你还认得出我来吗？你知不知道我是谁？"

苏小白真害怕迷迷糊糊睁开眼，好不容易清醒的顾郗颜看见自己，第一句话就是——你是谁啊?

这种狗血的剧情,在亲眼见识到顾郗颜发烧昏迷连续几天没睁开眼,时不时嘴里还吟哦呓语的时候,苏小白就相信会发生了。

面对苏小白无厘头的问题,顾郗颜只得用眨眼来应答,她竟然没有半点儿力气来张嘴说话。

那一天从李嘉恒公寓跑出来的时候,走在大街上,双脚如同踩在棉花上,飘飘忽忽,也不知道要去哪里。

突如其来的倾盆大雨,就如同老天感知了她此时此刻的心情一般。

顾郗颜知道自己都经历了些什么,也恨不得那一场大雨能够淋走她身上所有跟李嘉恒有关的记忆。只可惜,睁开眼睛的那一瞬间,她竟然还奢望,旁边会站着他。

而后从苏小白的口中得知,这一场病整整折磨了自己一个星期,怕长辈担心,苏小白也就没有打电话给顾郗颜的父母。虽然顾郗颜嘴上没说什么,但苏小白知道她心里一定想问李嘉恒有没有来看过她……

答案是没有。

苏小白终于愿意承认她那天看花了眼,那个男人,根本就不把顾郗颜放在心里,并不值得顾郗颜喜欢那么多年。

"你先躺着,我出去给你打水。"苏小白拎起热水壶,走出了病房。

耳朵听见门口传来轻缓的脚步声,刚醒过来的顾郗颜虽然没有力气说话,虽然很疲惫,但听力还是很灵敏的。

缓缓转过头来,眼睛盯着门口的那个位置,屏住呼吸都快听不见自己的心跳声,只因为……

那个脚步声很熟悉,像极了某人。

顾郗颜挣扎着想要坐起来,只是自己已经虚弱到连抬手这样的动作都非常吃力,最终还是没有起床,只是望向了门口那个位置。脚步声停下来,她的心也更加紧张起来,门缝有一道人影闪动,只是闪动,因为下一秒钟,不论顾郗颜怎么努力去看,闭上眼又睁开,重复这小小的动作无数次,最终还是什么都没看到。

又是一场梦,梦里面连结局也跟现实一样,是不完美的。

苏小白回来的时候,就看到顾郗颜双眼空洞地望着天花板,那失落的样子是真的让人看了心疼。

放下手中的热水壶，苏小白坐到顾郗颜的身边，柔声开口："如果你不想提起，我也不会主动问什么。有些事情既然没有缘分，那就放开自己的心吧，少年，我们尚且有努力奔跑的时间，不至于一直停留在这里。"

回应苏小白的，是顾郗颜闭上眼睛后无声的苦笑。

又过了一天，顾郗颜的情况终于好了很多，自己也能够下床了。这天晚上苏小白陪着她聊天聊到九点之后，就先回了学校，顾郗颜一个人坐在床上望着外面的夜色。

有苏小白这样的朋友真好，彼此有着默契，谁都不提李嘉恒的事情。拿起手机，调出了通话记录还有短信记录，虽然跟料想中的一样没有某串熟悉的号码，但仍旧觉得心里很失落。

吱呀一声。

忽然有人把门推开，当顾郗颜转过头迷茫地望向门口，看见那个颀长的影子时，眼里闪过一丝惊喜，手也攥紧了被子。只有她自己知道手心已微微出汗，心跳也在加快，月光洒进屋子，生怕连红晕也被照亮。

然而开门的动作陡然停止，紧接着门口的暗影停留了一下便消失了。

李嘉恒国内的第一场演奏会，顾郗颜错过了，身体康复之后她就回到了学校，走在校道上都能够听见同学们耳语交谈关于他的事情。

"你知道吗，他的开场白简直太让我痴狂了，好羡慕那个女孩子啊，你说会不会是他的女朋友？"

女生揪着朋友的手一副花痴状："不知道那个女孩子有没有看到这么精彩的演奏会。"

"第一场演奏会就选了我们学校，而且说出这句话，我怀疑那个女生就是我们学校的！"

顾郗颜的脚步停顿了一下，一路上她放慢了步伐听着前面两个女生的谈话，正打算错身走过的时候却注意到了这个重点。

她们说李嘉恒的开场白让人痴狂？还有……什么女孩子？

到底是什么意思。

苏小白的电话打过来的时候，顾郗颜正准备上前去问那两个女生，接电话的工夫，人家就已经走远了。

"郗颜，你现在到哪里了？需不需要我去接你？"

"已经走过教学楼，很快就到了。"

今天是顾郗颜出院的日子，苏小白有一场考试，没能去医院接她，而徐亦凡从国外回来后，也是忙得团团转。所幸出院带的东西不是很多，自己一个人也可以拿得动。

"对了小白，有件事情我想要问你一下。"

犹豫了一会儿，顾郗颜还是把路上听到的事情跟苏小白说了一遍，其实李嘉恒开演奏会的那一天，苏小白并没有在场。那时候顾郗颜在医院高烧不退，学校医院两头奔波，谁还有兴致去看什么演奏会？

更何况那个人还是李嘉恒。

不过这么出名的钢琴师，年轻帅气，也有不少的女孩子慕名而去，同宿舍的一个小伙伴看完演奏会回来就跟苏小白尖叫八卦。

顾郗颜会问，也是在苏小白的预料中。

"我当时没在场，具体的情况也说不清楚。就知道他开场说了一句，国内的第一场演奏会，献给他心里的女孩。"苏小白抿了抿嘴唇，掂量接下来的话说出口，顾郗颜会不会难过。

可自己不说，不代表从别人的耳朵里就听不到。

苏小白咬牙开口："大家都在猜，那个女孩是不是他女朋友，你想啊，他刚回国，成名后国内的第一场演奏会。如果在以前，我或许还敢猜那个人是你，但现在……好了，不要去想这件事情了。"

不去想，不代表这件事情就会在心里烟消云散。

顾郗颜合上眼睑，她知道的，那个女孩子，是顾郗若。又或者已经不是，换成了那天在他家里与他那般亲密的未婚妻。

这一幕多像当年，她满心欢喜地以为他准备的礼物是送给自己的，后来，她等了一天一夜，却没有等到。

把别人心中的那个她，设想成自己，是单相思中最可悲也最可笑的想法。

接连几个星期，顾郗颜把时间都花在练琴上，她不再提起李嘉恒。

漫长时光的孤注一掷换来的是，一剂让她清醒的猛药。

A市的夜幕下，一座座高耸入云的大厦流光溢彩，映照着这座不夜城，诉说着每一个浪漫的故事。

李嘉恒双手放在裤袋里，站在落地窗前，眸光清淡地看着夜景，看着这座令无数青年争先恐后来发展的城市，屋内的灯光勾勒着他顾长的身影，沙发上的助理正在说着这几天的工作安排。

"距离音乐会还有几天的时间，你之前说有一个人选要推荐，为什么后来又不说了？"

助理拿着笔记本抬起头来问了一句，李嘉恒回过头来，才几个月的时间，他的脸就整整瘦了一圈，下颌线更加精致。

办独立音乐会的事情是在回国之前就定下来的，那个时候就想过邀请顾郗颜出席并且进行演奏，但如今……

那件事情已经过去了许久，他也曾经抽空儿开车去过A大，但越是挣扎，越是不想将她拖入自己的生活中。

"对方时间上有冲突，不考虑了。"

助理秦沫盯着李嘉恒看了许久，忽而低头轻轻一笑："其实你并不适合撒谎。"

秦沫是公司的金牌经纪人，艺人管理部的总监。手下带过不少影帝影后级别的人物，之所以成为李嘉恒的专属经纪人，一方面是因为她自己想退下来，另一方面是因为她的宝贝女儿喜欢钢琴，存了私心想让李嘉恒当她的私人老师，当然，对于这个，李嘉恒并没有拒绝。

所以这样的人物，在娱乐圈那种鱼龙混杂的地方待了那么多年，见惯了风风雨雨，处理过多少公关危机，对于揣摩人的表情，看透他们想些什么，简直易如反掌。

"你在音乐方面在演出方面无可挑剔，可你的生活呢？无数次看你对着皮夹里的那张照片出神，嘉恒，我虽然无权过问你的私事，但还是想跟你说一句，你是个演奏家，你有心事，会直接影响你的发挥。"

"嗯，我知道了。"

李嘉恒的嗓音不咸不淡，秦沫觉得有些话点到为止，不该多说，将笔记本放回到包包里，拉上拉链站起身来。

"天色也晚了，我就先回去了，你晚上好好休息。"

大门啪嗒一声关上了，李嘉恒闭上眼，脸上的疲惫之色尽显，深呼吸后走到酒柜前，他不喝酒，柜子里却藏着不少好酒，好多都是徐止带过来的。

修长的手指在柜子前停留了几秒钟，最终打开，从里面取出一瓶波尔多红酒。

徐止打电话来的时候，顾郗颜刚从练习室出来，过几天就是每个月例行的考核，不乖乖练琴，到时候成绩下滑了，估计就得被老师拉去谈话了。

"我是在嘉恒手机里翻到你的电话的，有时间吗？我们见一面。"

顾郗颜见过徐止，他亲自来找自己应该是有什么重要的事情说，看了一眼腕表上的时间，转身朝校门口走去。

一路上顾郗颜都合着眼，墨色的车窗上映着她的脸，徐止无数次侧眸，无非是想看一看这个女孩子到底有什么特别之处，否则，怎么会令李嘉恒失了分寸。

刚见面那会儿，顾郗颜一共问了徐止三个问题——

找我有什么事情吗？

是不是李嘉恒出什么事情了？

李嘉恒让你带话给我？

徐止统统没有回答，他让顾郗颜上车，只言简意赅地说了一句："我带你去见他。"

等到车子停在了医院门口，顾郗颜睁开了眼睛。

"他住院了，见他之前，我有一个问题想问你。"

徐止解开安全带后并没有第一时间打开车门，他拿出一张照片："这张照片上的女孩，是不是你？"

从昏迷的李嘉恒手里拿到这张照片并不是什么难事，徐止这么做无非就是想要确定一件事情，当他把照片放到顾郗颜面前的时候，清楚地看见她蓦然睁大的眸子。

像是被人禁锢在了一个密封的空间里，周围不断的脚步声，踩在心口上逼着顾郗颜感知默默倒退的时光，直到所有的记忆都退回到几年前的那一场演出。

那个穿着白色晚礼服、获得少年组钢琴金奖的女孩子，是她顾郗颜，不是顾郗若。

耳边似有花开的声音，原本黑白如墨的口子从中间慢慢扩大，涌出来的那一缕光渐渐溢满整个心房，顾郗颜听得见自己的声音，轻而颤抖："你为什么会有我这张照片？"

徐止从没怀疑过自己的猜想，不是没看见李嘉恒在提起这张照片后的惊慌表情，现在再看顾郗颜的反应，如果说前一秒钟还有十分之一的不确定，现在可以说是百分之百肯定了。

"这个问题恐怕得你自己去问李嘉恒，为什么你的照片会在他的皮夹里藏了那么多年，还有，他不能喝酒，却在回A市之后屡屡喝醉，上一次是他命大，这一次躲不过，不如你帮我问他一句这样不死不活要到什么时候。"

与徐止见面不过两次，他说话这般直，换作是平时，顾郗颜或许会觉得很尴尬，但现在她觉得头脑一片空白，耳边嗡嗡直响，明明话里带着针对性，可她偏偏悟不出来，唯一清清楚楚听到的消息就是李嘉恒因为喝酒进了医院。

顾郗颜将照片随手放到衣袋里，打开车门匆匆下车，从医院大门口到病房，一路上觉得心跳得太快，都能够感觉到脸颊发热了。徐止简单地把李嘉恒的身体情况对她说了一遍。

"他胃不好，忌酒。"

话音刚落，停在了病房门口，推开门的时候，顾郗颜一眼就看见了站在床边观察着点滴速度的赵歆艺。

放在口袋里的手缓缓摩挲着那张照片，被温热包裹着的心在看见赵歆艺的一刹那如被一盆冷水倾盆灌下，她怎么忘记了，他还有一个未婚妻。

听见声音，赵歆艺转过身来，一眼就看见了站在门口一动不动的顾郗颜，脸上浮起温婉的笑容，轻轻将手放回白大褂的口袋里。

徐止越过顾郗颜，走近赵歆艺问了情况后，两人同时走出病房。

擦身而过的时候，顾郗颜拉住了赵歆艺的手，没有扭头，声音微冷："你不是他的未婚妻吗？"

这已经是赵歆艺第二次近距离打量顾郗颜了，以前不知道李嘉恒喜欢的是什么类型的女孩子，后来见到了顾郗颜，跟想象中的差不多，柔柔暖暖的。

"可我不是他心里的那个人啊。"

不动声色地将顾郗颜的手拉开，莞尔点头，大步离开了病房。

一时间，这里只剩下她跟他。

蹒跚地往病床边走去，眼前的光影逐渐由四周汇聚到某一处，这么近距离地看着他，仿佛又回到了他喝醉酒后自己彻夜照顾他的那一晚。

窗台上放着一盆好看的绿色盆栽，顾郗颜拉把椅子坐在床头，时不时看一眼点滴，再看一眼李嘉恒。

那令她喜欢和牵动了十多年的容颜，轻易就将她的思绪勾到了过去。小时候她身体不好，动不动就生病，每每这时，李嘉恒就会在放学时跟顾郗若一块儿回来，到她床边去，温热的掌心落在她的额头，一边探着温度一边说："快点儿好起来，我弹琴给你听。"

我弹琴给你听。

六个字，在耳边经过，长此留在了她心里。

李嘉恒醒来的时候，麻药散去，疼痛袭来，皱着眉头睁开眼看见顾郗颜的时候还以为是在梦中。

顾郗颜明明是看着自己，但表情告诉李嘉恒，她又走神了。

小时候她也爱这样，特别是在学习的时候，动不动就开小差，作业经常要熬夜才能做完。那时候他们家住在对面，他的卧室正好跟她的相对，每每都会等到她的灯关了，他才合上书本。

回忆才是老天爷给他最厚重的恩宠。

"你怎么会在这里？"

顾郗颜游离的思绪被李嘉恒沙哑的嗓音拉了回来，回过神才发现，他早已经醒了，清澈的眼眸正紧凝着自己。

顾郗颜一下子就慌了，眨了眨眼，眼神还有些躲闪："我……嗯……你又喝酒了？"

莫名其妙就挤出这句话，连个承前启后都没有，问完了，顾郗颜自己都觉得头皮发麻，恨不得找个地缝钻进去。

耳边传来他低低的笑声，还有些无力。

顾郗颜抬起头来，在病房的灯光下，被李嘉恒脸上那些许温情惹得一愣一愣的，忽然，就失了言语。

"我没什么事，你还有课吧？我让徐止早点儿送你回去。"

额头还沁着细汗，脸色也是苍白的，胃出血本不是小事情，疼痛让李嘉恒没有多少力气来编出一大堆违心的狠话逼走顾郗颜。

他不过是想不清楚一些事，多喝了一点儿酒，没想到就胃出血躺在了医院，这一点，还不如顾郗颜。

"赶我走之前，能先回答我一个问题吗？"

顾郗颜的声音很软很轻，从口袋里拿出那张照片，没有注意到李嘉恒的表情在那一刹那发生的变化，而是眨了眨眼，自顾开口："徐止说，这是你钱夹里的照片——为什么是我？"

从前，藏不住秘密的人是她顾郗颜，总把喜欢两个字写在脸上，总会在周末第一时间把功课做完后穿着最漂亮的公主裙蹦蹦跶跶跑去少年宫看李嘉恒弹琴，然后跟在他和姐姐身后慢悠悠走回家。

就连小区周围的大人都会忍不住打趣，顾老师家的颜颜是不是喜欢嘉恒啊，那时候她很着急，为了掩饰还特意扬高了声音——

"才不是呢，我是喜欢音乐，喜欢钢琴。"

后来，他们看到她在音乐方面的成就，也会点头肯定："小丫头小小年纪就已经懂得'梦想'两个字了。"

殊不知，她十几年的成长里，梦想跟信仰皆因为一个李嘉恒。

眼窝有些酸涩，顾郗颜低下头："我和姐姐长得很像，但这张照片我不会认错，因为这是我第一次参加钢琴比赛，那一天我非常紧张，我上台前，甚至连谱子都忘光了。"

每个人都有第一次害怕、第一次惊慌、第一次无措的时候，那一天她甚至连站上台的勇气都没有，双手冰凉，闭上眼连旋律都回想不起来。可就是在那时候，她忽然想起了一句话，人的一生，如果有一百步可以走，那么前面九十九步走错了没关系，只要最后一步走对了就可以。如果有一百双眼睛在注视着你，那么前面九十九双是陌生的也没关系，只要最后一双是你最熟悉的眼眸就可以。

她走到了舞台的中央，弯腰鞠躬，眼光随意扫过台下黑压压的一片观众，安慰自己，别怕，他说不定就在下面看着呢。

就因为这样，原本紧张的心情慢慢就放松了，坐在椅子上，面对黑白琴键，指尖如行云流水。

房间里寂静得连一根针掉在地上都能听得清清楚楚，对于顾郗颜的疑问，李嘉恒并没有在第一时间做出回应，他只是看着眼前这个女孩，安静地看着她。

跟多年前那个小女孩的身影重叠在一起，她还是记忆中的模样，依旧那么随心随性。

"时间不早了，回去吧。"

沉默了许久，他最终只说出这句话来，顾郗颜的脸上闪过失望，但也只是一刹那，又被微笑取代。

在确定了某件事情之后，多年等待都熬过来的她最不畏惧的，就是时间。

徐止拎着一袋夜宵从走廊另一头走过来，看见顾郗颜出来，他有些意外。

"我给你买了晚餐，顺便给他买点儿清粥，这就要走了？"

"嗯，时间不早了，我先回去，明天再来看他。"

徐止注意到顾郗颜的表情，明显比来时好了许多。

"我送你。"

顾郗颜摇了摇头连连拒绝："不用了不用了，我走回去就好，正好可以散散步。"

直到看着顾郗颜的身影消失在走廊的拐角处，徐止才回过头，推开病房的门走了进去，抬头就看见李嘉恒正费力地用枕头垫在身后，试图坐起身来。

"喂喂喂，你能不能消停一下？要知道你现在这情况最好就是平躺着别动，坐起来干什么！"

徐止三步并作两步冲过去，将东西放在柜子上就扶住李嘉恒，李嘉恒挥开徐止的手，瞪了他一眼。

徐止愣了一下，忽而摇摇头，拉过椅子坐在床边，双手环抱在胸前似笑非笑地看着李嘉恒："生气了？"

"没有经过我同意，你凭什么动我的东西？！"

他指的自然是钱包里的那张照片，徐止扯了扯唇角："我不过是去验证一下，那到底是不是顾郗颜，上一次她非说是我认错人了。"

"多事。"

清明的眸子看不出任何情绪，徐止叹了一口气，身子往后一靠，姿势慵懒："我不这么做还就真找不到你最近忽然开始借酒浇愁的原因。虽说你不是当红明星，但毕竟也是踏进娱乐圈的人了，保不齐明儿就红了你还这么糟蹋自己。还有，不跟我说一说顾郗颜的事情？明明人家就是喜欢你，一片丹心的你怀疑什么，犹豫什么？"

徐止说话连个停顿都没有，李嘉恒听着都觉得累："我跟她不可能在一起，以后你不要多管闲事。"

"不可能在一起的话，你为什么把人家的照片放在钱包里一藏就是几年？而且人家小姑娘也喜欢你，你以为演电视剧吗？你还要来个百转千回才肯谈恋爱？"

徐止挑着眉一副十分看不起的样子，随手将放在床头柜上的塑料袋拎起来，取出里面的小米粥。

"本来还给她买了晚餐，结果那么快就走了，你肚子饿了没有，吃点儿粥？"

时光绵长细密，记忆中，上一次这么悠闲地在街上走着，感受A市华灯升起后的靡靡之夜还是在很久以前，刚上大学的时候。

风从耳边吹过，轻轻将发丝撩起，裙摆跟着往后微微飘扬。

顾郗颜低着头，看着自己的脚尖一步一步走得极慢，双手就放在衣兜里，分秒都舍不得拿出来，无非是要攥紧那张照片。

因我
你的
隆喜
重欢
，

她没有还给李嘉恒，那是她猜透他心意的证据，倘若他反驳了，她也不至于被逼得节节败退。

从医院走到A大，顾郗颜花了一个多小时的时间，路上买了一杯咖啡，捧在手心里暖暖的，当她走到宿舍楼下的时候，已经做出了决定。

人的一生没有太多时光能够用来等待，从前的她是默默，如今她若不努力一次，怎能对得起自己的青春？

第二天一大早，顾郗颜起床洗漱之后就站在衣柜前发呆，她要去见李嘉恒，却在为穿什么衣服而苦恼。

林婧妍拎着书包打算去泡图书馆，经过的时候看见顾郗颜靠在衣柜旁边愁眉苦脸的。

"怎么了？一大清早就准备整理衣柜？"

"才不是呢，我只是发现我真没有什么特别好看的衣服，不知道穿什么好。"

林婧妍特别意外地看着顾郗颜："原来有生之年也能看见你为穿什么衣服而发愁啊，我还以为你在这方面从来就不在意呢。"

论谁的衣柜里衣服最多，那恐怕非林婧妍莫属了，一个季节下来，她就没有穿过重复的衣服，当然，这跟家庭背景还是有很大关系的。相比之下，顾郗颜只会在突然想要穿哪种类型的衣服而衣柜里没有的情况下才购物。

前者呢，是有钱任性，后者是理性至上。

"你快过来帮我挑一挑，我穿哪条裙子好看。"

被顾郗颜挽着手拉过去，林婧妍挑着眉头看她："那你也得告诉我，你穿得花枝招展的是要去见谁呀？"

顾郗颜红着脸，微咬唇的动作一出来，林婧妍就连连摆手："算了算了我不问了，你也别跟我说了，就穿这条白裙子吧，多有气质，他肯定会喜欢的。"

"谢谢。"

顾郗颜取出了裙子之后风一样地跑进浴室去换，林婧妍笑得眉眼弯弯，她这还是第一次看见顾郗颜这么小女生的模样呢。

路上经过花店，选了一束特别好看的鲜花，阳光下，花朵上的露珠发出耀眼的光。顾郗颜背着小书包，怀里抱着鲜花，时不时低下头去闻闻香味，散落在肩上的黑发滑下来，从侧面看过去，美得像是一幅画。

秦沫从病房出来的时候刚好碰见顾郗颜。

走廊的光像是汇聚成一束，落在她身上，与那种柔和跟甜美融到一起，气质好得令人移不开目光。

因为不认识，顾郗颜只是微笑着点了头算是打招呼，经过秦沫身边径直拉开病房的门走了进去。

门关上，秦沫若有所思地看了一眼。

"送你的花，你看漂不漂亮？"

刚跟秦沫谈完工作安排的李嘉恒本打算躺下休息，被顾郗颜吓了一跳，抬起头的时候就看到她自顾自地把包包放在一边，然后拿起床头的花瓶就准备开始插花。

"你怎么来了？"

顾郗颜捧着鲜花跟瓶子走到休息区摆弄，一边用剪刀剪枝叶一边回答李嘉恒的问题："我早上没课啊，就过来陪你，本来想买早餐的，可我也不知道你现在什么能吃什么不能吃。对了，我刚才进来的时候，门口站着一位美女，是你的粉丝吗？"

"她是我的经纪人，秦沫。"

顾郗颜低着头淡淡"哦"了一声后也没有再说什么，很专注地在那里插花，病房里一瞬间变得很安静，偶尔有剪刀剪断枝叶咔嚓咔嚓的声音。

李嘉恒的手指撑着床面，靠着软垫想要移动一下身子，这个细微的动作却不小心碰掉了刚才秦沫放在床边的行程安排表。

听到声音，顾郗颜抬起头就看见李嘉恒正费力地弯着腰伸手捡地上的那张纸。

"你别动，我来吧。"

丢掉手中的鲜花跟剪刀就跑过去把纸捡起来，扶着李嘉恒躺好："你有什么事情直接跟我说就好了，不要动，手术的伤口都还没好全呢。"

目光无意间扫过那张行程安排表，上面排好的时间最近的演出居然就在两天后，顾郗颜睁大了眼睛："你大后天安排了演出？"

李嘉恒没有立马回答，而是将纸张折叠了几下放到枕头下面后才沉声启唇："这是我的事情，早上没有课就应该去琴房练习才对，跑到医院来干什么？"

倘若没有那张照片，他话里透出的疏离，顾郗颜都不知道自己能不能承受。

"我就是怕你一个人待着太闷，所以才来找你。胃出血不是小事情，怎么说也得休息半个月以上，你怎么可以那么快就答应演出呢？"

"我是弹钢琴又不是跳舞，没你想象中那么夸张，倒是你，最近练琴练得怎么样了？"

顾郗颜看了李嘉恒一眼："什么怎么样？"

"我的演奏会上需要一个嘉宾，我想把这个机会给你。"

这件事情本该在一个更合适的场合提出来才算浪漫，但李嘉恒也没想过自己的计划会被打乱，以至于变成现在这个模样。此时他提出来甚至还觉得有些别扭，明明她的到来让自己觉得一切都是那么温情脉脉，可只能用冰冷的语言去逼退她的靠近。

人，总是喜欢做一些口是心非的事情。

太过惊喜，顾郗颜眼底的眸光都是明亮的："真的吗？嘉恒，你真的邀请我去做嘉宾？"

李嘉恒有些别扭地拉了一下被子，避开顾郗颜炽热的眸光："嗯。"

顾郗颜抱着手臂，费劲地思考着："我这几天练的都是考试的曲子，如果是参加你的演奏会，我想选一首特别好听的，你应该早点儿跟我说，然后我把心仪的曲子说给你听，你帮我挑啊，你现在突然告诉我，我脑子里什么印象都没有。"

这一次，李嘉恒总算是注意到了顾郗颜对自己的称呼。

自从他回来以后，哪一次不是听她"李嘉恒""李嘉恒"这么直呼名字，好不容易不再是连名带姓了，原来只是少了一个字，心中就如同一股暖流慢慢流淌而过，嘴角不自觉轻轻上扬。

眼前浮现起熟悉的画面，仿佛一切还在从前，她跟在自己身后梳着两条长长的羊角辫，穿着校服笑着跑着喊嘉恒哥哥。

久别经年之后，他发现，有些东西并不是你想忘就能忘记的，譬如思念。

顾郗颜把问题重复问了好几遍都得不到回答，低头一看这才发现李嘉恒在出神："你怎么了？哪里不舒服吗？我跟你说半天话你听进去没有啊？"

一边问一边还很着急地把手放在李嘉恒额头上。

李嘉恒没能及时避开。

赵歆艺没想到一进来就看见这么温馨的画面，她清了清嗓子来掩饰尴尬。

"我似乎来得不是时候。"

赵歆艺穿着白大褂走进来，脖子上还挂着听诊器，手里拿着病历表，一进门就直奔床边查看输液情况。

"今天输完这一瓶就不用了，换成吃药，如果觉得还有什么地方不舒服你再跟我说。"

赵歆艺一边嘱咐一边在病历本上记录，写完后把笔随手放在胸前口袋里，抬起头来看了顾郗颜一眼。

她所站的位置刚好背对窗户，透过玻璃照进来的日光落在她身上，令她的几缕碎发如染了金色一样。这是第三次见面，却是第一次看顾郗颜把长发放下来散落在肩膀上，碎发松松绾在耳后，样子甜美可人。

赵歆艺莞尔一笑："你不喜欢我。"

顾郗颜愣了一下，怎么都没想到对方会忽然来这么一句，下意识看向李嘉恒，发现他也正蹙眉看着自己，那个表情仿佛就是在指责她不懂事一样，霎时觉得莫名其妙，不由得下意识反驳："赵小姐太敏感了，我只是觉得，咱们并没那么熟。"

"如果没有的话，你为什么不跟我打招呼呢？是不是因为我是李嘉恒的未婚妻，所以对我有敌意？"

明明嘴角盈着笑意，但说出口的话却句句带刺，顾郗颜越听越觉得难受，刚想开口，手就被李嘉恒给握住，紧接着，在她还发呆的时候，他静静看着对方，什么都没说，只淡淡道："赵歆艺。"

赵歆艺敛回笑意，认真地看着李嘉恒："你要是心疼了，就跟人家说实话，别总是拉我下水，多可爱的小姑娘，我还想着跟她做朋友呢。"

李嘉恒干脆默不作声。

被别人的话带进圈子里绕了大半天都不知道是什么意思的顾郗颜有些着急，如果她没有理解错的话，赵歆艺的意思是李嘉恒跟自己说了谎话？

"你是不是有什么事情瞒着我？"

赵歆艺低低笑出声来，摇了摇头，把病房的空间留给李嘉恒跟顾郗颜，有些误会总要解释清楚。

"我刚才说的话你没听明白吗？回去抓紧时间练琴，不要有事没事就跑到这里来。"

试图用这样的话转移话题堵住顾郗颜的嘴，只可惜李嘉恒小看了她，十多年过去了，容颜会变声音会变，性格里的执拗总是不会变。

顾郗颜俯下身子，伸手戳着李嘉恒的脸："她根本不是你的未婚妻，对吗？"

李嘉恒哑然。

他这个反应简直就是坐实了顾郗颜的猜想，一想到所谓的未婚妻都是假的，乐得眼角眉梢都是笑意。

"颜颜，"轻柔的语调里含着叹息，李嘉恒看了她一眼，"我们不合适。"

眼角的笑意都还没来得及收回去就僵住了，顾郗颜的声音很微弱，蹙眉头的小动作看起来楚楚可怜，却让看的人觉得心头一紧。

"为什么？"

时间像是静止了好几分钟，顾郗颜觉得呼吸都有些疼了："是因为我姐姐顾郗若吗？"

"顾郗若"这三个字就像是重重的一锤，砸在了李嘉恒的心口上，每个人心里总有一些不愿意去提起的人和事。

有时候不是因为你对他们寄予了太多的感情，只是因为你曾跟他们共处过长久的岁月。

对于李嘉恒来说，顾郗若就是这样的存在。

他们年少在一起读书练琴，他们无话不谈，他们曾经有共同的梦想，他们曾经把彼此看作是可以藏在灵魂深处的人，但他们最终没能在一起。

去国外后的李嘉恒想过，他对顾郗若的感情到底算爱情还是友情，可每每想起，却总是会连带着记起另一个身影。

他把照片藏在皮夹里，去看顾郗颜的演奏会，却从不承认心事，无非是怕自己把对顾郗若的感情过多地加在了顾郗颜身上。

时间像是静止了，没有得到李嘉恒的答案却见到他放空的眼神，知道他定是想起自己的姐姐顾郗若，顾郗颜的心比任何时候都难受。

胸口闷得厉害，突然间什么都不想追究了，顾郗颜深呼吸一口气，微微一笑："算我什么都没说，你不要放在心上。"

然而他竟真的沉默起来。

那一刻要说顾郗颜一点儿都不失望，实在是连她自己也不信。

接下来的时间里，在演奏会开始之前，顾郗颜都没有跟李嘉恒联系，再没去过医院，也没有打过电话，她把所有的时间跟心思都花在了练琴上。

她心里面想的是，起码不能给李嘉恒丢脸。

两天的时间其实过得很快，到了演奏会当天早上，李嘉恒给顾郗颜打了电话，告诉她会有专人去学校接她去演奏会现场，但令顾郗颜没想到的是，来接她的人会是秦沫。

秦沫的名声之大，顾郗颜是后来才知道的，关于她的消息，网络上随便一搜也能出来一箩筐。她穿着一袭白色长裙站在自己面前，波浪卷长发拢成一束散在右肩上，精致的妆容带着盈盈一笑，若说是某个明星，顾郗颜也是信的。

因为真的很美。

无独有偶，自己今天也穿着一条白色裙子，是生日那天李嘉恒送的，虽化了淡妆，却比不上秦沫的美。

"顾小姐，请上车吧。"

从学校到艺术中心，一路上秦沫都没有说话，顾郗颜也只是看着窗外不停倒退的景色，手里还捧着琴谱。早就背得滚瓜烂熟，却不知怎么还是很紧张，脑海里把旋律哼了好几遍还是不放心。

"阿恒回国后第一场演出也是这样的，紧张得不说话，把嘴唇抿得紧紧的，抱着一本琴谱，上台之前都舍不得放下。"

悦耳的嗓音打破了车厢里原本静谧的气氛，顾郗颜扭过头来，对上秦沫温柔的眸光。

"你不是第一次参加钢琴演奏会，为什么会这么紧张？"

"因为……"顾郗颜低下头，声音轻不可闻，"我不想给他丢脸。"

说得很小声，但秦沫还是听见了，她多看了顾郗颜一眼，把原本想说的话留在了嘴边。

到了艺术中心，秦沫叫来一个小助理领着顾郗颜到后台休息室做准备，而她自然是去找李嘉恒。

演奏会开始的时候，顾郗颜根本没有机会跑去看，也听不到琴声，休息室特别安静，隔音墙壁效果之好令她不知道外面发生了什么事。

小助理敲了敲门后，带着一脸暧昧的笑容走到顾郗颜面前："顾小姐，准备好了吗？轮到您上台表演了。"

"哦，好的。"

顾郗颜站起身来，对着镜子整理了一下裙子跟头发，回过身对小助理微笑示意的时候就听见她说了一句——

"真是天生一对呢。"

蒲扇似的眼睫毛微微一颤，没有回应。

从休息室走到后台需要几分钟的时间，上台之前顾郗颜终于见到了李嘉恒，此时的他西装革履，贴身设计将他颀长的身姿展露无遗。舞台的光线用简单几笔将他的英气勾勒出来，他唇角微微一勾，顾郗颜好似听见了远处花开的声音。

"不用紧张。"

顾郗颜伸出手来，李嘉恒看了她一眼，仿佛是读懂了她的眼神，将自己的掌心覆在她的掌心上，感觉到的是冰凉的一片，不由得眉头一蹙。

"你的手怎么那么冷？"

"大概冷气开得太足了吧。"

顾郗颜尽量让自己的声音听起来轻松一点儿，可就在她想把手抽回的时候，反被李嘉恒紧紧握住。

似乎能够感觉到有能量一点点传递到自己的身体里，慢慢抚平那种紧张和焦躁，慢慢覆盖住那些不安，心放下来的时候，手却不舍得放开了。

秦沫走上前来，显然看见了这一幕，但她脸上却没有丝毫笑容，打断两个人的对话，公事公办地告诉顾郗颜时间到了，必须上台。

"我就在这里等你。"

千言万语都抵不过这句话来得安心，空气中有什么在撩动着这不为人知的情绪，李嘉恒松开手，顾郗颜看了他一眼后离开了后台。

肖邦的《离别曲》，一首旋律里带着故事，能把人的情感带动起来的曲子。

琴声从黑白琴键之间穿梭出来的时候，李嘉恒步伐一顿，回过身看向舞台。肖邦的曲子是很典型的，每一首曲子里都会有一个故事，而这首《离别曲》，是他在远离祖国的时候，与倾慕的女孩子分别前所作的，充满着缠绵幽怨的情感。

爱慕与悲戚交织在一起，让你感觉到那种情感的挣扎，爱与不舍，是世界上所有天平上都无法保持平衡的两样东西。

而顾郗颜，把它们的缠绵悱恻与不舍悲戚演奏得淋漓尽致。

"肖邦的曲子啊，我没想到她居然可以演奏得这么好。那么接下来问题来了——为什么你从来不弹肖邦？"

仿佛读懂了李嘉恒的情绪，站在旁边的秦沫轻声开口，她低下头，唇角微微一勾："因为你喜欢她？"

"肖邦作这首曲子的时候说过一句话，像这样优美的旋律，从前没有，以后也不会有。"李嘉恒开口时语气很淡，仿佛当真只是在聊一段创作故事。

秦沫心中一片讶然。

像顾郗颜那样的女孩，从前没有，以后也不会有。所以，需要放在心上去珍惜的，又何尝只有这一首曲子？

一首曲子结束后，顾郗颜站起身来，走到台中央弯腰答谢，眼眶忽而就红了，抬起头来的时候，轻轻一笑。

不知是在哪里听到过这样的一句话——唯有爱情，始于如此的兴奋与渴望，又终于如此的挫败与荒凉。

多年前，肖邦为爱而不能得谱了一首曲子；经年后，张小娴为爱的荣美与痛楚写了一本书；再后来，顾郗颜终于亲身经历，什么叫作深爱却不能在一起。

从舞台旁侧的楼梯下来，顾郗颜遇见了秦沫，秦沫点头算是打招呼，然后就匆匆离开，顾郗颜的眸光有些急促，在人群中寻找那个熟悉的身影，却怎么都没有看见。

心头一阵失落，或许他是为了下一首曲子在做准备。

而她，演奏完，就像是被这个世界抛下的孩子，没有谁在意她，没有谁注意她，所有人都在她身边匆匆而过，却没有一个人为了她驻足，哪怕是说一句："顾小姐，辛苦了。"

走到休息室，穿上外套后，像来时一样安静地离开。

夜色深沉，顾郗颜双手放在衣袋里，在艺术中心门口那张硕大的海报前驻足了几分钟才离开。

风很凉，环抱着肩膀走在街道上，旁边陆陆续续有人经过，他们时而步履匆匆，时而携伴嘻嘻哈哈，只有顾郗颜一个人，走得慢且孤独。

"小姐，一个人吗？"

有些喝醉了酒的地痞流氓开着车子经过，就在路边绕来绕去地缠着顾郗颜，时不时摁一下喇叭，大声问她要不要一块儿喝酒。

顾郗颜连回头看一眼都没有，加快了步伐，夜风微凉，吹着她的头发往后飘散。穿了高跟鞋的缘故，走得太快脚后跟就磨得很疼，等到她实在忍不住停下来的时候，脚板已经疼得麻木了。

她扶着花圃旁边的大理石砖慢慢坐下，茫然地看着脚上的伤口，伸手一碰，疼得咬紧了嘴唇，眼眶都红了。

另一边，在艺术中心结束了第一场独奏演出后的李嘉恒在谢幕前得知顾郗颜已经走了，眸中有一抹失落的神情闪过。

"或许是有什么急事吧，我光顾着忙也没有照顾到她，不然就派人送她回学校了。"

秦沫站在旁边解释，表情中也有点儿自责。

"没事，结束之后我再给她打电话。"

"不参加庆功宴了吗？你今天的演奏很成功，大家想给你庆祝一下。"

李嘉恒敛了敛眉，笑着摇头："谢谢你们的好意，我心领了，不过刚从医院出来还忌大吃大喝。"

助理走过来提醒李嘉恒可以上台谢幕了，顺便伸手帮他整理了一下领结。当李嘉恒出现在舞台上的时候，掌声雷动，他那澄澈的眸光，落在大门口那个位置，有些微不可见的遗憾。

他是想过，跟她站在同一个舞台上，牵着她的手一同弯腰谢幕的。

从艺术中心出来，李嘉恒一边听秦沫讲接下来的行程安排，一边拿出手机来给顾郗颜打电话，确认她到底到学校了没有，毕竟是晚上，他还是不放心。

电话响了很久才有人接听，呼呼的风声让李嘉恒下意识地停下脚步，眉头微蹙。

"颜颜？你回学校了没有？"

晚风把她的脑袋吹得昏昏沉沉的，不仅没有把缠绕在脑海里经久不散的烦闷吹掉，反而盘得越来越紧。脚后跟磨破了皮的地方，血也已经凝固了，稍微动一动就疼得厉害，索性坐在这里动也不动。

接电话的时候根本就没有看来电显示，却在听见李嘉恒声音的那一瞬间，一股酸涩涌上了鼻头，眼眶霎时就红了。

"郗颜，你在听吗？"

站在旁边的秦沫在听见这句话的时候，将原本摊开来的笔记本合上放回包包里，摸出衣袋里的车钥匙，递给李嘉恒，无声地张了张嘴巴——去找找看。

李嘉恒抓过钥匙，连说声"谢谢"都没有就跑向停车场，错身而过的时候也没有扭头看一眼秦沫，自然不知道她眼里藏满了落寞。

小助理从后面气喘吁吁地跑上来："秦姐，不是说开庆功会吗？你劝好嘉恒哥了没？"

秦沫笑着摇摇头："他刚出院，身体也不太舒服，能顺利完成演出已经很棒了，庆功宴我们自己去就好，走，去一醉方休！"

夜晚的街道，来来往往的车辆很多，在路口等红灯的时候，李嘉恒狠狠地拍了一下方向盘，修长的手指攥紧了，骨节泛白。

刚才在电话里，他问顾郗颜到底在哪儿，对方好半天才带着一副哭腔说迷路了。

A市哪一个地方不是顾郗颜熟悉的，要说会迷路的也该是他这个在国外待了很多年的人，可现在她说迷路了，李嘉恒也是深信不疑。

了解周围的建筑后，找了很久才在喷泉广场找到了顾郗颜，彼时的她披着一件外套蜷缩着坐在花圃边缘的大理石台面上，低着头也不知道在想些什么。

外套落在身上，带着温暖袭来，那熟悉的薄荷香味也钻入了鼻尖，入目是那双锃亮的手工定制皮鞋，缓缓抬起头，笔直的长腿，颀长的身形，直到对上那双深邃的眼眸。

顾郗颜眼底有不加隐藏的委屈："啊，你终于来啦。"

声音里带着鼻音倒像是在撒娇。

就像有一根羽毛在心间扫过一样，说不出的滋味，微妙得令人无法用语言来形容。

"为什么一个人走出来，你应该在那里等着我的。"

半蹲下来，视线与顾郗颜相对，李嘉恒伸出手来，揉了揉她的头发："我送你回学校。"

顾郗颜沉默了几秒钟，将双手张开来，没有喝酒却一副醉酒的样子："我脚痛，走不了了。"

顾郗颜一说，李嘉恒立马低下头去检查她脚上的伤口，当看到脚后跟那血肉模糊的样子后，眉头都蹙紧了。

"怎么弄成这个样子了，高跟鞋不合脚为什么还要一个人走出来？"

就像是被责怪了一样，顾郗颜嘬着嘴巴，看着李嘉恒，眼睛里还真蒙着一层雾气："我就是觉得你和现场的工作人员都很忙，我一个外人，不好麻烦别人。"

李嘉恒站起身来居高临下地看着顾郗颜，好半天只说了一句："你不是外人。"

顾郗颜不说话，气氛一时间变得有些尴尬，李嘉恒背对着她蹲下身来："上来吧，我背你。"

就这样，背着顾郗颜，手里还拎着她的包包和高跟鞋，走回学校的路明明不长，李嘉恒却走了很久。

过去的记忆清晰得像是在眼前，如同电影一样重新放映了一遍。

彼时的她还是个小孩子，刚上小学一年级，幼儿园里活泼爱闹的性格带到了学校，每天放学总要跟小伙伴们玩上好一会儿才肯回家。

那时候顾郗颜的父母很忙，每天都是满课，因为有长女顾郗若在同一所学校，就让她们一块儿回家。

当然，还有李嘉恒。

有一天，她因为调皮贪玩，跟着小伙伴到学校后山，结果迷路了，顾郗若去上课外兴趣班，就剩下李嘉恒一个人，足足找了好几个小时，最终，满头大汗的他在溪边的小石堆上发现了哭泣的顾郗颜。

走过去才知道原来她迷路了，还不小心扭伤了脚。

"嘉恒哥哥，我把脚扭了。"

同样的哭腔，同样是张开手来，一副很受伤的表情。

他的心顿时就软了，转了个身在她面前蹲下，将她背起来。不过是比她大了几岁，也一样是个小学生，换作是别的孩子，估计没走几步路就喘着气喊不干了。但李嘉恒咬着牙坚持走到了校门口，一路上他每一步都走得小心翼翼，就是怕脚一软不小心摔了她。

顾郗颜趴在李嘉恒的背上，也不哭了，抹着眼泪，小手搂着他的脖子，凑得很近，软声软气地道歉："对不起，我以后再也不贪玩了。"

李嘉恒咬着牙，脸上浮起一丝笑容。

"颜颜，你要减肥了。"

小姑娘终究是小姑娘，一被人说胖，脸色立马就变了，小腿蹬蹬蹬，噘着嘴巴，腮帮都鼓起来了："你胡说！我不胖！"

一段路，他把过去回忆了一遍，时隔多年，他再背着顾郗颜走的时候，却不舍得说她胖了。

"今天为什么选了那首曲子？"

偏偏是《离别曲》，那么哀伤的调子，让整个人的情绪都跟着下沉，李嘉恒并不喜欢顾郗颜弹那样的曲子。

"因为这首最熟悉。"顾郗颜搂着李嘉恒的肩膀，说话的时候热气呼在他的脖子上，如一片羽毛扫过。

"一直觉得这样的曲子，弹得好了，有直抵人心的魅力。"

顾郗颜紧了紧手臂，她觉得人生其实就是被命运安排好的。她在那么美好的年纪遇见了李嘉恒，却不能够跟他在一起，让她在无数的岁月里，守着微小的秘密过着跟他最相似的生活。

对于顾郗颜来说，李嘉恒就是她的信仰，像是她生命里一场恢宏的盛宴，有过最美好的记忆，从此迷失了自己。选择音乐，一方面是因为灵魂的交流，另一方面就是——

她在见不到他的时候，能够做相同的事情，用最简单的方式去思念他。

"肖邦的曲子在我看来是最有灵性的，我很喜欢，我想把我最喜欢的曲子弹给你听。"

　　李嘉恒的步伐在听到这句话的时候猛地顿住了，顾郗颜低下头，在他微侧的脸颊上印上一枚轻吻。

　　"李嘉恒，你知道的，我喜欢你。"

第三章

抓 不 住 月 光

"小白，晚上有事就不跟你一块儿吃饭了，对不起呀，下次我一定请你吃饭。"

"喂喂喂！顾郗颜你给我站住！"

无奈手上抱满了从图书馆借来的书，苏小白根本没法伸出手来拦住顾郗颜，一眨眼的工夫她的身影就变得跟米粒一样小了。

"顾郗颜你是不是谈恋爱了？"

苏小白翻了一个白眼嘀咕道，连续一个星期，顾郗颜只要一没有课就往外跑，晚上也不留在学校吃饭，偶尔还会在外面过夜。同宿舍的林婧妍都说了，顾郗颜最近如沐春风，偶尔还会出神地偷笑，很明显就是谈恋爱了。

女生天性爱八卦，苏小白是很想问的，可偏偏最近的课程很满，一有时间又得往图书馆跑，根本没有办法问顾郗颜。不过，苏小白是知道的，在这个世界上如果只有一个名字能够让顾郗颜神魂颠倒，那只能是李嘉恒。

车子停在校门口，李嘉恒刚从对面的咖啡厅出来，手里提着一个袋子，站在马路对面就看见了顾郗颜。

她今天穿着一件无袖的雪纺裙，头发披散在肩膀上，手里还抱着琴谱，步伐轻快，极像一道亮丽的风景，让人移不开目光。

"颜颜。"

李嘉恒喊了一声，眼看着红灯变成绿灯，斑马线上人来人往，他也飞快地走了过去。

"你怎么过来了？"

顾郗颜快步走了过去，笑靥如花，裙摆往后飞起一个好看的弧度。

李嘉恒将手中的咖啡递给顾郗颜，拿过她的琴谱随意翻看了一下，是几首高难度的曲子，准备在七月份参加国际钢琴比赛时弹。

“下午没有通告，有时间，所以就过来了，顺便买了你最爱喝的榛子玛奇朵，先上车，回去之后我检查一下你的练习情况。”

他帮顾郗颜打开车门，看着她把安全带系上后，才绕到另一边上车。

“我今天头有些疼，回去能不能不练琴了？”

捧着咖啡，顾郗颜眼巴巴地看着李嘉恒，样子可怜兮兮的。与其说两个人在谈恋爱，还不如说是给自己找了一个家教老师，每天晚上到公寓还要再弹一遍琴给他听，然后又要练上好长一段时间。

别人谈恋爱，不是到这里去吃美食，就是去那里逛街，她倒好，就窝在公寓弹琴，听起来很浪漫的样子，久而久之觉得好枯燥。

李嘉恒抿了抿唇，笑容浅淡：“真的是身体不舒服？”

顾郗颜喝了一口玛奇朵咖啡，嘴唇上沾到了些许泡沫却还浑然不知。

“你都不约我看电影，也不陪我逛街，每天晚上吃完饭就弹琴，你是我免费请来的家教吗？”

话刚说完，就被人伸手捏了一下鼻子，顾郗颜噘着嘴巴看过来：“难道不是吗？”

“先擦一擦你嘴角上的泡沫吧，像个老太太。”明明嘴上是嫌弃，表情却还是宠溺。

那一夜，顾郗颜问李嘉恒要不要跟她在一起，一个女孩鼓足了勇气把她十几年的喜欢隆重地捧在了男孩面前，那满眼的期许像极了天上的繁星。

回应顾郗颜的，是李嘉恒落在她唇上轻柔的吻。

李嘉恒并没有直接开车回公寓，而是兜了一个圈停在了一家大型生活超市的门口。解开安全带，转过头看了顾郗颜一眼：“下车吧，公寓冰箱里快空了，去看看有没有什么想吃的。”

“你今晚想吃什么？”

顾郗颜一边问，一边挽着李嘉恒的手，两个人甜甜蜜蜜地进了超市，样子看上去真的很像新婚夫妇。

恰逢下班时间，超市的人很多，李嘉恒推着购物车堵在后面，顾郗颜早就蹿到前面去挑选蔬菜了。

围在一起的多数都是家庭妇女，也有刚下班的白领一族，唯独顾郗颜，样子看起来就是个学生，穿着漂亮的裙子，专注地选着蔬菜。

"阿恒，我们晚上吃西兰花炒鲜虾好不好？还有水笋炒鸡蛋。冰箱里的西红柿都没了，我再多选几个。"

见李嘉恒好不容易挤过来，顾郗颜连忙问他，旁边站着的超市大妈笑嘻嘻地看着他们。

"小伙子，你可真有福气啊，娶了这么一个年轻漂亮又贤惠的老婆。"

公然被认为是新婚夫妇，顾郗颜涨红了脸，慌忙低下头去，假装继续挑选西红柿，但耳根早已红得发烫。反倒是李嘉恒，一脸自然，还带着淡淡的微笑，居然都不开口否认一下，顾郗颜觉得心里面有非常微妙的情绪，就像是一颗魔法种子，噌噌噌变成藤蔓迅速缠住整颗心，痒痒的。

扫购了一大堆新鲜食材，逛到零食区还顺手拿了两袋薯片，丝毫不在乎李嘉恒不满的眸光。

回到公寓，顾郗颜把包包丢在沙发上，拎着袋子就往厨房跑，还一边喊着："你坐着别动，我来做晚饭。"

李嘉恒换好拖鞋跟在后面，把剩余的东西都搬到厨房。

"真的不用我帮忙？"

"嗯，围裙呢？帮我系一下围裙。"顾郗颜把手都弄湿了，这才想起来还没围围裙，身上的裙子又是浅色系的，怕弄脏，举起双手来让李嘉恒帮忙。

"你先去洗澡吧，晚饭做好了我喊你。"

系好围裙的顾郗颜开始在厨房里忙起来，长发随着她的动作而摆动，扬起很好看的弧度。把案板洗了一遍后擦干，将洗好的水笋摆放在上面，刀法麻利地切着细丝。

李嘉恒交叉着手臂就站在旁边，以前从未听说过顾郗颜会做饭，这几日在公寓的晚餐也是他掌勺，以为她十指不沾阳春水，却没想到刀功还不错。

"我在家里吃水笋的时候都是炒鸡蛋，可后来有人说这样搭配不好，要不然我们换成炒虾米？"

把切好的水笋整齐地摆放在盘子里，想处理鲜虾的时候回过头来问李嘉恒的意见。

"两者应该都好，我都吃过，如果鲜虾用来搭配水笋的话，西兰花呢？"

"算了算了。"顾郗颜一手举着刀，另一只手叉着腰，"你还是去洗澡吧，不要在这里影响我的发挥了。"

"明明是你要问我意见的，好吗？"李嘉恒有些哭笑不得，但最终还是被赶出了厨房。

等到他洗完澡擦着头发走出来的时候，就已经闻到了饭菜的香味，餐桌上摆放着两菜一汤，色相甚佳，而顾郗颜正在洗碗台前清洗用过的锅跟铲子。

"如果不是亲眼看见的话，我还真不敢相信这些菜是你做出来的，听说你在家里什么家务都不做，难不成是给谁当田螺姑娘偷偷练成的？"

顾郗颜回过头来，挑着眉："我记得我没放醋，怎么闻到一股好重的醋味。"

李嘉恒笑着没再说什么，拉开椅子坐下，拿起筷子尝了尝，赞不绝口。对于美好的事物，他从来不吝啬赞美。

顾郗颜也以最快的速度清理好灶台，洗了手后跑过来，没有第一时间去自己的位置坐下，而是趴在李嘉恒的肩膀上，耍着赖要他夹一口给自己尝尝是不是真的很好吃。

"我真是越来越佩服我自己了，我爸还经常取笑我呢，说我在家都没有做过家务，以后怎么办。这种东西哪里需要学啊，看久了就明白了，你说是不是？"

"王婆卖瓜自卖自夸，你未免也太自信了点儿。"

顾郗颜感觉有点儿气愤，站直了身子白了李嘉恒一眼："我又没有说错，味道真的不错啊。"

"好了好了，我已经夸过你了，再夸你辫子都要翘起来了，坐下来吃饭吧。"

顾郗颜这才乖乖地回到自己的位置。

晚饭后，顾郗颜又主动包下了洗碗的任务，想着要有始有终，李嘉恒被要求必须站在门边陪她聊天。

"你一个人在国外生活，没有遇到过很窘困的时候吗？一走就是那么多年，都不想着回国看看。"

李嘉恒抱着手臂，靠在门框上，深呼吸了一下，眼眸里的情绪蔓延开来，回忆过去像要花很多力气一样。

"初到国外，语言不通是我面临的最大问题，还有就是独立性，重重困难，而我要做的就是硬着头皮往前冲。我其实回国过几次，就是没有跟你见面而已。"

"为什么？"

顺口问出来后不到三秒钟，顾郗颜就后悔了，洗碗的动作一顿，都不敢回过头对上李嘉恒的目光。

"那些年……总把某个人误以为是自己喜欢的，确实是在经历了时光之后，才确定其实只是知己。但那时候毕竟年轻，连自己的心思都摸不清楚就落荒而逃，害怕再去遇见，再去回忆，总想着，与其患得患失，不如不去想念。"

水龙头还开着，水哗啦啦地流着，在整个房间陷入死寂的时候，只听得见这声音。

顾郜颜知道，李嘉恒话里面的那个"某个人"，指的就是她去世的姐姐顾郜若，他们年少岁月里共同的小伙伴，他们曾经懵懂无知的见证者，他们心里共同的一道伤……

背后一紧，突然被人圈在怀里，温暖包围住了整个冰冷的脊背，顾郜颜的眼眶一下子就红了。

"她每天都会给我弹好听的曲子，她总是会在妈妈帮我扎完辫子的时候跑过来摸我的头……说颜颜你真可爱。"

沾满泡沫的手没来得及冲洗，声音里已带着颤意。

李嘉恒就这么安静地抱着顾郜颜，听着她把对顾郜若的思念娓娓道来，那是她不曾向任何人开口说过的话，因为她怕又是在无休无止的夜晚里用眼泪把枕畔打湿，不能入眠。

"我们一块儿上学，放学牵着手一起回家，我因为贪玩而把校服弄脏，她会蹲下身子帮我轻轻拍着……我们睡同一张床，听妈妈讲童话故事，不管我问多少问题，她都不厌其烦地解释给我听……"

酸楚涌上了鼻尖，眼眶里蒙上一层湿气，一眨眼，泪水就滴落下来，砸到李嘉恒的手背上。

"我曾经把喜欢你当成一种罪……总觉得你是属于姐姐的……她把所有我喜欢的东西都让给了我，我却太贪婪，还奢望着想要跟你在一起。"

闭上眼睛，那种熟悉的负罪感又一次以排山倒海之势席卷过来，像是要把整个人包裹住一样，连呼吸都不能够。

顾郜颜蓦地睁开双眼，转过身来，对上那双深邃的眸子，同自己一样，眼眶也被染红。

"你说，我是不是一个很自私的人？"

像是被什么戳中了心脏一样，有些疼。捧起顾郜颜的脸，情不自禁地低下头吻上了她的唇，用温柔缱绻慢慢抚平她的不安和消极的情绪。

空气中的气流变得浪漫轻缓，顾郜颜渐渐闭上眼，略有紧张地伸出手来揪住李嘉恒腰间的衣料，连手上还沾有泡沫都忘记了，慢慢地回应着他的吻。

这一刻的时光，像是慢镜头一样，画面美得如同一幅画，似乎连流动的空气都

我的喜欢，因你隆重

放缓了速度，不愿轻易惊扰他们。

在整个学校，每一个学生都绷紧了弦，挑灯夜战度过考试周后，暑假以非常受欢迎的姿态袭来。

考完最后一科后，苏小白整个人瘫倒在顾郗颜身上，捂着脸欲哭无泪。

"明明知道要保护好嗓子，你还在考试前去吃麻辣烫，你也是疯了才敢这么挑战你的老师。"

顾郗颜把苏小白推开后，专注地收拾着行李，一副自作自受的样子。

"不应该这样啊，你不是应该好好安慰我的吗？顾郗颜，我发现你越来越重色轻友了。要不是因为你每天晚上都跑去跟李嘉恒吃饭，把我抛下，我至于随便用麻辣烫应付吗？"

一想到可能会挂科，下学期可能要补考，苏小白就觉得整个人像是站在悬崖边上一样，被风吹得瑟瑟发抖，都快要掉下去了。

"对了，你下个星期就要去澳门参加比赛了，现在收拾行李干什么？打算回家住吗？"

顾郗颜的动作顿了顿，抬起头来看了苏小白一眼，好半晌才挤出一句："不回家住。"

"那你打算去……"话还没说完苏小白就反应过来了，从椅子上弹起身来，指着顾郗颜连声尖叫，"同居！你要去跟李嘉恒同居！"

这种反应简直就在意料之中，顾郗颜食指抵着唇瓣："嘘！"

"顾郗颜，这样真的好吗？万一被你爸妈知道了，还不把你撕碎啊！"

"不是你想的那样，他是为了监督我把曲子练熟，公寓有两个房间，我住在主卧，他睡在客房。"顾郗颜有些哭笑不得，"再说了，我爸妈跟他爸妈都是那么多年的好朋友了，从小看着我们一块儿长大，现在我们在一起了，他们肯定也很开心，哪里会把我撕碎。"

都说恋爱中的人智商会变得很低，苏小白完全不同意这样的说法，起码顾郗颜因为谈恋爱，口才都变好了！从前反应哪会这么快，找出一大堆理由来强辩。

"总之你一定要自制，知道吗？再喜欢你也要忍住别扑上去，女孩子要懂得保护自己。"

顾郗颜愕然，她在苏小白眼里就是这么饥渴的人吗？不由得有些哭笑不得地道："我不至于那么主动好不好？我也是有原则的，好吗？"

苏小白摆了摆手一脸不同意："喜欢对方那么多年都不放弃，我永远不知道你的潜能能发挥到哪一步，指不定哪一天你喝醉了酒，真的把李嘉恒给'法办'了，也不是没有可能。"

"……"

竟无言以对。

下午五点半，在苏小白的帮助下，顾郜颜终于收拾好了行李，拉着箱子来到校门口。

"李嘉恒不开车来接你吗？"

"他今天有日程，晚上也不回公寓过夜，我自己打车过去，拉着行李挤地铁也不方便。三号在机场见吧。"

"那你路上小心，到了公寓给我发短信。"

两人挥手告别，看着顾郜颜上车后苏小白才转身走回学校，没走几步就遇见了徐亦凡，双手插着裤袋站在离自己不远的位置，不知道是站了很久呢，还是刚好经过。

苏小白脸上带着微笑迎了上去："好久不见。"

"好久不见。"

自从徐亦凡向顾郜颜表白失败以后，苏小白每一次遇见他总觉得很尴尬，那种微妙的情绪无法用语言来表达，就像中间隔着什么一样。

"都考完试了，你还不回家吗？"

徐亦凡伸出手来指了指苏小白身后："你不也没拿行李回家吗？我打算在学校待几天再回去，不着急。"

"哦，哦。"

"刚才我看郜颜拉着行李走了，离比赛也就不到一个星期的时间了，她还回家？"

苏小白才不敢跟徐亦凡说顾郜颜这是谈恋爱，要搬到男朋友那里住，索性随便找了一个借口搪塞过去了。

"对了，我听说你在申请下学期出国做交换生的项目，是美国茱莉亚音乐学院？"

"嗯。"

在音乐这条道路上，徐亦凡算是个很有追求的人，也看得出他对音乐的喜欢。李嘉恒还没有回国的时候，顾郜颜也把出国当成一个目标，现在，恐怕她早已经把这个想法抛到脑后了。

"我听说前段时间，郗颜去参加了李嘉恒在艺术中心的演奏会？"

苏小白回过头来看了他一眼，笑得有些牵强："你还挺关心她的，这件事情你都知道。"

徐亦凡低头抿唇，淡笑不语，有些事情他其实早就看出来了，只是没有说而已。

"嗯……我也是最近才知道的，他们以前是邻居，从小青梅竹马，一块儿长大，后来李嘉恒出国学音乐了，回来的时候邀请郗颜去当嘉宾，也是很正常的一件事情啊。"

这后面的解释，连苏小白自己都觉得有些画蛇添足，但又感觉不说的话，也不太好……

庆幸的是徐亦凡并没有再多说什么，很快就走到宿舍区，自然而然地打招呼分开。直到快步走回宿舍，苏小白才长舒了一口气。

不知道为什么，她始终觉得在感情上，徐亦凡不像是已经放弃了。

秦沫会出现在公寓门口，让顾郗颜有些慌张，因为搬行李过来的时候满身都是汗，如今洗完澡换了睡衣，头发湿答答地披在肩膀上，任谁看了都知道，顾郗颜是住在这里的。

比起顾郗颜的不自然，秦沫只是眼中闪过一丝惊异，尔后用微笑来取代。

"嘉恒晚上还有录音要做，我来给他拿一些干净的衣服好换洗。"

顾郗颜点了点头，让秦沫进门，原本以为她会在客厅坐一会儿然后让自己去收拾衣服，却没想到她换了鞋子以后就径直往卧室走去。

这样的行为让顾郗颜很敏感，下意识地跟了上去，抢在秦沫之前若有似无地挡在了李嘉恒卧室的门口。

"秦姐，你是客人，还是在沙发上坐一会儿吧，我来给他收拾衣服。"

秦沫莞尔，并没有因为顾郗颜的话而表现出半点不悦，却也没有转身离开，而是站在原地出声提醒道："麻烦你在第一个柜子里帮他取一套内衣裤，深蓝色的，然后在立式衣柜那里挑一套西装，内衬白色。"

顾郗颜走到衣柜前，下意识地按照她说的，将衣物一一整理出来，直到将东西打包好，她都还没回过神来，只觉得刚才秦沫的那种眼神和语气仿佛在炫耀一样。

她对这里的一切都是那么熟悉，更胜过自己。

顾郗颜提着包包从卧室里走了出来，一眼就看见秦沫坐在沙发上低头绾发的动作，她的身上，有自己没有的那种知性跟沉稳。

"秦姐，衣服都收拾好了，麻烦你带给阿恒。"

"谢谢。"

秦沫接过包包，自然地挎在臂弯处："上一次见面太过匆忙，你又提前走了，没能一块儿参加庆功宴有些遗憾，希望以后有时间一块儿吃顿饭。"

"嗯……"

"那我就先走了，嘉恒还在等我，你也早些休息吧。"

送走了秦沫，她走回客厅，空荡荡的客厅里，只有她一个人，竟微微有窒息感。

顾郗颜情愿是自己太敏感了，连练琴都提不起力气，抱着软枕缩进了被窝里，只有这里有李嘉恒的气息，让她觉得熟悉和心安。

铃声响了好久，顾郗颜迷迷糊糊醒来，伸手在床头摸了许久才摸到手机，睁眼一看，是李嘉恒的来电。

"睡觉了？"李嘉恒听出了顾郗颜模糊的嗓音，看了一眼腕表上的时间，他还以为顾郗颜每天都是十一点多十二点才睡觉的夜猫子。

"嗯，你呢？刚录完音吗？"

顾郗颜抱着被子换了个姿势侧躺着，把手机放在耳朵上。

"做了一个电台节目之后就录了新的曲子，到现在才回酒店，睡衣是你帮我选的？"

事实上，顾郗颜睡得迷迷糊糊，听他讲话也是左耳进右耳出，根本没有那么清楚地分辨话里面的重点是什么。

"你怎么知道？"

"没什么，就是知道。"

感觉听筒另一边很安静，又有很平缓的呼吸声，李嘉恒勾了勾唇，大约可以在脑海里想象出顾郗颜闭着眼睛接电话的画面。

"我不打扰你了，你继续睡吧，晚安宝贝。"

告别的声音很轻，轻得就像是耳边的呢喃声，还辨不清真假，手机已经滑落到了被子上……

她连捡起来的想法都没有，挪了挪身子继续睡。

等到第二天醒来的时候，顾郗颜摸着手机无意间看见通话记录，立马瞪大了眼睛，迅速地翻看起来。

不是梦！原来真的不是梦！

李嘉恒打电话来了，这七分多钟的时间都说了些什么，她什么都想不起来！

顾郗颜捂着脑袋，抓着头发一脸懊恼地埋在了被子里，这是在逗她吗……

打开水龙头，掬一捧清水扑到脸上，顾郗颜看着镜子中的自己，好半天才把目光收回。也不知道她昨天晚上有没有说什么奇怪的话，现在拼命想也想不起一星半点儿。

秦念初打来电话的时候，顾郗颜正在厨房折腾早餐，从没有用过面包机，如今研究半天都不敢下手。

"颜颜啊，放假了宿舍的同学都走了吗？"

顾郗颜根本没跟父母说她和李嘉恒在一起的事情，一方面是不知道从何说起，另一方面怕他们反对。

一听妈妈问，顾郗颜连忙放下手中的东西，捂着话筒回答："嗯……还剩一个同学没走，她要晚一点儿呢，还有选修课没有上完。"

这么撒谎都是有理由的，学校跟家在同一个城市，秦念初动不动就让顾郗颜回家住，而且放假让她一人留在宿舍也担心。如果说宿舍里还有同学的话，秦念初就不会继续往下说了，对妈妈这个心理，顾郗颜可是拿捏得很准。

"那你三号去机场，我跟你爸爸去学校接你吧。"

"不用了妈妈，小白会去送我，你放心，我又不是第一次出去比赛，不用这么送来送去的，多麻烦，你跟爸爸还得上课呢。"

秦念初听罢，叹了一口气："爸妈就你一个孩子了，多少都会担心的，想着让你这几天回家里住，又怕影响到你练琴，要不晚上你回家来吃饭？"

一提只有一个孩子这样的字眼，顾郗颜鼻头就酸酸的，心里也觉得很不是滋味。在性格上她属于那种比较独立的女孩子，不恋家，也不依赖父母，但自从姐姐离开后，父母对她的关注就变成了双倍的。

"这样吧，妈妈，我一般都是下午练琴，练到很晚，我每天早上就当锻炼跑回家，吃完早饭跟午饭后再回学校好不好？"

考虑到李嘉恒白天也极少在公寓，她一个人也无聊，就想着何不利用这段时间回家。

秦念初的嗓音里带着笑意："好啊，那妈妈这几天把你的早餐做好，我跟你爸去上课的时候你就自己吃，中午我们就一家人一块儿吃饭。"

通话结束，顾郗颜把手机放在桌上，看了一眼面包机，最后决定放弃，转而冲了杯牛奶，捧着进了书房。

跟想象中的书房不一样，李嘉恒的书柜上放满了碟片跟录音带，鲜有什么书籍，偌大的房间给人一种很空洞的感觉。坐在榻榻米上，顾郗颜把杯子放在小圆桌上，走到柜子旁踮着脚一张一张翻看着有没有感兴趣的碟片。

李嘉恒回来的时候，见客厅跟餐厅都没人，以为这个时间顾郗颜还在睡懒觉，却没想到经过书房的时候发现了踮着脚尖正在艰难取碟片的小矮子。

"你想看什么，我帮你拿。"

头顶一片阴影压下，紧接着伸出一只手帮自己取下了磨蹭半天都没有拿到的CD，顾郗颜回过头来，眸如繁星。

"你回来啦！"

这四个字，在李嘉恒听来恐怕是世界上最好听的字眼，他从身后环抱住顾郗颜的腰，清晨的阳光透过书房的窗子洒落下来，温暖得令人想就这么懒懒地依靠着，一动不动。

"我昨天睡得迷迷糊糊的时候你给我打电话，我看到通话记录有七分钟呢，咱们聊了什么啊？昨晚实在太困，早上居然什么都回忆不起来了。"

李嘉恒垂眸看了顾郗颜一眼，这个角度，能看得见她蒲扇一般的眼睫毛，长而卷翘。阳光照在她的脸上，白皙的肤色如油脂般细腻，头发也染上了一层金黄，看上去，美得像一幅画。

"说了什么你都记不起来了？"

顾郗颜摇了摇头。

"我一般睡着了，意识就是迷糊的，电话虽然接了，但说了什么我完全记不起来。"

李嘉恒低头吻了吻她的头发，笑了起来，嗓音清冽："想不起来就别想了，没有什么重要的事情。"

"那你今天没有通告吗？"

顾郗颜回过身来，面对面的时候，她发现李嘉恒脸上虽然带着笑，却仍然难掩满脸的倦容。

"熬夜录音了吗？你们公司怎么都不注意旗下艺人的休息时间。"

摸着李嘉恒下颌青色的胡楂儿，顾郗颜有些心疼，原本还以为不是歌手不是演员只是个钢琴家，工作不会那么忙碌呢，想来并非如此。

"你也是学音乐的，灵感来的时候就得抓住不放，哪里还有休息的时间。"李嘉桓轻轻将顾郗颜耳边的碎发绾到耳后，摸了摸她漂亮的耳垂。

"什么时候打的耳洞？你妈妈不生气吗？"

平日里顾郗颜总是披散着头发，而且戴的也是普通的防过敏塑料塞，也难怪李嘉恒没有发现。

"怎么不生气？她那时候差点儿就打我了。"顾郗颜摸了摸耳垂，过去的记忆依旧清晰无比，那时候她因为高考压力大，没跟父母打招呼就去打了耳洞，结果疼了好几天还持续发炎，最后还是被秦念初发现了。

碍于高考，敏感时期，秦念初并没有发火，可在后来一提起这件事情，她就很不满意，非说顾郗颜在那个时候没有认真念书，心思都不知道跑哪儿去了。

"不过我戴不了漂亮的耳钉，总会发痒。"

李嘉恒揉了揉她的耳垂，轻笑："你应该是过敏体质吧？所以不是纯金银的，才会发炎。你喜欢的话，等我送给你一对。"

"真的吗？"

"我什么时候骗过你？"

一个低着头，一个仰着头，距离这么近的时候，彼此可以看见对方眸中的倒影。时光抹不去他在顾郗颜心中的位置，就像是在她心上写下的诗篇，只会一遍遍读着，一遍遍烙在心里。

"真好，能跟你在一起。"

莞尔一笑，世间万物瞬间失去了光泽，李嘉恒只看得见她明媚的笑靥，弯弯的眉眼，这就是他藏在心底多年的明月光。

气息逼近，唇瓣轻轻落在她的额头，环抱在他腰间的手陡然攥紧了衣料，阳光暖暖，从脚底蔓延到心间的一股热流，模糊了她的思绪。

"我也是，能跟你在一起，真好。"

呼吸是紊乱的，心跳是紊乱的，顾郗颜连抬起头来的勇气都没有，感觉脑袋发晕，耳根发烫。

这明明就是恋人之间最平常的相处，可她却心跳加快到无法呼吸。

"三号那天，我有一档音乐节目要录制，可能没有办法送你去机场，申请过时间上的变动，但没办法，我并不是巨星，也不能耍大牌。"

李嘉恒轻轻摸着顾郗颜的头发，嗓音澄澈清冽，他原本想的就是把这几日的工作都排在一天内完成，这样他就可以有多一点儿的时间跟顾郗颜相处。帮她看一下曲子练得怎么样，还能送她去机场，告诉她不用那么紧张。

"很抱歉。"

顾郗颜抬起头来，明眸凝视着李嘉恒，忽而笑开来："有什么好抱歉的，你在国外那些年，我常常一个人背着背包就去参加比赛。现在多了一个你，我难道就变成娇生惯养的公主了？"

原本以为熬夜录制音乐，今天这一整天就能够待在家里休息了，谁知道秦沫一个电话打来，李嘉恒又得出去。

顾郗颜捧着乐谱站在玄关的位置，噘着嘴巴有些闷闷不乐："那个秦沫多大了啊，我总感觉她好像和你特别亲近。"

既然已经是情侣了，那么，顾郗颜觉得有些事情也没有瞒着的必要，不满就要说出来，憋在心里多难受。

只是李嘉恒在听到这句话的时候，忍不住抿唇笑了笑。

"你脑袋瓜里装的都是些什么，秦沫是金牌经纪人，而且年纪比我大，她不过是逼得紧一点儿，你不要想太多。"

对于秦沫还有一个小孩的事情，李嘉恒觉得没有必要跟顾郗颜提起，毕竟那是别人的私事。

顾郗颜踮了踮脚尖，似乎对这个答案并不满意。

"昨天她来家里，说是给你取换洗的衣服，她对这里似乎了如指掌，就好像这里是她的家一样。"

李嘉恒双手插在裤袋里，清俊逼人的容颜上还浮着一丝浅笑，听顾郗颜这么说，也没有半点儿不悦和不耐烦。在他眼里，这么斤斤计较藏不住心事的顾郗颜反而更加可爱。

"但后来衣服不是你收拾的吗？及时跟她宣示了你的所有权，心情应该好了不少，没想到居然纠结了一晚上。"

顾郗颜抬起眸子，短暂恍神。

"哦！你是怎么知道衣服是我收拾的？"

事实上，秦沫来公寓的次数不超过十次，偶尔是因为谈日程跟演出的事情，多数是给李嘉恒拿换洗的衣服。因为忙于作曲，很多时候他抽不开身，就让秦沫帮忙，而秦沫偏爱深色，所以拿的衣服多数都是深色系。

但昨天，顾郗颜收拾衣服的时候，拿的是一套浅色系的睡衣，这是李嘉恒自己在家的时候才会穿的，所以一眼就认出来应该是顾郗颜拿的。

"嗯……秘密。"

说完，李嘉恒揉了揉顾郗颜的头发，转身开门离开。

顾郗颜一个人站在玄关口，沉默了许久，最终转身，把琴谱丢在椅子上，回卧室换衣服。李嘉恒不在，她一个人总是练琴也没有什么意思，倒不如回家一趟，给妈妈一个惊喜，这样一想，还有点儿兴奋。

有很长一段时间没有搭公车了，选了一个靠窗的座位坐下后，顾郗颜看着窗外，时不时想起从前。

人总在很想念一个人的时候，无时无刻不幻想着他在不经意间出现在自己面前。不论是搭公车还是地铁，总觉得他会与你擦肩而过。

顾郗颜就是这样，在过去的很多年里，她常常用这种方式想起李嘉恒，想着偶遇的时候，他还是不是记忆里那个温文如玉的男孩。

没想到，上帝还是善待她的，多年之后，就让她这么跟李嘉恒相遇，并且在一起了。

嘴角下意识上扬，特别好看的弧度。

跳下公车，顾郗颜背着包包朝小区走去，在门口遇见刚刚锻炼回来的爸爸，连忙追了上去。

"爸爸！"

顾俊森吓了一跳，回过头来，乐得眉眼弯弯："颜颜啊！你怎么这个时候回来了，跟你妈妈说了吗？吃饭了吗？"

"跟妈妈通过电话了，就是没说今天回来，练完琴也没事，索性坐车回来一趟，好久没回家吃妈妈做的饭了。"

挽着父亲的手走回家，顾郗颜觉得就好像回到了从前在二中念书的日子，每天放学遇见父亲下课，就一溜烟冲上去，当着很多学生的面挽住父亲的胳膊，生怕别人不知道顾老师是她爸爸一样。

"妈。"

上楼后碰巧遇见站在阳台收衣服的秦念初，看见顾郗颜的时候她很惊讶："颜颜，你不是说明天才回家吃饭的吗？"

"练完琴后想你，我就跑过来了，我还没吃饭呢。"

"哦哦，你等一会儿，妈妈去多炒几个菜，你先跟你爸聊会儿天。"

见妈妈就这样抛下手头上正收着的衣服匆匆跑进了屋，顾郗颜抿唇微微一笑，换好鞋子在阳台洗了手后把剩下的衣服收起来。

"参加比赛的曲子练得怎么样了，紧张吗？"

顾俊森招呼顾郗颜在沙发上坐下，给她倒了一杯水，不过一个多月没见面，感觉父亲好像老了许多，也不知道是不是光线的问题。上次回家是在生日的时候，还遇见了李嘉恒，现在想起来，一切仿佛就发生在昨天，记忆那么清晰。

每一次自己要参加比赛，父母总是比自己紧张，生怕曲子练不好导致比赛发挥失常。所以总会问曲子练得熟练吗？紧张吗？

"不紧张，大不了当作是去旅行了。"顾郗颜笑眯眯地说道。

"听说你嘉恒哥哥之前有一场演出，你作为特邀嘉宾参加表演了？"

顾郗颜正在把玩手中的杯子，听顾俊森这么一说，抬起头来，眸光对上的时候不知怎么，她不知道是不是自己想多了，总觉得父亲的眼神里包含着一种错综复杂的情绪。

"嗯，怎么了？"

"你跟嘉恒的关系很不错？经常联系？"

微笑消失在嘴角，表情变得有些僵硬，顾郗颜不知道该怎么阻止已到嘴边的话，沉吟了许久才开口："他去我们学校演出过，之后也有联系，他有时间就会帮我看看曲子练得怎么样了。"

顾俊森点了点头，并没有再说什么。

这么多年，这是第一次，顾郗颜感觉出了顾俊森对李嘉恒的迟疑。

晚饭吃得很饱，顾郗颜一回来，秦念初把冰箱搜刮一遍后又多做了几道女儿爱吃的菜，饭后母女俩还挤在不大的洗碗池边聊天。

听得出来秦念初旁敲侧击想要打听自己感情上的事，顾郗颜头疼地发现这次回来，父母好像都察觉到了什么，难不成是她最近春光明媚，太招摇了？

"妈妈你喜欢什么类型的啊？你说出来我听听看，万一我找的男朋友你不喜欢怎么办？"

"你喜欢就好，我哪里有什么要求，交往了就带回家里看看，我跟你爸走过的桥比你走过的路还多，吃过的盐比你吃过的米都多，总归比你看人准。"

想了想，顾郗颜鼓起勇气试探性地问了一句："妈妈，你觉得嘉恒哥哥怎么样？爸爸刚才还问我呢，他居然都知道我去参加演奏会表演的事情，你们这么关注嘉恒哥哥？"

"哦，那是你云阿姨来家里做客的时候提到的，嘉恒是个很优秀的孩子，挺好的。"

跟顾俊森不同，从秦念初的话里并没有听出任何对李嘉恒的不满，但"挺好的"三个字，还是让顾郗颜有些怅然。

她从没想过，跟青梅竹马谈恋爱，连怎么跟父母开口都不知道。

"妈妈！待会儿老师来了我要把这张奖状给他看。"

萱萱拿着手里的奖状在客厅不停地转圈，咯咯咯的笑声似银铃一样好听。秦沫就坐在沙发上，手里还拿着一本琴谱。

"宝贝，待会儿老师来了后，你要弹新的曲子给老师听，让老师多教你几首好听的曲子，知道吗？"

一听说要练曲子，萱萱的嘴巴就嘟起来了："都这么晚了，我想睡觉，不想练琴。"

"乖，你今天连半小时都还没练上，如果老师来了你还噘嘴耍脾气的话，小心老师以后不教你了哦。"

门铃恰好在这个时候响起，秦沫食指抵着唇瓣示意了一下后站起身去开门。

"你来啦，真不好意思，还让你特意过来。"

李嘉恒拿起路上买的蛋糕："给萱萱吃的。"

"老师！老师！"

看着不远处朝自己跑过来的小不点儿，李嘉恒弯腰张开手，一把将她抱起来的时候，小姑娘乐得在他脸上亲了亲。

"你不要把她给宠坏了。"

秦沫拎着蛋糕，李嘉恒抱着萱萱走到客厅在沙发上坐下，小姑娘果然立马拿起奖状炫耀。

"幼儿园老师说了，萱萱的琴弹得很好，希望她后天能在全园小朋友面前表演一首新曲子，我想你之后的工作也比较忙，今天能不能抽点儿时间教她一首新曲子？"

李嘉恒揉了揉眉心，看着在自己身边笑得咯咯咯的萱萱："原来是这样，我知道了。"

"谢谢你啊，那你们去练琴吧，我给你们切水果去。"

秦沫眉开眼笑，转身离开的时候，萱萱嘟着嘴小声地说了一句："哪里有表演……"

李嘉恒愣了一下，想多问一句的时候，小姑娘已经屁颠屁颠跑到了琴边，踩着小凳子爬上了椅子。

练了不到三十分钟，小姑娘就开始打呵欠，眼皮也在打架，李嘉恒注意到墙壁上挂钟的时间，也的确到了萱萱睡觉的点。不过还是个五岁的小姑娘，强度太大的话反而会让孩子对音乐失去兴趣。李嘉恒不知道为什么秦沫在萱萱四岁的时候就让她学音乐，而且教育方式也是很严厉的那种，不过他既然答应了做她的老师，就想用自己的方式来教孩子。

"秦沫，时间不早了，孩子明天还要上幼儿园，今天就先练到这里吧，这种事情急不来。"

"哦哦，那好，我先带她去刷牙洗脸，你吃点儿水果休息一下，我还有事情要跟你谈。"

李嘉恒嘴角抿得笔直如一丝细线，话到了嘴边最终没有说出来，只是拿出手机给顾郗颜发信息，告诉她自己可能会晚一点儿回去。

茶几上放着几个相框，上面多数都是萱萱的照片，也有秦沫单独的照片，拿起来看了一眼，总觉得照片上这个笑靥如花的女孩子，似曾相识。

秦沫哄萱萱睡着之后，刚从卧室出来就看见李嘉恒在看照片，垂在身侧的手指轻轻攥住相册。

"我以前长得很难看吧？以前身体不太好，吃了不少激素药，变成胖子了。"

她缩着头发很自然地坐在李嘉恒身边，指了指照片："你看，完全就是个胖子啊，好看的衣服全都穿不了。"

李嘉恒放下照片后不留痕迹地往旁边挪了一下，这个动作虽然很细微，但还是让秦沫发现了，脸上的笑容瞬间有些暗淡。

"你说有事情要谈，是什么？"

秦沫微微皱眉，把照片放回到桌面上，低头将耳边的散发藏到耳后，露出钻石耳钉。灯光下闪着璀璨清冽的光，照在仿佛正在工作中的女强人身上，她不再温婉，所说的每一句话跟脸上的每一个表情都是严肃的。

"你跟顾郗颜顾小姐是恋人关系吗？"

李嘉恒脸上的表情并没有因为这个问题而发生任何变化，眉目疏朗，嘴角仍旧挂着淡淡的笑容。

只是提起了顾郗颜，他的眼眸里就有一种很温柔的光。

"你昨天去过公寓，应该都知道了。"

他没有否认！

秦沫放在膝盖上的手陡然攥紧，努力挤出一个并不算好看的笑容来，嗓音却明显有些冷："不用我提醒你，以你现在的身份，你知道自己并不适合谈恋爱，况且她也只是一个学生。"

从这个角度看过去，可以看见他棱角分明的侧脸和高挺的鼻梁，竟也感觉出了一丝冷漠的锋芒。

秦沫收回目光。

"作为你的经纪人，我总要对你的事业负责。你现在刚起步，但已经有了一定的知名度，娱乐圈每天进进出出多少人，每一个被淘汰的无一不是犯了忌讳，如果你谈恋爱了……"

"我不喜欢把公事和私事混为一谈，特别是感情上的事情，我既不喜欢别人插手，也不喜欢别人议论。"

秦沫的心就像是被一根刺扎进去，止不住地疼。她深呼吸，看着李嘉恒，他那清俊的眉眼明明是弯弯的，却给人一种如寒冰般的感觉。

"但她还是个学生啊，她在事业上并不能帮助你，万一她只是想借着你上位怎么办？我在这个行业里这么多年了，这种例子我看得太多了，阿恒，我这是为了你好。"

不言语，削薄的唇角不知何时轻轻抿紧。

秦沫以为他是听进去了，软下声来："你是一个很优秀的人，我想你应该有更好的前途，现在不要被感情绑住，她如果真的是个好女孩的话，肯定愿意等你，不是吗？"

"秦沫。"

李嘉恒冷声打断。

秦沫的心慢慢往下沉，寒意蹿上来堵住了喉咙，看着站起身来的李嘉恒，看着他那清冷的眉眼，意识到他从来没用这样的表情看过自己。

她一时失语，想好的话统统记不起来了。

"郗颜并不是你说的那种女孩，还有，如果公司一定要插手我的感情生活的话，我可以解约。"

话音刚落，如一个锥子重重扎在了秦沫的心上，他的表情倔强得孤注一掷。他刚才的话，说的是"公司"，其实不过是给秦沫提个醒——

是的，没错，她在他这里，代表的也不过是公司而已。

他只是简简单单一句话，就已经明明白白地让她和顾郗颜分出了高下。

一股热浪涌了上来，眼眶霎时被染红，酸涩得难受，秦沫低下头深呼吸，极力克制自己的感情。

沉默蔓延开来，让两人之间的气氛变得诡异冷凝。

或许是觉得自己态度太差，李嘉恒伸手抹了一把脸，压低了声音："时间不早了，我先回去了。"

"阿恒！"

秦沫站起身来拦住他："我不会因为你的态度改变我的看法，我说的话你回去之后还是要好好想一想。"

李嘉恒看了她一眼，移开目光，沉默了几秒钟，在秦沫以为他不想再跟自己多说什么，准备让开路的时候，他终于开口。

"以后有什么事情电话里说，既然是工作，就不要占用私人时间。"

冷冽的嗓音如同低气压把整个人包裹住，一动不动。

当他从自己身边走过的时候，秦沫能够感觉到那股冷意，把整个世界染得天寒地冻。

在他刚回国的时候，她摒弃一切，不顾所有人异样和不解的目光执意成为他的经纪人，朝夕相处有说有笑。他甚至愿意成为萱萱的私人老师，言语中也并未在意过自己单身母亲的身份，她就是这么天真地以为会拥有日久生情的爱情。

不知从何时起，把他悄悄放在了心底，经年不变。但这世上，不是所有的迷恋，都会变成爱情。

她明明越走越近，爱情却越走越远。

顾郗颜回公寓的时候，没有等来她想要的灯光。一路上她都在想，会不会到家的时候，李嘉恒已经回来了，开着灯，从楼下往上去，心里暖暖的，很踏实。

可惜没有。

电梯这时候已经关了，顾郗颜朝着走廊最靠边的楼梯走去，八层楼，她走得很慢很慢，一个台阶一个台阶，一边想事情一边往上爬，等到她走到门口准备从包包里掏出钥匙开门的时候。

"吱"的一声。

门从里面打开来，李嘉恒疑惑地看着顾郗颜："你去哪儿了？"

李嘉恒回到家的时候家里一点儿灯光都没有，打电话给顾郗颜，她又不接，他整个人如同热锅上的蚂蚁，拿着手机在客厅团团转，刚准备拿车钥匙出去转一圈，就听见门口传来脚步声。一开门，看见的是无精打采面色疲惫的顾郗颜，像是走楼梯上来的，额角布满汗水不说，脸色青白青白的，唇上更是一点儿血色都没有。

"你什么时候回来的？"

明明在楼下看的时候没有灯光啊，难不成是自己在爬楼上来的时候，李嘉恒搭电梯快了自己一步？

这也有可能，顾郗颜摸了摸鼻子，八楼，她恐怕走了半个多小时。

"也就比你早回来五分钟，有电梯你怎么不搭？大半夜的怎么想到去爬楼梯了？"搂着顾郗颜走进门，把她扶到沙发上坐下，递上面巾纸，"这么晚你去哪里了？我给你打电话你也没接，还以为你是在洗澡或者练琴没听见。"

"我回家里吃饭了，回来得有点儿晚，那时候电梯关了，我就只能爬楼梯了。只不过为什么轮到你的时候，电梯就可以用了？"

自己累得半死不活，结果对方还是乘着电梯轻轻松松上来了，顾郗颜真是委屈得一句话都说不出来，连连摆手："我渴了。"

顾郗颜伸手戳了戳李嘉恒的手，吐了吐舌头算是撒娇。拿她没办法，李嘉恒转身朝厨房走去，拉开冰箱从里面取出一瓶果汁，拧开了瓶盖倒到玻璃杯里。

"不是说有急事吗？还以为会熬夜，怎么这么快就回来了？"

"都处理完了。"

他把玻璃杯递给顾郗颜，在她旁边坐下，拿过她的包包，低头看了一眼里面装着的东西："手机没有带出门吗？打了那么多个电话都不接。"

"我没听见铃声啊。"顾郗颜喝着果汁回答得口齿不清，捅着李嘉恒的胳膊让他帮忙看看是不是真的调静音了。

李嘉恒从没用过顾郗颜的手机，看她还设了密码，没有问就直接输入她的生日，毫无疑问——答对了。

壁纸是一个很帅的男人，他俊逸的眉头微微蹙起，略微不悦地点开未接来电那一栏，除了自己的电话之外还有苏小白的来电，手指滑动，所有通话这一栏下来，跟顾郗颜有联络的人屈指可数……

真是个社交范围很简单的人。

点开设置选项，手机果然是被调成静音了，弄好了之后李嘉恒把手机拿到顾郗颜面前，手指点了点屏保，语气不冷不淡："不跟我解释一下，你这思想出轨是怎么一回事？"

一口果汁差点儿喷出来。

顾郗颜瞪大了眼睛，拿过手机藏在身后："这怎么就思想出轨了呢，没文化好可怕，你这么不会用词，你妈妈可是语文老师。"

"你以为你文化程度很高？"

哪怕是笨蛋都能听出李嘉恒语气里面的挑衅跟怀疑了，是啊，她小时候成绩可差了，最经典的一次，二加三都算错，被妈妈骂得整个小区的人都知道这件蠢事。可那都是从前啊，从前，现在，士别三日当刮目相看，更何况都过去那么多年了，她要是没文化，哪能考上A大。

"他是现在一个很火的偶像组合的领舞，我也不是喜欢他的外貌，只是他这个画报拍得很有感觉，所以我就保存下来当壁纸了。"

感觉到李嘉恒的目光太过深沉，顾郗颜索性把杯子放在茶几上，盘起腿来整个人往李嘉恒的怀里凑。

"那个，其实……如果……你一定要给我你的自拍什么的当屏保，我也是不介意的。"

"你觉得撒娇有用？"李嘉恒微微挑眉，看着窝在自己怀里的家伙，嘴角下意识扬了扬，只可惜在这个角度，顾郗颜察觉不到。

顾郗颜无辜地噘了噘嘴巴，抱着李嘉恒觉得窝在他怀里实在是太舒服了。

"你手机里没有照片吗？你出唱片不是应该拍照或者拍画报宣传片什么的吗？"

专辑的封面，顾郗颜其实已经看过了，很抽象的几何形状，看不懂的人觉得太过高大上，看得懂的人会觉得怎么样她更不知道了，因为她就是那个看不懂的人。

但她绝对绝对不相信，出唱片需要宣传，演奏会也需要宣传海报，怎么可能一张照片都没拍呢？

"没有。"

"啊！"顾郗颜从李嘉恒的怀里退了出来，眼睛瞪得大大的，脸上写满了难以置信，"怎么可能！你这个小气鬼，快把手机拿给我。"

拗不过她，李嘉恒从口袋里摸出手机递给她，看她抱着宝贝似的窝在沙发上玩，眼神里满是宠溺。

"你怎么也设置密码啊，我不知道你密码啊。"

"你生日。"

听到这样的回答，顾郗颜抬起头来斜飞了李嘉恒一眼，甜甜地笑开来。

把"照片"选项里的几个相册从头到尾看了一遍又一遍，除了乐谱的照片以外，就是李嘉恒演奏会结束的时候跟工作人员的合照，至于他自己的独照……

一张都没有！天理难容啊！

顾郗颜瞬间捂住脸："天啊……李嘉恒你白长那么帅了，我跟你说，我要是你的经纪人，我就让你在微博上放几张自拍照，我敢保证，除了粉丝噌噌噌往上涨以外，评论、转发、头条都不是问题。"

几乎可以想象那几万几十万转发、评论下面，那一个个喊着男神喊着老公的女人的花痴样了。

"来来来，我帮你拍一张怎么样？就拍一张。"

"别闹。"李嘉恒抢过手机，他本就不喜欢太张扬，过度把自己的生活暴露在别人视线中，会让他有种毫无隐私可言的烦躁。他不希望自己靠脸蛋来博取人气，毕竟，他不是演员，就跟歌手一样，一个优秀的歌手希望别人欣赏他的嗓音而不是外貌，不然不就本末倒置了吗？

想到情侣都会用亲密的合照作为手机壁纸，如今壁纸话题被李嘉恒提起来，她不拍一张合照岂不是太亏了？

"那我们拍一张合照，我不上传到网上，我就自己藏着，睡不着的时候拿出来看。"

顾郗颜眨了眨眼睛，举起手机，李嘉恒拿她没办法，顺着她的意拍了几张照片。最后一个镜头，顾郗颜凑过来脸贴脸，摁快门的时候，他微转头，薄唇在她白皙的脸颊上落下一个轻吻。

那个侧颜，俊美得如同上帝之手刻画出来的。

"时间不早了，快去洗澡，然后早点儿休息。"

李嘉恒拍了拍顾郗颜的肩膀，看她倒在自己怀里美美地欣赏着那几张照片，来来回回放大了看缩小了看，根本不打算停下来。

"这么看感觉我们还挺般配的，你觉不觉得啊？"顾郗颜把手机举到李嘉恒面前让他看，特意用软件做了点儿效果，颇有些金童玉女的味道。

李嘉恒只是扫了一眼，微抿唇，轻描淡写道："你这么自恋，也不知道是随了谁。"

"难道你不觉得吗？上一次我问你是不是偷偷喜欢我很久了，你都没正面回答我呢。"

顾郗颜翻身起来，跟李嘉恒面对面，看着他的眼睛，微微一笑，红唇轻启，放缓了语速倒有些像是在循循善诱："说，你是不是喜欢我很多年了？"

李嘉恒微垂着眼睑，静默不语。

时间滴答滴答流走，过去了不知道多久，原本温暖甜蜜的气氛逐渐变成泡沫消散，取而代之的是无边无际的尴尬。顾郗颜直起身来扭过头，捋了捋头发来掩饰她脸上有些慌张失落的表情。

"我爬楼梯爬得满身都是汗，先去洗澡了。"

顾郗颜起身的动作太大，不小心撞到了茶几角，捂着痛处龇牙咧嘴地倒在沙发上，疼得眼泪都快出来了。

"没事吧？慌慌张张干什么呢？"

李嘉恒连忙起身看顾郗颜的脚，脚上被撞红了一片不说，还泛起一点儿青紫，可见力度有多大。

"疼疼疼。"

李嘉恒用力摁的时候，顾郗颜声音都变成高八度尖叫了，拍着他的肩膀喊他住手。

"我这是让瘀血散开，要不然明天起来就是一大片瘀青了，到时候要痛上好一段时间才能消退。"

顾郗颜眼泪挂在眼角，鼻尖通红通红的，看着李嘉恒一边啜泣一边忍着疼："你确定这样摁着，不会越来越严重？确定会让瘀血散开？"

太疼了，疼得顾郗颜都不愿意相信李嘉恒这种莫名其妙的说法。

"爱信不信。"

被李嘉恒瞪了一眼，顾郗颜疼得一抽一抽的，怎么就那么倒霉，一个问题藏在心里那么久，每次都得不到想要的答案不说，还弄得自己一身伤。

擦了一点儿药水，回房间之前，顾郗颜听到身后正在整理医药箱的李嘉恒淡淡的一句话："喜欢很久了。"

迟了许久的回答，这么轻这么柔地落在耳边，心弦被拨动，心湖漾起一层淡淡的波澜，顾郗颜低下头，笑得很好看。

时间过得很快，三号当天，顾郗颜在苏小白的陪同下打车去了机场，而李嘉恒就跟之前说的那样，没有办法抽出时间来送她。

顾郗颜拖着一个简单的行李箱，轮子跟地面摩擦滚动发出声音，她时不时回头张望，心里面想着某人会不会突然出现。

"你要是真这么想见他，当时就应该直接地问他能不能腾出时间来送你啊。"苏小白看着顾郗颜，没好气地说了一句。

在她看来，恋爱中的女人智商都会变得很低，明明想要对方做这件事情却偏偏不愿意说出来。总是期待着对方能够感应到，给自己一个惊喜，当然，能出现的话很好，如果不能出现，那么只会让失望叠加在心上伴随一路，惹得自己都没能拥有一段美好的旅程。

"你跟他说一声会怎样啊，有时候女生直白一点儿反倒能让男生感觉到对方对自己的重视。老玩欲擒故纵，你以为你是高手啊？那样反倒会有反效果的，你知不知道？"

顾郗颜下意识扭头看向苏小白："说得好像你是高手一样。"

她低头看着脚尖，心里面想的是前一天晚上睡前李嘉恒说的那句话——天下之大，你在没有遇见我之前，要成为最好的自己。

在他看来，独立自主的自己似乎才是最吸引他的地方，顾郗颜听出了话里最重要的意思，也凭着这一点，一次又一次提醒自己要成为更好的人。

时间也差不多了，苏小白抱了抱顾郗颜："到了酒店就好好休息，比赛的时候放轻松，你可以的！"

广播里的女声提醒登机的航班和时间，顾郗颜跟苏小白挥了挥手，转身的时候再一次看了一眼身后。

虽是意料之中，却真的有些涩涩的感觉。

苏小白离开机场大厅的时候碰巧撞见匆匆忙忙赶过来的李嘉恒，惊讶地看着面前满头大汗的他。

"郗颜登机了，就在一分钟前。"

李嘉恒大口大口地喘气，单手叉着腰，一路跑过来几乎发挥出了当年学校里参加一千米赛跑的水平，谁知道还是没赶上。

日光下，李嘉恒清俊的容颜，明亮又好看，光打得很好，有阴影线条也有耀眼的棱角。这么看，苏小白似乎能够明白眼前这个男人为什么能让顾郗颜惦记那么多年了。

"如果郗颜知道师兄你过来的话，她一定很开心，你都不知道她张望了多少次。"

"你叫我什么？师兄？"虽不是第一次听别人叫自己师兄，但苏小白是顾郗颜最好的朋友，这么一听李嘉恒还是觉得有些不习惯。

苏小白的嘴角噙着笑意，很耐心地解释："你是郗颜的男朋友，我喊你一声嘉恒哥觉得怪怪的，你到我们学校举办过演出，索性喊你一声师兄随意一点儿。"

李嘉恒弯了弯唇角。

"我今天有通告，原本说不能送她上飞机，但还是想赶过来看能不能遇上。那个，我送你回学校？"

"没关系，我想颜颜只要知道你来了，就已经知足啦。师兄不用这么客气的，我坐地铁回去也很方便的。"

苏小白连连拒绝，但仍旧拗不过李嘉恒，最终跟他一起离开，一路上李嘉恒问了不少跟顾郗颜有关的问题，苏小白也无数次抬眼看着身边这个帅气的男人，那双澄澈的眸子，再低下头回想顾郗颜每次提起李嘉恒时的表情。

苏小白莞尔。

这世界上，相爱的两个人会变得越来越有默契，起码他们在提起对方的时候，眼角眉梢都藏着一样温柔的笑意。

"之前，我听说过小提琴专业有一个男生跟郗颜是音乐表演上的搭档，是叫徐亦凡吗？"

李嘉恒掌控着方向盘，视线是半点儿都没有落在苏小白身上。弹钢琴的缘故，他的手指修长笔直，特别好看。

听他提起徐亦凡，不知怎的，苏小白眼睫毛颤了颤，这个时候是应该装傻呢还是帮顾郗颜划清界限。

估计是没想过有一天自己也会为别人提供内幕，一时间还有些紧张，搓了搓手："亦凡，嗯，他是特别优秀的小提琴手，跟郗颜配合也挺默契的，不过两人就是普通朋友。"

"是吗？"

李嘉恒也只是笑着反问一句，便没有了下文。

车在校门口停下的时候，苏小白满面笑容地连说几声"谢谢"。

"等郗颜回来，有机会我们一起吃饭。"

入夜，澳门威尼斯人酒店灯火璀璨，金光综艺馆里座无虚席。

所有观众无一不是沉醉在那美妙的轻音乐中，闭上眼睛陶醉着，感受着灵魂被音乐熏陶涤荡。奢华的舞台上，灯光汇聚成一束照射在舞台中央那个身着白色长裙、黑色长发披肩的女孩身上。

琴声在她的指尖下行云流水般流淌出来，没有一丝滞留也没有一点儿停顿，流畅得不容任何人任何事物去打断。正如开场她说的那样，这首献给她最爱的人的曲子，她必定会用最虔诚的心去弹奏。

绕梁三日不绝于耳，灯光照在那精致的脸庞上，轻轻颤抖的眼睫毛是她情感流露的证据之一。

这首想要弹给顾郗若听的曲子，迟到了那么多年。在这旋律里掺杂了顾郗颜太多复杂的感情，无法轻易用言语来表达。

当手腕缓缓抬起，再缓缓收回放到膝盖上的时候，所有人都站起来鼓掌，整个大厅里除了那最后一抹琴音以外，就剩下雷鸣般的掌声。

顾郗颜睁开双眼，眼底藏着晶莹的泪花，镜头拉近的时候，在场所有人透过大屏幕都看见了那一瞬间滑落脸颊的泪水，还有她嘴角那淡淡的笑意。

像是在思念什么人，花光了她所有力气一样。

顾郗颜站起身来，双脚还有些虚软，双手指尖攥紧，试图用疼痛拉回一点儿意识和力气，她微微提起裙摆，走到舞台的中央，右手捂着左心口的位置弯腰致谢。

姐姐，你听见了吗？我为你弹的曲子，他为你作的旋律。

结果是怎样的，对于顾郗颜来说已经不重要了，她实现了最初的梦想，就是站在国际的舞台上演奏一首曲子送给顾郗若。本来选了一首肖邦的曲子，却临时换成这首由李嘉恒作曲并且收录到他第一张专辑中的曲子。

《她雪》。

取了这么美的一个名字，正如同那么美的旋律，两年前李嘉恒也是凭借这首自创曲获得了盖斯音乐金奖。只是那时候顾郗颜并不知道，原来这首曲子是弹给顾郗若听的，她还没有创作的能力，所以这一次也只能用这首曲子来思念姐姐顾郗若。

能不能获奖已经不重要了，走到后台休息室，门刚一关上，顾郗颜就像是受了伤的孩子一样号啕大哭起来，工作人员有些措手不及，惊慌地递上纸巾后不知道该说些什么，尔后不知道是谁说了一句，估计是想起什么人勾起情绪了。

大家心中了然，悉数离开了休息室，把空间留给顾郗颜。

突然，一件还带着温暖的体温的黑色西装外套披在她的肩上，顾郗颜怔住了，啜泣着抬起头来，红鼻子红眼睛地看着面前的这个男人。

顾郗颜蓦地瞪大了眼睛，张了张嘴巴却说不出一句话来，一切就像是梦里，那么不真实。

"颜颜，我都不知道你这么爱哭。"

李嘉恒双手抱着肩膀低头看着面前哭花了脸的顾郗颜，他姿态悠闲，嘴角还挂着笑容。送苏小白回学校后，在路上直接给秦沫打了一通电话，推迟了接下来一个多星期的日程，赶了最早的一班飞机飞来澳门。

要知道他临时做出这个决定对于整个团队来说会有多大的损失，但不知为什么，他就是很想过来见顾郗颜，亲眼看她弹这首曲子。即便再累，当站在观众席最后面看见台上那抹亮光的时候，心里依旧是满足的，脸上的疲惫也化成轻松的笑容。

"你怎么会过来？"伸手触碰到李嘉恒，才感觉到原来这一切都是真的，顾郗颜的眼泪哗啦啦地流下来，一边啜泣一边吸着鼻子。

看不下去的李嘉恒从口袋里拿出一包纸巾，从里面取出一张后帮顾郗颜擦去眼泪，动作很温柔："应该拿个镜子自己照照看，才会知道有多丑。"

嘴上不饶人，但动作却十分轻柔。

顾郗颜抢过面巾纸擦掉脸上的泪水后，张开双手噘着嘴巴，像极了一个无辜的孩子。李嘉恒没有说什么，将她搂入怀中，轻轻地拍抚着她的后背。

"颜颜，第二乐章高潮部分，你犹豫了。"

隔着那么远的距离，琴声传入耳中，李嘉恒还是很敏感地发现了其中不足为据的小瑕疵。

之所以说不足为据，只因为那才是最真实的情绪表达。

不是所有人都能够听出这首曲子里所表达的故事，可他跟顾郗颜却是感同身受，不难过就不算爱了。

"但我想，郗若应该会很喜欢你弹的曲子。"

好不容易擦干的泪水因为李嘉恒这句话又湿了眼眶，顾郗颜往他的怀里又藏了藏。

这一次的比赛，顾郗颜没有拿到金奖，就像李嘉恒说的那样，观众兴许听不出她曲子里的小瑕疵，但专业的评委不会听不出来。再加上这首曲子是李嘉恒创作的，以新人的姿态收录到第一张专辑中，表演的次数也不多且仅限于他个人演绎，

因我的你隆喜重欢，

所以知名度不高。

不过顾郗颜并没有觉得遗憾，当她站在舞台上接受鲜花跟银奖奖牌的时候，望着台下那个男人，她已然得到了第一名的满足感。

他们彼此凝望，眼里都是对方。

二十多岁的年纪最需要的就是疯狂，在最美好的青春时光里，鼓足勇气去做最想做的事情，哪怕是挑战，多年后回想起来仍旧不会后悔。

对于顾郗颜来说，过去的二十多年她一直都是规规矩矩的，就算是去国外比赛也很少一个人出门玩，因为爸爸妈妈已经失去了一个女儿，她不希望每次自己外出比赛，还要爸爸妈妈在家坐立不安。

但今天，当她的手掌被李嘉恒牵着，跟随在他身后登上去新西兰的飞机时，心跳如擂鼓，扑通扑通。

"我没有跟我爸妈说。"

"来澳门的时候我已经打电话跟他们说了。"

"那他们岂不是已经知道……"

"你怕什么，我又不是见不得人，丑得不能带回家。"

所以就是……

被李嘉恒摁到位置上坐好，系上安全带的时候，顾郗颜仍旧不敢去相信这一切："你真的跟我爸妈说了？他们都知道我跟你在一起了？"

李嘉恒伸手捏了捏她因为仰头而抬高的下巴："我们从小一起长大，你是觉得我有什么地方会让你爸妈不满意吗？论门当户对，我们是最没有距离的。"

李嘉恒这么说就是真的了，顾郗颜整个人都觉得虚晃，缓缓低下头来，嘴里呢喃着："我妈不知道会怎么想，前几天还说我没男朋友呢……"

"别想太多了，我们难得能够出来玩一次，放松心情，告诉他们也好，要是以后你想跑了，我爸妈、你爸妈肯定第一个不同意。"

顾郗颜语塞，可看着交握在一起的手却舍不得松开来，就像李嘉恒说的那样，她这个时候不该分不清轻重，既然家里都已经知道了，那么接下来觉得有困难的地方，李嘉恒都会陪着自己去面对了。

抱着李嘉恒的臂弯，顾郗颜觉得像是拥有了整个世界一样踏实。

"对了，你怎么知道我的护照放在哪里了？还有签证是怎么办下来的？"

特别是签证，一般都要提前办理并且等上一段时间，顾郗颜很好奇李嘉恒怎么在这么短的时间内办妥这些事情的。

"你的护照放在家里，去见你爸妈的时候连同户口簿一起带去办理了，至于怎么做到在那么短的时间内把签证拿下，"李嘉恒揉了揉顾郗颜的头发，捂住她的耳朵，"我当然有我的办法。"

　　顾郗颜忍不住笑了，眉眼弯弯如月。

第 四 章

深 海 夜 未 眠

飞了十几个小时，落地的时候是新西兰早上十点钟，坐机场大巴离开的时候，透过车窗看着满目的蓝天白云，顾郗颜忍不住闭上眼睛去感受这异国清晨带来的舒适感。

如果说在飞机上顾郗颜就因为签证的事情特别崇拜李嘉恒，那么当他用流利的英语跟奥克兰市当地人交流，并且赶上一辆开往新西兰北岛罗托鲁瓦的汽车时，她惊讶得都说不出话来了。

被他牵着手走，什么叫作男友在手，天下我有，大概就是这种感觉吧。

车子行驶在宽阔的公路上，两边的建筑与蓝天白云、如茵的绿草一起构成了一幅极美的画卷。随后入眼的是一片巨大的湖泊，分不清是湖还是海，那就是罗托鲁瓦湖。

李嘉恒指着窗外的风景很熟练地跟顾郗颜解释着，这片湖是市区最著名的景点，由火山喷发引致凹陷而形成，如诗如画，若是夏天来，可在这湖里钓鱼游泳、泛舟游轮。

"你来过新西兰吗？"

如果是临时决定然后做的攻略，这记忆力未免也太强了一点儿。

"我曾经来新西兰打工过，一边打工一边念书。"

比起顾郗颜的吃惊，李嘉恒显然冷静许多，对于他来说那是一段很难忘的经历，也让他彻底爱上了这个国家，想着有一天如果有了心爱的人，带她环游世界的梦想太过遥远，但新西兰一定要成为旅行的首站。

如今，他算是做到了吗？

汽车在一幢民宿门口停下来，李嘉恒跟顾郗颜解释道，这是他当初在新西兰的时候暂住的家庭，夫妇都很友好，孩子也特别可爱。顾郗颜怀揣着忐忑的心情跟着李嘉恒下车，迎面走来一对胖胖的夫妻。

李嘉恒走上前用熟练的英文打招呼并且拥抱对方，虽然显得有些拘谨但顾郗颜也是很礼貌地打招呼。

"This is my girlfriend."

听见李嘉恒这么介绍，顾郗颜心里像是填满了软软甜甜的棉花糖。

把行李放到房间后，因为到了午餐时间，顾郗颜简单地梳洗一番，换了一套舒适的运动服走出房间，去厨房帮女主人劳拉的忙。

另一边，李嘉恒跟男主人特瑞在客厅聊天，怀里还抱着三岁的克丽丝，一年前，她还是一个不太会说话的小孩子呢，现在奶声奶气讲着英文，别提多好听了。

午饭后，李嘉恒陪顾郗颜回房间休息。

光着脚踩在柔软的地毯上，因为室内开了暖气，并不觉得冷。顾郗颜趴在窗台上看着外面的风景，本以为会看见鹅毛大雪纷纷落下的场面，谁知竟是这样的蓝天白云。不是说新西兰现在是下雪的季节吗？

"想什么呢？"

李嘉恒坐在床边，双手往后撑着床，姿势虽随意却帅气得像是在拍画报一样。

"我以为这边会下雪呢，不是冬天吗？虽然温度低天气却很好。"顾郗颜懒洋洋地靠着窗台索然无趣地点着窗户玻璃。

因为生活在南方城市，顾郗颜这么多年并没有见过雪是什么样子的，考大学的时候本想着报考北方的大学，但家里人以难适应为理由阻止了她，所以长这么大，除了在电视上看到过，还没有真实地触碰过那白色的六角晶体。

"先休息一下，晚点儿我带你去滑雪。"

来新西兰当然不能错过滑雪，李嘉恒早就看出了顾郗颜对雪的期待，不过是卖了个关子，现在见她闷闷不乐，就提前把计划说出来了。

果不其然，顾郗颜很欣喜地转过头，连问了好几句"真的吗"，高兴得像是中了彩票一样，这让李嘉恒哭笑不得。

"世界这么大，我发现我真的是得带你多玩玩了。"

一听到玩，顾郗颜就来了兴趣，跑到李嘉恒身边："你都去过哪些地方啊？之前有个综艺节目是明星旅游真人秀，他们去过的地方都好美，我一直就想着什么时候咱们一起去。"

李嘉恒很好奇地捏了捏顾郗颜的鼻子："按理说，你参加比赛也去过不少地方了，怎么感觉连市中心都没有离开过一样？"

顾郗颜眨了眨眼，有些不好意思，出国的次数不少，可每一次都是专注参加比赛，并没有趁机会去玩一把，英文不好，怕走丢了。

"那以后我会多争取一点儿时间，在你放假的时候带你出去玩。"

顾郗颜很满足地点点头，抱着李嘉恒，靠在他怀里。

午后四点多，友好的特瑞先生亲自开车送李嘉恒和顾郗颜去北岛滑雪，一路上顾郗颜都很兴奋地看着窗外，时不时拿出手机来拍照片，因为没有办理国际漫游，来了新西兰，手机基本就没用了。

"阿恒，你手机能上网吗？"

"怎么？"

"借我发个朋友圈定位呀。"

顾郗颜很喜欢记录这种旅游定位，年少的时候去过哪些地方看过那些风景，留下定位脚印，是最强有力的证明。

拿过李嘉恒的手机，拍完风景照和不远处已经能看见的滑雪场，感觉这些都还不够，拉着李嘉恒也不问一句就拍了一张自拍。

见她满足地定位和编辑文字，李嘉恒勾了勾唇角没有多说什么，没有拒绝拍照的原因就是觉得，有些时候适当地帮顾郗颜证明"有夫之妇"这个身份也是有必要的。

到了滑雪场，顾郗颜被映入眼帘的整片白色所震撼，久久移不开目光。李嘉恒提着滑雪装备从后面走了上来："来这边坐，我帮你穿鞋子。"

装备是向特瑞先生借的，顾郗颜乖乖地坐在长凳上看着帮自己穿鞋的李嘉恒，见他的手法那么熟练跟专业，肯定是玩过的。

"我没有滑过雪也没有滑过冰，万一我从上面摔下去或者被人踩过去怎么办？"

尽管对滑雪有着无限的期待，但顾郗颜还是不得不面对现实，太多担心和"万一"涌上心头来，生怕蹦蹦跳跳地来，却被人抬着回……

"有我在还不够吗？"

李嘉恒的话没有说得太满，但里面包含着一种踏实感让顾郗颜暂时摆脱了恐惧和担心。

滑雪道上有不少年轻人，滑雪技术堪称一流，在道上各种花式滑法，顾郗颜看得嘴巴都张大了。时不时拍着李嘉恒的手问他这种滑法会不会，那种旋转会不会，听说会就想让他来一把，听说不会就一脸嫌弃的表情，弄得李嘉恒很想把她一把埋在这雪地里。

"你到底是来看别人的，还是来滑雪的？"

老师发脾气了！学生就得会看脸色，顾郗颜连忙站直了身子，眼睛一眨一眨地看着李嘉恒。

"我慢慢教你，你慢慢学。"

李嘉恒的滑雪技术虽比不上专业选手，但教顾郗颜还是绰绰有余的，手把手教着，很耐心地牵着她慢慢滑行。

因为重心不稳，顾郗颜坚持不到三秒钟就摔倒了，就算穿得厚但还是觉得屁股很疼，李嘉恒没有及时扶住，这让顾郗颜很是不满。

"摔得好疼啊，我看他们都是很快就学会了啊……"

李嘉恒哭笑不得地搂住她的腰让她站稳。

"怎么可能，不到四十分钟就能学会的只有电视剧女主角而已。再说了，你摔得越疼才会越谨慎越认真越不想再摔第二次。"

面对这种解释，顾郗颜涌上心头来的情绪简直不是"难过"两个字能够概括的，愤愤不满："你这是把你自己当母鹰，把我当雏鹰吧，还丢下山崖训练呢！"

"你想那么理解也是可以的。"

"你……"

顾郗颜挣脱李嘉恒的手，弯腰掬起一捧雪就往他身上砸，说好的滑雪结果变成了打雪仗，惹得旁人纷纷向这里看。

顾郗颜玩了一会儿，终于开始认认真真学起了滑雪，从一开始步伐小心翼翼到后面熟悉并找到感觉，花了不到一个小时。

松开李嘉恒的手在雪地上滑行，速度虽然越来越快，但脸上却没有半点儿害怕的表情。顾郗颜张开手保持着平衡，控制方向，就在她自豪地想向李嘉恒炫耀的时候，脚下突然失重，直直地摔下去，左脚上的滑雪鞋直接砸在了右小腿上，疼得她脸蛋都皱在了一起。

李嘉恒脸色一变，连忙滑过去："摔哪儿了？"

顾郗颜咬着唇指着小腿，穿着厚厚的滑雪服都觉得疼。

"看样子是不能继续玩了，我扶你去上面休息。"

揽着顾郗颜站起身来，李嘉恒颇为心疼地检查着还有没有伤到其他地方，眼看着周围的小孩子都滑得那么好，自己大老远跑到这里来这么快就受伤了，李嘉恒也没怎么滑，顾郗颜突然觉得自己很扫兴。

"阿恒，"顾郗颜拉住李嘉恒的手，"我穿得这么厚肯定没事的，我不想那么快就休息，一开始玩哪有不受伤的，不然我在一边看着你滑，好不好？"

李嘉恒打量了顾郗颜一眼，他岂会不知道她心里面想的是什么。

"滑雪鞋那么重，你这一下估计小腿被撞到的地方都瘀青了，我也不是特别喜欢滑雪……"

眼看着李嘉恒又把话给拉远，顾郗颜连忙打断他："不不不，你滑雪，把手机给我，我想拍照。"

最后李嘉恒还是迁就了顾郗颜，带着她到上面一个小角落休息后，自己回到雪道上来回滑了几圈，然后气喘吁吁地回到顾郗颜身边。

"你看我帮你拍的，好不好看？"

顾郗颜炫耀着举起手机，不用任何的修图工具就拍出了几张跟画报一样美的照片，脸上满满的都是得意的笑容，看得李嘉恒控制不住，低下头吻住她的嘴唇。

冰天雪地里，他们拥吻在一起，成了天地间最靓丽的一抹颜色。这一刻，顾郗颜不敢闭上眼睛，想要久久留住这美好的画面。

从滑雪场离开，李嘉恒带顾郗颜去吃晚饭，路上见她一直揉着小腿："是不是瘀青了？"

"嗯，有点儿，你不是说这样揉好得快吗？"

事实上，只有顾郗颜知道，那瘀青不是一小块，如果不这么揉的话恐怕第二天起来走路都会觉得疼了。可她不想让李嘉恒太担心她，故意把话题扯到晚上的安排，问他吃完饭后能不能手牵手一起散步走回去。

"你的手机好像在响。"

察觉到手机在振动，顾郗颜拉了拉李嘉恒的手提醒他，却见他拿出手机看了一眼后，径直把电话给挂掉了。

"既然是陪你出来玩，能不接的电话就不接。"

李嘉恒这么说，顾郗颜大抵也就猜到那个电话是谁打来的了，原本还想问一些关于秦沫的情况，但话到了嘴边还是咽了回去，气氛这么好，她应该识趣一点儿，不搞破坏。

因我
你的
隆喜
重欢
，

第五章

灯火阑珊处

A市。

拿着手机的手缓缓放下，亮着的屏幕也变暗，秦沫脸上的情绪难以读懂。

"怎么？他不接电话？你不是说他对你跟萱萱都很好？就是这样好的？"吴梓韬微勾唇角露出一丝嘲讽的笑容，看了一眼医务室里正在为萱萱处理伤口的医生，"秦沫，你说的怎么跟我看到的，完全不一样，还是，你从头到尾都在自欺欺人？"

上扬的语调满是揶揄，惹得秦沫脸色苍白。

"能让你抛弃那么多的男人，也就不过如此吧。"

摸着无名指上的戒指，吴梓韬上前一步，秦沫警惕地往后退，径直撞在了墙壁上，手肘刚好磕到墙角，疼得她紧咬嘴唇。

"吴梓韬，你不说话没有人把你当哑巴。"

秦沫冷冷地别开脸不去看他，如果不是因为萱萱受伤，幼儿园的老师联系不上自己转而联系吴梓韬，她才不愿意再见到这个男人。

从前以李嘉恒为借口寒碜这个人，可就在需要他配合自己的时候却怎么都联系不上了。掌心紧紧攥着手机，满脑子都是李嘉恒跟顾郗颜在一起的画面，秦沫嫉妒到发狂。

"秦沫，你跟他不合适。"

吴梓韬收起嘲讽的笑容，表情正色。刚从会议上赶过来的他，一身西装，怎么看都是成功的商业男士，但在秦沫面前，吴梓韬顶多算一个失败的丈夫。

"你以什么身份管我的事情？前夫？还是朋友？我想不管是哪一种身份，你都没有资格来插手我的感情吧？"

推开吴梓韬，秦沫想离开的时候却被他一把拽住，进而捏住下巴，逼迫她抬起头来看着自己。

"你想让萱萱以后长大被人在背后指指点点，说她妈妈不知羞耻吗？需不需要我提醒你，李嘉恒已经有女朋友了，需不需要我提醒你，你现在这种行为叫作插足？"

秦沫眯了眯眼睛，红唇轻抿，用力甩开吴梓韬的手，涂着黑色指甲油的指尖抵在他心口的位置冷笑道："你知道什么，只要我秦沫想要的，就没有得不到的！"

说完这句话后秦沫转身离开，高跟鞋踏在冰冷的地面上发出清脆的声响，清冷的眸子里没有半点儿情绪。

比起这边的硝烟，身在新西兰的李嘉恒跟顾郗颜甜蜜得就像是度蜜月的小夫妻一样。

吃完晚饭，在回去的路上，李嘉恒轻轻牵着顾郗颜的手。月光下，他们偶尔相视而笑，偶尔聊天，偶尔逗弄着对方，长长的街道上华灯下笼罩着他们明媚的笑靥。

相依相偎的影子落在顾郗颜眼里，觉得这一刻如果能长长久久就好了。如果这条道路没有尽头，她就这么挽着李嘉恒走下去，细水长流一生一世。

许是不自觉地加大了手上的力度，正说着话的李嘉恒低下头来看了顾郗颜一眼，察觉到她游移的思绪。

"想什么呢？"

顾郗颜侧头便对上了他的眸光，眼前是她爱了整个青春的容颜，清晰地在脑海里刻画了一遍又一遍。

"我们会这样，一直走下去的，是吧？"

迎着顾郗颜清凉的眸光，李嘉恒低头在她额间落下轻柔的一吻："嗯，明月为证。"

离特瑞先生家还有一段距离，考虑到顾郗颜腿上还有伤，李嘉恒打电话拜托特瑞先生开车出来接他们回去。

晚上气温很低，尽管穿着羽绒服，顾郗颜还是冻得瑟瑟发抖，站在路边的时候直接偎在李嘉恒的怀里，双手环着他的腰，贴得紧紧的。

其实这不算是秀恩爱，她一句话都没说，冻得嘴唇都发紫了，想想也是，一个南方的姑娘经历过的最低气温也不低于零摄氏度，现在天空中飘着鹅毛大雪，气温早就已经是零下。李嘉恒有些心疼，抱着她，从衣袋里掏出暖宝宝来捂在她后背心的位置。

特瑞先生来得很快，上车后顾郗颜终于缓了过来，车里有空调，整个车厢都非常暖和，顾郗颜连续说了好几声"谢谢"，哆哆嗦嗦的样子惹人怜爱。

副驾驶位置上坐着劳拉，顾郗颜刚坐下就见她递过来一个保温杯，里面装着的是热牛奶。劳拉用英文解释了一下，这么冷的天，出门的时候见顾郗颜穿得不多，所以就装了杯热牛奶跟着丈夫出来了。

这对夫妇像亲人一样友好的照顾令顾郗颜感动得一塌糊涂。

李嘉恒搂了搂她的肩膀，笑着跟特瑞和劳拉说"谢谢"。

回到住的地方，暖气热烘烘的，特别舒服，顾郗颜先回房间梳洗，李嘉恒向劳拉要了一瓶治疗跌打的药水，等着顾郗颜洗完澡出来好帮她擦一擦小腿上的伤。

几个小时前秦沫发过来的语音消息，李嘉恒在这个时候才拿出来听，意料之外，只字未提工作上的事情，而是很着急地在说萱萱受伤的事情。

李嘉恒眉头紧蹙，听完所有语音后，给秦沫打了一个电话，出国之前他本来说休假期间不要联系，打电话也不会接，但毕竟孩子受伤，作为老师，不关心的话心里会过意不去。

打电话之前没有考虑到时差的问题，等想起来准备把电话挂掉的时候对方却已经接了。

"嘉恒。"秦沫的声音听起来很清楚，旁边还有些许吵闹。

李嘉恒顿了顿："萱萱的情况怎么样了？"

工作室里，秦沫放下手中的文件站起身来走到外面的走廊里，捋了捋脸颊边散乱的发丝："好多了，我回工作室交点儿材料就去医院照顾她。"

"没事就好，我就是想打个电话问一问情况，既然没事，我也不打扰你工作了。"

"嘉恒！"

秦沫抿了抿嘴唇，她几个小时前连续发了语音消息跟短信，还打了好几通电话，结果，到现在李嘉恒才打电话来，关心一下萱萱的情况就要挂断了。

他甚至连多问一句"你怎么样"都不愿意。

"你，什么时候回来？"

像情人一样的语气，让原本打算在李嘉恒身后吓他一跳的顾郗颜顿住了脚步。洗完澡踮着脚尖出来，却听见了听筒传来的女声。

顾郗颜对李嘉恒的朋友圈并不是特别了解，只见过他的三个朋友：徐止、赵歆艺还有经纪人秦沫，凭着直觉，顾郗颜很准确地猜出了对方是谁。

秦沫，那个让她曾心存芥蒂的女人。

屋子并不大，顾郗颜一时间杵在那里不知道是进还是退，李嘉恒回过身不小心和她撞在一起。

"休假后回去之前，我会给你电话的，先这样。"

不等秦沫回复，李嘉恒已经把电话挂了，手机放回口袋里，单手搂着顾郗颜的腰，见她双手抓着自己针织衫的衣摆，嘴角不自觉微微上扬："偷偷站在我身后干什么？撞疼了吗？"

"我不知道你在打电话，肚子有点儿饿，你洗完澡我们吃夜宵好不好？不是买了红酒回来吗？跟特瑞和劳拉喝一杯怎么样？"

顾郗颜并不是不在意秦沫这通电话，但在这个时候追根究底，她觉得太破坏气氛了。李嘉恒放下工作带她来新西兰度假，这么浪漫，她又怎么会那么傻让别人插进来。

"我们一起看星星，一起品红酒，看着窗外飘雪，好不好？"

李嘉恒低下头来。

蓦地心里一软——她有一颗七窍玲珑心，越是无所求，越让自己觉得弥足珍贵。

顾郗颜抱着一瓶红酒走出房间，正好遇见在走廊里奔跑玩耍的克丽丝，她穿着卡通睡衣，特别可爱，金黄色的头发扎成一个花苞状，一边跑一边抖动。

她看见顾郗颜，清脆地叫了一声，便跑了过来。

顾郗颜搂住孩子，小家伙软软的，给人很舒服的感觉，等李嘉恒洗澡的时间里，顾郗颜跟克丽丝玩了一会儿，又去餐厅帮劳拉做夜宵。

李嘉恒在新西兰留学打工时的经历，从劳拉口中听到感觉特别神奇，似乎能想象到另一个李嘉恒是什么样的。在过去，从她懂事有能力自己打听关于他的事情，全部都是跟获奖、比赛有关的，再加上那样的家庭环境，实际上很难想象他在国外打工的模样。

"在说我什么坏话？"

李嘉恒洗完澡换了一件淡灰色的针织衫走了出来，克丽丝朝他伸出双手，咯咯咯地笑着。李嘉恒一把将孩子抱起，走到顾郗颜旁边看她做的三明治，样子看上去挺有食欲的，只是说好的夜宵竟然就是三明治吗？

"尝一口看看？我在帮劳拉做明天早上的早餐。"

用小刀切了一小块，李嘉恒低下头张嘴，顾郗颜笑着喂给他，满脸希冀地想从他脸上看到满意的表情。

劳拉正忙着把烤箱里的鸡翅取出来，香味四溢，回过头看见李嘉恒跟顾郗颜的小互动，偏偏还抱着克丽丝，笑着说他们像夫妇一样亲密。

顾郗颜害羞地低下头，专注地做三明治，头顶上有一盏小小的吊灯，橙黄的灯光落在她身上，缕缕发丝镀上金色的光，美得令李嘉恒移不开眸光，满是温情。

异国的夜总是浪漫又多情的，同特瑞夫妇还有克丽丝围坐在客厅沙发上，暖炉里的火光明晃晃的。

一杯小酒，几盘小菜，聊着轻松愉快的话题。

顾郗颜的英文不好，更多的时候是听李嘉恒讲，低沉的嗓音，流利的英文，兴许是因为在国外待过许多年，发音醇厚自然，像极了杯中红酒，令人迷醉。

克丽丝困了，劳拉带着她去休息，李嘉恒看了一眼时间，也跟特瑞先生道声晚安，拿起两个高脚杯跟剩下的红酒同顾郗颜回了房间。

"我还以为这瓶酒你会跟特瑞先生干了呢。"

地板上垫了毛毯，加上有暖气的缘故，就这样坐着也不觉得冷，反而很舒服。顾郗颜拿过外套盖在腿上，看着李嘉恒拉过一张小矮桌放在中间。

"特瑞先生酒量很好，恐怕我醉倒了他都还能很清醒地跟你说话，所以我们通常会控制酒量，小酌怡情。"

李嘉恒一边说一边往酒杯里倒红酒，方才他就注意到顾郗颜喝得并不多，不是不喜欢喝，倒像是故意控制着量。

事实上，顾郗颜很少在外面喝酒，就算是朋友同学聚会的场合，她大多时间也是喝果汁。同喜欢的人一起喝红酒看星星，那是她以为要等很多年后才会实现的一个小愿望。

"毕业之后有什么打算？是走音乐这条路，还是其他？"

理想跟未来，是一个很长的话题，有些人通常要花上一段时间一边走一边去发现自己想要得到什么，过怎样的生活。

而顾郗颜，李嘉恒并不觉得她选择音乐，是因为喜欢跟想要。

"如果有一天，让你介绍我进你的公司跟你一样发片做音乐，你愿意吗？"

夫唱妇随，感觉也是很美妙的事情呢，顾郗颜扬着尖尖的下巴看着李嘉恒。

"我不愿意，你那时候应该在家弹琴给孩子听了吧？"

意想不到的回答让顾郗颜怔了怔，反应过来的时候伸手狠狠拍了李嘉恒一下，脸颊染上淡淡的粉红。

"很多年前我跟你姐姐一块儿学音乐的时候，她说，你很喜欢画画，想要当画家，可后来却选择了钢琴。"

轻轻摇晃着手中的酒杯，红酒跟杯壁碰撞发出轻灵的声音，李嘉恒的眼神中似乎带着另外一种情绪，能够让人感觉到遥远和沉重。

似乎一牵扯到顾郗若，气氛就会沉重。可她又是两个人心中共同的占有重要位置的人，不能怕痛，就无视存在。

哪怕因为时间的关系，提起她不再如从前那般难受，可那不一定代表放下和忘记，只是他们都长大了，她却留在了原来的位置。

"那时候我只是想离你近一点儿，再近一点儿。"

顾郗颜看着李嘉恒，眼里带着光，忽而明媚一笑，伸出指尖敲了敲酒杯，发出叮叮咚咚的声音。

"或许最初并不合适，但想做得更好的时候就会忘记原先想要什么，变得去适应去契合，现在你问我喜不喜欢，我竟回答不出来了。"

"潜移默化"这个词在顾郗颜身上得到了很好的诠释，从小就开始接触音乐，在还不懂得自己想要什么的时候就已经选择了这条路。再加上后来顾郗若的离开，更让顾郗颜把全部感情跟心思都投入到钢琴中，那时候她觉得，钢琴让她更接近李嘉恒，也更像顾郗若。

曾有过一段时间，她把自己活成了顾郗若，一颦一笑一举一动，甚至吃东西的口味、生活的习惯都完全模仿顾郗若。直到有一天，她亲眼看见秦念初躲在房间里抱着顾郗若的相片哭，才意识到自己做了一件多么残忍的事情。

那时候她傻傻地以为，像就能够代替了。后来才清醒地发现，太过计较就活得不像自己了。

"我倒是觉得，音乐能成为你生命中的一部分，但你并不需要把它变成你生命的全部。"李嘉恒站起身来，走到放置行李箱的位置，打开来从里面取出一个袋子，从上面的logo其实很容易猜出里面装的是什么。

大概是来的路上临时买的，要不然不会连个包装盒都没有。

"我注意到你很喜欢拍照片，或许你可以成为一个很出色的摄影师，不会摄影的钢琴家不是好的厨师。"

顾郗颜接过了袋子，看了一眼里面装着的单反相机，抬起头来半信半疑地问："这真的是送给我的吗？你确定以我的技术，不会太浪费这个相机？"

嘴上觉得自己做不到，但爱不释手地抚摸相机的小动作却泄露了心里的喜欢。

李嘉恒看在眼里，唇角微挑："这算不算是我送你的第一份礼物？"

"哪里是第一份了？"顾郗颜瞪了李嘉恒一眼有些不满意，"你忘了我生日的时候你送我的那条裙子了吗？"

记得，怎么会不记得？

只是那条裙子并不是他亲自挑选的，所以在李嘉恒心里，那算不上是第一份礼物。那时候刚回国，去顾家拜访的时候，赶上了顾郗颜的生日，在母亲云雅的陪同下去了一趟商场，在橱窗里看见那条裙子，买下来后，云雅说的却是，郗若穿起来一定很好看。

离开的人被不断提起，只因为她在别人生命中占有一定的位置，云雅对顾郗若的喜欢，超出了李嘉恒的想象。

"生日礼物跟平常的礼物不能混为一谈。"

原本还计较李嘉恒忘记生日礼物，现在听他这么一说，突然觉得这是个好浪漫的解释，这年头把生日礼物跟一般礼物分开来的人恐怕不多吧。

"我忽然想起要怎么回答你刚才那个问题了，我最喜欢旅游，如果可以的话，我们以后有时间都像这次一样出来旅游，好不好？"

见李嘉恒点头，顾郗颜笑得特别好看，她想要做一本相册，把跟李嘉恒一起走过的地方、拍过的照片都收集起来，若干年后便会成为非常美好的回忆。

"我这次比赛没有得到金奖。"

摸着相机，顾郗颜把话题转移到了比赛上，没有得金奖的那种失落感来得有些迟缓，隐约觉得在音乐上跟李嘉恒还有很大的差距。沿着这条路继续走下去的话，就像一开始李嘉恒问的那个问题，她不想当音乐家也不想成为像李云迪、郎朗那样的钢琴家，最初把音乐当成爱好，却也在过了那么多年后，没能变成生命的一部分。

"你会不会觉得，其实我并不适合走音乐这条路？"

月光透过落地窗映照在她身上，暖暖的光刻画着她眼角眉梢柔软的线条，李嘉恒从顾郗颜的眼里看出了一丝迷茫。实际上，在这些日子的相处中，他能够感觉到在音乐上顾郗颜有感情有天赋，可在技术上，她还没有达到理想的境界。

是的，参加过很多比赛，得过很多奖项，但并不代表她在这方面就是卓越优秀无可挑剔的，除了音乐，在其他领域你想要做到最拔尖，需要付出很多，需要对自己特别苛刻。

李嘉恒扬了扬眉："如果有一天你发现，音乐不能成为你生活的全部，那就说明，你还能选更好的路走。"

"你还真是直言不讳。"

问了一个严肃的问题得到这样的回答，顾郗颜咂了咂嘴，有些失落，那种说不上来的感觉让她无所适从。

"不需要让自己这么有负担。"李嘉恒转而坐到顾郗颜身边，将她搂到怀里，一下一下轻轻拍抚，"你足够优秀，再耀眼的话恐怕我会觉得太累。"

"太累？"顾郗颜觉得有些莫名其妙。

"难道不是吗？"李嘉恒勾了勾唇角，"我在打败情敌这种事情上，零经验。"

顾郗颜愣了愣，反应过来的时候低头笑出了声，能把冷笑话说得这么严肃的，恐怕就只有李嘉恒一人了。

"你放心，我的眼神向来不好，心里有人了，再帅的放我面前我都看不见。"

顾郗颜伸手环抱住李嘉恒，靠在他怀里一下一下地蹭着脖颈，身上那股沐浴露的香气蹿到鼻尖，闭上眼睛，觉得好闻又舒服。

"我应该是个幸运儿。"

才能在守了那么多年后得到这份温柔。

时间的荒野里，她徘徊了十几年，庆幸的是守住了自己的心，遇见了所要遇见的人，晚了那么多年又怎样，有时候想想，相爱的那一天就是最合适的时候。

顾郗颜不想要追求太多，她是个多么没有出息的女孩啊，有了一个李嘉恒就够了，大千世界宇宙洪荒，她要的只是跟他的永恒。

看过了冰雪还没看过日出，睡前李嘉恒跟顾郗颜约定第二天一大早开车带她去凯库拉看日出。

他自己没有去过，但听说那里是个很美的地方，季节对的话还能看见海狮。起早开车过去，如果遇不上日出，看看海感觉也不错。

把这个想法说给顾郗颜听的时候，她拉着被子捂住头呜咽了几声："的确是很浪漫的事情，可我怕自己起不来啊。"

人贵在自知。

闹钟响起的时候天还没亮，李嘉恒艰难地掀开被子，好半天才睁开眼睛，别说是顾郗颜了，连他自己都觉得浑身疲惫得使不上劲。回过头看了一眼睡得很熟、丝毫没被铃声吵醒的顾郗颜，有些懊恼看日出这个决定是不是太过浪漫没脑子了……

洗了一把冷水脸整个人瞬间清醒过来，打着冷战看镜子里的自己，无奈地挤出一丝笑容来。

昨天闹得太晚，现在都有黑眼圈了。

把顾郗颜从被窝里拎出来费了不少力气。"呜呜呜，好困……"

如果不是李嘉恒搂着，这个时候顾郗颜恐怕都瘫软在地板上睡过去了。

李嘉恒用冰水把毛巾打湿后直接捂在了顾郗颜的脸上，意料之中，她尖叫着扑腾起来，像极了一只被人放在案板上待宰，正在拼命挣扎的鸭子。

"李嘉恒！你下手要不要这么重！"

顾郗颜整个人瞬间清醒起来，心被刺激了一下难受得很。

画风明显不对啊，换成是别人的男朋友，应该是温柔地帮女朋友换好衣服，然后抱着她上车，才不舍得叫醒她呢。

见顾郗颜噘着嘴看着自己，李嘉恒哭笑不得地低下头道歉："对不起，我可能方法不恰当。"

哄了好半天才达成共识，快速收拾换好衣服出门。上了车之后，顾郗颜就把羽绒服的帽子戴上，围上围巾把自己包裹得跟粽子一样，靠着车窗闭上眼睛。不到一个小时的车程，李嘉恒开得很慢，一路上时不时回过头去看顾郗颜，生怕她睡的角度不好扭到脖子。

到了海边，车子停下来，扭头一看，顾郗颜还在睡觉。

长而卷翘的眼睫毛乖巧地贴在眼睑处，光线太暗，凑近了才看得清楚。

以前何曾想过会有一天陪她一起看星星看月亮看下雪看日出，醒来后第一眼看到的人是她，她睡着的模样乖巧得令你舍不得把她叫醒。将散落在脸颊边的头发小心翼翼地捋到耳边，连呼吸都下意识屏住。

看什么日出呢，李嘉恒有些后悔了。

顾郗颜醒来的时候，头磕到了车窗，疼得龇牙咧嘴，捂着头撑起身来，身上披着的毯子滑落到膝盖上。

车里居然只有她一人，李嘉恒没在车里，明亮的光线让顾郗颜后知后觉地意识到，天亮了！

一大早把她从床上拎起来，不惜用冷毛巾捂脸让她清醒，结果居然连日出都看不到！不对，是没把她叫醒！

手刚放到车门把手上准备用力推开的时候，目光扫到不远处的那道身影，生生顿住。

天空泛起鱼肚白，海浪拍打在沙滩上，一下又一下。外面应该是很冷的，坐在车里都能听到呼呼的风声，眯了眯眼睛看过去也能看到李嘉恒那被海风吹起来的衣摆跟围巾。

顾郗颜重新把丢在驾驶座上的毛毯拿过来抱在怀里，下车后轻手轻脚地走到李

因我
你的
隆喜
重欢
，

嘉恒身后。

"不觉得冷吗？"

海水拍打沙滩的声音夹着海风呼啸着袭来，顾郗颜把毛毯披在李嘉恒身上，从身后抱住他，把手伸到他衣袋里十指相扣，掌心相贴，闻着海水的味道，闭上眼。

"韩剧里浪漫的场景都是这样的，可是李嘉恒，我快被吹成傻子了，告诉我你怎么能在这里站着大半天不动呢？"

李嘉恒回过神来的时候听见顾郗颜没好气地说了这句话，忍不住笑出声来。

"我说错了吗？我真是傻才跟你在这么冷的天来海边看日出，什么时候什么地方看日出不好，非要在新西兰的冬天来海边看日出……"

李嘉恒探出手来将顾郗颜从后面拽到怀里搂住，两个人抱在一起暖和多了。

"我也后悔了。"

顾郗颜没好气地瞪他："你还会后悔啊？我以为你做事挺冷静的，看来是我看错了。"

"我以为你会睡到天亮，看样子你运气很好，还能赶得上新西兰的日出，虽然地球是圆的，太阳是一样的，但不同地方看日出的感受还是不同的。"

李嘉恒松开抱着顾郗颜的手，转而捏了捏她的脸："还没冻僵之前，你要不要去拿相机来拍照？"

顾郗颜摇了摇头："不想动，我们就这样站着看吧，美景留在心里也一样不会忘了的。"

等待日出的时间说短不短说长不长，吹着海风抱在一起说着漫无边际的话，时间也就过去了。霞光将天际晕染成一片橙红，在雾气的影响下，日光照过来出现光束，色彩瞬息万变。

美得令人惊艳，美得令人无法用语言形容。

"我陪你度过黑夜度过黎明，看过繁星看过日出，颜颜，从今以后的每一天我都想跟你在一起。"

不善言辞的李嘉恒说出了这样的一句话，嗓音轻而缓，在顾郗颜的耳畔一遍又一遍地回响着。

呼呼的风声吹来，竟没能把它吹散，清晰地落入耳中，惹得心间涌起一阵阵热浪。

耳边的誓言、脚下的土地，当若干年后顾郗颜重新站在这个地方的时候，忍不住热泪横流。那时候的她终于相信了一句话——生命中所拥有过的灿烂，终究是要用一生的孤寂来偿还的。

只是那都是后话了。

在看不见未来的时候，一切都是美好而带有希望的。就像顾郗颜现在，偎依在李嘉恒的怀里想象着一生一世。

当太阳高高升起，天空彻底明亮起来，顾郗颜打着呵欠扯了扯李嘉恒的袖子："我们回车里吧，外面好冷。"

"嗯。"

心头柔软，搂着她的手都舍不得松开。

回到车上，顾郗颜就开始搓手呵气："看过一遍日出之后我就不想要再看第二遍了，感受到震撼，可也好困。"

她对着李嘉恒鼓了鼓腮帮子，很实诚地把心里话说出来，被感动得眼眶红红鼻子酸酸的人是她，嚷着太冷太困的人也是她。

李嘉恒无奈地笑了："你这种人，就不适合给你制造浪漫。"

"你怎么好意思说这浪漫是你制造的呢？"顾郗颜吸了吸鼻子毫不留情地反驳道，"这是大自然给我们制造的浪漫！"

拗不过顾郗颜也没打算跟她计较，暖了暖手后李嘉恒开车返回。一路上望着公路两旁的景色，因为是清晨，人烟稀少却多了另一番风情。

"这个地方真的很适合养老，节奏慢风景好，一点儿压力都没有。"

顾郗颜的手指在车窗上胡乱画着，不假思索地蹦出这样一句感叹，惹得李嘉恒频频回头，到最后抿唇问了一句："你是在暗示我，将来陪你来这里养老？"

顾郗颜愣了一下，忽而咯咯咯地笑出声来。

"怎么了？你不愿意啊？"

"求之不得。"

手从方向盘上松开，转而握住顾郗颜的手，十指相扣，谁都没有再说话，但车厢里的气氛却变得很甜蜜很安定。

回到住处后，特瑞先生邀请李嘉恒跟顾郗颜一块儿去市中心买东西，顾郗颜心里是想去的，无奈太疲惫，浑身上下提不起力气，只能单独留下来休息。

穿得厚厚的，躲到被子里都只能蜷缩成一团，回来的路上一直觉得头昏昏沉沉的，很难受，不想跟李嘉恒说，怕他知道了担心。

外套随意丢在了被子上，放在外套兜里的手机响起时，顾郗颜有些反应不过来，铃声太过陌生，好半天才伸出手掏掏掏，把手机给拿出来。

"喂……"

有气无力地接电话，另一头的人似乎怔住了。

"这是嘉恒的电话吧？你是？"

像是一道闪电劈过来，顾郗颜瞬间清醒，弹起身来看了一眼手中的手机，天啊！她居然误接了李嘉恒的电话！

还是他妈妈打来的！

"喂？"

短短几秒钟，顾郗颜脑子里无数念头闪过去最后徒留一片空白，挂断电话是不可能的，万一再打来怎么办？万一他妈妈今后提起这件事情怎么办？

顾郗颜只有一条路可走，那就是鼓起勇气接电话。

"阿姨，我是郗颜，顾郗颜。"太阳穴疼得一抽一抽的，很难受，说话也有些无力。

云雅很是意外，李嘉恒的电话居然是顾郗颜接听的，难道这两个人之间有什么吗？

对方久未回应，顾郗颜又轻轻喊了一声："阿姨？"

"哦，郗颜啊，嘉恒呢？我找嘉恒，你们在一起吗？"

李嘉恒从前去哪里都会跟家里说一声，这一次没说云雅还以为他是临时有工作安排。云雅在听见顾郗颜的声音后意外得说不出话来，都忘了本该问声好的。

"阿姨，嘉恒哥出去了，忘了带手机，等他回来我让他打电话回去，好吗？"

"这样啊，那好吧，那个郗颜，嗯……"

气氛变得很尴尬，顾郗颜拿着手机都觉得发烫，脑子昏昏沉沉的也不知道怎么往下接，舔了舔干涩的嘴唇："阿姨，还有什么事情吗？"

"没，没事，我都好久没有见到你了，上次遇见你妈的时候还提起。假期有时间来阿姨家玩啊。"

"好的，阿姨。"

手无力地垂下，手机掉在被子上，视线越来越模糊，还没看清楚电话有没有挂断，整个人已迷迷模糊糊地陷入了睡眠。

昏睡过去的那段时间里，顾郗颜像是做了一个很长很长的梦，梦里有混乱的脚步声，耳边像是有人在争吵一样说着些什么却怎么都听不清楚。

摸索着在混沌的空间里来来回回行走却怎么都找不到光源，拼命想喊李嘉恒的名字却怎么都喊不出声。

陷入无助跟挣扎中痛苦得难以清醒，像是站在了一个悬崖边上，脚下像是万丈深渊，稍不留神就会掉进去，心提到了嗓子眼，干涩难受。

"郗颜……"

从很远很远的地方传来了声音，喊着自己的名字，熟悉的嗓音像极了李嘉恒，欣喜若狂想要回应却一脚踩空……

"啊！"

猛地睁开眼，眼前一片漆黑，慢慢地慢慢地恢复，原本模糊的画面也渐渐变得清晰，对上李嘉恒那焦急的眉眼，顾郗颜喘着气却说不出话来。

"郗颜，郗颜，你听得见吗？感觉哪里不舒服你跟我说。"

劳拉就坐在床边，一脸担忧地看着顾郗颜，湿毛巾轻轻擦拭着她额头上的冷汗，说着英语。

能够感觉得出那种关切，但顾郗颜连听的力气都没有。

"是不是提不上力气讲话？能够认出我是谁能够听清楚我说的话你就眨眼睛。"

四十摄氏度的高烧，若不是劳拉敲门进来恐怕都没人发现，及时叫来家庭医生，说是再晚一点儿脑子就要烧坏了。

李嘉恒急匆匆赶回来，看着顾郗颜那烧红的脸蛋，又急又担心，那煞白的脸色都是被吓出来的。

"我……我没事……"

嗓音很是干涩，顾郗颜看着李嘉恒，努力想要挤出一丝微笑。她怎么会想到自己这么煞风景，才来新西兰两天就被冰雪天气吓出病了，以后还能不能好好旅游好好玩耍了。

"我不应该带你去看什么日出，让你着凉发烧了。"李嘉恒很是愧疚，他轻轻伸手探了探郗颜额头的温度。

劳拉很有眼色地站起身，把床头的位置让给李嘉恒，拉着特瑞的手走出房间，送家庭医生回去。

大家都担心了一天，疲惫不堪。

顾郗颜碰了碰李嘉恒的手，缓缓摇头，示意她没事了，不用担心。

"看样子以后我要经常带你去运动，就算很忙也要抽出时间，体质这么差怎么行。"

拿过床头柜子上放着的水杯跟棉花棒，李嘉恒很细心地在顾郗颜干涩的嘴唇上润了润，一看那脸上两抹异常的潮红，心里就堆满了愧疚。

"我就是……没有……经历过这么冷的天……"

顾郗颜嚅了嚅嘴，声音真是难听得连她自己都无法接受，先前觉得头昏昏沉沉的，现在已经好多了，就是提不起力气，仅此而已。

"发烧会瘦……这样我就不用减肥了……"

气氛太冷凝，开个玩笑缓解缓解或许会好一些，谁知李嘉恒的表情还是黑沉黑沉的，见他这么担心自己，顾郗颜忽然觉得这病来得真是时候。

如果不发烧恐怕还感觉不出来他对自己的担心到了这种地步。

"你没烧成傻子就谢天谢地了，还减肥，也不看看你自己有多瘦。"

李嘉恒有些心疼地瞪了她一眼。

发烧出汗，身上黏糊糊的，有些难受，顾郗颜挣扎着想要坐起身来却使不出半点儿力气。倒回到床上的时候，欲哭无泪。

想想，自己也有好久没有生病了，第一是没有胡乱吃东西，第二是A市春夏秋冬四季气温变化较小，所以轻易不会感冒发烧。

这一次来势汹汹，也终于做了一回弱女子病西施。

"我想洗澡。"

"不行。"

李嘉桓连犹豫一下都没有就否决了顾郗颜的提议，把手放在她的额头上探了探，冰敷了一天再加上打点滴，烧终于退了。

"你现在除了多休息，不能干别的事情，至于洗澡，明天吧，刚退烧你就要洗澡，万一又……"

"可是出了一身汗，实在很不舒服。"

顾郗颜双手合掌做出一个拜托拜托的表情，长长的眼睫毛一抖一抖的，真是会让人忍不住心软。

拗不过她，李嘉恒最终答应给她打一盆热水擦一擦身子。

"对了，你去市中心的时候忘了带手机，你妈妈打电话来的时候我接了。"

差一点儿就把这件事情给忘了，她瞥了一眼时钟，已是深夜，不知道云雅等了多久，会不会埋怨自己。

"我妈妈？她知道是你吗？"李嘉恒似乎也很意外，毕竟云雅很少主动打电话给他，他还没有跟她提起顾郗颜的事情，现在恐怕瞒不住了。

顾郗颜有些抱歉，连她自己都觉得唐突了："对不起，我那时候头脑昏昏沉沉的，听见铃声响就接起来了……"

"你真是烧傻了？"

"嗯？"

李嘉恒弯下腰，替她理了理额前的碎发，安慰道："我们是男女朋友关系，正大光明，没有什么好藏藏躲躲的，再说了我妈又不是不认识你，怕什么？"

没料到是这样的回答，隔着这么近的距离，撞入那双深眸里，能够感觉到涌上心头的温热。

"嗯，你说得很对。"

选择在外庭院打电话给云雅是不希望影响顾郗颜休息，另一方面，李嘉恒总觉得在他跟顾郗颜交往这件事情上，云雅似乎有所顾忌。

说不出原因，但就是有那种预感。

电话响了还不到两声对方就接听了。

"嘉恒？"

"妈，是我。早上我出去了一趟忘记带手机，刚想起来所以回电话晚了。"刻意忽略掉顾郗颜生病的事情，觉得不需要解释得太详细。

新西兰的黑夜没有繁星，站在庭院外靠着栏杆都觉得冷。

"你出国了？郗颜和你在一起？"

云雅会过问，是在李嘉恒意料之中的，早在打电话之前就已经想好了答案，坦诚总会是最好的解释。

可说完了，等来的却是另一头长久的沉默。

片刻后，他听到对面传来一声叹息："是因为她是郗若的妹妹吗？"

过去很多年，云雅都不敢在李嘉恒面前提起顾郗若，出事那年他们才多大。可她作为母亲，很敏感地察觉到李嘉恒对顾郗若的重视，如若不是喜欢，怎么会放在心上那么久？如若不是喜欢，怎么会恰好在那个时间点回国？

"郗颜是郗颜，她不是郗若。"

云雅的话如一根针狠狠扎在李嘉恒的心上，脸色微变。他本就曾在这段感情上徘徊不定，如果说他真的是把顾郗颜当成顾郗若，那么他就是这个世界上最无耻的连他自己都看不起的人。

他从不会给自己留有余地，从认定顾郗颜跟认清自己下定决心的时候，就不容许别人对这段感情有猜测跟怀疑。

"妈……"李嘉恒压低了声调，收紧了掌心，"郗颜是郗颜，我分得清，而且我喜欢她，跟郜若没有半点儿关系。"

"嘉恒……"

"回国后，我会抽时间带她回家，这辈子认定的人，我不会改。"

声音落地，随着时间洪流一去不复返，在爱情上很多人缺少的就是这样的坚定跟执着。很多时候，很多人为着不可知的未来害怕胆怯，因为无足轻重的细枝末节而惹得心口钝疼。

云雅没有再说什么，李嘉恒的性格她再清楚不过了，决定好的事情就不会轻易更改，做出这个决定也势必经过一番挣扎跟思考。

好在顾郜颜是知根知底的孩子，家境也相当。

"你们谈恋爱我不会反对，只是你不要太自私，女孩子是需要保护的，你们尚且年轻，没有定下来之前千万不要做出不妥当的事情。"

直到挂掉电话，李嘉恒的耳边还回荡着云雅这句话，抿着唇看着这深夜，他的心情忽而变得有些沉重。

病来如山倒，病去如抽丝。

退烧后顾郜颜每天都在咳嗽，只能躲在房间里开着暖气，她是想要到处走走的，就是李嘉恒把她盯得太紧。

明明是来旅游的，结果却因生病哪儿都去不了，眼看着休假结束，李嘉恒的电话一个接一个，顾郜颜心里满满的都是愧疚。

"对不起，都是因为我。"

顾郜颜抱着枕头坐在床上，无趣地盯着窗外的蓝天，李嘉恒正在收拾行李，他们要搭乘今天的飞机回A市。

"回去之后我每天都带你去锻炼，增强体质总是没错的，至于旅游，以后我们还会去更多好地方，说什么对不起。"

"学校放假了，所以回去之后我就要回家住了。"

想到这个问题，顾郜颜抬起头来看着李嘉恒，念书的时候，比赛之前她都能把学校宿舍当成是幌子，可眼看放假了，她就没有理由说要留在学校了，家里人也不是好糊弄过去的，秦念初恐怕每天都在掰着手指头等她回家。

从前觉得放假是一件很美妙的事情，现在却觉得像煎熬，低垂着眸子闷闷不乐，天知道她多么想每天都跟李嘉恒在一起。

"我每天都会给你打电话的。"顾郜颜抬起头来对上李嘉恒的目光，咬了咬唇。

"好。"

李嘉恒轻轻应了一声。

那时候，顾郗颜几乎是把李嘉恒当成了她的信仰，一个人有信仰，她就不是寂寞的。

但到了后来她才知道，过去那么多年做得最伟大的一件事情就是喜欢一个人喜欢了十二年，没有太多经历，没见过多少风浪，以至于觉得最骄傲的反而成了不值一提的。

这些都是后话，时间没有走到那一步，没有谁知道会发生些什么，就像回国后云雅在第一时间打电话来约她见面一样，对方意想不到的举动令顾郗颜手足无措。

从新西兰回到A市，李嘉恒连时差都还没有倒过来就投入到工作中，才几天的休假就像耽误了很多通告一样。顾郗颜也很懂事地没有影响他，从公寓里收拾好行李带回家，一句要求都没有提。

换作是别的女孩子，肯定吵着闹着要他送一送。

但顾郗颜没有，一路拖着行李箱搭公交车，坐在最末的位置靠着车窗，看着窗外熟悉的风景跟建筑物，却不知怎么的，一点儿都开心不起来。

云雅在电话里约了下午见面，前脚才刚回A市，后脚她的电话就打来了，那语气与其说是温柔，倒不如说是疏离跟客气，那语调轻轻缓缓、柔柔慢慢，一点儿声调上扬都没有。如一杯白开水，平淡无味。

公交车在斑马线前缓缓停了下来，惯性的缘故，身子还往前冲了一下。

"咦，那不是嘉恒家的小青梅吗？"

徐止的手指在方向盘上敲了敲，本是无意数着红灯的秒数，结果不经意间扭过头就看见了坐在靠窗位置的顾郗颜。

公交车并排停着，车身要比小轿车高得多，徐止都是微仰头才看见的。

赵歆艺坐在副驾驶的位置，听徐止这么一说，立马望过来："想想，这都有一段时间没有见过这小姑娘了，李嘉恒自从跟她在一起，基本上就把咱们俩给忘记了，连请吃一顿饭庆祝庆祝或者正式介绍一下都没有。"

她颇为不满地摇摇头，还是好朋友呢。

"小青梅这个外号取得不错啊，只是人家小姑娘看起来不太开心。"

顾郗颜低垂着脑袋若有所思，红灯几十秒过去，她始终一动不动。

徐止把车窗摇下来，本想着挥挥手好引起顾郗颜的注意，结果公交车率先发动，随即呼啸而去，触碰到的只是一股尾气扫过来的热风。

因我的你隆喜欢重

"走吧，回头有时间打电话给李嘉恒，让他把小青梅约出来正式介绍一下。说实话，我倒是挺想看看他们能走到什么时候。"

赵歆艺的话里没有藏什么恶意，只是那语气，明显对这段感情不抱太大的希望。这让徐止颇为好奇，跟顾郗颜也没有多深的接触，怎么一开始就不喜欢人家。

"这句话你在嘉恒面前千万别提，能让他把照片放在皮夹里藏了那么久的女孩，肯定不是喜欢这么简单的。"

踩着油门重新启动车子，徐止把目光放远，他本就觉得在这件事情上没什么资格说三道四，李嘉恒那种性格，一旦做出什么决定，那都是思前想后再三考虑的，用不着别人去指指点点。

手肘支着车窗位置，手指揉了揉太阳穴，像是在思考什么一样，过了几秒钟，赵歆艺问了一句："你认识秦沫吗？"

秦沫？

名字熟悉得很，却怎么都想不起来，徐止眯了眯眼睛："肯定是听说过，但就是想不起来。"

"不奇怪，一开始我也没记起有这号人物，如果不是费心思查了一下，都还不知道原来我周围竟藏着这么多情圣。"

赵歆艺的话说得漫不经心的，惹得徐止很是好奇："到底是谁啊？"

赵歆艺勾起唇角，笑意嫣然："一个很有意思的人，我猜要不了多久你就会知道了。"

徐止转过头狠狠瞪了赵歆艺一眼。

"最怕别人吊自己胃口，以后卖关子的话，你就直接别开口了，好吗？"

丝毫没有因为徐止的大嗓门而生气，赵歆艺一副无所谓的样子，看着车窗外倒退的风景，点了点自己左手腕上的表。

"你到底要带我去哪家新菜馆吃午饭，能不能快点儿？"

如果说事先能知道云雅会出现，那么徐止肯定不带赵歆艺去这家新开张的餐厅吃饭，要知道，他并不是很喜欢这位阿姨。

有点儿小势利，也有点儿小傲气，简单来说，你不是豪门子弟不是名门权贵，没有显赫身世，她对你的态度一般不会好到哪里去，而且只言片语里，都是轻视。

偏偏徐止给人的感觉总是吊儿郎当的，还经营了一家酒吧，她眉眼中透着的轻蔑，真是让他一秒钟都不愿意靠近去自取其辱。

"你这么刻意绕路避开，你确定阿姨没有看见你？"

赵歆艺挽着徐止的手走在旁边，被他带着绕来绕去都要晕了。这家餐厅的设计风格还是挺讨人喜欢的，水榭隔断还有不少的绿色盆栽，古色古香的木板路，又是台阶又是拐角的。

第一次来，兴许上个洗手间出来都要迷路了吧。

"看见就看见了，我没看见就行，她不可能冲上来打招呼的。"

"不过我挺好奇的，她一个人坐在那儿也没点菜，难不成是在等什么人？"

终于走到了尽头，徐止把赵歆艺推到包厢里，一脸的不耐烦："别人的事情你管那么多干什么，吃我们的饭！"

另一边。

餐厅的门再一次打开，风吹进来，店里的铃铛叮咚作响。秦沫踩着高跟鞋，手里还拿着一个香奈儿的新款包包，整个人的气场引得周围人纷纷侧过头看。

越过无数桌子一眼瞥见角落的位置，红唇微勾，缓缓走过去。

"云阿姨，让您久等了，很抱歉，公司实在太忙。"

不错，秦沫约见的人就是云雅，而云雅在这里等着的人就是秦沫。

"没事，我也是刚来，先坐吧。"

云雅脸上带着温文的笑容，招手示意侍者可以上菜了。

"刚才我自作主张把菜先点了，担心等得太久你会来不及回公司，你不介意吧？"

秦沫微微一笑，摇了摇头。

"我本来想让阿恒也过来一起吃饭的，可您知道，他的行程实在是很紧，再加上前几天……"

说到这里，秦沫顿了顿，抬起头来看着云雅，抿了抿唇一副欲言又止的样子。

"不知道阿姨……"

"嗯，我知道，他前几天出国了。"

刻意忽略掉顾郗颜这个细节，想着兴许秦沫并不认识她，但云雅还是估计错了，秦沫不仅认识她还对她的情况掌握得一清二楚。

涂着红色指甲油的手指托起面前的高脚杯，尽管里面装的只是白开水，但秦沫仍旧喝出了品红酒的雅韵。

"我捧红过很多艺人，在作品制作上还有形象包装上我都有经验，如果阿恒想要的话，我绝对能把他打造成偶像与实力兼具的青年演奏家，不仅是推向国内，甚至是国际都可以。"

那语气轻得像是在说一件无关紧要的事情，明明很难做到却被她说得像是轻而易举就能做到一样。

不心动吗？

那是不可能的。

从一开始，云雅让李嘉恒学习音乐就是希望他能够当一个优秀的钢琴家，出人头地、光宗耀祖，也能让她在同事面前脸上有光。现在签了经纪公司，在专业团队的包装下再加上自身的外貌条件，已经是半只脚踏入了演艺圈，那么红起来不过是时间的问题。

"小沫啊，多亏有你，嘉恒才能在回国后这么短的时间内开这么多场演奏会，提高他的知名度，阿姨要谢谢你。"

"阿姨不用这么客气，都是我分内的工作。只要阿恒像以前一样配合……只是最近他常常有些心不在焉。当然您也不用太担心，阿恒这个年纪，有些私事要处理也正常。他眼下处在事业上升期，相信他过段时间自己会分清轻重的。"

秦沫嘴角的笑容，像极了那绽放的罂粟，妖艳中透着危险。"最近倒是常常听他提起一个叫顾郗颜的女孩，两个人走得很近。阿恒这些年专注于学业和工作，还是第一次见到他有走得这么近的朋友。听说您也认识这个女孩？"

单刀直入，一点儿都不拖泥带水。

留给自己的时间并不多，秦沫已经不能再等了，她不愿意自己亲手设计好的一切在终于进入正轨的时候，杀出来这么一个人破坏她所有的计划，所以在准确的时间把她处理掉，迫在眉睫。

当然，为这种小丫头，她还不想自己动手，自然有人比她更急着为李嘉恒扫清障碍。比如他的母亲。

"她是我一个同事的女儿，跟嘉恒从小一块儿长大，算是青梅竹马吧。"

云雅的声音听起来还算温和，秦沫虽然不能在里面听出对自己有价值的线索，也搞不清楚在顾郗颜这个人身上云雅抱的是哪一种态度，但她在自己提出了条件并且赴约的情况下，已经证明了一件事情。

作为母亲，她会不惜一切把挡在儿子前进道路上的障碍都清理掉。

侍者在这个时候将酒架和冰桶里装着的红酒提过来，云雅知道秦沫是个生活上处处优雅的女人，所以对于对儿子的前途会有所帮助的她，云雅乐意为她制造一个适合聊天的最佳气氛。

红酒撞击杯壁发出一连串轻灵的声音，酒香四溢。

秦沫举起酒杯来轻轻晃了晃，品了一口后轻声道："我带过那么多的艺人，明着说，为了公众形象总会有些忌讳，但避开闪光灯，谁没几个朋友呢？关键，这交朋友总得要能提携到他的才好。"

云雅陷入沉思中，以她过来人的身份，秦沫都点到即止了，她不可能听不出来话里面藏着的意思。

秦沫精致的妆容里藏着压迫感，微微抬起下巴，似乎在等待对方的回应。

有些事情她能做，也做得了。

云雅很快反应过来，笑着点头："我明白了，你也是个懂事的孩子，阿姨很喜欢你。"

"谢谢阿姨的抬爱。"

唇角和眉眼都弯起了恰到好处的弧度，再看不出一丝疏离跟高傲，就好像一下子把架子都放下了一样，亲近得真像是亲人。

赵歆艺从包间里出来找洗手间，结果就绕到了门口，于是，看见了跟云雅一起吃饭有说有笑的秦沫。

她眯了眯眼睛研究了有一会儿，原来云雅见的人是秦沫？

大中午的喝红酒，谈得不亦乐乎，俨然一副很亲密的样子，赵歆艺忍不住咋舌，真是个有手段的女人。

"阿姨，我下午还有一个会议要开，所以得回去准备一下了，您打车过来的吗？我送您回去吧。"

"不用了，我下午也有个约会。那就不耽误你工作了，有机会再一起吃饭。"

看见秦沫起身，赵歆艺很迅速地闪到拐角处躲起来，眼看着云雅把人送到了门口才折回来，样子看上去心事重重的。

"喂，你说你要去洗手间，这是洗手间吗？"

肩膀被人拍了一下，赵歆艺吓得当场魂儿都快丢了，捂着心口回过头来对上徐止那满是疑问的目光，用力瞪了一眼。

"你走路能不能稍微出点儿声啊，别凑这么近，知不知道人吓人吓死人？"

见赵歆艺脸色都白了，徐止摸了摸鼻尖道歉。

"你说你去个洗手间去了那么久，我也是担心你走丢了才出来找，你躲在这里听人家墙角干什么？"

顺着赵歆艺刚才盯着的方向看过去，徐止一眼就看见了云雅。

"啧，我说你无不无聊，跑出来趴着听阿姨的墙角，老人出来跟朋友碰面聊天，你怎么那么好奇？"

砰的徐止说话一点儿都不控制音量，生怕他引起云雅的注意，赵歆艺推着他往包厢位置跑，门砰的一声关上，这才松了一口气。

"犯得着这样子吗？跟做贼一样。"

"你猜她是跟谁见面？"赵歆艺喘着气，盯着徐止看，转念一想，刚才她在车上都问了认不认识秦沐这人，他的回答让她觉得真没意思。

"算了，你反正也不记得人家，吃饭吃饭。"

"喂，哪有你这样的。"徐止扯住赵歆艺的手，"在外面听了半天的八卦吊起我的胃口然后转身又不说了。我不记得谁？那个秦沐？你提醒一下我不就记得了。"

"你还用我提醒你啊？你自己想啊，当初是谁冒充人家李嘉恒去追师姐还惹得一身骚。"

赵歆艺白了徐止一眼，过去那档子事她真是觉得滑稽透顶。

可也就是这么一提，徐止立马就想起来了，捂住了嘴巴难以置信地看着赵歆艺，看她点了点头，控制不住爆了声粗口。

"我也没想到她会摇身一变成了金牌经纪人，还在嘉恒回国之后立马签下他，当然，这也可能是蓄谋已久的。毕竟我们都知道，秦沐喜欢嘉恒那不是一年两年的事情了。"

赵歆艺回到自己的位置上，拉开椅子坐下，把餐巾打开整齐地铺在裙摆上。对于秦沐，她一开始并不觉得这女人有什么，谁没有过一段暗恋，就算是姐弟恋，在现在也不稀奇。但秦沐之所以让人对她刮目相看，就在于她的手段。

能把金融界大亨泡到手，然后结婚生子，最后一纸休书抛弃了人家，扬言要追求心中挚爱，这不是女中豪杰是什么？

"那你躲在那里听了半天听出了什么？"

徐止的问题让赵歆艺很看不起："你稍微用点儿脑子好不好？我站在那么远的地方，双眼能够看清楚已经很不错了，你还奢望我能听清她们讲什么？"

赵歆艺就算是听到了也不打算跟徐止说，这家伙嘴巴封不紧，保不齐转身就跟李嘉恒说了呢。

"吃饭吃饭，别问太多，那都是别人家的事情，我下午还很忙。"

徐止的话刚到嘴边就被赵歆艺给拦住了，只得无奈地把种种疑问都吞回到肚子里去。

另一边，顾郜颜拉着行李箱回家，看了一眼墙上的挂钟，连午饭都没来得及吃就匆匆出门。

"哎，郗颜！"

秦念初跑出来已经慢了一步，顾郗颜都走出小区大门了，转过头看一眼坐在沙发上优哉游哉看报纸的顾俊森。

"你怎么都不拦住孩子问一句呢，这刚回家饭都没有吃就跑出去，说了去哪里了吗？"

"有事，郗颜又不是小孩子，不要总是跟从前一样盯得紧紧的。"

一个家庭的教育里总有唱红脸跟唱白脸的，在顾家，唱白脸的永远都是顾俊森，而叹气跺脚的那个人就只能是秦念初了。

"我就是担心孩子啊，总感觉她最近心里藏着事。"秦念初一边嘀咕一边不时回头看着窗外。

顾郗颜走出了小区，随手拦下一辆的士后报出了云雅约见她的地址，怕时间赶不上，连搭公车都不敢，毕竟是去见长辈，对方还是李嘉恒的母亲，迟到的话就会留下不好的印象。

等到了餐厅门口，顾郗颜一眼就认出了坐在靠窗位置的云雅，桌上很整洁，只有一杯咖啡，她细品的姿势很优雅。

松开紧攥的手掌心，低着头看那一片汗水，顾郗颜有些无所适从，那是看着自己长大的云姨，为什么会紧张成这个样子，仅仅是因为她还有另一个身份，那就是李嘉恒的母亲。

深呼吸后调整脸上的表情，推开门走进去，侍者迎上来。在得知是来赴约的时候，领着顾郗颜朝云雅坐的位置走过去。

"云姨。"

"郗颜啊，好久不见，喝咖啡吗？"

见顾郗颜点头，云雅吩咐旁边的侍者再上了一杯咖啡。

环视餐厅的环境，让人眼前一亮的就是它的装潢，能够看出来是花了心思的。云雅在生活中也追求很高的格调，从她身上的服装就能看出来，同样是老师，秦念初就显得朴素很多，并不是很爱打扮，也没有把钱花在买很多品牌衣服上。

"你刚回国，我就把你叫出来，没有怪阿姨吧？"

云雅的态度很温婉，脸上的笑容多多少少让顾郗颜原本提着的心稍微放下，也不是那么紧张了。

电视剧里总会上演拆散鸳鸯的情节，一般男朋友的母亲请自己喝咖啡，十有八九就是询问需要多少钱你才肯跟她儿子分手。

顾郗颜在见到云雅的前十几分钟里，脑海中不断徘徊的就是这句话，而她也想了不下十个可能性。

"阿姨，您叫我来是有什么话想要跟我说吗？"

清丽的容颜上带着一丝小心翼翼，澄澈的眸子里，也有些许不安。

这些云雅都看得出来，怎么说都是自己看着长大的好孩子，可惜就可惜在不合时宜地影响了李嘉恒。

摸着手中的咖啡杯，云雅看着顾郗颜微微一笑："你是什么时候跟嘉恒走到一起的？前段时间他邀请你当演奏会的嘉宾，那个时候你们是不是已经在一起了？"

顾郗颜心咯噔了一下，眼睫毛轻轻颤抖。

对上云雅那带笑的眉眼，不知怎的，人家还什么都没说，这个开场就已经让顾郗颜浑身都僵住了。

"没关系，不用这么紧张，你是阿姨看着长大的，你应该跟阿姨很亲近才对啊。"

云雅伸出手来握住顾郗颜的手，被冰凉的指尖吓了一跳，恰好这个时候侍者把咖啡端了上来。

"你这孩子，年纪轻轻的怎么手冰成这个样子？"

兴许是云雅这样心疼自己的模样，让顾郗颜稍稍有些放松下来，也不是那么害怕了，半垂的长睫毛定了好几秒，看着那包裹住自己手指的手掌，明明那么温暖。

"颜颜啊，阿姨今天找你来，不是想让你跟嘉恒分手的。"

"阿姨……"

听到云雅这句话，顾郗颜能够感觉到悬在心口上的大石头扑通一声掉下，终于能够松一口气的感觉让她紧皱的眉头都舒展开来了。

"你这傻孩子，你以为阿姨找你来是谈这些话？"面上真是一副责怪的模样，惹得顾郗颜很不好意思地低下头。

"阿姨，对不起……"

由于低下头的缘故，顾郗颜并没有看到那一瞬间云雅脸上闪过的不以为意跟冷漠。

原以为会是一场气氛冷凝尴尬的谈话，以至于在门口犹豫了许久都不敢走进来，现在好了，顾郗颜嘴角微勾，先前白担心云雅会不喜欢自己了。

"嘉恒哥哥回国开演奏会我去做嘉宾的时候，还没在一起，是后来……"

说起来顾郗颜都觉得有些不好意思，低着头，白皙的脸颊都染上了一片红晕，云雅微不可察地蹙了蹙眉头。

"嘉恒从小到大都不用我跟他爸爸操心，小时候喜欢音乐后来也学得很好。他在国外那么多年跟你有联系吗？"

顾郗颜愣了一下，摇头。

"是吧。"云雅温柔地笑了笑，"他就是那样的一个人，在目标还没有达到之前不会去考虑其他的事情，而他现在就是小有成就了，才会分心去想别的。阿姨并不是让你们分手，只是想提醒你，毕竟做母亲的最了解自己的儿子了，那就是一种新鲜劲，过去了就……"

书香世家教养都是非常好的，即便是不满意也不会直接说出来，温婉的笑容再加上话里面藏着的深意，听不出来那就是你傻。

顾郗颜沉默地握紧手中的咖啡杯，杯子已不再如一开始那么热乎。

"年轻的时候会有很多想法，会尝试很多没有做过的事情，新鲜劲过去了也就会明白有些是不合适的。所以呢，与其耗费很多力气去做一件没有结局的事情，不如花时间去充实自己，好有资本不让别人看轻，郗颜，你觉得阿姨说得对吗？"

这段话里面没有提及自己跟李嘉恒，但隐藏着的针对性却非常强，几乎是第一秒，顾郗颜就已经听出来了。

心慢慢往下沉，唇角不知不觉抿紧，有风吹来，撩起她细碎的发丝。

"你是个聪明的孩子，从小就是，特别是在音乐这方面。你应该知道阿姨在嘉恒身上下了多少工夫跟心思，他不应该满足于现在这样的成绩，他适合走到最高处，你觉得呢？"

一连串的反问让顾郗颜有些招架不住，她紧紧攥着指尖，这些话说得她哑口无言。

"阿姨，我明白你话里的意思了。"

强忍着涌上心头的委屈，努力挤出一丝笑容来面对云雅："我会努力，我会努力变得优秀，成为配得上嘉恒哥哥的人。"

云雅挑了挑眉，轻叹道："你还是不明白我的意思，你还小，甚至还没有大学毕业，今后的路还很长，变数也很多。阿姨不想当恶人，只是希望你自己想清楚，你们从小一起长大是有感情基础的，晚那么一两年其实也不会有影响。比你们优秀的人实在是太多了，总要成为一个能在事业上对对方有帮助的人吧？"

顾郗颜垂眸不语，有些话不说出来是想留给彼此一个余地，不至于撕破脸皮到最后无法相见。

作为父母，用心良苦。

从餐厅出来，顾郗颜推开门走着的每一步都是虚晃的，日光化成一个一个圈晕过来，使她睁不开眼睛。眼前一片青色，脚下瘫软得差一点儿就要栽倒在地上的时候，有人搀扶住了她。

"小青梅，你怎么在这儿啊？"

徐止眼疾手快地搂起顾郗颜，跟在后面的赵歆艺连忙走上前来。

"你这脸色也太差了吧，身体不舒服吗？"

"谢谢，我没事。"顾郗颜打断赵歆艺的话，不留痕迹地抽回自己的手，将散落到脸颊边轻扫着的发丝捋在耳后，头都没抬地说道，"不好意思，我还有点儿事情，先走了，下次再聊。"

"你走什么走呢？"

赵歆艺一把将顾郗颜扯了回来，明明没有用多大的力气，对方却连连后退好几步才站稳，吓得身后的徐止连忙扶不住她。

"顾郗颜你看起来实在是有点儿糟糕啊，什么情况？小脸惨白惨白的，要真是放你一个人走，我估计你东西南北都分不清吧？"

赵歆艺说话向来很快，噼里啪啦的也没有个度，再加上嗓门大，原本思绪还有些游离的顾郗颜此时也缓过神来了。

"歆艺姐……"

"还认得出我啊，那说明还有救，你这是要去哪儿？我送你去。"

"喂，开车的人是我好吧？小青梅，还记得我吗？"

被忽视了半天的徐止终于找回了证明自己存在感的机会，上前一步挡住赵歆艺。顾郗颜都还没来得及回应那个小青梅的称呼，就对上徐止那一副吊儿郎当的模样。她脑子一瞬间空白，而后身体先一步做出了反应，轻轻道："徐止，是你啊。"

言简意赅，说明没忘记呢。

"这个时间你怎么会出现在这里？吃过午饭了吗？"

赵歆艺会问那都是正常的，谁让她在这之前撞见了云雅跟秦沫，就只是时间错开来，要不然还都怀疑顾郗颜也看见了呢。

"我，在这附近吃饭，现在想回家了。"

不会撒谎，以至于眼神都不敢对上对方，顾郗颜抿着唇，这个小动作看在赵歆艺眼里跟胆子小没啥区别。想着人家小姑娘一开始被自己吓唬过，如今不亲近那也是很正常的。

"阿止，我们先送小青梅回去吧，然后你再送我去医院。"

"不，不用了。"

顾郗颜连连拒绝，却还是被赵歆艺给带上了车，直到车门关上她才解释。如果不送顾郗颜回去，就她那失魂落魄的样子万一出个什么事情，他们非得愧疚死。

一路上，赵歆艺原本想跟顾郗颜聊聊天的，可人家小姑娘脸朝着车窗，不知道是沉迷于倒退的风景呢还是在想事情，一动不动的，连到了家门口都没意识到。

"小青梅，到家了。"

冷不丁冒出一声，顾郗颜吓得打了一个激灵，回过头来对上赵歆艺试探性的眸光："嗯，谢谢你们送我回来，谢谢。"

"小青梅，找个时间约嘉恒一块儿来酒吧喝酒啊，你酒量那么好我可都还记着啊。"

徐止真是个不会看眼色看表情的人，等顾郗颜下车，赵歆艺一巴掌啪地打下去，疼得他捂着肩头"嗷嗷嗷"地叫。

"你没发现人家姑娘心情不好吗？你说话能不能稍微用点儿脑子。"

"我……"

顾郗颜一步一步走得很慢，身后的车子是什么时候离弦而去的她都不清楚。回到家，跟爸爸妈妈打了声招呼之后就走回房间，连衣服都没换就瘫倒在床上，整张脸近乎埋进了枕头里。

"颜颜，你怎么了？刚才去哪里了？"

第一次看见顾郗颜这副模样，秦念初特别担心，跟进房间来就要掀开蒙着的被子。

"妈，我有点儿不舒服，想睡一会儿，您不用管我。"

"你怎么了？哪里不舒服？让妈妈看看。"

顾俊森追了进来及时拦住了秦念初，连拉带拽地将她扯出房间，连带着把门关上。屋里瞬间恢复了安静，门外传来说话声，顾郗颜用力捂住被子。

渐渐地，肩膀微微颤抖，紧接着轻微的啜泣声从被子里传了出来。

门外，秦念初甩掉顾俊森拉扯自己的手，瞪了他一眼："干什么呢，拉拉扯扯的。你没觉得孩子有点儿不对劲吗？我问一句怎么了？你就拼命拦着我！"

"孩子大了，有点儿小心事那是很正常的，这个时候我们不要去过问太多。"

顾俊森摆了摆手后，回到客厅坐下，从桌上拿起一包香烟，刚抽出一根想了想又放回去。嘴上说得轻松，但那皱紧的眉头却也是担心的表现。

"你是不是知道了什么？"

秦念初走了过来拍了一下顾俊森的手臂："嘿，我跟你说话呢。"

"嘘！"

顾俊森把食指抵在嘴唇上警告秦念初小声一点儿："吵什么，孩子在屋里可都听着呢。吃饭吃饭，别问太多。"

"你这人……你跟我绕什么圈子。"

房间里，顾郗颜使劲捂住枕头不愿意听见任何声音，直到快让自己窒息了，才挣扎着翻过身来，满脸的泪花，看着天花板任由眼泪无声滑落浸湿枕畔。

音乐室里，李嘉恒接到徐止电话的时候刚听完新作的曲子，摘下耳机，旁边还有老师在。

"我想了想呢还是觉得得跟你说一声，秦沫在你身边吗？"

李嘉恒有些疑惑地看了一眼周围，起身去外面接电话："我在音乐室跟老师在一起，她不在，怎么了？"

"今天我跟歆艺一块儿吃饭，遇见了你妈，猜猜她跟谁见面了？"

"秦沫？"

"你怎么这么快就猜到了！"

徐止也是傻，先问了一句秦沫在不在，然后问见到了谁，如果不是秦沫的话干吗要多此一举。

"最匪夷所思的还不是这个，同样是在饭店门口，我们吃完饭出来的时候就撞见了小青梅，小姑娘那失魂落魄脸色苍白的模样啊，啧啧啧，我差点儿都以为她出什么事情了。"

徐止说话向来喜欢夸张，李嘉恒听着，蹙着眉头却也没有半点儿着急的模样，反而很沉稳地问了徐止几个问题。

"我妈是跟秦沫一起吃饭？你见到的时候准确来说是怎样的画面？郗颜出现的时候你看到我妈了吗？"

"那个……"

徐止撮了撮眼角，犹豫了一下理清楚思路："其实吧，看见你妈跟秦沫吃饭聊天的人是歆艺，我们后来吃完饭出来的时候你妈跟秦沫已经不在那里了，就只是在门口遇见了小青梅，但人家心情不好是真的可以看出来的啊。"

"因为是假期，所以她今天从我公寓搬出去回家住了。"

李嘉恒这么一说，使徐止把顾郗颜不开心的原因引向了另一个方面。

"你以为她心情不好是因为没跟你住在一起？我的天，你们都发展到这一步了？我说人家小姑娘还没毕业呢。"

"你想太多了，我像是没有分寸的人吗？"李嘉恒打断徐止的话，"你打电话来就是要跟我说这个？"

"我也只是关心你，思前想后都觉得小姑娘情绪有点儿不对劲，来跟你提前通风报信一下。"

"嗯，多谢。"

结束了通话，李嘉恒才发现有一条来自云雅的未读短信，点开来一看，是让他晚上回家吃饭。

回想起徐止说的话，妈妈会跟秦沫一起吃饭，这让李嘉恒有些摸不着头脑，眯了眯眼睛，若有所思。

曲子录制结束后，从公司离开，一上车李嘉恒就给顾郗颜打了电话，第一通没有人接听，第二通响了有一会儿才通。

"喂……"

顾郗颜的声音听起来有气无力的，李嘉恒不由得皱了皱眉。

"你怎么了？声音怎么变成这个样子？身体不舒服？"

"不是的。"顾郗颜从床上挣扎着坐起来，揉了揉眼睛，"我睡着了，今天搬行李有些累，所以睡久了一点儿。"

哭着哭着就睡过去了，手机响的时候还没清醒过来，带着鼻音，那正是哭太久的缘故。

听顾郗颜这么一说，李嘉恒原本到了嘴边的问题又收回去："这样，那你好好休息，晚上睡觉前我再给你打电话。"

"好。"

李嘉恒听不出顾郗颜那一声"好"里藏着的哽咽，电话挂断之后，顾郗颜一个人抱着手机坐在床头发呆，耳边徘徊着的永远是云雅的那声质问——

比你们优秀的人实在是太多了，总要成为一个能在事业上对对方有帮助的人吧？

她还不够资格，成为那个人。

回到家，客厅里，李翔正在泡茶，一见李嘉恒回来还有些惊讶，要知道自从回国后在外面单住，李嘉恒回家的次数就特别少。

"爸。"

"回来了啊，吃过晚饭了吗？"

李嘉恒望了一眼厨房的方向："妈还没回来吗？是她发短信让我今天回家吃饭的。"

"哦，她还没下班，先坐吧，陪我喝杯茶，聊会儿天。"

李翔指了指旁边的位置让李嘉恒坐下，自从他出国后父子之间就很少交流，有什么大事情也都是李嘉恒自己决定的，包括签了公司发了单曲。

现在有点儿时间，他就想跟儿子好好聊一聊。

"最近工作忙吗？前天还听你妈说你出国了。"

把沏好的茶倒一杯递给李嘉恒，茶香四溢夹着袅袅热气。

接过茶杯，李嘉恒轻轻抿了一口："不回家根本喝不到这么香的茶，工作也不是很忙，就是回到家洗完澡就想休息了。"

"嘉恒啊，你想没想过安安稳稳当一名大学的音乐教师？你蒋伯伯还在问你有没有意向去大学当教师。"

在李嘉恒前途这方面，李翔从来没有阻拦过他，都是让他自己选择，但现在，看着他走这条靠近娱乐圈的道路，反而有些不喜欢。

"我就是担心你太忙太累，顾不到身体，你的胃不是不好嘛。"

李嘉恒忍不住笑了："爸，我这眼瞅二十七八的人了，哪还能不知道怎么照顾自己。胃疼的毛病我最近挺注意的，很久没犯过了。"

他说的是实话，自从跟顾郗颜住在一起，三餐跟休息时间都有人盯着监督着，还怕会忘了吃饭以至于胃疼吗？

想起顾郗颜，又是不经意的一笑。

这个笑容落在李翔眼里，令他颇有深意地多看了李嘉恒一眼："事业上在进步，那么感情上呢？回国的时候你说没有谈朋友，年纪也差不多了，是不是真的没有交往的对象？"

听见李翔这个问题，李嘉恒怔了怔，而后淡淡回答："有啊。"

在这个问题上，李嘉恒的态度很实诚，因为他觉得没有必要遮遮掩掩的。

一听说是有喜欢的人，李翔眼角微弯："哦？是爸爸认识的人？感情到了哪一步了？对方家里是干什么的？"

爸爸好奇起来，问题也是一箩筐。

李嘉恒笑着指了指爸爸面前空着的茶杯。

"爸，我先给您续杯茶吧。"

就在这个时候，大门被打开，云雅提着几个塑料袋进门，怀里还抱着一捆试卷，样子看上去挺吃力的。

李嘉恒连忙放下手中的茶杯站起身走过去，打声招呼之后很自然地接过云雅手里的塑料袋，低头一看，那都是自己爱吃的菜。

"你怎么这么早回来了？今天不忙吗？"

云雅一边换鞋子一边问李嘉恒，还以为要等做完晚饭打电话才能把人催回来呢。

"下午没什么事情，跟老师谈了一下曲子的问题后就直接回来了。"

李嘉恒提着塑料袋向厨房走去，云雅一进门就开始抱怨今天又遇见了谁谁，然后发生了什么事。

"这刘芳真是好笑，一听我们家嘉恒回来，就东打听西过问，旁敲侧击地想问我能不能让嘉恒给她侄女当钢琴老师。这不是添乱吗？真是不知道嘉恒有多忙，总想着能够找个熟人占点儿便宜。"

那一脸嫌弃的模样真是藏都藏不住，李翔皱了皱眉头。

"孩子在家，说话注意点儿，这种事情有什么好抱怨的。"把一杯沏好的热茶放在云雅面前，"喝杯茶，消消气。"

说起来也没有什么好气的，孩子有出息了又是学音乐的，这邻里邻居的，说这些话有时候也就是开玩笑。再说了，当音乐家教也没有什么丢人的，小时候李嘉恒学琴不也是找了一个很出名的老师上门教授。

"别总是动不动就抱怨，看不起别人。"

"我什么时候看不起别人了？"

被李翔这么一说，云雅顿时不高兴地皱起眉。

李翔看了她一眼，摇摇头不愿意再多说什么。被丈夫说了两句，云雅一脸不开心地往厨房走去。

李嘉恒刚洗完手正准备回客厅，看见云雅板着脸走过来，一瞧见他就开始抱怨："你爸这人真是越老越爱教训人，动不动就觉得我这个人看不起别人，你说妈妈是那种人吗？"

李嘉恒抿着唇，手指摁了摁眉骨的位置不发表任何意见。

"在这儿给我搭把手吧，陪妈聊一会儿。"云雅把李嘉恒留在了厨房，围上围裙拿出塑料袋里的食材。

这个画面让李嘉恒觉得特别熟悉，小时候也是这样，妈妈做饭，就把他叫到一边，有时候是谈谈心，有时候是教育他。跟很多小朋友不太一样的是，他们谈话多数都是在厨房里进行的，妈妈忙忙碌碌来来回回地走，他就安静地依靠在墙边听。

"跟郗颜是什么时候在一起的？"

"有一段时间了。"

脸上的表情波澜不惊，也没有打算把具体的时间说出来，对于李嘉恒来说这何尝又不是一种试探，他总要知道云雅对于这件事情是什么态度。

洗菜的动作一顿，云雅忽而勾了勾唇："怎么，跟妈妈还不敢仔细讲了？想一想，自从我们家搬走之后我也有好一段时间没见过郗颜了。小时候她总是跟在你和郗若身后，是个挺顽皮的孩子，如今眨眼就成了大姑娘了。"

如今？

李嘉恒敏锐地捕捉到了云雅话里面的关键词。回想起徐止说的那番话，难不成……

"选择她，是因为从小在一起，对这丫头有感情了吗？"

"您觉得是，那就是吧。"

李嘉恒低着头，声音有些漫不经心。

云雅回过头来看着李嘉恒："这其实也没什么，妈妈就是怕你因为这些杂七杂八的人啊、事啊，分散了精力。"

把洗好的菜放到篮子里把水过滤掉，抖了几下放到一边，也不知道是不是故意的，这个动作幅度有些大，篮子跟大理石平台碰撞发出不小的声音。

李嘉恒忍不住道："妈，颜颜不是杂七杂八的人。"

云雅却仿佛没听见李嘉恒的辩解，擦干手转过身来跟他面对面，脸上虽是带着淡淡的笑容，却没有半点儿笑意："我情愿你在国外找一个女朋友，也不希望你跟顾郗颜在一起。"

连名带姓。

冰冷疏远中多了一丝不满意。

李嘉恒的唇瓣不知何时抿成一丝细线，想不到云雅会这么直接地表达出她的意思，反对得太直白反倒令人有些无措。

国内学音乐的女孩子那么多，到处参加比赛得奖的也不少，但在云雅心里就觉得这种女孩并不值钱，要去国外留过学的，回来身价才不一样。第一本身素质高，

第二家里有条件，能送出国的可能是普通家庭吗？

所以在云雅看来，顾郗颜就跟普通的艺术生没有多大的区别，论发展也绝对不会比李嘉恒好。

"你的事业刚在上升期，你看看别人，在这么好的机遇下哪一个不是争分夺秒地抓住机会，你倒好，松懈下来谈起了恋爱，还是跟那么一个只会拖你后腿的人。"

"妈，我不是要跟事业过一辈子的人。"他的眸色漆黑，下颌紧凝出棱角僵硬的线条，"我尊重您，所以我并不愿意跟您在这件事情上争吵，我已经是成年人了，感情上的事我自己可以把握。"

说完，李嘉恒转身就想离开，云雅拦住了他，望着那深不见底的眸子，表情微微动容。

"我是你妈，我的话你都不听了是吗？我什么时候害过你？现在不过是刚在一起，就学会了为了那丫头顶嘴了，你妈的话就成耳边风了？"

黑眸沉静得宛若深不可测的清潭，看着云雅，他缓缓平复了一下自己的情绪，沉默了好一会儿才开口："我不想为了颜颜惹您生气，我也知道您是为我好，但是妈，我不是三四岁的孩子了，我也希望您能尊重我作为一个成年人的选择。"

本来不是很讨厌顾郗颜的，但向来听话的李嘉恒如今却用这种语气跟态度同自己对立，云雅心头的火气像是被人泼了酒精一样迅速燃烧起来。

强忍着不悦，试着改变语气想要跟李嘉恒再谈一谈。

可话都还没有说出口，就先被他截断了。

"如果您今天让我回来只是为了谈这些，我想不会有什么结果的。"

李嘉恒面不改色："让您失望了。"

动静这么大，李翔不可能听不到，在客厅喝完一杯茶后终于坐不住，走进来却正好碰上要出去的李嘉恒。

"爸，我今天还有点儿事情就先走了。"

"嘉恒啊……"

李翔拦不住，云雅则气得胸口上下起伏，快步冲了上来："你为了她，连跟你妈吃顿饭都不愿意了，你想过那丫头可能根本没这么在乎你吗？"

一句话成功地让李嘉恒停住了脚步，缓缓转过身来不可思议地看着云雅。

"您真的见过她？"

云雅甩开李翔扯住她的手："怎么，我儿子为了她一个小小的比赛，都扔下工作追出国了，我一个当妈的连见她一面都不行吗？"

李嘉恒震惊地看着自己的母亲，他想过她会反对，但他没想到她会连给自己最起码的自由和尊重都做不到。他几度想开口质问，最终却还是控制住了情绪，攥紧了垂在身侧的手指，半个字都没说就转身离开了。

见他这样，云雅猛地瞪大了眼睛："你看看，你看看他这个态度，李翔你看看！"

"唉，你能不能别闹了，你怎么变成这个样子了。孩子们互相喜欢，对方家庭又知根知底，门当户对这有什么不好的，郗颜也是个不错的孩子啊。"

"什么不错？！"云雅挥开李翔的手，"你看看她，小小年纪谈恋爱，还把嘉恒带成这个样子！这样的人我绝对不允许他们在一起！我绝对不会同意这两个人在一起的！"

李嘉恒从家里出来，大步流星往停车处走去，上车后，连安全带都没来得及系上就先给顾郗颜打了电话。

"颜颜，你在哪儿？方便出来见个面吗？"

电话里顾郗颜有些犹豫跟慌张："我，我跟爸爸妈妈在吃晚饭呢，有什么事情吗？你的声音听上去怎么怪怪的？"

太生气以至于都没有控制好自己的语气，他调整了一下，对着空气扯出一个僵硬的笑脸："没什么，你吃完饭后给我打电话，我去你家门口接你。"

"那个……"

"我们聊聊。"

李嘉恒的状态听起来不太好，顾郗颜一时间也不敢说什么，直到挂了电话，握着手机都在出神。

"谁的电话啊？"秦念初见顾郗颜半天都没回来，就走出来看看。

"一个同学，说吃完饭后出去玩一会儿。"

顾郗颜心里虽然紧张但还是努力做到面不改色心不跳地撒谎，秦念初看了几眼，忽而轻轻一笑："那就赶紧吃饭吧，记得不要玩太久，早点儿回来。"

秦念初没有继续追问下去。

这顿饭顾郗颜吃得很是忐忑，心里面想的一切都是跟李嘉恒有关的，他怎么了？会不会是他妈妈跟他说了什么……

"妈妈，我出门了。"

"路上小心，早点儿回来。"

换好了鞋子刚走几步路就开始小跑起来，小区大门口一个人都没有，也没有熟悉的车子。顾郗颜拿着手机开始给李嘉恒打电话，响了一下就被掐断了紧接着便是忙音，就在她不知道该做什么的时候，眼前出现一缕灯光，紧接着一辆黑色奔驰穿过路灯下的光影向这边驶来。

轮胎摩擦地面的声音不小，可见车速并不慢，副驾驶位置的车窗降下来，露出李嘉恒的脸。

光线太暗以至于看不清楚他脸上的表情，可是说话的嗓音却非常低沉。

"上车。"

她乖乖上车，刚把安全带系好，李嘉恒就踩下油门，车速之快让顾郗颜整个人随惯性往前扑去。

他在生气。

这是顾郗颜一上车就感觉出来的，于是她把双手规规矩矩地放在膝盖上，呼吸都控制得很轻。

车子开到江边，在路边临时停车线内准确停放好，拉手刹，解开安全带，一系列动作如行云流水没有一丝停顿地做完后，李嘉恒深深地看了她一眼，说了声下车，而后自己率先打开了车门。

夜晚，江边长廊是散步聊天的好去处，吹着凉爽的风，闻着清新的空气，能卸下一天的疲惫。

顾郗颜跟在他身后，有些忐忑。一路上李嘉恒什么都没说。加上之前云雅那一番折腾，眼下没搞清楚原因之前，她一时有些不知道该聊点儿什么，左思右想，还是问了一句："嘉恒，你怎么了？"

"我妈去找你了，你为什么不跟我说？"

李嘉恒尽量让自己的声音听起来自然一些，语速却还是不受控制地加快。

离开家之前云雅最后那句话，他虽然告诉自己不可信，但若说一点二失落都没有，那绝对是假的。但他不想吓到颜颜，毕竟事情的经过他还不了解，他需要知道究竟发生了什么。

顾郗颜仰起头来，目光跟他相对，他清俊的容颜在灯光下蒙上一层橙黄的光，干净、帅气。

但是她太了解他，了解他的每一个表情。她知道，他很不安。那一瞬间，她心里忽然就软成了一片。

空气中弥漫着安静的气氛，顾郗颜并没有躲开李嘉恒的目光，只是沉默了许久，然后轻轻一笑。

看着走廊上人来人往，却始终觉得跟他们并不是在同一个世界里，耳边听不到他们的脚步声，眼里只知道那些画面快速闪过，连停留一秒钟都不曾。

"我以为我能做得很好的。"她微微垂下头，嗓音轻轻的，一字一句说得认真而缓慢，"我小时候就跟在你身后跑，叔叔看见我会把我抱起来转一圈，阿姨买东西回来会问我想不想吃蛋糕，我以前以为，喜欢我的人会一直喜欢我。"

刚好就这么站在路灯下，明晃晃的灯光落下来将整个人都笼罩住了，从侧面看过去，眼睫毛一颤一颤的，清丽的容颜温婉干净。

李嘉恒抿着唇不说话，就这么安静地听着。

"你想知道我的想法吗？"顾郗颜把垂在身侧的手握紧了看向李嘉恒，隔着清风撞入那双澄澈难过的深眸，忽而觉得自己之前的伤怀有些多余。

他焦虑，他不安，他委屈，甚至第一次这么强硬地把自己叫出来，只为了听她亲口说说她的想法。这都只能说明一件事——他爱她。

李嘉恒爱顾郗颜。

只要知道了这件事，她实在不知道自己还有什么可怕的。顾郗颜觉得自己是幸运的，在这样的情况下都还能发现一个令她欣喜不已的真相。于是，她想了想，这时候其实什么都不需要解释，她只要向他说明一件事就足够了。

"如果别人告诉你我不喜欢你了，你相信了，那你就是一个傻子。"

过了那么多年都已经不知道放弃是怎样的一种感觉，时光积累下来的不仅是喜欢，更有执着，顾郗颜只是想让李嘉恒知道，她从没有一刻是不喜欢的。

"那你跟我妈都说了什么？"

李嘉恒紧紧盯着顾郗颜，不放过她一丝一毫的表情变化，本是信她的，却怕她是个傻丫头，在这种时候都想着护别人而不是自己。

"你妈妈没有反对我们两个人谈恋爱，她不舍得你有一点儿不好，眼里心里装的都是你。她也很关心我的未来，就跟你曾经问过我的问题一样，想知道我对未来的打算。我比你小七岁，很多你经历过的事情我连看都没有看过，我每天做得最熟练的事情恐怕就是喜欢你，从前我觉得无所谓，但现在，我觉得有所谓了。"

顾郗颜的声音太过平静，没有一丝的波澜，这让李嘉恒平添了一分慌乱，他开始担心接下来要听到的，是最不愿意听的内容。

"给我一年时间好不好？一年后我大学毕业了，我找到了工作，明确自己今后要走怎样的路，我就不会觉得慌乱跟不踏实了。我等了你好多年，你也等我一年怎么样？要是谈公平，我其实很早以前就吃亏了。"

语气满满的都是信任，眼神也很柔和，她直视着他的眼睛，一字一顿地说："我不想跟你分手，也不会跟你分手的。我只是想让你等我一年，一年的时间我们像朋友一样相处，互相了解不是挺好的吗？不敢说我是为了变得更优秀，起码在你的光环的笼罩下我能知道我想做什么。"

从李嘉恒的怀里退开，转而握住他的手，十指相扣的时候，连声音都不自觉变软了："我从没向你提过什么要求，这一次你答应我，好不好？"

李嘉恒一直沉默地听着，任她拉着自己的手，只是微微蹙起的眉泄露了他内心的想法。半晌，他问："颜颜，这是你的想法，还是我妈给你提的要求？"

"你妈妈并没有要求我做任何事情。"

若干年后回想起来，顾郗颜仍旧觉得当初回应云雅那句话的时候，是她此生最有勇气的时候。

年少轻狂爱追求，不愿意当情感的困兽，喜欢又何必要去退让，没有资格是吗？那就先让自己变得优秀啊。

"嘉恒，我愿意为了这段感情去努力，你愿不愿意也跟我一样？"

迎着她坦然直率，透着一股坚定的目光，李嘉恒心里忽然就释然了，甚至隐约涌起一种骄傲——谁说颜颜不够成熟？他的小姑娘自始至终都愿意为了他，跋山涉水，把自己变成更好的人。

这一刻，他也终于解开了一个压在自己心底的疑惑：他爱的是顾郗颜，她或许有与顾郗若相似的容貌，但她从来都只是她自己。

她只做她自己，就已经足够美好。

许久之后，他紧紧回握住她的手，轻轻笑道："好。我的颜颜长大了，你不论做什么决定，我都支持你。"

深色的夜幕里，顾郗颜靠在李嘉恒的怀里许久许久，她未曾抬头，也就未曾看见，那双深邃的眼眸里泛着盈盈的光。微凉的风从耳边轻轻掠过，携带着他们在这座城市脚下许的约定，一年，不长也不短。

"你要记得，我这么喜欢你。"

把过去时光中的美好郑重地，妥当地，不舍地折叠好藏在心里。

跟李嘉恒分别后的第二天，顾郗颜就订了三张去往上海的机票，她要带着秦念初跟顾俊森一块儿去旅游。

不就是一年的时间吗？顾郗颜是这么告诉自己的，如果他连一年都等不了，那想说什么一辈子就真的只能是个笑话了。

第 六 章

冬夜风渐暖

　　开学前的一个星期，顾郗颜回了A市，打开手机，里面躺着李嘉恒发来的未读信息。刚跟他报了个平安之后，她听到一个消息，徐亦凡出国留学了。苏小白说他们本想为徐亦凡办一个小型的送别会，可听说自己出去旅游并不在A市，徐亦凡也就婉言谢绝了。

　　"天啊，他也是真够痴情的，仅仅因为一个你，然后就拒绝了我们所有朋友的好意，你都不知道，林婧妍那时候就想搭飞机去把你给逮回来。"

　　听到苏小白这句话，顾郗颜笑了笑，抿唇不语。

　　这样其实也挺好的，有些时候，时间跟错过能让一个人知道对方在自己心中到底重不重要。

　　曾以为开学后还会住在李嘉恒的公寓，所以很多东西都没有收拾回来，回到学校后顾郗颜约了苏小白，定了一个时间回去收拾东西，恰巧那天李嘉恒公司有事，家里没人。

　　"最近星光卫视推出了一档真人秀节目，受邀的嘉宾名单前日在网络上公布了，你有看到吗？师兄被邀请了。"

　　去公寓的路上，苏小白记起前日刷微博时看到的消息，连忙问顾郗颜，李嘉恒这是不是算进军娱乐圈了。

　　"嗯？"顾郗颜以为自己听错了，"真人秀？音乐比赛吗？"

　　"不是的，就是那种组成搭档旅游闯关挑战那种真人秀。"

　　"应该是经纪人安排的吧。"

　　顾郗颜笑着回应了一句，苏小白感受到了她最近的变化，却只觉得她比从前多了几分淡定——那神色竟与李嘉恒有几分相似。想来，爱情真的会让两个人越来越像。

"他长得又高又帅，又会弹琴，这次参加真人秀恐怕是真要红起来了，星光卫视的综艺节目在国内向来都是首屈一指的。"苏小白捅了捅顾郗颜的胳膊，狡黠一笑，"眼瞅着在他声名鹊起的时候，你提了个一年之约，怎么样，后悔吗？是不是超有危机感啊？很快网上就会有一大拨自诩为他女朋友的粉丝了。"

顾郗颜淡淡地笑了笑："有什么好怕的？"

"啧啧啧，给你点儿阳光你就灿烂。"

苏小白看似玩笑，其实却暗暗松了口气。顾郗颜有多在乎李嘉恒，她作为闺密再清楚不过了，原本还以为从这个学期开始就看不到顾郗颜在学校住了，结果一回来就让自己陪着去收拾东西，说到底还是担心的，但看着她现在的样子，心里终于松了口气。顾郗颜看似温温软软，但却比她想的要坚强。

"既然说好了要他等我一年，那这一年就要给各自一些空间，他现在的工作行程、通告都比以前多，在公寓的时间其实也不多。他忙他的事时，我就回学校练练琴，陪你一起吃饭，不是也很好？"

"嗯……"苏小白拉长了尾音，"那他要是红了，进了娱乐圈，你们之间还会像现在这么好吗？会不会出现隔阂啊？"

人红是非多，更何况是娱乐圈那个鱼龙混杂的地方，没有多少人到最后还能够保持初心的。

"他不会的，我相信他。"顾郗颜莞尔一笑。

顾郗颜压根没想过，这个时间，李嘉恒会在。

刚插上钥匙，门就从里面打开了，这是顾郗颜旅行回来之后，两人第一次见面。虽说思想工作做得足够到位，但乍一见面，空气还是有瞬间凝固。

"师兄。"

最先打破沉默的是苏小白，她笑脸盈盈地看着李嘉恒，见他穿着白衬衫跟浅色休闲裤，不像是要出门的样子。

"我以为你不在家。"

隔了好一段时间才见面，顾郗颜根本舍不得移开目光，说话的嗓音非常轻，细心的话，还能感觉出颤意。

"我今天休息，你们吃过午饭了吗？"李嘉恒很自然地搂住顾郗颜的肩膀，侧过身让苏小白进门。

"早知道我就不来了，一个单身汪来看你们晒幸福。"

苏小白捂着眼睛往里走，一副眼不见为净的样子，尽量替他们活跃一下气氛。李嘉恒把门关上后，拉着顾郗颜的手往屋里走，坦白说，如果不是顾郗颜之前那一番推心置腹的话，这双手他一时半刻也不想放开。

"哇，师兄你的厨艺这么好啊？"

空气中飘着饭菜的香气，顾郗颜跟在李嘉恒身后走进餐厅，就看见桌上摆放整齐的饭菜，兴许是一个人的缘故，一菜一汤显得有些寡淡。

"顾郗颜，你上辈子到底是积了什么德啊！找到这么棒的男神做男朋友。师兄，我们一下课就过来了，都还没吃午饭，你冰箱里还有食材吗？介不介意多做几个菜，请我们吃午饭？"

苏小白一定是故意的。

对上她的目光，顾郗颜忍不住白了一眼。本来想简单收拾一下就回学校了，结果她倒好，竟然主动要求留下来吃饭。

"小白……"

"行啊，你去客厅看一会儿电视吧，郗颜，去换套衣服然后过来帮我。"

顾郗颜的话都还没说完就被打断了，李嘉恒揉了揉她的头发，动作中依旧如往日一般亲昵。

如果说苏小白原先还对他们的感情有所怀疑，那么看到这一幕，所有的念头都打消了。默默跑到客厅沙发上看电视，把自己当成空气一样隔离开，绝对不当电灯泡。

顾郗颜则回到房间去，打开衣柜，自己的睡衣、长裙、T恤都还整齐地挂在原位，就像从来没有离开过一样。手指在衣服间一件件划过，最后停在了一件白色T恤上。

这是她买的情侣衫，跟李嘉恒一人一件，晚上窝在沙发上看电视的时候就穿着它。放假的时候之所以没带走，是因为想着会回来住，可以继续穿，没有必要带来带去。现在重新把它取出来换上，站在镜子面前呆呆地看着。

"郗颜！师兄喊你！"

门外传来苏小白的大嗓门，顾郗颜如梦初醒，拍了拍脸颊后稳定心神走出去。

"换衣服换那么久呢，师兄一个人忙不过来叫你过去。"

苏小白留意到顾郗颜身上的衣服，是新的，而且一看就知道是情侣装，猛地瞪了她一眼，臭丫头是故意的吧！

因我的你隆喜重欢，

"那个，需要我帮什么忙吗？"

李嘉恒转过头来，原本想让她帮忙把洗好的番茄切一下，顺便打鸡蛋，话刚到嘴边就注意到了她身上的那件T恤，眼底的光变得很轻柔，嘴角也勾起一丝弧度。

"需要我……"

顾郗颜见李嘉恒不说话，以为他没听见，正要重复一遍的时候注意到了他的眼神落在了自己的衣服上，声音戛然而止，脸颊迅速染上一片红晕，颇为尴尬。

本来就是想穿一穿在镜子前转几圈，结果苏小白一催就这样跑出来了。"过来帮我尝一尝汤的味道，我去切番茄。"

把勺子递给顾郗颜之后，李嘉恒走到另一边去切番茄，厨房并不大，两个人并排站在一起，空气中多了一丝甜蜜跟温情。

纤长的手指握着汤勺，舀起一点儿汤来吹了吹，小心翼翼尝了一口后，瞪大了眼睛，脸上的表情瞬间明亮。

"真好喝，鲜虾的甜味都熬出来了，这上面的泡沫需要滤出来吗？"

顾郗颜很虚心地请教旁边的李嘉恒，在厨艺方面，李嘉恒明显略胜一筹。

"嗯，舀一点儿给我尝一尝。"

李嘉恒把头凑过来，等着顾郗颜舀起汤来轻轻吹了吹方才送入他的口中，一脸希冀的表情："觉得怎么样？是不是特别好喝？"

"嗯，味道刚好，先把这些泡沫都滤掉吧。"

多做了两道菜一道汤，端上饭桌的时候，苏小白循着香味跑过来，挽着顾郗颜的手一脸赞赏地看着李嘉恒。

"师兄，你快告诉我你还有什么不会的，我家颜颜上辈子肯定是拯救了宇宙，这辈子才会跟你在一起。"

"真是吃饭都堵不上你的嘴。"

顾郗颜扭过头去瞪了她一眼。

"坐下来吃吧，让你们久等了。"

李嘉恒很绅士地帮忙拉开凳子，自己则绕到另一边，坐在顾郗颜对面的位置。苏小白握着筷子往嘴里送一口菜，吃得她一脸满足，连连称赞。

"师兄，网上说你要去参加真人秀节目，是真的吗？"

苏小白的话音刚落，那边顾郗颜吃饭的动作就小小地停顿了一下。

"嗯，下个星期就出国参加拍摄。"

说这话的时候，李嘉恒把目光落在了顾郗颜身上，见她没有抬头，似乎眼里闪过一丝失望。

"听说是配对搭档呢，那你知不知道自己跟谁搭档？我觉得综艺节目都特别喜欢炒作情侣档，然后去制造一些话题和绯闻，靠这些来炒作节目。师兄，要是导演组让你跟某个当红小花旦组队，你准备怎么办啊？"

顾郗颜撞了撞苏小白的手肘，本是要提醒她话不要那么多的，谁知道她接下来又补了一刀。

"这些都是替颜颜问的，她不好意思，所以我来帮忙问。"

真是不添乱不罢休，顾郗颜有些无奈地抬起头来，恰好对上李嘉恒的眸光，一时间真是说什么都变成了掩饰。

"你想的那些都不会发生，我的搭档是陈子遇，新晋小鲜肉，让你失望了。"

"怎么可能？是你自己要求的，还是导演组安排的呀？"

"你能不能乖乖吃饭，别那么多话啊！"顾郗颜终于忍不住了，没好气地瞪了苏小白一眼，"你平时吃饭都没这么多话。"

被顾郗颜这么说，苏小白也不生气，笑嘻嘻地看向李嘉恒。

"师兄，你家顾郗颜害羞了，好，我乖乖吃饭，吃完饭呢，我们就早点儿收拾东西走人，要不然这么待下去，恐怕再多说一句话我就要被揍了。"

李嘉恒轻微地勾了勾嘴角，也没再说什么。

吃完午饭后，苏小白自告奋勇去洗碗，顾郗颜回房间收拾东西，李嘉恒则走到阳台接了个电话。

顾郗颜坐在床头安静地叠着衣服，从前没觉得带了多少过来，如今却怎么像是收拾不完一样。随便看哪个地方，都有属于自己的东西，她有些后悔没有拉个行李箱过来。

"你打算把所有东西都搬走吗？"

李嘉恒靠在门框边看着顾郗颜，没想到接个电话回来后会看见这样的画面，一时间好心情都被破坏了。

看着他，顾郗颜只觉得不过是几天不见，就有很多话堵在心口却又说不出来，浑身找不到一个支点能够去支撑自己。

不断重复手中叠衣服的动作，原本还觉得多，现在一下子就叠完了，整整齐齐放在一边，好像心事即将被带走清理掉一样，虽然有些怅然若失，但还是打起精神安慰李嘉恒："你不要多想，这些东西都是平常要用到的，所以我想带回宿舍去。我以为你今天不在，所以本想收拾完东西之后再给你打个电话的。我听说了最近的消息，你已经开始忙起来了，接了真人秀节目，以后打算进娱乐圈吗？"

来公寓的路上，苏小白还问过这些问题，那时候顾郗颜还一副不知道、无所谓的样子。明明就是装的，事实上，她对这些在意得很。

李嘉恒走上前来，站在顾郗颜旁边，拿起她收拾好的小玩意儿："通告安排是经纪人的事情，进不进娱乐圈，也是为了以后的发展——主要是你都已经下决心要为以后努力了，我要是不加把劲，万一——年之后你不要我了呢？"

顾郗颜终于被他逗笑了，反驳道："怎么可能？"

四个字说得特别小声，显然就是没底气，李嘉恒也不跟她争，只是将小公仔放到她面前，语气中带着轻笑："这个你也要带走？你很需要？"

顾郗颜一把抢了过来抱在怀里："我睡觉必须抱着它。"

李嘉恒莞尔，没有再说什么，他送的礼物，她这么当宝贝不是挺好的吗？

门外传来苏小白的声音："颜颜，洗好的碗筷要放哪里？"

"我出去一下。"闻声，她站起身来快速跑出去。

顾郗颜很是歉意地看着苏小白："我没想到东西有那么多，早知道就带个行李箱过来了。"

"你不就是收拾几件衣服而已吗？犯得着把所有东西都搬回去吗？弄得好像再也不来这边住一样，而且宿舍很小，你带那么多东西有地方放吗？到毕业的时候你要搬走会更难。"

苏小白说的是实话，没有用的东西在宿舍堆太多还要经常收拾，再加上她并不知道顾郗颜跟李嘉恒之间发生的事情，所以愈发不能理解这种行为。

"我那些都是必需品。"

顾郗颜特别强调了，可苏小白还是一脸不信，非要让她带着去看，结果一进房间看着满地板的小玩意儿，满脸都是黑线。

"你不要告诉我这些都是必需品，大小姐你宿舍里没有杯子吗？你需要带上情侣杯过去吗？你的床够大吗？放这么多公仔，你还有地方睡吗？还有这些，这些，这些！"

苏小白一件件拎起来看看，又嫌弃地丢开，最后剩下的不过是零零散散的几件衣服跟几本书，一个袋子就能够装满。

"你呀……"苏小白无奈地摇头，"又不是不回来了，说到底心里还是舍不得吧？"

顾郗颜都不知道该怎么掩饰了，最后只是叹了一口气。

“但我也确实想清楚了一些事，所以才跟他做这个约定，他发展他的事业，我专注我的学业，等到大学毕业我追求到梦想并且实现后，我们再重新交往。”

　　苏小白莫名其妙地看着顾郜颜。

　　“平常都没见你看小说啊，怎么现在满脑子都是小说里奇怪的想法。人活在当下就应该及时行乐，你追求你的梦想跟你与李嘉恒交往有什么冲突吗？我不觉得两者之间有什么矛盾啊。还是你觉得现阶段你还不够优秀配不上人家？你以为还跟旧社会一样讲究门当户对吗？”

　　苏小白以前还挺欣赏顾郜颜无所畏惧追求自己真爱的勇气的，换作是其他姑娘未必能这么执着地去喜欢一个人，等待一个人。

　　现在是怎么一回事？追到手了谈恋爱了然后变傻了？

　　那还不如不去喜欢那么多年呢！

　　“姑娘，你是不是听到了什么，看到了什么，这里受到什么刺激了？”苏小白指了指脑门的位置，“被门挤了？”

　　“苏小白！”

　　迎面丢来一件衣服盖住了苏小白的脸，苏小白扯下来便对上顾郜颜又气又恼的模样。

　　“你问我，我就跟你说实话，可你却是这个态度，你又不是不知道我心里是怎么想的，我也很难过，我比谁都不想离开他。”

　　也许是意识到自己的声音有些大了，生怕屋外的李嘉恒听见，顾郜颜深吸一口气拉住苏小白的手。

　　“我们先回学校好不好？我在路上跟你说，他还在屋里，我不想让他听到这些。”

　　李嘉恒似乎很忙，接二连三地接打电话，前一秒钟还在卧室，顾郜颜去厨房帮苏小白的时候，他又去阳台接电话，聊到现在都还没有出来。

　　“要不我们先走？你给他留张纸条还是发个短信什么的？”

　　“也好。”

　　一时间找不到纸，顾郜颜抽出一张面巾纸来在上面写下一句话搁在了茶几上，最后看了几眼阳台的位置，跟在苏小白身后离开了。

　　李嘉恒结束通话走出来的时候，屋里已是一片寂静，卧室的门打开着，原本堆着的东西已经没有了，收拾得特别干净，视野所及都变得空空的。

　　桌上放着一张面巾纸，李嘉恒走过去拿起来一看，上面只有简单的几个字：我们先走了，工作忙的时候注意休息和饮食，郜颜。

回到学校之后，苏小白赶着收拾书本去上课，顾郜颜把东西搬回到宿舍后就去了琴房练琴，整整一个下午都待在练习室没有出来，直到苏小白下课后满头大汗地跑过去找她。

"走吧，买瓶饮料，我们去大操场坐一坐。"

苏小白心情不好的时候就喜欢去操场，坐在最高最靠边的台阶上，吹着风看场地上同学们酣畅淋漓地比赛，那种感觉你没经历过的话是体会不到的。顾郜颜心情不好，苏小白决定带她去那里坐一坐，聊会儿天。

日已西斜，黄昏的天有种别样的美。

苏小白一只手提着装满饮料跟零食的袋子，另一只手拉着顾郜颜往台阶上走。

"别人喜欢一大早来这里读书，我喜欢一大早来这里练嗓子，空气挺好的吧？怎么样，心情有没有好一点儿？"

把方巾铺在了台阶上，坐下之后放眼望去就是整个大操场，十几个篮球架，无数的少年在这里挥洒着汗水，肆意享受着青春。

"上高中的时候我特别喜欢看篮球赛，总觉得会打篮球的男孩子是最帅的，不过今天看了你家那位，突然觉得我思想好狭隘。有才华，会做饭，性格还很好，顾郜颜，你捡到了一个男神为什么不抓紧定下来呢？"

顾郜颜的心为之一动，侧眸看向苏小白，恰好对上她带着笑意的眼睛，一时间顾郜颜觉得自己的情绪都被感染到了。

"我不是不想抓紧。"

她说的是实话，云雅问她的时候，她也是这么回答的。

给未来想了千万种可能，但每一种里面都有一个重复的点，那就是要有李嘉恒的存在。她想象不到如果有一天没有李嘉恒，她会把日子过成什么样子，因为把他当作信仰，所以一个人根本不能没有信仰地存活在这个世界上。

"我只是还没有足够的底气去证明他跟我在一起不仅会幸福，还会变得更出色。"

顾郜颜缓缓说出了那天与李嘉恒妈妈见面的事。苏小白听完，傻了眼，她万万没有想到，横冲直撞闯入顾郜颜跟李嘉恒感情之间的竟然是男方的妈妈。

"不是从小一起长大的吗？那他妈妈应该对你很熟悉，不应该反对你们之间的感情发展啊？"

或许吧，或许所有人都会这样认为，包括顾郜颜自己。

可现实往往就是这样，总有一些人，以爱和关心的名义，提出这样那样的要求，而你除了为之努力，连反驳的话都不忍心说。

那天，顾郗颜在苏小白的陪伴下坐在操场台阶上吹了很久的风，也想清楚了不少事情，其中包括对李嘉恒的感情。

倒是苏小白在最后给她吃了一剂定心丸："我想你也不用太委屈。毕竟你和师兄之间的感情，我都能看出来。这一年也不是要断了联系，就如你所说——郗颜，这一年你们只是在相爱中获取力量，让两个人都变得更完美。我所理解的爱情，和你现在的选择其实异曲同工——相爱就是勇敢，无所畏惧。只要有一天这份感情长成了参天大树，那么任何困难也无法将它连根拔起。"

这是苏小白最后劝慰顾郗颜的话。

这天晚上，顾郗颜双手抱膝坐在床边看着窗外的月亮直到天亮。

顾俊森是在学校门口遇见李嘉恒的，当时他正在跟学校领导谈话，不知道在谈些什么，只是经过的时候恰好看见。

"顾叔叔。"李嘉恒跟领导道别后就朝顾俊森快步走过去，"您刚下课吗？"

"是啊，你呢，来学校有事吧？"

顾俊森很好奇，毕竟李嘉恒没有在二中念过书，特意过来应该是有什么事情，联想到过几天就是学校一年一度的艺术节，指不定是来参加演出的。

果不其然，李嘉恒摸了摸鼻尖，淡笑道："校长听说我回国了，就想邀请我参加下周三的艺术节，听说也是二中八十五周年校庆。"

"我猜出来了，挺好的，虽说你不是二中毕业的，但因为你父亲的关系，也对这所学校有感情啊。对了，好久不见你爸妈，他们的身体不错吧？工作忙不忙？"

"他们挺好的，这学期的课程也不多，不是很忙。"

像是想起什么，顾俊森指了指小区方向："有时间吗？有时间的话陪叔叔喝杯茶，我有些话想要和你聊聊。"

李嘉恒唇角微扬，点了点头。

如果没有猜错，那么顾俊森要聊的一定跟顾郗颜有关。

"你秦阿姨今天上午满课，不在家，下午要是没什么事，留下来吃午饭好不好？"

"不用不用，本应该是我请叔叔阿姨吃饭的，就是最近有点儿忙，等以后找个合适的时间，我们还跟从前一样去李厝老火锅店吃牛肉火锅，如何？"

"好好好。"

李嘉恒跟在顾俊森身后进了顾家，一切摆设都还跟从前一样，没有什么变化，就是水族箱里的热带鱼变少了。

顾俊森把书本拿回书房，又去洗手间洗了把脸才出来，虽说是夏末秋初，可天气依旧很闷热。茶叶是上好的乌崬单丛，开水冲进去，茶香四溢。

顾家好喝茶，这个习惯李嘉恒在顾郗颜身上也看到过。

"来，尝一尝叔叔新换的茶叶。"顾俊森的眼底浮着清淡柔和的笑意，将沏好的茶分成两杯，端一杯放在李嘉恒面前。

"谢谢叔叔。"

李嘉恒双手接过茶杯。

"上一次颜颜生日你来过家里一趟，这之后的工作是不是很忙？"

"没有演奏会的时候就作曲，偶尔参加公司安排的活动。"

清茶淡语。

顾俊森抿着唇，喝完茶后把杯子轻轻放下。

"这样，其实今天叔叔是有话想要问你。"

李嘉恒不动声色地将茶杯握在掌心里，对上顾俊森的眸光，猜得出他接下来会说什么。

"你是一个很优秀的孩子，颜颜跟你在一起，我本是非常放心的，可近来，我发现她的情绪有些小变化，时不时会一个人沉默很久，练琴的时候也是心不在焉。颜颜什么都没说，但我这个做父亲的看得出来。你应该知道，她不善于藏心事。"

李嘉恒伸手摸了摸眉骨，她岂止是不善于藏心事，她连掩饰自己的情绪都不会。

"她是个很单纯的孩子，从小成长的环境你也看到了，郗若走了以后啊，我跟你秦阿姨就特别疼她，舍不得她受苦也舍不得她难过，只要是她想做的事情，我们很少反对，包括学音乐。"

顾俊森叹了一口气，不知有多久没有在外人面前提起郗若了，眼窝有些酸。

"她就是这样一个孩子，你们俩知根知底，叔叔就问你一句，你和颜颜两个人，是仅仅图个新鲜啊，还是……"

孩子到了谈恋爱的年纪，对方又是自己看着长大的，也没有理由去阻拦。可顾郗颜这么魂不守舍的，应该是两人闹矛盾了。

孩子没跟大人坦白之前，大人过问太多反而会影响到他们的情绪，所以顾俊森也就当作什么都不知道，如果不是今天遇见李嘉恒，也不会想着聊一聊。

"叔叔，我很喜欢颜颜。"

李嘉恒的性格内敛沉稳，不仅体现在他为人处世的风格上，在说话这方面，也很有说服人的能力。

起码他的回答不是让顾俊森蹙眉而是眼底带笑。

"你们俩在一起，叔叔不想反对。也不会因为你们之间偶尔闹点儿小矛盾就加以干涉。情侣之间吵吵架那都是很正常的，只是颜颜年纪小一些，可能偶尔会任性，希望你能够多包容她。不知道你们俩对于以后，有没有什么长远的打算？"

李嘉恒沉默了片刻，再开口的时候语气非常平静："最近我们也正在探讨这个问题，但是叔叔放心，我尊重她的想法，不论如何，都不会离开她。"

李嘉恒的话字字斟酌，似乎是在心里揣摩一番后才说出来的。

长久的沉默后，顾俊森露出满意的微笑。

婚姻之前是爱情，那不是一个人的事情，不是一个人固执一个人执着，一个人奋不顾身一个人飞蛾扑火。

先是喜欢，再是相爱，最后才是守护。

顾郁颜其实最想知道的就是李嘉恒有没有一颗义无反顾去守护顾郁颜的心，在听完这些话之后，他觉得应该去相信这个年轻人。

从教室到琴房再到宿舍，顾郁颜感觉回到了一年前的校园生活，三点一线，没有任何波澜。偶尔会想李嘉恒，把手机拿出来调出号码，但想到说好的约定，想到他一定正为了未来努力，便只是简单地发一条问候的短信，聊上几句，然后整理好心情，继续前行。睡不着的时候，就裹着外套走出宿舍，站在走廊尽头的窗户前，感受着月光隔着窗子洒落到身上的那股静谧。

时常会想着同一个时间，他在做什么。

时常会在弹琴的时候想，他会不会也正在某个舞台上弹着这首曲子。

时常会像现在这样，盯着楼下小径尽头处，猜想着他会不会从黑暗中走出来，借着路灯亮光出现在自己的视线中……

等到顾郁颜缓过神来的时候，她人已经走到了宿舍楼的大门口，阿姨刚查房回来疑惑地看着她："同学，这么晚了怎么还不休息？"

顾郁颜顿了顿，揪紧了身上的外套，声音不温不热："阿姨，我睡不着想出去散散步，我会在门禁时间前回来的。"

鬼使神差走到门口，既然都下楼来了，她便觉得散散步走一走也不错。这么晚，校道上并没有太多人，有情侣挽着手在聊天散步，也有闺密坐在草丛边的石阶上聊天。顾郗颜就这么披头散发穿着拖鞋走在其中，实属异类，不过夜色正浓，谁看得见？

从宿舍外围长廊绕出去，是两条通往大操场的路，一条是很宽敞的水泥路，另一条是经过小花圃的鹅卵石小道。

顾郗颜选择了后者，穿着拖鞋踩在鹅卵石上，步伐根本不敢加快，低着头慢慢走着，脚底被按摩得很舒服。夜晚凉风徐徐，偶尔还能听见虫鸣声，就这样慢慢走着感觉非常舒服。

"你说李嘉恒今天晚上来音乐系做小型讲座，是不是意味着不久之后又要在学校开演奏会了？"

迎面走过来几个女生，手里还抱着课本，显然是刚结束晚课。而她们的谈话内容里，有一个关键词引起了顾郗颜的注意。

"我觉得不太可能，星光卫视不是新推出了一档综艺节目吗？我之前在网上看见嘉宾名单里就有李嘉恒的名字，想一想我居然有幸跟明星这么近距离接触，真是好激动。"

"他真的很帅啊……"

声音越来越远，顾郗颜呆呆站在原地。

他今天来过学校了？

她竟然没有听到半点风声，不过她一整个下午都待在琴房，吃完晚饭后又直接回到宿舍温习英语，十二月有场英语六级考试，模拟试卷的阅读题里有好多单词不认识。翻一翻字典，查单词备注，几个小时的时间就过去了。

要是他在就好了，他英语那么好，小小六级考试，给自己突击补习一下还不是手到擒来的事。

光是这么想一想，顾郗颜就又走神了。

口袋里的手机响了起来，拿出来一看，是李嘉恒的电话，顾郗颜根本没有注意到那一瞬间自己上扬的颧骨还有弯弯的眉眼。

"阿恒？"

夜里，她听得见自己清脆嗓音里的喜悦。

"睡了吗？我在你宿舍楼下。"

顾郗颜愣了一下，忽而迅速转身往宿舍方向张望，可隔着那么远她又怎能看清楚。

"今天来你学校了，去音乐系参加一个小型讲座，刚结束，所以想来看看你，不知道你睡了没有。"

李嘉恒拿着手机站在宿舍楼下，抬头望着八楼走廊的方向，却迟迟没有看见顾郗颜的身影。

"我，我没有睡呢……"

顾郗颜连忙疾步往宿舍楼方向跑，兴许是听到了喘气的声音，李嘉恒轻轻抿了抿唇角："你要是已经休息了就算了，我就是想听一听你的声音。"

"没有，没有，你等我一下。"

顾郗颜着急地强调着，跑得有些急，上气不接下气，偏偏还穿着拖鞋，根本就跑不快。

"颜颜，你这是……"

李嘉恒终于察觉到了异样，除了喘气的声音还有跑步声，下意识往后转，一眼就认出了不远处那个身影。

见李嘉恒转过身来，顾郗颜的心在那一刻就快跃出喉咙了，下意识向他挥了挥手。

"都这么晚了，你跑哪里去了？"李嘉恒赶忙迎了上去，担心的话还没出口，眼角眉梢就因为眼前人的出现，而挂上了笑意，"我还以为你休息了。"

"睡不着……睡不着所以……下楼来走走。"

顾郗颜完全是没有运动细胞的人，平日里又特别懒，多走几步路都不愿意，更别说跑步了。跑过一段林荫道，就累得喘不过气来，双手撑着膝盖弯腰，话都说不连贯了。

"那你跑什么？"

含笑的嗓音落下来，顾郗颜抬起头，笑得干净而坦率："我怕你以为我睡了，然后就走了。"

夜色下光线并不明朗，顾郗颜却依旧能看见李嘉恒微扬的唇角。

仅仅是那一抹淡笑，就抚平了她连日来不安浮躁的情绪。

她想，罢了，罢了，已经拼命让自己如此忙碌了，却还是不得不承认：实在太想他。

"因为知道今天要来A大，我本想给你打电话约你一起吃晚饭，但后来又担心会打乱你原本的计划。最近有没有好好练琴？"

李嘉恒的眼眸就像一个磁力很强的磁场，只一眼就将顾郗颜整个人都卷了进去，也不知道她的大脑是不是不运转了，要不然她怎么光是看着，都说不出话来。

"我跟你说话呢，你神游到哪里去了？"

李嘉恒伸手在顾郗颜的脑门上弹了一下，抄着口袋施施然往后退了几步，而后笑了笑："是不是最近太累了？你总告诉我要注意休息，怎么把自己搞得魂不守舍的。时间不早了，你还是早点儿回去休息吧，我就是来看看你，晚安。"

"阿恒！"

在李嘉恒转身的前一秒钟，顾郗颜终于做出了回应，原先脑子发懵以至于无数想法冒上来互相冲撞。

宿舍楼下，虽然已是深夜，但仍旧有不少刚回宿舍的女同学。看见眼前这一幕，多多少少都会回过头来看一眼，而后均报以善意的笑。

而这一切顾郗颜全然没有注意，她的眼里只有李嘉恒，所有的注意力也都集中在他身上，压根没想过会不会有人认出李嘉恒。

毕竟，他西装革履，太过出众养眼。

"我想跟你道歉。"

顾郗颜迟疑了好半天才蹦出这句话来，有些没头没脑，李嘉恒好笑地看着她："你做错什么了吗？没做错的话，为什么要道歉？"

顾郗颜看着李嘉恒，眼睛一眨一眨的，长而卷翘的眼睫毛就像小蒲扇一样。

李嘉恒情不自禁地伸出手来，等自己意识到的时候，手指已经触碰到了她的眼睛，他抿唇轻语："我有没有说过，你的眼睛特别漂亮。"

顾郗颜松开手来低下头："没说过。"

耳边传来他温柔的笑声："那我现在说了。换你了，跟我说说为什么道歉？"

顾郗颜没有抬头，只是又往前迈了半步，鼻尖碰上他的胸口，她的声音里多了点儿奇异的诱惑。

她说："对不起，这段时间偶尔发信息和你聊天，找了那么多冠冕堂皇的理由，其实那些都不是真心话——不，那些都不是最想说的。我最想说的，其实只是，阿恒，看不到你，我很想你。"

气氛忽然就安静下来，谁都没有开口说话，静得连一根针掉在地上都能听得一清二楚。原本看热闹的姑娘们也一个个回宿舍去了，宿管阿姨开始友情提醒关门时间快到了，想说什么快抓紧，一看就知道是阅遍无数校园情侣，连八卦心思都没有的人。

许久，都没有人开口打破这一刻的宁静。

李嘉恒感受着怀里暖暖的温度，抬手抚了抚她的长发，一再犹豫，终于还是忍不住说出了心里话："颜颜，我们是恋人，我愿意尊重你的一切选择，所以你之前提出一年之约的时候，我同意了，因为我不希望你是怀着满心的不安，怀着对自己极大的质疑陪在我身边的。可是这段时间，我们各自忙着的时候，我常常会想——"

说到这儿，他轻轻拉开两人之间的距离，俯下身，神色中带着不容置疑的怜惜与呵护，注视着顾郗颜剔透中带着些许质疑的眸子，轻声问："你希望我们都能成为更好的人，你希望自己可以在这一年里变得更强大一些，但……为什么一定要刻意跟我保持距离呢？颜颜，就陪在我身边长大，不行吗？"

听到这句话的一瞬间，顾郗颜仿佛被上天封闭了五感，脑海中只剩下这一句话：

陪在他身边长大……不行吗？

怎么会不行？这曾经是她多少年来的梦想，早在李嘉恒还在大洋彼端时，就已经成了她心里的执念。

如果说之前她心里还有所顾忌的话，在李嘉恒问出这句话时，一切犹豫与顾虑都不存在了：面前这个愿意与她共担风雨，陪她长大的人，是她爱的人。他这么怜惜她，她又怎么舍得让他有半分失望？

"好。"泪水不知是什么时候流下来的，顾郗颜擦干自己脸上的泪花，走近李嘉恒，伸出手来抱住他的腰，"那我要搬回去住吗？我十二月份有英语六级考试，你还能帮我复习英语。"

李嘉恒俊眉微挑，伸手勾起顾郗颜的下巴，有些哭笑不得："六级考试……颜颜，你就不能让我多高兴一会儿吗？"把头抵在他的胸口上，鼻尖萦绕的是熟悉的薄荷香，闭上眼睛忽而觉得周围一切变得好安静，空气中每一颗因子都让人感觉到柔软和舒服。

深呼吸才发现，自己有多么眷恋这个怀抱。

"小姑娘，要关门了，有什么话明天再说啊，抱一抱赶紧进来吧。"

在这么温馨的气氛下，宿管阿姨的声音就像是敲碎玻璃镜面的锤子，哗啦哗啦，满地都是碎玻璃碴儿。

顾郗颜惊慌失措地从李嘉恒的怀里退出来，呆若木鸡地看着宿舍门口，反应过来的时候整张脸都涨红了，此时多么庆幸是深夜，才不至于让他发现。可宿管阿姨说的话真的是让人抬不起头来啊！

然而更让她呆若木鸡的还在后面——

"跟我回公寓？"

李嘉恒凑近顾郗颜的耳边说了这几个字，末了还故意吹了口气，惹得顾郗颜身子微颤。

"不行。"顾郗颜声音小得跟蚊子叫一样，"阿姨都看见了，我要是不回宿舍她会给我记过的。"

顾郗颜扯了扯李嘉恒的袖口："我明天早上只有一节早课，我下了课就过去，好不好？"

小家伙说话软声软语的，就跟从前一样，李嘉恒下意识勾了勾唇角："不好。"

这个拒绝来得太突然，顾郗颜还没来得及做出反应，李嘉恒就已经拉起她的手跑了起来。

"阿恒，你要干吗啊？"

顾郗颜都快跟不上了，苦兮兮地看了一眼脚上穿着的拖鞋，感觉整个人都要飞出去了。

"现在太晚了我不打算回答你的问题，先回公寓，睡饱了明天起床第一时间告诉你。"

闻声，顾郗颜抬起头来，这么近距离地看着李嘉恒，脸上的笑容没半点儿掩饰，亮得璀璨，映在眼里一片眩晕。

整个人开心得快要飞起来了。

不过最后顾郗颜还是没有跟他回公寓。

两个人跑到大操场旁边的时候，小姑娘叫了一声，李嘉恒立马停下来，刚一回头就看见她指了指地上。

"我的拖鞋带断了。"

顾郗颜噘了噘嘴："你都没发现我穿的是拖鞋吗？我明天早上还有一节早课，不能无故缺席。"

李嘉恒终于知道，在这个世界上最煞风景的就是顾郗颜这个二傻子了。

"我保证，明天上完课我就立马去公寓找你，好不好？"

顾郗颜的眼眸澄澈如水，说话的声音特别软，原本还把她的情绪紧紧拿捏在手的李嘉恒一下子就放开了。

"前不久才把行李打包回学校，打算什么时候再拉回公寓？"

提起行李，顾郗颜几乎满脸都是宽面条似的眼泪："我想，一定不能让小白帮我了，她一定会骂死我的。"

才过去不到四十八个小时就又要使唤这位免费劳动力，谁受得了顾郗颜这多变的想法。

"先放着吧，周末我让人过来取。"

"好。"

被李嘉恒搂在怀里，顾郗颜觉得今夜真是浪漫得醉人，连他的眼睛都像是璀璨星辰，让人觉得熠熠生辉。

这一夜，顾郗颜连梦里都是笑着的。

很快，顾郗颜又搬回了李嘉恒的公寓，为了不被嘲笑，一天能搬完的东西硬是分成几天才搬完，得知这件事情后苏小白无奈地摇了摇头。

"你还真是栽在李嘉恒手里了，这才多久就绷不住了，简直太难想象未来你没有他会是什么样子。"

顾郗颜甜蜜地笑着："你放心，不会有这种情况发生的。"

后来当她选择远走异国的时候，仍旧想起自己说过的这句话，没有走到那一步，果然不能太自信。

傍晚的城市染着日落红霞，天色特别好看。

顾郗颜背着包包跟同学有说有笑地离开教学楼，岔路口分别后径直往校门口走去。想着给李嘉恒打个电话，但刚走出校门就看见了停在路边熟悉的车子。

"等很久了吗？"

顾郗颜打开副驾驶的车门坐进去，系安全带之前先在李嘉恒脸上亲了一下。

"没有，刚到。"

李嘉恒伸手揉了揉顾郗颜的头发，将手里的咖啡递给她："家里的冰箱里没多少东西了，回家之前得先去一趟超市。"

"好啊，我想一想要买些什么吃的放在家里，你不爱吃零食我也不爱吃，我们的冰箱总比别人的空，要是有客人来家里都没东西招待人家。"

顾郗颜也就是打个比方，并不是在暗示李嘉恒什么。

"你想邀请谁来家里？苏小白？"

"没有啊。"

晚高峰，交通有些拥堵，车子一开到大道上就开始以五分钟一小步的蜗牛速度前行，顾郜颜并不觉得烦，聊一聊天时间也就过去了。李嘉恒的指尖在方向盘上敲了敲，回答问题的时候显得有些漫不经心。

"你要是想邀请朋友，提前跟我说一声就可以。"

"知道了，有机会的话我也想见见你的朋友。"

回想上一次见到徐止跟赵歆艺的时候，自己那副模样，顾郜颜有些不好意思，都不敢在李嘉恒面前提起。

进超市之后，李嘉恒很自然地推着推车跟在顾郜颜身后，她每看中一样东西都会转过身来问他的意见。原本只是打算买一些蔬菜跟鲜肉，还有其他食物，逛了一圈后两个人却在电器区停了下来。

"我们买台烤箱好不好？还有豆浆机，嗯，榨汁机也不错。"

顾郜颜像大客户一样伸手点点点，惹得工作人员纷纷涌上来帮忙做推荐。

"太太，这款烤箱功能比较齐全，是今年的新款，上市之后卖得特别好，建议你买这一款。"

顾郜颜听了那声"太太"怔得半天都没回过神来，原本搂着她的李嘉恒松开手主动上前看了一眼烤箱。

"你确定买回家之后，你会碰它吗？你会烤蛋糕？"

"我会做好吃的给你尝尝。"

平日里顾郜颜就喜欢研究那些小点心的制作方法，但因为没有烤箱，所以屡屡不能尝试，如果有了烤箱，很多想做的美食可就都能实现了，比萨、小蛋糕、饼干等等。

顾郜颜挽着李嘉恒的手撒娇道："选一款？"

"秦姐，那不是李嘉恒吗？他旁边的女孩子是谁？女朋友？"

秦沫闻声转过头看了一眼，的确是李嘉恒，而旁边那个女孩子，笑得很欢，毫无疑问是顾郜颜。

"他什么时候有女朋友的啊？我记得上一次做节目接受采访的时候还说没有呢。"

陪秦沫来逛街的是和她关系不错的一个朋友，在电视台工作，李嘉恒之前也上过他们一档节目，所以对方一眼就认出他来。

秦沫把手里的东西放回到货架上，看了一眼李嘉恒后回过头，脸色淡漠地推着购物车往前走："那不是他的女朋友。"

朋友很是好奇地跟上："这么说你认识那个女孩子？两个人明明动作很亲昵

啊，不是情侣的话……"

"小时候的邻居而已。"

秦沫自作主张地把这样的关系定为了邻居，见她表情这么淡定，朋友半信半疑，仍旧一步三回头地看着，直到拐了个弯再也看不到为止。

对于这个小插曲，李嘉恒跟顾郗颜根本不知道，选好了烤箱跟豆浆机后，顾郗颜整个人就像是打了鸡血一样，脑子里涌上来一大堆菜谱，拉着李嘉恒的手跟他分析接下来几天要做什么好吃的。

见她这么开心，李嘉恒心情也特别好，由着她带自己满超市跑，原本空空的购物车一下子堆满了东西，顾郗颜还时不时笑着转过头问他这个要来一个吗？

"够了够了，你是打算把整个超市都搬回去吗？我要是没钱结账的话，你就留下来给人家超市打工算了。"

顾郗颜撞了一下李嘉恒的手肘，推着车子往停车场走去。

满满两购物车的东西，李嘉恒快速地整理到轿车后备厢里面，剩余的食材跟零食就放在一个比较大的塑料袋里放了后座上。顾郗颜拎着一袋饼干迅速地钻到副驾驶位上，系好安全带，拿出湿纸巾擦干净手就开始撕包装。

"你别吃太多，晚餐你点了那么多菜，如果吃不完你就给我跪键盘。"

李嘉恒刚上车就开始警告她，听到"跪键盘"这三个字，顾郗颜难以置信地瞪大了双眼："这种事情一般都是男人做的，你怎么能让我跪键盘呢？"

"谁说跪键盘的就一定是男的，那多不公平！"

听到这话，顾郗颜觉得脑子里"嗡"的一声，伸出手去摁住李嘉恒准备悬转方向盘的手，莫名其妙地问了一句："你是我家阿恒吗？妖怪！你还我男人来！"

李嘉恒装作一脸嫌弃的样子笑着强调道："别闹，我要开车了。"

回到公寓，顾郗颜提着两袋相对比较轻的东西走在前面，李嘉恒跟帮忙搬东西的保安走在后面，时不时还聊上几句。对于顾郗颜，保安也不陌生，看两人这么亲密地进进出出就知道是什么关系了。

"对了，十分钟前秦小姐来过小区，不过刚下车就接了一个电话，然后就匆匆离开了。"

保安想起这件事情，随口就说了出来。

秦沫来公寓也不是一次两次，久了保安也就认识她了，知道是李嘉恒的经纪人，此时说出来是怕有什么重要事情，却未曾察觉到走在前面的顾郗颜在进电梯的时候听到这句话时差一点儿崴了脚。

"十分钟之前？"

李嘉恒很疑惑，手机也没响，今晚也没有其他工作，秦沫突然来访，难不成是有什么事情？

"阿恒，要给秦小姐回个电话吗？"

注意到了顾郗颜眼神中闪过的不安，李嘉恒上前一步拿过她手里的东西，装作不在意地往厨房走。

"不用，有事的话她会再打过来的。过来，咱们把东西整理一下。"

就这样，秦沫这个名字就变成了空气中的细微颗粒，连成为插曲的资格都没有。

把烤箱放好之后简单调试了一下，没什么问题了，顾郗颜就跑去拿手机，换了好几个角度拍照。第一张李嘉恒的手不小心进了画面，她就嚷嚷着李先生让一让，第二张他的衬衣不小心进了画面，又被嚷着让他往后退，最后一张终于拍得很满意了，李嘉恒终于笑着驱赶她了。

"一个烤箱而已，你能不能别跟宝贝似的，去客厅看电视，我要做晚饭了，再让你这么耽误下去晚上还能不能吃上饭了。"

顾郗颜应了一声"好"，拿着手机往客厅里跑，把厨房交给李嘉恒，她窝在沙发上在微博上晒了一张烤箱的照片。

不到一分钟就听见响起了丁零零的消息提示声。

苏小白不愧是顾郗颜的闺密，她微博上十有八九的沙发都是被她抢走的。"小样儿，你这照片暴露了你家男神了。"

看到这句话的时候顾郗颜差点儿从沙发上跳起来，手抖着就想要删掉苏小白的评论，结果才几秒钟的时间，就刷出了一大堆评论。

"顾郗颜！原来你已经名花有主了！"

"快！把背后的男人拉出来让我们瞧一瞧！"

"请客！居然没有请客！差评！"

看着这些评论，顾郗颜一个头两个大，苏小白怎么这么直接！说好的要维护这段地下恋情的，她居然……

顾郗颜果断打电话给苏小白，不到两秒钟对方就接了电话。

"怎么，微博还不够，专门打电话来秀恩爱呀？"

苏小白的声调明显地扬高，一听就知道心情特别好，相反，顾郗颜连连捶着沙发："小白！说好的这事替我保密呢！"

"明明是你拍照的时候把他给照进去了，你自己暴露的，你连照片都没有仔细看就来怪我吗？"

顾郗颜哭笑不得地反驳："怎么可能呢？我拍的时候很小心的，连衣服都没进镜头。"

"大小姐，你注意到玻璃了吗？你注意到影子这个问题了吗？"

苏小白一语惊醒梦中人，挂断了电话之后顾郗颜迅速把照片翻出来看，果然发现玻璃门上映着一个年轻男人的身影。

"天啊……"

顾郗颜懊恼地倒在沙发上，双目放空地看着天花板，手机时不时丁零一声，不用看就知道那都是微博的新评论。

李嘉恒做好晚饭走出来，准备叫顾郗颜吃饭的时候就看见她倒在沙发上正望着天花板发呆。

"想什么呢？吃饭了。"

顾郗颜坐起身来空出一个位置给李嘉恒，拿出手机来给他看："我不是拍了一张照片嘛，发微博之前我没有仔细查看，结果……"

评论足足有三十多条，李嘉恒拿过手机坐在沙发上认真地看着，时不时露出笑容来。

160

"没想到你还挺有人气的，一张照片就有这么多评论，虽然很多都是重复的。"

重复着让顾郗颜请客。

李嘉恒把手机还给她，捏了捏她僵直的肩膀："今天在超市里买了那么多零食你就忍痛割爱给你的同学们带点儿呗，有什么好生气的，快来吃饭。"

晚餐很简单，顾郗颜洗干净手后就端着碗去电饭锅前盛饭，一边盛一边问身后坐着的李嘉恒："你说他们会不会凭着那么模糊的身影然后猜到是你啊？你都要录节目了，万一因为这张照片曝光了，影响了你的发展……"

"傻样儿，哪有那么严重，不过是一个影子而已。"

李嘉恒拍了拍她的脑袋，感觉这丫头自从知道自己要进军演艺圈之后，简直时刻如临大敌。

食不言寝不语。

教师家庭出身的人经常会有食不言寝不语这样的家规，顾郗颜跟李嘉恒吃饭的时候也特别安静，彼此甚至都能听见对方呼吸跟咀嚼的声音。

手机铃声响起的时候，顾郗颜吓了一跳。

"我接个电话。"

李嘉恒看了她一眼后拿出手机来接电话。

"什么事？"

是徐止的电话，李嘉恒的态度就很随意，对方说了什么顾郗颜并没有听到，只是下一秒钟就感觉到了李嘉恒落在自己身上的视线。

"我不知道她会不会，但不会的可能性更大一点儿。"

她？

顾郗颜用筷子指了指自己，一脸茫然。

"你会不会打高尔夫球？"

李嘉恒拿下手机来轻声问了一句，果不其然，顾郗颜的头摇得跟拨浪鼓似的。

"她说不会，不过到时候再学也不迟，你们都有时间？嗯，嗯，那好。"

见李嘉恒终于结束通话，顾郗颜整个身子往前探了探："为什么问我会不会打高尔夫球？"

"阿止打电话来，后天是周末，几个从前很要好的朋友来A市，约了一起打高尔夫球，你跟我一块儿过去吧？"

一筷子菜夹到顾郗颜碗里，李嘉恒看了她一眼。

"这么高端大气上档次的活动啊，我有点儿小紧张，我没打过，连球杆都没有摸过，你会吗？"

"会一点儿。"

听到这个回答，顾郗颜双眼都发亮了，因为她知道李嘉恒的"会一点儿"，就是会的意思。他就是这样，在还没有做到最好之前，都不会说自己是行的。

看着顾郗颜亮晶晶的眼睛，李嘉恒给她夹了点儿菜："赶紧吃饭，菜都凉了。"

第七章

我 为 你 而 来

约了去打高尔夫球之后，顾郗颜一有空儿就看关于高尔夫球的资料，包括杆分哪几类，打球的姿势还有一些专业术语，等等，为的就是不给李嘉恒丢人。

苏小白一下课就往图书馆冲，本来说好要去逛街买鞋子的，结果顾郗颜临时改变计划要在图书馆里看书。

她倒要看看，这没有考试的某人到底要装什么！

来来回回找了好几圈都没有发现顾郗颜的身影，偌大的图书馆里，苏小白就跟一只无头苍蝇一样失去了方向，无奈之下只得发短信给顾郗颜。得知她所在的位置后，苏小白有些摸不着头脑地绕上楼，一路还不停地查看短信，生怕是自己眼花看错了，直到真的找到顾郗颜，见她在看《高尔夫技巧》的时候……

"天啊，我是不是眼花了，还是在做梦，你放我鸽子，然后来图书馆看这个？"

苏小白压低了声音，但仍有些歇斯底里。

"嘘！图书馆里，你小声一点儿好不好？"

顾郗颜拉着苏小白找了个角落的位置坐下，把书摊开来给她看："你打过高尔夫球吗？"

"大小姐，我这种连球赛都只能勉强看懂的人，你觉得我可能玩过吗？"

"你至少能看懂。我可是一窍不通。"

"别说那么多有的没的，你先回答我，你看这个干什么？想学？选修课的时候你怎么不选？"

"我们学校有这门选修课？"

苏小白点了点头："当然，只是名额很少，每次在报名系统崩溃过后挤进去名额就都被抢光了。"

要论选修课抢课，绝对是每个大学生大学四年里最惊心动魄而又难忘的画面。

顾郗颜默默地点头，那时候她也看不上啊，她向来没有一颗未雨绸缪的心，觉得用不上的就肯定不学，认为是浪费时间。

"明天要跟阿恒的朋友一块儿去打高尔夫球，他们都会，就我不会，我要是什么都不懂的话，都没法一起玩了。所以只能现在来充充电了。"

顾郗颜挥了挥手上的书，指了指里面的文字："学问好多，我就怕现在看了，明天睡一觉起来就忘了。"

"怕什么，不会就不会呗，师兄手把手教你不是更浪漫吗？"

苏小白就不理解了，这时候换作别的小姑娘肯定巴不得自己什么都不会呢，怎么到了顾郗颜这里，就要把自己练成十项全能才踏实呢？

"肌肤相亲的机会啊，你不把握住？"

顾郗颜头疼地趴在桌上，脑子里面唯一惦记着的就是怎么能多记一点儿多学一点儿，不要给李嘉恒丢脸。

苏小白有些哭笑不得。

"说不定就是一个普通的朋友聚会，把你带过去呢也只是介绍给朋友认识，别给自己太大的压力，你想着无论发生什么事情，李嘉恒都会护着你就对了。不会打不要紧啊，你当个球童不也挺可爱的吗？"

苏小白顺手捏了捏顾郗颜的脸颊，鼓励她。

"对哦，我不会打球我还可以当球童啊。"

就像被高人点拨了一样，顾郗颜美滋滋地看着苏小白："你简直就是我的天使啊，我怎么就没想到呢，害我浪费了一下午的时间在这里看这些有的没的，又不能实践，光是脑子里想象那个画面，好累！"

"既然如此，作为报答，你该陪我逛街了吧！你不要有了男朋友之后就总是这么见色忘义、重色轻友好不好？多少次了你老是为了他放我鸽子。"

想一想苏小白都觉得心酸，现在的顾郗颜，简直就是整天围着李嘉恒团团转，对方是太阳，她就是月亮。

"对不起对不起，你等我一下，我把书放回去，然后咱们就出发。"

顾郗颜长而卷翘的眼睫毛如同扇翼一样扑闪扑闪，特别好看，苏小白莞尔摇头，不经意转身便对上了不远处那双略带深意的眸子。

那容颜，似曾相识却又想不起来。

很快，那女人便放下手中的书转身离开了，经过验卡区的时候她跟管理员说了句什么，似乎还给了对方一件什么东西，然后就从VIP通道出去了，并没有刷校卡。苏小白留意到这个细节，微微蹙了蹙眉头，如果没有看错，对方明明就是在注意自己这边，难不成她认识顾郗颜？

"小白，我们走吧。"

"哦，好。"

苏小白并没有把这个插曲告诉顾郗颜，本来也就是一闪而过的事。但是经过验卡区的时候，管理员拦住了顾郗颜。

"同学，有人留下这张纸条给你。"

"给我？"顾郗颜有些诧异，她看了一眼管理员，"是谁给我的？还有，你确定是我？"

"你不是顾郗颜同学吗？"管理员指了指电脑屏幕，刷卡时都会显示班级姓名，原来是通过这个找到她的。

顾郗颜说了一句"谢谢"之后拿着纸条走出了图书馆，一边打开一边嘀咕着到底是谁给她留的，旁边的苏小白终于说出了心中的疑惑。

"你去放书的时候，我注意到有个女人在看我们这边，不过一发现我注意了她，她就转身离开了。我看她有些眼熟，典型的美人瓜子脸，化着淡妆，不是我们学校的人。"

"秦沫……"

顾郗颜打开纸条，看见上面那串电话号码还有署名的时候就呆住了，她怎么都没想到有一天，秦沫会主动来学校找自己。

"秦沫，哪个秦沫啊？师兄的经纪人？"

苏小白终于记起来了，李嘉恒来学校演出的时候，秦沫作为经纪人就跟在他旁边，见过面，所以才会觉得眼熟。只是她来找顾郗颜干什么，难不成是觉得她影响了李嘉恒的事业？

"小白，我恐怕不能陪你去逛街了，她都找到学校来了，我应该去见一见。"

"需要我陪你一起吗？"

顾郗颜莞尔，她自然知道秦沫来找自己不会有什么好事情，并不想把苏小白拖下水。

"她能把我怎么样？这儿可是学校。估计就是想要跟我聊聊吧。放心，有事我会给你打电话的。"

拗不过顾郗颜，苏小白只得一步三回头地离开。

手中的纸条快被捏皱，重新展开来，按照上面写着的电话号码打过去，很快对方就接听了。秦沫的声音一如既往，温柔中带着浅浅的笑意，约顾郗颜在学校西区的一间咖啡厅见面。

这个时间点，咖啡厅的人很少，只有角落稀稀疏疏地坐着几个正在写作业的学生。顾郗颜推开门走进来的时候，打量了一下四周，一眼就认出了坐在靠窗位置的秦沫。

她也看见了顾郗颜，微微一笑，算是打招呼。

今天的秦沫穿着一件雪纺长裙，脚上是黑色鱼嘴高跟鞋，平日里经常扎起来的头发放下来拢在一边，波浪卷衬着她白皙的肌肤，加上红唇妆容，坐在那里很是吸引人眼球。

顾郗颜走了过去，轻轻拉开椅子坐下。

"顾小姐，好久不见。"

"你好。"

顾郗颜不会在这个时候过多地表露出她的情绪，在听到秦沫声线中带着的冷意时，她就已经能感觉到这场谈话里会有的风雨。

但出于礼节，她还是主动开口。

"是有什么事情要跟我谈吗？"

明明是波谲云诡的气氛，两个人脸上却还挂着得体的微笑，这等演技，若是进了演艺圈，也一定是高手。

"你也是从小就学钢琴的吗？上一次演奏会上你弹的《离别曲》我至今都还有印象。"秦沫的脸上挂着嫣然笑意，语气很是温润随和，就像是好朋友之间在聊天一样。

"可为什么没想过出国读书呢？像阿恒一样不就很好，是财力不济吗？"

顾郗颜刚开口准备回答，话又被秦沫给抢了，明明是她问的问题，却还要帮着回答，在听到那句是不是没有资金的时候，顾郗颜知道，这场谈话她终于要放弃伪装了。

秦沫能在业内那么出名不是没有理由的，她的手段跟能力，你看看那一个个熠熠闪光的明星就能感受到。

就连对自己这个不值一提的小人物，她都不惜用上这种手段。

"只要你愿意离开阿恒，你出国留学的一切费用，我来出。"

说这话的时候，秦沫脸上的笑容特别好看，她从来不会轻易表露出她内心的情绪，都是一笑而过，以笑来掩饰。

顾郗颜的心情说不出有多差，同样意思的话，云雅已经说过一次，她是以李嘉恒母亲的身份跟立场来说的，那么秦沫呢？她又有什么资格？

"我想这是我跟李嘉恒之间的事情，无需外人来插手，我何德何能接受你给的钱，而你也没有什么理由来资助我出国留学吧？秦小姐，你虽然是阿恒的经纪人，跟我却没有什么关系，你没有资格插手我的私事。"

顾郗颜不卑不亢地说完这些话，眼神也没有半点躲闪，在这方面，她觉得自己应该摆明立场，没有必要去害怕什么。

但秦沫听了也不觉得生气，只是收敛了嘴角的笑容，轻轻拿起面前的咖啡杯喝了一口咖啡，苦涩在舌尖蔓延，攀住了神经，网住了整个人的情绪。

"他会成为最优秀的钢琴家，在此之前我会让他成为娱乐圈最炙手可热的明星，比起我能给李嘉恒的，你能做什么？不要跟我说爱情，小姑娘，我已经过了那个年纪，我比你更了解一个人在面包与爱情间优先选择的是什么。爱情不能填饱肚子，人都是要吃饭的。"

顾郗颜眸中有一丝波动，她咬紧了牙，就这么定定地看着眼前这个红唇黑发、颇有风情的女人，言语淡漠："秦小姐，我们不如摊开了聊一聊。你这么尽心竭力地帮阿恒，究竟是仅仅因为'金牌经纪人'这块招牌，还是因为，你也喜欢他？"

当所有人拿"喜欢"来当借口的时候，秦沫拿事业跟能力来当借口，毫无疑问，在很多方面，顾郗颜确实是个非常简单的姑娘，但简单不等于傻。

到了这一步，如果她还意识不到秦沫的心思的话，那就太迟钝了。

秦沫笑得颇为无奈。

她扬眉看着顾郗颜，眼光轻蔑，却完全无视郗颜的问题，只是笑得愈发优雅："你已经成年了，懂得辨别是非，懂得思考，在这条路上，有千千万万个人挤破了头想要进来赚大钱成为大明星，但是呢，独木桥只有一座，而我，是那个可以为他保驾护航的人。"

秦沫涂着酒红色指甲油的手指在咖啡杯边缘敲了敲，那声音像极了警告，似乎在跟顾郗颜说，你有多么不自量力。

"如果没有我，他再优秀也不会被人发现，他也是千千万万个人中无助的一分子。我是他的伯乐，你懂伯乐的意义吗？"

"所以你今天来找我，只是想劝我离开他，但如果我坚决不呢？"

她看得出来秦沫的用意，可她就是不想这么轻易认输，更何况她已经答应了李嘉恒，轻易不说分开。

秦沫扯了扯嘴角，不怒反笑："当然，我不可能强迫你，你不愿意的话那也只能代表你的立场，至于李嘉恒，你并不能够确定他也同你一样坚定。傻姑娘，你要是真的喜欢那个人，就不应该将他置于一个进退两难的困境，一边是爱情，另一边却是亲情和事业，你让他如何选择？"

坏情绪涌上心头，那一阵一阵的压迫感将顾郗颜整个人都包裹住，口干舌燥，心头又被压制着难以呼吸。

顾郗颜的面色越来越难看。

无疑，秦沫的话戳中了她的痛处。

是的，她的所有坚持在李嘉恒面前都要重新考虑，秦沫的话里面都是讽刺，讽刺她此时能力的不足，讽刺她对爱情的天真，讽刺她那一颗真心。

顾郗颜手指微微弯曲，渐渐攥紧，攥到疼痛的时候才清醒过来。她下意识地低下头看一眼中指上戴着的戒指，那是李嘉恒送给她的铂金素戒，逛街的时候觉得好看，尺寸合适就买下来了，那时候李嘉恒还说了一句，等将来，他会买一款更好看的钻戒作为结婚戒指送给她。

忽然意识到了什么，顾郗颜轻轻一笑。

因为她突如其来的笑容，秦沫微怔，目光在顺着往下看，注意到那枚戒指的时候，脸色终于发生了变化。

"如果说我现在没有能力，那么我会让自己变得更强，因为和你相比，我有我的撒手锏，那就是我比你年轻。"

顾郗颜挺直了腰杆，语气变得很有底气："我跟李嘉恒的事情就不劳秦小姐这个外人来操心了，若有一天真的需要像你说的那样做出选择，那么我也愿意去亲耳听他的回答。"

顾郗颜站起身来，椅子在地板上摩擦，发出刺耳的声音，她们这一桌冰冷的气氛早就蔓延到四周，不少人都抱以小心翼翼的态度偷瞄过来。秦沫的表情极其冰冷，盯着顾郗颜一字一字道："我会让你明白，什么叫作以卵击石。"

顾郗颜不以为然地看了秦沫一眼，不再多说一句话，转身离开。

她并没有注意到身后秦沫那阴冷的眸光，在这场爱情里，她终于闻到了一股硝烟的味道。

离开咖啡厅的时候，顾郗颜想起了不久前见云雅的画面，她想，她再不会喜欢咖啡的苦味了。

手机响起的时候，顾郗颜正在回宿舍取课本的路上，虽说第二天要去打高尔夫球，但回公寓之后还是要看看书的。英语六级考试就要开始，顾郗颜觉得考试不通过的话肯定会被李嘉恒嘲笑的。

"颜颜，你现在人在哪里啊？"苏小白的声音听上去气喘吁吁的，"有位大帅哥来学校找你，就在校门口。"

大帅哥？

顾郗颜愣了愣，她认识的男生可不多，徐亦凡出国了，唯一想到的就是李嘉恒。

"谁啊？"

听顾郗颜这么一问，苏小白神秘兮兮地看了某人一眼，见他正低头拨弄手里的鲜花，嘴角弯弯一笑："我不认识啊，我要是认识就直接跟你说名字了。"

就这样，顾郗颜满心疑惑地朝校门口走去，一路上似乎还能看见三三两两的同学说着话指着某个方向然后奔跑过去，隐约听到某些熟悉的字眼穿透风声落进耳朵里。

钢琴。

师兄。

顾郗颜眼前一亮，快步朝门口奔过去，阳光下，眼前如画般的景象令她下意识驻足。今天的他穿着一件白衬衫，搭配简单的黑色长裤，裤腿挽起成九分状。没有多余的配饰，就那样倚靠在车身上，怀里还抱着一束鲜花，肆意享受着阳光跟清风笼罩在他身上的那种余韵。

走过路过的同学纷纷把目光放在李嘉恒身上，不少已经认出他来，拿着手机在那里拍照。顾郗颜一颗心都扑在他身上，脚下步伐不受控制地往前走，哪里有心思管别人。

"你怎么会来啊？"

"送给你。"

随着顾郗颜伸手接过那束鲜花，周围也响起了惊呼声，这让她有些头疼地看向李嘉恒，"阿恒，我头一次知道原来你做事会这么高调。"

李嘉恒的唇角有意无意地勾起。

身后不远处一直站着的苏小白走上来挽住顾郗颜的胳膊："偶尔浪漫一下张扬

一下也是宣布主权啊，好让那些惦记着你的男生后退，也让我们学校那些还对师兄抱有念想的女孩子打消念头。师兄，你这一招还真是棒！"

"小白……"

顾郗颜很害羞地捅了她一下。

"好了好了，周末你们好好玩，师兄，颜颜不会打高尔夫球，她现在可紧张了，你如果觉得她太笨教不会的话就干脆让她当球童，千万不要让她为难出丑就是啦。"

李嘉恒莞尔："谢谢你的提醒。"

闻着花香，顾郗颜脸红地挥了挥手跟苏小白说再见，不敢多看周围人一眼，迅速打开车门钻了进去，而后摇下车窗来扯了扯李嘉恒的衣服。

"快上车，走啦走啦。"

"不到前面来坐？"

"不了不了，你快上车。"

李嘉恒也不知道顾郗颜为什么害羞成那样子，也不逗她，径直上车驱车离开。一路上顾郗颜连话都不说，就只顾着研究怀里的花束，李嘉恒无数次抬起头来透过后视镜看见的都是同一个表情。

"不就是一束花嘛，你怎么就那么开心？"

"这可不是一束简单的花，这是你第一次送花给我吧？"

李嘉恒抿唇微笑："不是第一次。"

"嗯？"顾郗颜愣了一下，难不成之前还送过，糟了，她居然忘了，想了想，这种事情她应该记忆犹新才对啊。

见顾郗颜把自己为难得恨不得拔光所有头发，李嘉恒提醒了她一下，演奏会。

"啊！你说的是那束花啊！那怎么能算是你送给我的呢？哦，也可以算……但那时候我们还没在一起呢。"

李嘉恒温声开口："在没在一起是一回事，我送你花是另一回事。"

"好好好。"

顾郗颜把花放在一边，探起身来轻轻环住李嘉恒的肩膀，在他脸上亲了一口："谢谢你，李先生。"

顾郗颜微笑地看着李嘉恒，眼前这个男人是她的宿命，她没有家财万贯，没有雄厚的家庭背景，但凭着一腔孤勇，为的就是守住她的宿命。

第二天一早，顾郗颜被敲门声叫醒，李嘉恒做好了早餐在餐桌旁等她。顾郗颜应声后迅速起床，换好了运动服扎了马尾，站在镜子前打量了好久才走出房间。

"洗手后来吃饭吧，今天会在远郊度假酒店过夜，一些必备品我已经打包好了，你只要带上两天一夜要换的衣服就行。"

"今晚不回来了？"顾郗颜有些意外，她还以为是当日往返。

李嘉恒看了她一眼："你不喜欢在外面过夜？因为高尔夫球场有些远，而且他们安排的活动也比较多，所以选择在度假村过一夜，如果……"

"不是不是，我喜欢，我喜欢。因为英语六级考试的时间要到了，我怕玩得太疯都没时间复习，我昨天忘了带英语书过来，本想让你陪我复习一下的。"

这可不是随便找的借口，顾郗颜一颗心都在考试上，觉得跟李嘉恒交往了，对方这么优秀，她要是连个英语六级考试都过不了的话岂不是太丢人了。

李嘉恒伸手捏了捏顾郗颜的脸蛋，一副拿她无可奈何的样子："去书房拿几本英语书带上，当晚要是有唱K之类的活动，我们就不参加了，我陪你在房间里复习。"

"好！"

就这样说定后，顾郗颜一颗悬着的心终于放下，有李嘉恒帮忙复习，肯定事半功倍，效率很高。

"我吃饭，你跟我讲一讲你的那些朋友都有哪些特点，有什么需要我注意的地方，万一初次见面我就没有给人家留下好印象就糟糕了。"

李嘉恒一边往顾郗颜碗里夹小菜，一边看着她："没必要紧张成这样子，他们都很好相处，就是有些爱开玩笑。对了，歆艺也会去，她你总是熟悉的吧？"

"嗯嗯。"

有赵歆艺在，顾郗颜的确踏实很多，两人接触过几次了，多少熟悉一点儿。到了度假村，顾郗颜下车后就跟在李嘉恒身后，一眼便看见了站在门口等着的徐止。

"阿止。"

"嘿！你们来了，小青梅你好。"

对于这个突如其来的称呼，顾郗颜愣了愣，以微笑回应。

"他们人都到了吗？"

"许毅然还在路上，其他人都到了，先进去办手续吧，歆艺在大厅等着呢。"

"好。"

李嘉恒牵着顾郗颜的手往里走，他们带的行李并不多，一个二十寸的箱子都没装满。今天是周末，度假村的人很多，一进大厅，张望了好半天，隔着攒动的人头好不容易才找到赵歆艺，她身旁围着几个男人。

"待会儿你要跟我介绍一下啊。"人都还没有走过去，顾郗颜就已经开始小声叮嘱了。

李嘉恒好笑地看着她："没必要紧张成这样子，他们都是很随和的，其中有一个你应该认识。"

"嗯？"

顾郗颜以为自己听错了，还想继续问什么的时候，就听见赵歆艺喊了一声"嘉恒，这里。"

"嘿！嘉恒，好久不见，这位是……"

"我女朋友，顾郗颜。"

走近了这一桌，顾郗颜光速打量了一下，加上赵歆艺也就三个人，刚才看错了，误把路人给加了进去。有个男生率先站出来拥抱李嘉恒，松开手后就看向自己，顾郗颜愣了一下，好帅啊！

像极了某个当红男明星，五官都好像！

"颜颜，他是赵凯，我大学同寝室的，你叫他……"

"叫我赵凯就可以了，初次见面请多关照。"见李嘉恒还在犹豫着称呼的问题，赵凯打断了他，"你的女朋友虽然看起来比你小，可还是不要叫什么哥哥之类的，听起来有些别扭。"

"是啊是啊，我也这么觉得，是吧香猪妹？"

香猪妹！

听到这个不算陌生的外号，顾郗颜蓦然抬起头来，越过赵凯的肩膀看见了身后站着的那个男生，抱臂在胸前，好整以暇，看起来很眼熟。

"你不认识我了？小时候你经常跟在我和李嘉恒后面，让我给你画手表，忘记了？"

"骁哥哥？"

"是我。"

顾郗颜难以置信地看了宋城骁一眼，再看看李嘉恒，似乎在问，这是真的吗？她都有好多年没有见到过宋城骁了，虽然他家还住在教师小区，可自从他考上北京的大学后就基本没见过了。

说起来，宋城骁比李嘉恒还大几岁，这几个人能够玩在一起，还真是让顾郗颜有些匪夷所思。

"人都到齐了，毅然来了。"

徐止搂着一个男生的肩膀朝这边走过来。

"对不起，路上塞车来晚了。"

"什么烂借口，迟到了就是迟到了，晚上罚酒三杯！"

赵凯嗓门很大，感觉为人也很豪爽的样子，顾郗颜就这样待在李嘉恒身边，静静地揣摩着周围人的性格。

"我们别光站在这儿说话了，既然人到齐了就先办理入住吧，回房间换好衣服再来这里集合怎么样？"

赵歆艺打断了男生们的话，要不然都不知道他们要这样聊到什么时候。

"今儿是周末，再加上天气晴朗，来度假的人之多你们也看到了，所以剩余的房间并不多了，嘉恒，你跟妹妹就住情侣套房吧。"

"两张床吗？"

这个问题脱口而出之后，顾郗颜瞬间红了脸。

"原来小青梅你还在乎这个啊，我怎么听说你们早就同居了，在我们面前就变得害羞矜持了啊，大家都心知肚明。"

"你别闹她，我们的确是分开住的。"李嘉恒搂着顾郗颜，不让徐止逗她，转而看向赵歆艺，"你呢？不然她跟你一起住，两个女孩子方便一点儿。"

"喂喂喂，她当然是跟我一起住，你想干什么？我们可没你们那么多讲究，要不要让人看笑话啊，情侣间房住一晚上怎么了。"

赵歆艺被徐止强拉到身边，顾郗颜瞪大眼睛看着眼前这一幕："你们……嗯……"

"好了好了，就听从歆艺安排吧，时间也不早了，赶紧上楼收拾行李，然后下楼来集合，我的东西已经放好了，先去一趟球场吩咐他们准备好设备。"

就这样在前台办理了入住手续，拉着行李箱上电梯，门刚关上，顾郗颜就拉了拉李嘉恒，李嘉恒会意地俯下身附上耳朵。

"歆艺姐姐什么时候跟徐止在一起的？我还以为她喜欢你呢。"

"他们大学时候就在一起了，她没喜欢我，只是那时候配合我演戏罢了。"

站在前面的徐止听到了这句话，回过头来看了顾郗颜一眼："小青梅，这笔账说起来我还要跟你好好算一算，因为你，我的女朋友居然要假装和我的哥们儿在一起，我现在想想都觉得心好疼。"

"说什么呢你！不说话没人把你当哑巴！"赵歆艺一巴掌把徐止的脸给推到一

边，"颜颜，那时候你家李嘉恒只是用心良苦，千万别计较太多，知道吗？我对他一点儿意思都没有，他这个人太闷了，没什么乐趣。"

赵歆艺就连要澄清自己跟李嘉恒没有任何感情纠葛时，都要顺便踩上一脚，顾郗颜忍不住笑了，他的这些朋友是真的很有趣。

电梯门缓缓打开，他们两对住的都是情侣套房，但一个在左边走廊尽头，一个在右边，约好待会儿电梯口集合后，李嘉恒拉着行李箱带着顾郗颜进了房间。

"只有一张大床……"

一进门，顾郗颜就先确认是不是双人床，虽然明明知道希望很渺茫。李嘉恒把行李搁置在一边，打量了一下房间四周，并没有长沙发之类的，窗边只有一个小软榻，根本不能睡人。

"要不然我还是跟阿止说一声，你跟歆艺睡，我去跟他睡。"

"不，不用了。"顾郗颜连连挥手，"他们也都已经去收拾东西了，现在再去跟他们说这个，添麻烦不说，感觉也怪怪的……"

声音越来越小，在新西兰的时候也只是因为自己生病，李嘉恒为了照顾她才睡在自己旁边，两人就算同床共枕也不能做什么，可这里……

都怪是情侣套房，一切布置都太暧昧了！

"先换衣服吧，你的水杯呢？"

"在包包里，里面放了粉末一样的东西是什么？"

李嘉恒走过去取出来晃了晃："是盐，怕你出汗多，盐分不够头晕。"

这句话当然是开玩笑，但顾郗颜还是被吓得一怔："我只当球童而已，运动量应该不会大到哪里去吧？"

出了房间走到电梯口的时候，赵歆艺跟徐止已经在等着了，赵歆艺走过来挽着顾郗颜的胳膊，打量她的穿着。

"亲爱的，你简直太像他妹妹了，你至少化个淡妆啊，别人才不会把你误认为是高中生。"

"我不太会化妆。"顾郗颜有些尴尬地笑了笑，这是事实，她在化妆这方面是真的没有天赋，连眉毛都画不好，平日里也就是素颜见李嘉恒，丝毫不觉得有什么，现在跟赵歆艺一对比，恨不得立马跑回去擦个粉什么的。

"晚上换场子的时候我帮你化个美美的妆，保准李嘉恒都不认识你了。"

顾郗颜本想说晚上的活动她就不参加了，可碰巧电梯门缓缓打开，他们就一窝蜂似的涌了进去，根本没空隙说话。

到了高尔夫球场，顾郜颜一开始死心塌地想当李嘉恒的球童，结果对高尔夫球又起了兴趣，赵歆艺主动说要教她，两个人就朝远处的固定练习台走去。

这一边，宋城骁接连几杆进球，转过头来看着李嘉恒："你是什么时候跟妹妹在一起的？我还以为你喜欢的是姐姐。"

"回国不久在一起的，颜颜是个好女孩。"

李嘉恒刻意避而不谈顾郜若，他觉得有些事情不需要去捆绑另一个人来扰乱自己的想法。宋城骁也算是个明白人，说了一句好好对待顾郜颜便没有再多说什么。

几场球下来，徐止嚷嚷着要休息，拉着李嘉恒就往休息区走，早在那里休息的许毅然丢过两瓶冰好的矿泉水，李嘉恒拧开瓶盖，仰头喝了一口，冰凉的感觉滑过喉咙直沁心间，感觉非常舒服。

"小青梅的姿势还是有些僵硬，你看她挥杆的动作，早就知道要来，你就没在家里面教教她吗？"

不远处的练习台上，赵歆艺正在教顾郜颜动作，这么看，的确是很拘谨。

"玩一玩就好，又不是要当专业运动员，我觉得她给我当球童就挺好的。"

"你是想把人家那小身板给累垮了吧？"许毅然笑着打趣，"你女朋友看上去挺小的，上大学？"

"嗯，再有一年就毕业了。"

"阿止，你为什么总叫人家小青梅啊？"

徐止躺在休息椅上拿着纸巾擦脸上的汗水，听许毅然这么一问，笑着说："这很简单啊，青梅竹马两小无猜，从小一起长大，简称小青梅。"

"你以为你很有文化吗？"李嘉恒淡淡瞥了徐止一眼。

徐止笑着不说话。

休息好后，李嘉恒就朝练习台那里走去，在赵歆艺的耐心指导下，顾郜颜终于摸到点儿门道了，虽然挥杆动作做得极其完美，但结果连球都没有打中。

"歆艺，你去球场练球吧，这边我来教她。"

身后传来熟悉的声音，顾郜颜回过头就看见李嘉恒，正想要跟他炫耀就听见了这句话，瞬间觉得很不好意思。

"对不起啊姐，都是因为我笨手笨脚上手慢才耽误了你的时间。"

"没事，我技术也不好，一起上场打的话也会被人笑。我就等着这一刻呢，你家李嘉恒来教你，然后其他人都累了，剩下一个徐止我就好对付多了。"

赵歆艺拍了拍顾郜颜的肩膀："加油。"

"谢谢。"

等到赵歆艺离开，李嘉恒才施施然走到顾郗颜面前："怎么样？还学吗？还是当球童就好了？"

顾郗颜皱了皱鼻子："我终于发现一件我没有天赋的事情了，光是挥杆我就觉得手臂好酸，歆艺姐那么认真教我，我咬着牙都不好意思说什么。"

对于高尔夫球，挥杆算是一项技术，瞄准然后测准距离也是一项技术，顾郗颜一开始光顾着认哪一种杆哪一种打法，事实上，等上手的时候就只有初级打法适合她。但挥杆也分轻重，在某一个点上需要用力，在某一个点上需要控制，在这个问题上，顾郗颜紧张得满身是汗。

"颜颜，休息休息吧。我也不打了，先去买瓶水，然后陪你回房看书。"

等到李嘉恒跟顾郗颜回来的时候，其他人几乎都在休息了，每个人都在擦汗，无奈于今天的太阳实在大，打了不一会儿就满身是汗。

"我还说你们跑哪里去了呢，原来是去买水了，小青梅，我可是一片丹心为你备着一瓶矿泉水，你怎么连看都不看一眼就去小卖部了。"

徐止调侃着顾郗颜，顾郗颜有些不好意思地笑了笑。

"去洗个澡换身衣服准备吃午饭吧，我有一个朋友刚从市内过来，跟大家伙一起吃饭，不介意吧？"

宋城骁的朋友，顾郗颜看了李嘉恒一眼，见他没什么表情也就没在意，心里面想着兴许是同学，大家都认识。

"把名字报上来啊，名字报上来才知道介不介意。"

宋城骁刚想回答，手机就响了："打电话来估计是到了，我先去接她，你们回房间换洗，待会儿楼下西餐厅见，可以吧？"

顾郗颜有说有笑地跟李嘉恒上楼了，简单梳洗换了一身衣服之后就捧着化妆包去找赵歆艺。

"你的衣服也太孩子气了，嘉恒没有带你去购物吗？"

徐止刚洗完澡，从房间里走出来就听见赵歆艺这话，把毛巾往她身上甩了一下："你别带坏小青梅，人家现在是大学生，就该有大学生的样子，像你一样喜欢浓妆艳抹喜欢大名牌不是什么好事情。"

"我们女生的事情轮得着你这个大老爷们说话吗？宝贝儿，来，你换一身，别穿牛仔裤，我借一条裙子给你，穿上试试，你放心，不是什么大名牌。"

赵歆艺从行李箱里取出一条雪纺长裙来，抹胸设计，胸前还带着流苏，非常女神范儿的一条裙子。顾郗颜当场就怔住了，木木地任由赵歆艺把裙子在自己面前比画并满意地点头。

"我就觉得你适合这种风格的，休闲风偶尔可以，但如果是在聚会场合的话，还是穿这种比较突显你艺术家的气质。"

"姐……这抹胸……"顾郗颜有些尴尬，"现在的天气有点儿不太适合吧，而且我没穿过这么裸露的。"

"这就叫裸露了？你以前的演出服呢？"

"这上面都有布料。"

见顾郗颜这么实诚，赵歆艺差点儿就笑出来了："听姐的，你就试一试，我给你找一件小外套，你要是觉得尴尬不适应呢，就穿上，这样可以吧？"

最后，在赵歆艺的怂恿下顾郗颜还是换上了这条雪纺长裙，化了个淡妆后把长发放下，仔细打量，觉得穿帆布鞋也很好看，也就没让顾郗颜换上高跟鞋。

从房间里出去，恰好遇上准备好要出发的徐止。

"啧啧啧，华丽变身啊，小青梅，你果然适合这样的穿着。"

"是吧！"赵歆艺特别骄傲，抬高了下巴看向徐止，"我虽然是医生，但也是对时尚很在行的，我绝对不能放过这块璞玉，我要好好打造她，让李嘉恒谢谢我。"

"歆艺姐……"

"快，你回房间去给李嘉恒一个惊喜，我敢保证，他肯定眼睛都亮了！"

被赵歆艺推出房间，顾郗颜一步三回头地往自己房间走去，在门口犹豫了好半天，看得赵歆艺实在是忍不了，走上前来就帮忙敲门，等听到回应，自己一溜烟跑了。

独留顾郗颜一个人低着头站在门口。

李嘉恒开门的时候就看见一个人低着头站在那里，前几秒钟没认出来是顾郗颜，刚想开口的时候就看见她小心翼翼地抬起头来。

那长而卷翘的眼睫毛，萌萌的一字眉，再加上娇艳欲滴的红唇，视线往下移，落在那抹胸设计的长裙上。

李嘉恒听得见自己的嗓音是沙哑低沉的。

"跑出去半天，就变成这样回来了？"

"歆艺姐帮我弄的，非要我换上这条长裙。"顾郗颜很是拘谨，"要不我换回来？你再等我一下。"

"不用了。"

李嘉恒拦住顾郗颜，只是伸手拿过她臂弯上搭着的小外套，抖开来帮她披上，"挺漂亮的，不过西餐厅肯定会开冷气，披上外套免得感冒。"

"好看吗？"顾郗颜微抬头认真地看着李嘉恒。

女为悦己者容啊，如果李嘉恒觉得不好看的话，那别人说再好看都是没用的。等了好半天，感觉心都要掉下的时候，额间印上一枚亲吻。

"好看。"

简简单单的两个字，顾郗颜仿佛听到了心底鲜花绽放的声音，眉眼弯弯。

到了楼下西餐厅，不知怎的，一路上右眼皮一直狂跳，很难受。顾郗颜挽着李嘉恒的手有些紧，引起了他的注意。

"怎么了？有什么地方不舒服吗？"

顾郗颜连忙摇头："没什么，就是眼皮跳得有些难受，我们走快点儿吧，兴许是他们等急了，在说我们的坏话呢。"

这时候的顾郗颜还有心情开玩笑，等她抵达西餐厅推开门第一眼看见坐在那里的人时，脸色瞬间就变了。

从脚底蔓延到指尖的冰凉感将她整个人一寸一寸冻住。

秦沫怎么会来？

显然李嘉恒也是很意外，同样怔在原地，直到宋城骁发现他们俩，站起身来招手："阿恒，这边。"

秦沫闻声微微侧身看过来，双眸间满是笑意，红唇勾起，荡漾着无限风情。

赵歆艺也是刚到，经过李嘉恒跟顾郗颜身边的时候还想问他们怎么站着不动，结果顺着视线看过去就注意到了秦沫。

"这个人怎么也来了？"

赵歆艺心直口快，对秦沫的不满一下子就暴露出来了，徐止在身旁轻咳了一声才把她的话掩了过去。

"先过去再说吧，别站在这里，大家都看着呢。"

"要是知道来的是这位朋友，我打死都不过来。"赵歆艺一边嘟囔一边看着李嘉恒，"多照顾小青梅，懂不懂？"

李嘉恒哭笑不得地点了点头。

四人走过去，秦沫站起身来："阿恒，好巧。"

"巧？我看是蓄谋已久吧？"

赵歆艺不咸不淡说了一句，当着秦沫的面把椅子用力拉开然后坐下，徐止有些头疼地看着她。

"秦沫刚好在附近办事，想着以前也是校友，大家应该都认识，再加上……"宋城骁指了指李嘉恒，"还是阿恒的经纪人，这种缘分可不浅啊，来来来，先坐下，阿然，点菜了吗？"

"嗯，点了，以海鲜为主，大家有没有忌口的？"

"没有。"

"没。"

不得不说，秦沫真的是社交高手，如果说一开始仅仅是因为校友身份才融入这个场合，那么五分钟不到就把聊天话题扩散到各自的事业上，并且方方面面都有所涉及，一副聊什么懂什么的样子。

在她的衬托下，顾郗颜全程沉默，偶尔抬起头来看一眼，接着便专注着面前的饭菜。

"郗颜你呢，对未来有什么打算？不少大学生现在就开始规划自己的人生了，是出国留学呢还是考研究生，还是跟阿恒一样进娱乐圈，你对自己的未来就没有一点儿计划吗？"

秦沫这么突然地把问题抛过来，顾郗颜有些措手不及，抬眸对上她笑意盈盈的眸子却觉得非常碍眼。

"我觉得吧，颜颜不用做什么就挺好的，性格呢，温婉单纯，没有那么多心机也没有那么深的城府，假若有一天嘉恒在娱乐圈混得风生水起，我觉得身后就得有这样安静的女孩子为他操持家庭，李嘉恒，你说我说得对吗？"

赵歆艺帮顾郗颜接下了话还顺道讽刺了秦沫一把，真是得意得都懒得掩饰。李嘉恒没有说什么，而是帮顾郗颜夹了一筷子她爱吃的菜，用实际行动来证明这句话不假。

秦沫脸色有些难看，但她怎么说也算是在业内混过一段时间，做到面不改色心不跳那都是基本功。

顾郗颜端起面前的水杯喝了一口水，当是润润唇，微笑着说道："多谢秦小姐的关心，我对我的未来已经有了打算。"

"这样，那挺好的。"

如果说一开始还没感觉到什么异样的话，接下来几乎所有人都是屏住呼吸在吃饭了。秦沫几乎是每个问题都在针对顾郗颜，李嘉恒没有说话更是助长了她的气焰，一句"你真的觉得你和李嘉恒合适吗？"让气氛瞬间降到了冰点。

赵歆艺听不得那些难堪的字眼，当即站起身把餐巾一甩大步离开，徐止追了出去，就连宋城骁都忍不住站出来解围。

顾郗颜握着筷子的手有些颤抖，很快手指就被温热的掌心包裹住，抬起头来对上李嘉恒温润的眸子。李嘉恒却看也没看秦沫一眼，只伸手摸了摸顾郗颜的头，笑得一如往日温柔："爱情冷暖自知，如果颜颜都不是最适合我的，那我这辈子恐怕只能孤独终老了。"

"好了好了，别把话题带跑了，今天我们难得聚在一起，来，喝一杯喝一杯！"

宋城骁几乎是铆足了力气在挽回气氛，秦沫也很给面子地举杯，庆幸的是，之后她再没有说什么过分的话，否则顾郗颜都该怀疑她是不是喝了酒才来的了。

这顿饭吃得顾郗颜感觉很不舒服。

没有人注意到，桌子底下，他很自然地牵着她的手，每一次秦沫用词稍微难听一点儿，李嘉恒就动动指尖，似乎是在告诉她不要把这些话放在心上。也就是那指尖的温柔带给顾郗颜莫名的心安，在别人不知道的情况下，十指相扣已经是给了自己一个很好的回应。

手机响起的时候，李嘉恒低头看了一眼来电显示，起身接电话，松开了牵着顾郗颜的手，这个细微的动作被秦沫收入眼底，她拿着筷子的手攥紧了。

电话是赵歆艺打来的，嚷嚷着让李嘉恒带顾郗颜离开那个饭局回房间来打牌，这还是第一次李嘉恒感觉到赵歆艺对秦沫的反感不是一点点。

幸好大家也都吃完饭了，下午没有什么安排，各自散去，尽管秦沫是李嘉恒的经纪人，但今天是以宋城骁朋友的名义来的，所以李嘉恒并没有多看她一眼，多说一句话，搂着顾郗颜的腰回房间了。

瞬间只剩下两个人，宋城骁嘴边的笑意慢慢收敛，双手抄着裤袋，侧眸看向秦沫："你喜欢阿恒？"

要是还看不出来的话，大概就是瞎了眼了吧。

只是秦沫没有承认，从容地打开包包，取出唇膏跟小镜子来补妆，说话的声音不冷不淡："我只是站在工作的角度表示一下我对她的不满，我觉得李嘉恒的未来能更好，在这个时候要出现一块绊脚石让我很不爽，仅此而已。"

"今天的事情我会代你向顾郗颜道歉，下不为例。"

秦沫看了一眼宋城骁，不言语。

另一边，顾郗颜回到房间后就把小外套脱掉，摸着肚子，皱着眉头在房间里走来走去，看上去很不舒服。

"吃撑了？"

李嘉恒倒了一杯温开水走上前递给顾郗颜："我可是注意到你今晚吃了不少蟹，一边剥蟹壳还一边摸鼻子，你是不是轻微过敏？"

"我吃海鲜鼻子会痒，但过后就好了，今晚实在有点儿不消化，你带胃药过来了吗？"

"我没胃病怎么可能带那种东西。"

顾郗颜苦着脸坐在床边，一副很难受的样子，李嘉恒看不下去了，决定去隔壁房间找赵歆艺问问看有没有带什么药来。

很快，李嘉恒就回来了，一同回来的还有赵歆艺，一进门就一口一个宝贝儿地叫顾郗颜，让人有些哭笑不得。

"我带了点儿山楂来，先帮你揉一揉肚子，然后你吃点儿山楂，等会儿应该就没事了。"

赵歆艺坐在床边一边帮顾郗颜揉肚子一边看向李嘉恒："本来说好晚上还有活动的，可我没什么心情，你呢？要不要去我们房间打牌，让他们把酒带上就好。"

李嘉恒摇了摇头，指着顾郗颜："我要帮这家伙补英语。"

赵歆艺差点儿以为自己听错了，莫名其妙地扭过头来看着顾郗颜，见她不好意思地低下头，大喊了一句："我的天！"

顾郗颜的声音小得跟蚊子叫似的。

"因为要考试了，我怕自己过不了。"

赵歆艺真不知道该笑呢还是该同情顾郗颜，她看了李嘉恒一眼："你是严师？这种事情你都抓啊，出来玩还让她把压力带在身上，这效率能高吗？"

李嘉恒耸了耸肩膀没有说什么。

等到赵歆艺离开，顾郗颜捂着脸躺在床上："糟糕了，糟糕了，我肯定会被嘲笑的。"

"这有什么好嘲笑的，我先去换身衣服，你呢，打算穿成这样让我给你补习？"

"哈哈哈哈哈……"顾郗颜干笑了几声，"当然不是，我现在就去换衣服。"

十分钟后，顾郗颜洗完脸换好衣服走出来时，李嘉恒已经坐在桌子前翻看英文杂志了，昨天走得太匆忙以至于没有回宿舍拿课本，早上要离开的时候随手抓了几本英文书。

顾郗颜轻手轻脚地走过去，搬了张凳子坐在李嘉恒旁边。

"我让你拿的是英文书，指的就是字典什么的，你拿这几本杂志想让我教你什么？"李嘉恒将双手交叉搁在后脑勺上，悠闲地往椅背上一靠。

面前平摊着几本时尚杂志，顾郗颜头都大了，她哪里知道李嘉恒的书房里还有这种东西，拿起来翻了几下，瞥见一个熟悉的身影。

"咦……"

李嘉恒闻声瞥了一眼，迅速伸手想要夺过杂志，但动作没有顾郗颜灵敏，她往后藏着，眉眼弯弯地笑着："我还纳闷你书房里怎么会有时尚杂志呢，原来是送的样刊啊，你什么时候转行当模特拍画报了？"

"睁大你的眼睛看清楚，那是我的采访，只是配合摄影师拍几张照片罢了。"

"欸？真的？"

顾郗颜拿过来一看，还真的是采访，刚才也就只看到大版面的照片，压根没注意里面的内容。满页的英文字母，她有些吃力地读了一遍，口语算标准，但就是英文从脑子里过了一遍之后并没能立马反应过来说的是什么。

想再读一遍的时候杂志已经被李嘉恒给夺走了。

"你哪方面比较薄弱，单词记忆、语法，还是作文？"

"我单词记不住。"

顾郗颜苦笑，一篇阅读下来她光是抱着字典在那里查单词就已经耗费了好长时间，等到一篇文章里密密麻麻注满中文意思的时候，换作是不知情的人肯定以为，哇，好努力好认真。但实际上，顾郗颜就光是把时间花在翻译上了。

她有一个毛病，做试卷真题的时候，从来不去规定时间，总是写一半然后就开小差，很难坚持写完一张卷子。

所以，第一，单词背不好无法做好阅读理解；第二，速度不够，虽然做完整张卷子了，但实际上几篇阅读题的答案都是蒙的。

"你有什么记单词的秘诀吗？你在国外留学的时候肯定积累了很多经验吧？"顾郗颜眼底闪着光，像看英雄一样看着李嘉恒。

"哪来那么多秘诀，你自己不勤奋一点儿，不多练习背单词，找捷径有什么用！"

李嘉恒拿出平板电脑来，打开一款背单词的软件，顾郗颜这才发现他的电脑桌面包括软件都是英文版的，这就是学霸跟学渣的区别吗？

顾郗颜欲哭无泪。

李嘉恒采用单词连贯记忆法来帮助顾郗颜背单词，一个句子里有几个陌生的词汇让她反复念了好几遍，然后找出其中的重点语法再造句。

一开始顾郗颜还战战兢兢的，绷紧了神经，生怕一不留神答不上问题来丢人，可还不到半个小时，她就已经开始溜号了。

这一切都怪李嘉恒。

也许是在国外待过很多年的缘故，他的发音醇厚自然，一连串英语下来像是在听美剧里的对话一样。

听过红酒倒入酒杯，与杯壁互相碰撞而发出的声音吗？

是一样的，轻灵澄澈。

顾郗颜安静地听着，目光落在李嘉恒英俊的容颜上，分秒都移不开。也许是察觉到了顾郗颜的不专心，李嘉恒回过头来，瞬间对上了她的眸光。

见她有一瞬间惊慌失措。

"我给你讲单词，你脑子里想的都是些什么？"

"我，我没有啊，我哪有想什么，嗯，我在想例句，嗯，例句。"

顾郗颜说话支支吾吾的，李嘉恒都不愿意去拆穿她，把平板电脑推到她面前进行单词测试。

"你自己测试两三个小时，我估计比我给你辅导的效果好。"

顾郗颜瞪大了眼睛，似乎很不服气李嘉恒这样的安排："说好了你要帮我补习，这才多久……"

"顾郗颜，你简直比我想象中的还要笨……"

就在这个时候响起了敲门声，李嘉恒站起身去开门都不忘指着屏幕让顾郗颜自己练习。

"嘿！喝酒吗？听说你们晚上要开辅导班，那不如下午先喝点儿。"

是徐止张扬的声音，顾郗颜探出头来就看见他举着一瓶红酒，而李嘉恒就挡在门边，没让他进来。

"这个时间不适合喝酒。"

"喂喂喂，我说你能不能不要这么扫兴，偶尔放松一下嘛。你说我们哥儿几个好不容易聚在一起，大家喝一杯聊会儿天，结果你不参加，躲在屋里给小青梅补功课，我想说你们在家里不能补吗？非要别人出来度假散心的时候你们补功课。"

徐止那大嗓门，生怕屋里的顾郗颜听不见，还强硬地挤进来半个身子嚷嚷：

"我说小青梅！又不是考不过六级就不是好汉了，这一次考不过还有下次啊，再说了，距离十二月底的考试不是还有一段时间嘛，你放松一天怎么了？"

"我说你能不能把你这张嘴给堵住？"

李嘉恒不耐烦地往徐止脑门上推："走走走，在你房间是吧，我待会儿过去。"

听到李嘉恒这回答，徐止满意地点头离开，走几步路还不忘回过头来叮嘱一句他带的可是从酒吧拿来的上等好酒，不喝就可惜了。

房门关上。

李嘉恒双手抄在裤袋里朝顾郗颜走了过去，站在她面前也没说话，身形修长高挑，容颜优雅冷峻，由于光线很好，顾郗颜清晰地看着他那双漆黑如墨的眸子，呆呆的，像是被吸住了。

"你在这里背单词，我过去陪他们。"

"可是你不是不能喝酒吗？"顾郗颜没忘李嘉恒这一忌讳，上次徐止就说过，这次怎么反倒叫他去喝酒。

"我不一定要喝酒。"

"哦哦，那你去吧，别人就算是灌你，你也别多喝。"

李嘉恒揉了揉顾郗颜的头发，嘱咐她把单词背一背就去睡觉，如果肚子饿了就给他打电话。

像是大人嘱咐小孩子一样再三唠叨，顾郗颜推着李嘉恒往门口走："你记得把你自己照顾好就行。"

就这样，顾郗颜以为李嘉恒会在饭点时间回来，结果等来的是赵歆艺。

"他抽不开身，我先带你去吃饭，晚上我来监督你复习英文，嘉恒估计会晚一点儿才回房间。"

见顾郗颜呆住了，赵歆艺在她面前挥了挥手："怎么，失落啦？"

"没有，没有。"

这两个字顾郗颜说得连自己都觉得没底气，赵歆艺立马就笑了："我来的时候李嘉恒还跟我打赌呢，说你一定会很失落，非要以你为借口然后脱身，不过他那帮朋友也不是好对付的，不放他走，我就只能过来啦。"

顾郗颜心头发暖，脸颊微微染红的样子特别好看。

赵歆艺陪着顾郗颜的时候，名义上是说要帮忙复习英语，但最后两个人聊起了天，赵歆艺讲了很长的一段故事，但一开始顾郗颜没想到主人公竟是秦沫。赵歆艺对秦沫的反感超出了顾郗颜的想象，她原本以为一个精致女人的背后肯定有很多让人仰望的闪光点，想不到，那都是别人在背后唾弃不屑的。

她把爱情画地为牢，把自己困在里面，不能进也不能出，陡然让嫉妒的火焰将她整个人烧为灰烬。

李嘉恒回来的时候，顾郗颜已经洗完澡靠在床头玩平板电脑了，房卡"滴滴"两声，紧接着砰的一声大门推开，小姑娘吓得抖了抖。

"阿恒？"

空气中飘散着一股浓郁的酒气，顾郗颜迅速掀开被子下床，跑到外面的时候脚步一顿，愣在原地。

"对不起，喝多了。"

压低的嗓音里透着醉意，李嘉恒单手撑着墙壁摇摇晃晃地走进来，顾郗颜冲上去扶住他，顺带把门关上。

那满身的酒气令她忍不住担心起来。

"不是不让你喝那么多酒吗，怎么不听呢？"

或许是看到顾郗颜眼里的忧虑，李嘉恒有些无奈地笑了："乖，我已经算好的了，你去走廊站一会儿，或许还能听见赵歆艺骂阿止的声音。"

李嘉恒起码还能很流利地说出话来，其他人，不省人事的不省人事，撒酒疯的撒酒疯，赵歆艺的房间里简直就是一团糟，最后叫来了服务生才把他们各自弄回了房间。

顾郗颜噘了噘嘴看向李嘉恒："你还觉得值得炫耀啊！"

李嘉恒摆了摆手不再说话，看样子是真的很难受，顾郗颜也不忍心，帮他脱掉外套跟袜子之后，调了一下屋里空调的温度。从浴室里出来，手里拿了一块湿毛巾，她第一次帮人擦身子，动作特别不熟练，纽扣才解了几颗，耳根就红得特别厉害。

"你去帮我倒杯水，我自己来。"

李嘉恒咬牙坐起身来，摁着额头，看样子难受得很，嗓音沙哑还含着鼻音。解开纽扣后拿过顾郗颜拧干放在一边的毛巾随意擦了几把就丢在床头柜上。

"不行不行，你不能这样就睡了。"

顾郗颜倒了杯温水递给李嘉恒，把毛巾拿起来往浴室里跑，洗了一遍之后重新拧干走出来："你有力气洗澡吗？没力气洗澡的话总要再擦擦的，不然不舒服。"

李嘉恒坐起身来，仰头大口大口喝光水，把杯子放在床头柜上，挑眉看向顾郗颜，似乎有些意外："你想要帮我擦身体？"

顾郗颜闻言后愣了一下，很快又明白了过来："我是怕你不舒服，本来喝多酒就容易胸闷难受。"

"把毛巾给我吧，我自己来，你帮我去行李箱里拿一套干净的睡衣，我去洗个热水澡。"

虽然很难受，但李嘉恒还是撑着下床，他看得出顾郗颜眼里的关切，但不可能让她做什么帮自己擦身体之类的事情。

李嘉恒顾长伟岸的身躯因为喝醉了酒有点儿摇晃，顾郗颜站在浴室门口递上睡衣，有些不安地看着李嘉恒："你小心一点儿，别洗着洗着睡着了或者脚跟站不稳摔倒了。"

"你这么担心我，要不要一块儿洗？"

莫名其妙被调侃了一句，顾郗颜恨不得手中有一块肥皂用力砸过去，她红着脸回到床上，坐着发了好一会儿呆，又站起身来在房间里走来走去。

她拿出手机查了一下解酒方法，回过头却想起正身处度假村，在什么都没有的情况下唯有睡一觉自然醒能缓解一下。

无奈叹了口气瘫倒在床上，等李嘉恒出来。

很快浴室里的水声停了，顾郗颜翻身下床给李嘉恒倒杯水，在他走出浴室的时候递上去。

"这里是度假村没有蜂蜜也没有绿豆，你就将就着喝点儿白开水，然后休息吧。"

说完顾郗颜就绕过李嘉恒迅速跑到床上，直接缩到最里面的位置，蒙上被子之后一动也不动了。

"你确定你那样蒙着不会太热，难以呼吸？"

李嘉恒微微挑眉。

"不会！"

过了几秒钟，李嘉恒才反应过来，勾了勾唇走到门边把灯关上，凭借着床头一盏微弱的壁灯顺利走到床边。

把被子掀开一边躺下的时候，很明显感觉到旁边的人僵住了。

"我说你怕什么，不用躺得跟木乃伊一样，我们又不是第一次同床共枕，你这样大半夜的反倒容易吓到我。"

顾郗颜也是憋得很难受，要控制自己的心跳还有呼吸，估计睁眼到天亮都是有可能的事情。眼看着被李嘉恒拆穿，欲哭无泪地转过身，关了灯的缘故，她就是偷偷侧目也只能看见黑暗里对方大致的脸廓。

"我是不是太没有魅力了，躺在你身边睡，你都没有半点儿心跳加速的感觉。"

话里多了点儿小不满，这种小情绪李嘉恒不说出来，其实却很喜欢。

他伸出手来在黑暗中摸索了半天才攥住顾郗颜的手。

心扑通扑通狂跳，顾郗颜睁大眼睛看着天花板，手被李嘉恒握着，却连身子都不敢动一下，僵硬地躺在床上有些不知所措。

是脑子被门挤了才蹦出那句话的吧，现在恨不得把自己缩在一个壳里不出来了。

"你觉得我应该怎么做才能证明你有魅力？"

李嘉恒的嗓音很是沙哑，在深夜里变得尤为清晰，钻入耳膜中惹得她的心不停跳动，气温慢慢攀升，空气中像是多了什么气味跟红酒的香气混杂在一起，令人迷醉。

手指被放到唇边，触及那冰凉的唇瓣时，顾郗颜紧紧闭上眼，连呼吸都屏住了。

"颜颜，女孩就像一朵花，必须在最合适的季节跟时间绽放才最美，我只是在等那个时间而已。"

顾郗颜羞红了脸，赶忙用力收回自己的手，翻身往里藏了藏。

"我又没说什么，你千万别误会，时间不早了，早点儿休息。"

身后似乎传来轻轻的低笑声，庆幸的是李嘉恒没有再说什么，房间里又陷入了安静，一度耳边只剩下呼吸声。

背对着李嘉恒，顾郗颜闭上眼睛却一点儿睡意都没有，双耳出奇敏锐，哪怕有一点儿细微的小动作她都立马进入戒备状态。但事实上，李嘉恒什么都没做，只是帮她掖了掖被子，微微撑起身子借着床头的灯光调整了一下房间里的空调温度。

再度躺下之后就没有其他动作了。

什么时候睡过去的，顾郗颜也不知道，只是等到睁开眼，已经是第二天天亮，明媚的阳光从窗户倾斜进房间洒落在大床上。

顾郗颜掀开被子跳下床，站在窗边闭着眼睛感受着阳光的沐浴，伸了一个懒腰，把手举得高高的，踮着脚尖一下一下地做运动。

阳光越过薄薄的空气扑洒在脸上，轻柔温暖，像极了恋人的触碰。

简单做了几个伸展运动后，顾郗颜去浴室梳洗，起床后就没看见李嘉恒，明明昨天是宿醉，今天还能起得那么早，果然是生活很有规律的人。

换身衣服推开房门走出去，空气中多了一股香味。

"起床了？"

"你出去买早餐了？"

茶几上放满了几样做工精致的点心，还有外卖袋子，不像是从酒店楼下餐厅打包上来的。李嘉恒身穿一套休闲运动服，额头上还有涔涔汗水，顾郗颜歪着头问了一句该不会一大早去晨练了吧，得到的回答是肯定的。

"这才几点啊，你昨天喝了那么多酒，为什么不多休息一会儿？"

"出点儿汗也是好的，难得人数凑齐，打了一场篮球也算尽兴了，今天毅然有事要先回去，我们跟阿止他们坐一趟山顶缆车吃午餐之后再走。"

山顶缆车？

顾郗颜默默点头，实际上心里有些发麻，虽然说她没有恐高症，但多多少少还是有些害怕。

"对了，秦小姐后来有跟你联系吗？昨天闹了点儿不愉快之后，会不会影响到你的工作？"

顾郗颜本不打算提起秦沫来破坏气氛，但昨天的事情她始终放不下，不是觉得委屈，而是担心自己态度那么差，秦沫会反过头来为难李嘉恒。

"没什么，不用放在心上，我这几天没有工作安排，接下来就会去拍真人秀节目，直到年末工作都排满了，她不会为难我什么。"

李嘉恒伸手托住顾郗颜的脸颊，眸中带笑地看着她："我很欣赏昨天你在宴席上的态度，颜颜，以后不管我们会不会在一起，你永远要记得你说过的话。"

顾郗颜刚伸手环抱住李嘉恒的腰，指尖就因为这句话而瞬间酸涩无力，低着头的缘故，李嘉恒并未注意到她红了的眼睛。

"你看大街上人来人往，可你听不见他人的心事，这个世界上只有一个人最懂你自己，所以不要轻易把他人当作你的信仰，永远明白自己才是最重要的。"

李嘉恒轻轻一拥，抚着顾郗颜的头发把下巴搁在她的肩膀上，闻着她身上沁人的香气微微勾唇："不过，你也不需要想太多，一个脑子里装不下多少英语单词的人我不指望你还能装进多少大道理，你只需要相信我就够了。"

顾郗颜顿时大窘，好好的气氛就这样被李嘉恒给破坏了，支起手肘推了一把他的腹部："你简直太不会聊天了！"

等到李嘉恒撒手，顾郗颜抬起头来瞪着他："我发现你最近嘴特别坏，谁跟你说可以随随便便就嫌弃我的？久而久之，会养成坏习惯的。"

李嘉恒"哼"了一声，在顾郗颜的额间弹了一下。

"我已经觉悟了，要跟你在一起一辈子的话，光赞美你是没有用的。"

顾郗颜愣了一下，仿佛听错了，伸手攀住李嘉恒的脖子，踮起脚尖逼近："你刚才说什么？我没有听清楚，你再说一遍，好不好？"

"光是赞美你没有用。"

"不是这句，不是这句，前面一句。"顾郗颜有些着急，像是非要确认什么一样，"一辈子的那句话，你再说一遍好不好？"

李嘉恒挑眉，拉下顾郗颜的手，带着点儿坏坏的笑意道："怎么办，我不太喜欢重复说过的话。"

"李嘉恒！"

顾郗颜急得直跳脚，李嘉恒却像故意要跟她作对一样，死活都不重说，闹到最后顾郗颜都没力气了，像泄了气的皮球一样瘫坐在地板上望着桌子上已经凉了的早餐发呆。

赵歆艺跟徐止收拾好东西过来敲门，一进屋就看见顾郗颜坐在地板上发呆的样子，桌上还摆着好几样点心。

"你们还没吃早餐啊？毅然要走了，我们下楼去送送，你们抓紧时间，好吧？因为我晚上有一台手术，所以可能得提前回去了。"

医生有手术的话，随时都得回医院。顾郗颜抓紧时间塞了几口小点心喝了一杯豆浆后，就准备跟李嘉恒一块儿下楼。

"确定吃饱了？还剩很多呢。"

"你自己呢，吃过了吗？"

李嘉恒系好衬衫纽扣，施施然走到茶几前拿起几样顾郗颜吃剩的点心放到嘴里，这种情况下还吃得那么优雅。

"他们都在楼下等我们，你确定你吃这么慢，下去不会被人说吗？"

"歆艺是个急性子，所以肯定会提前下去，早上打球的时候毅然说了离开的时间，距离现在还有三十分钟，你觉得来得及吗？"

听到李嘉恒这句话，顾郗颜瞬间无话可说。

果然，到了楼下大厅的时候，宋城骁都还没有出现，许毅然喝着早茶很清闲地跟徐止他们聊天，顾郗颜扯了扯李嘉恒的衣袖，向他竖起了大拇指，称赞他简直料事如神。

过了一会儿，宋城骁拎着一个袋子走过来，里面装着几罐上好的单丛茶，准备送给许毅然，这么多人里面，也就只有他对茶有特别的偏爱，无茶不欢。

"颜颜，陪我去一趟洗手间，好吗？"

"哦哦，好。"

顾郗颜站起身走到赵歆艺身旁，被她挽住手朝洗手间走去。

"我带你去看一出戏。"

"嗯？"

顾郗颜还没明白过来怎么回事，就被赵歆艺带到了洗手间旁边的一个露天阳台上，不远处站着一男一女，女的似乎在挣扎着说什么。

隐约听得见几个熟悉的字眼，李嘉恒，音乐，萱萱。

茫然地扭头看着赵歆艺，却见她眉头蹙得很紧，也不知道是听清了多少，但顾郗颜本身却没有兴趣再继续偷听墙角。

"歆艺姐，我们走吧。"

"你没听到他们在聊关于李嘉恒的事情吗？你不想听听？男的是谁，他们又在谈什么，你一点儿兴趣都没有？"

声音漫不经心，表情似乎很随意，实际上赵歆艺已经认出那个男人是谁，之所以带顾郗颜过来就是想让她听听对方是怎样的有心机。

昨天在宴席上，顾郗颜虽然说得落落大方，但说实话还是太过单纯，对付秦沫这种人，赵歆艺觉得连自己都未必是对手。

"我相信阿恒，而且感情是我们自己的事情，我觉得她不会做出太过分的事情。"

顾郗颜弯起唇角，精致的五官在充足的光线下愈发艳丽。

后来的很长时间里，她无数次质问自己，那时候的自信是哪里来的，原来人都要活过一段岁月经历过好些事情才能明白，永远不要斩钉截铁地去认定某件事情。

包括人跟感情。

赵歆艺挥了挥手："那走吧，我去洗把脸顺便补一下妆，你在门口等我可以吧？"

"嗯。"

顾郗颜就站在洗手间门口等着，她怎么都没想到秦沫会那么快就上来，而且步履匆匆走得很着急，擦身而过的时候连一丝犹豫都没有，猛地推开洗手间的门冲进去，显然是没注意到顾郗颜的存在。

即使是黑超遮面，顾郗颜都能看见她惨白的脸色。

洗手台前，正在补妆的赵歆艺被开门的大动静吸引起住，转过头一看，是秦沫。

空气中有一股刺鼻的香水味，赵歆艺皱着眉头刚想说什么，就被秦沫一推，整个人忍不住连连后退了好几步，径直撞在了墙壁上。后背碰到了墙上的全自动热风吹干机，疼得眼前发黑，直咬牙。

"秦沫！你不要太过分了！"

赵歆艺忍不住喊了一句，门口的顾郗颜连忙奔进来，一看，秦沫正俯在洗手台前呕吐，身子颤抖得很厉害，空气中漂浮着一股臭味。另一边赵歆艺扶着自己的腰靠着墙壁缓缓下滑，疼得脸都白了。

"歆艺姐，你没事吧？"

顾郗颜扶起赵歆艺，察看了一下她的后背，长裙刚好是裸后背设计，所以一大片青紫还是令人觉得触目惊心。

"顾郗颜……"

秦沫喊了一句，打开水龙头冲干净污秽物之后，全身无力地瘫倒在洗手台边，满眼疲惫地看着顾郗颜，低头抚了抚自己平坦的小腹，"能不能麻烦你，让阿恒送我去医院？"

赵歆艺蓦然瞪大了眼睛看向秦沫，双手下意识收紧成拳，用力得指甲都要抠进肉里了。

"你这个女人是不是有毛病！你演戏能不能别拉上无辜的人当配角！颜颜，我们走，不要管她。"

强忍着后背的疼痛，赵歆艺推着顾郗颜往门口走，看都不多看秦沫一眼，像生怕脏了自己的眼睛一样。

"我可能怀孕了！"

秦沫喊了一句，顾郗颜茫然地回过头来看着她，不知道是不是错觉，竟从她眼里看到了一丝得意，瞬间闪过，抓都抓不住。

秦沫的唇色是苍白的，她的话说到一半就停住，而后面的内容是什么，顾郗颜觉得她一个字都没听进去，耳边嗡嗡嗡的，只能感受到赵歆艺抓着她的手。

"你怀孕还是没有怀孕跟我们都没有关系，至于李嘉恒，他一不是你的亲人，二不是你的男朋友，请问他有什么义务要送你去医院？"赵歆艺的视线往下，落在了秦沫护着的小腹上，"不舒服就赶紧去医院，别和跟屁虫一样在度假村里赖着，颜颜我们走。"

赵歆艺面无表情地说完这些话，带着顾郗颜离开，后背上的疼痛已经让她忍无可忍，哪里还有心情陪秦沫在这里演戏。

"歆艺姐……她……"

"别管太多，出去之后也别跟李嘉恒提起这件事情，你就当什么都不知道，懂不懂？"

顾郗颜点了点头，看了看赵歆艺后背上的青紫，咬住了嘴唇。

"你们两个去洗手间怎么那么久？毅然赶时间就先离开了。"徐止抄着裤袋走上前来，赵歆艺看了他一眼后伸出手。

"徐止，我们恐怕也要走了，我后背撞伤了，要回去处理一下。"

徐止这才注意到赵歆艺的脸色，后退一步看了一眼后脸色微变："怎么弄成这样？"

顾郗颜站在李嘉恒旁边，刚准备开口，赵歆艺抢先一步回答了，李嘉恒轻轻拉着她的手，用只有两个人能听见的声音问了一句："是不是遇见了什么人？发生了争执？"

再三思量，耳边都还是赵歆艺的警告，顾郗颜抿着唇最终摇了摇头："没有。"

李嘉恒没有再问什么，只是静静地看着顾郗颜。

最终还是提前回了市内，什么山顶缆车统统取消，赵歆艺的后背应该是很疼，额头都沁满了汗水，徐止也特别着急。李嘉恒跟顾郗颜是随后开车回去的，一路上谁都没有说话，直到距离公寓还有五分钟车程的时候，李嘉恒的手机响了。

顾郗颜瞥了一眼，不知道是不是错觉，总觉得那两个字特别像"秦沫"。

车子停在公寓楼下。

"颜颜，你先上楼，我有点儿事情去公司一趟。"

"晚餐呢？"

李嘉恒看了一眼手机上的时间："如果不回来吃饭的话，我会提前打电话给你的。"

顾郗颜点了点头，木木地下车，后退好几步站在花坛旁眼看着车子开走了，连尾气都消散在空气中，她都迟迟没有回过神来。

回到公寓，顾郗颜把东西放在玄关处，连鞋子都没来得及脱就瘫倒在沙发上，拥紧了怀里的抱枕，呆呆地望着天花板，不知道望了多久。

回过神来的时候，右半边身子已经僵硬，整个人往沙发下一栽，头差一点儿就撞上了茶几角。

"顾郗颜，你真是蠢翻了。"

她撑着地板站起身来，抓了抓头发深呼吸，走回到玄关处脱掉鞋子，光着脚走到厨房，拿出一个干净的杯子来，倒了一杯冷水回到沙发上坐下。大门打开的时候，顾郗颜几乎是下意识转过头，看见李嘉恒的时候，惊得站起身来，动作太大以至于不小心碰倒了放在桌子边缘的杯子。

满满一杯水悉数泼到她身上，她尖叫了一声。

"怎么了？"

李嘉恒快步走进来，正巧将顾郗颜惊慌狼狈的模样收入眼底。

衣服都湿了，幸好不是热水，要不然这么一整杯倒下来还不把自己给烫伤了。

"怎么这么不小心？"李嘉恒快速把纸巾拿过来递给顾郗颜。

"你怎么那么快就回来了？"

顾郗颜顾不得擦身上的水珠，看了一眼墙壁上的时钟，这才过去不到三十分钟，李嘉恒怎么就回来了。

194

"因为事情处理好了，所以就回来了。"

秦沫出了点儿事情跟公司请假，连带着李嘉恒接下来几天的工作安排都有所推迟，本是要到公司开会商量着是不是临时让其他经纪人来带，但还没到路口就接到了电话，说是先给他放几天假，好好整理状态，等秦沫回来直接投入到新的综艺节目录制中。

"哦……"

"哦什么，我接下来几天都没有工作安排，你从学校回来的时候多带几套练习回来，有我在，过六级还不是和玩一样。"

李嘉恒说这话的时候一本正经的，根本看不出半点儿跟顾郗颜开玩笑的样子，而接下来的几天里也真的印证了他的决心。

顾郗颜问他，当初他考英语六级的时候是不是都没这么拼命过，那时候李嘉恒的回答让她分分钟当真了。

我在国外，不用考什么四六级，考托福就可以了。

从前不知道在哪个网上看到过这样一个帖子，说是看韩剧日剧的一定是低收入低智商群体，看美剧英剧的多数都是商业精英高科技人才，那时候顾郗颜还搬出一大堆理由来反驳，甚至跟喜欢看美剧的苏小白都起了争执。

现在好了，她有些后悔当初没有在苏小白的怂恿下一头扎进美剧的怀抱。

仿佛回到高考时期，一下课不是往琴房跑而是往图书馆奔，上学期已经考过六级的苏小白对顾郗颜现在的状态很是幸灾乐祸。

"都不知道是谁说自己是艺术生，没有必要把英语学得那么厉害，后悔了吧？摊上一个学霸男朋友，你不用知识武装自己都不行。"

每每这个时候，顾郗颜除了咬牙翻白眼之外什么事情都做不了，从前跟李嘉恒在一起，想过一切浪漫的事情，风花雪月、花前月下。

情侣把每分钟空闲时间都当成宝，恨不得时时刻刻黏在一起，甚至把想做的事情都记下来一件件去实现，到了顾郗颜这里，最浪漫的事情恐怕就是跟李嘉恒一块儿头碰头地做题了。

"二十四分钟，你把这三篇阅读做完了叫我。"

刚打印好的题目，连纸张都是热乎乎的，放在顾郗颜面前后，李嘉恒起身到床上躺下，闭目养神。

秒针嗒嗒嗒走着，让人觉得神经都紧绷起来，顾郗颜抿着唇很专注地做着题，思考单词意思的时候眉头都蹙起来了。

半个小时刚到，顾郗颜就往后仰躺在地板上，把笔丢在一边："阿恒……这回你快看看有没有少错两个？"

每每这时候，李嘉恒总会第一时间走到她身边，俯身揉揉她的头发哄上一两句，一开始她还很受用，到了后来，李嘉恒刚伸出手就被她拍掉。

之后的几天时间里，直到李嘉恒结束休假准备参加真人秀节目录制，顾郗颜都还抱着英语书在他身边团团转。

"你要去多久啊，手机要不要提前找个地方放好？我听说真人秀节目都是不能带手机的。"

"你要小心一点儿啊，不要受伤也不要太拼，不要做危险性游戏，尤其注意保护你的手，你不像他们靠脸吃饭，你还要弹琴的。"

李嘉恒收拾着行李，很是忙碌，旁边还有一个人像蜜蜂一样不停地嗡嗡嗡，冷不丁停下手中的动作转过头来，手指抵住顾郗颜的额头。

"你能不能先关心关心你自己，距离六级考试还有多少天时间，估计等到我回来的时候你都考完了，到时候要是考不过，你看我怎么收拾你。"

顾郗颜噘着嘴巴看向李嘉恒，晃了晃手里的英语书："高强度地练习了这么多天，我就不信我过不了。”

"嗯，有信心就好。"

听李嘉恒这么一说，顾郜颜眯了眯眼睛："那你有什么要对我说的？要知道你参加真人秀节目万一真的不让带手机，我们可就有好一段时间联系不上了。"

顾郜颜嘟着嘴巴一副可怜兮兮的样子。

李嘉恒略微沉吟，伸手托住顾郜颜的脸颊，指腹微微摩挲："放心吧，只要条件允许，我会时常和你联系的。"

顾郜颜都没来得及反应，李嘉恒的薄唇已经毫无偏差地吻上了她的唇，然后他瞪大了眼睛看着近在咫尺的眼睫毛，轻轻颤抖。

浅尝辄止的亲吻在难舍难分中变得缠绵动情。

因为我的喜欢，你隆重

第 八 章

是余爱未了

李嘉恒离开之后，顾郁颜依旧待在公寓里没有回学校宿舍住，每天跟苏小白吃完饭就搭地铁回来，住在有他气味的地方，试图用这种方式来思念一个人。

跟预想中的一样，李嘉恒一进组录制节目就跟顾郁颜失去了联系，更何况是在国外，只能偶尔在网上看见一星半点儿关于他的消息，无奈于节目还没有进入宣传期，那一点点小道消息都不够顾郁颜塞牙缝的。

眼看着两个星期过去了，周末就是英语六级考试的日子，顾郁颜在公寓里翻来覆去一个人怎么也睡不着，到最后只得打电话让苏小白过来陪她。

"不要一副上战场英勇赴死的样子啊，只是一场英语考试而已，你家学霸都帮你复习那么多天了，应该不会差到哪里去，你又不是那种基础为零无可救药的类型。"

苏小白一进门看见顾郁颜顶着鸡窝头就以为她是压力过大，不免调侃了一番。

苏小白把买来的咖啡递给顾郁颜，别人喝咖啡会彻夜不眠，她喝咖啡会睡得很好，这也是她与众不同的地方。

"因为你现在跟李嘉恒在一起，他那么优秀你自然就会有压力，其实没有必要这样，学霸不至于因为你是学渣就不要你了。"

"你这算是安慰吗？"顾郁颜有些哭笑不得。

转眼间，迎来了全国英语四六级考试。两个半小时的考试时间里，顾郁颜作答如行云流水，不知道是连日来的高强度训练有了效果呢，还是李嘉恒给了她力量，总之这一场考试恐怕是顾郁颜有生以来考得最有把握的一次。

走出考场，顶着大太阳冒着汗，但顾郁颜的心情特别好，紧了紧身上的外套朝宿舍区走去。

"颜颜！"

不远处苏小白踮着脚尖站在花圃边上朝顾郗颜招手，手里似乎还拎着什么东西。

顾郗颜惊喜地快步走过去："你怎么来了？"

"你考试我能不来吗？给，题目难不难啊？有没有信心过啊？"

热奶茶还散发着香气，握在手里暖乎乎的特别舒服，顾郗颜眼角眉梢都带着笑意："谢谢你的奶茶，至于考得怎么样……"

特意拉长了尾音，苏小白都快紧张死了。

"不出意外的话应该能过吧？哈哈哈。"

"真的吗？太棒了！"

苏小白兴奋地跳起来搂住顾郗颜的肩膀："要不要一起吃饭，我们……"

"颜颜。"

苏小白还没说完的话被突如其来的一个声音给打断了，顾郗颜下意识转过身去，当看见来人的时候，震惊得张大了嘴。

反倒是苏小白最先反应过来："师兄，你这算是给颜颜一个惊喜吗？"

来人竟是李嘉恒。

只见他穿着一件黑色风衣，围着一条浅灰色围巾，双手放在衣袋里朝顾郗颜走过来，带着棒球帽的缘故，帽檐挡住了他脸上的表情，走近了看方才注意到他眼底的血丝跟嘴角的一圈胡楂儿。

"我说师兄……"苏小白摸了摸自己的下巴，"你这胡楂儿都还没来得及清理。"

"嗯，抱歉。"

李嘉恒试图用围巾挡了挡，转过头看向从刚才到现在一直都没说话的顾郗颜，见她红着眼眶，下意识地皱了一下眉，轻声开口："怎么，发挥得不好？"

顾郗颜噘了噘嘴巴："要真的考不过，你会觉得我特别没用吗？"

苏小白觉得自己的下巴都要掉下来了，怀疑眼前出现了幻觉，她看到了什么，顾郗颜在撒娇？

苏小白拿着原本装有奶茶的纸袋挡住了自己的眼睛，秀恩爱这种事能不看就不看，平白给自己添堵……

"怎么会？你太聪明的话，我压力会很大的。"李嘉恒满眼笑意。

顾郗颜挽着李嘉恒的手主动邀请苏小白，那样子神清气爽的。苏小白勾了勾唇角，她才不会去做电灯泡呢，这么热的天还要被自己的灯光炙烤着，多难受。

"你没看师兄嘴边一圈胡楂儿吗，肯定很累，你还是回公寓，然后下厨给他做点儿好吃的吧。"

"家里恐怕也没有什么吃的了，今天就在外面简单解决，明天有时间再跟她一块儿去趟超市。难得见面，就一起吃个饭吧。"李嘉恒笑容淡淡，眸中澄澈。

苏小白歉意地笑笑："下次吧，师兄你因为录节目都好久没有回来了，你跟颜颜肯定有很多话要说，我就不做那个没眼色的人了，再说了我明天还有早课，晚上要去趟图书馆。"

顾郗颜抱了抱苏小白，谢谢她特意买来的奶茶，看着她离开之后才挽着李嘉恒的手往停车场走去。

顾郗颜一路上喋喋不休地问个没完。

"你真的是一下飞机就赶过来的吗？"

"录制节目辛不辛苦啊？是已经录制结束了呢，还是休息一段时间后还继续录制？"

"啊，对了，还有啊——"

李嘉恒回过头来捏了捏顾郗颜的鼻子："不要告诉我你准备了十万个为什么就等我回来。"

"我没有啊，我的话里面都没有'为什么'这三个字。"

顾郗颜抱着李嘉恒的腰狡黠一笑，心情特别好，感觉晚上都能吃下三碗米饭了。

就像苏小白说的那样，李嘉恒眼底有红血丝，下巴有胡楂儿，的确很疲惫，顾郗颜也很心疼，刚到停车场就拦住他。

"我来开，我们直接回公寓吧，冰箱里还有吃的，我们简单吃一点儿就行了，好吗？"

"怎么，担心我？"

顾郗颜伸手触碰李嘉恒的脸颊，�’了�’嘴："是啊是啊，心疼你。"

到了公寓楼下，顾郗颜望了一眼后车座："你的行李呢？放在后备厢里吗？"

李嘉恒解开安全带的动作有一瞬间停滞，几秒钟后才开口："下飞机后我就直接回来取车，行李被助理拿走了，晚一点儿会送过来。"

冰箱里还有周末去超市买的食材，打量了一番应该能简单做个两菜一汤，顾郗颜推着李嘉恒先去卧室休息，自己穿上围裙卷起袖子就准备开始做饭。

"真的不用我帮忙吗？"

李嘉恒靠在门框处，双手抱臂，闲适慵懒。

"不用了，不用了，不然你就先去洗澡？然后好好休息一下，我弄好了叫你。"

一阵敲门声打断了两人之间的对话，顾郗颜看了李嘉恒一眼："你助理给你送行李过来了？"

"也许是吧。"

李嘉恒转身去开门，当看见来人的时候，表情微愣："爸，你怎么来了？"

厨房里哐当一声，顾郗颜刚洗干净准备拿来装菜叶的盆径自掉到了地上，惊慌地朝门口看去，如果她没有听错的话，李嘉恒喊了一声爸！

"我好像听到什么东西掉了的声音。"刚进门，李翔一眼就扫到放在玄关处的鞋架，女式靴子、女式运动鞋、女式拖鞋，再看一眼四周，"是颜颜吗？"

李嘉恒点点头，仿佛在说一件再正常不过的事："嗯，是她。"

厨房里，顾郗颜就像是一个做错了事情的小孩一样缩在墙角，刚洗了东西，手湿答答的，在听到李嘉恒承认后，一颗心扑通扑通地快跳出嗓子眼儿了。

一直以来，顾郗颜都抱着很轻松的心态跟李嘉恒住在一起，一开始还有的小紧张，在之后产生眷恋的情绪后变成了一种习惯。

但是完全没想到李嘉恒的父亲会忽然过来。

在教师家庭里，自身修养跟素质都是非常被看重的，顾郗颜上大学前秦念初都不忘再三叮嘱她一定要懂得自律自尊自爱，结婚之前一定不能同居，要守住自己的底线。眼看着今天李翔突然出现，顾郗颜怎么都躲不了了。

同居。

肯定会在他心里留下很不好的印象，即便是表面上没有过多的情绪表现。

李翔换了鞋子，把手里拎着的水果递给李嘉恒："听你妈妈说你是今天的飞机，所以吃完饭散步就走过来，想着顺便看看你住的环境怎么样。"

比起顾郗颜的惊慌，李嘉恒显然冷静许多，把门关上之后，接过李翔递过来的袋子朝厨房走去。看见躲在角落里的顾郗颜，微微一笑，带着些安抚的意味。

"颜颜，我爸来了，过来打个招呼。"

顾郗颜惊慌地拉住李嘉恒："啊，啊，好……"

李嘉恒看着话都说不完整的顾郗颜，勾唇轻笑："你有必要紧张成这个样子吗？"

"郗颜在啊？没事，叔叔就是路过，来看一眼。"

当顾郗颜硬着头皮走出厨房抬头对上李翔带笑的眉眼时，打招呼都变得很不利索："叔叔，嗯，嗯，好久不见。"

憋了半天说出了一句好久不见，李嘉恒嘴角抽搐。

"呵呵，是许久没见了，上一次遇见你爸爸还跟他谈起你呢，来来来，坐下聊天吧，也不是初次见面，没有必要那么拘谨。"

李翔和善的语气让顾郗颜放松了不少。

"我也没什么事，就是看你最近忙得很，家都很少回，所以过来看看，没想到你们都在家，丫头啊，你在这里住了多长时间啦？"

顾郗颜的心咯噔一下，嘴角的笑容变得特别僵硬，脑子里所有部件都飞速运转起来，争先恐后想要思考出一个最佳的解答方案。

"叔叔……啊，我，我们……之前阿恒太忙，并不在这里，只有我一个人住来着。"顾郗颜有些懊恼自己的嘴笨，本来这个时候就该落落大方给人留下一个好印象的，结果"同居"这个词语先入为主之后，怎么说都感觉自己是在画蛇添足。

"哈哈，郗颜啊，叔叔看着你们长大，你怎么现在看见叔叔还这么紧张啊？其实你跟阿恒交往的事情我早就知道了，我跟你爸爸也算是多年的同事，你又是我看着长大的，我今天真的就是路过来看看，来，坐着说话。"李翔拍了拍身边的位置，温声说道。

顾郗颜下意识地看了李嘉恒一眼，顺从地在沙发上坐下。

"大三了，眼看明年就要毕业，对自己的未来有什么打算啊？是继续读研究生呢，还是出来工作？我听你爸爸提起过，你似乎不太想当教师，事实上如果能留在大学教音乐也是个很不错的选择。"

"是的，叔叔，我想如果有可能有机会的话还是再深造一下。"顾郗颜想了想，认真地回答。

"嗯，这样也挺好的。"

"啊，对了，叔叔先坐，我去切点儿水果。"

顾郗颜还是有些拘谨，站起身来匆匆往厨房走去，经过李嘉恒身边的时候还小声说了一句"快去泡茶"。

声音虽然刻意压低，但李翔还是听到了，唇角微微勾起。

客厅一时间只剩下父子两人，李嘉恒装了一壶纯净水放在电磁炉上烧，从茶几隔层取出一罐茶叶来。

"你们是什么时候住在一起的？"

顾郗颜离开后，李翔的语气有所变化，从小到大，李翔扮演的都是猫爸的角色，想法也很开明，尽管如此，在同居这个事情上他也确实有些意外。

"爸爸不是要说你什么，只是你这么大的人了，做事情也要替郗颜考虑。郗颜现在是你顾叔叔唯一的女儿，你们在一起没多久就住在一起，这事情传出去，你叔叔和郗颜面子上都会过不去。"

"爸，不是你想的那样，只是因为我最近一段时间都在国外参加节目录制，公寓没人整理，郗颜有空儿才过来的。"

大概也是意识到自己刚才考虑欠佳，不应该那么直接说是同居，所以变成了另一种说法。

"嗯，爸爸也就是提醒你一下。你做事向来有分寸，多为郗颜考虑考虑。我今天也是考虑不周，没有事先给你打个电话就过来了，看得出郗颜有些慌张，等我回去之后你好好跟她解释一下。"

"爸，谢谢你。"

从李翔的话里，李嘉恒能够感受得出他对顾郗颜的态度，并没有不满意，更多的反倒是换位考虑。

"你爸我不是那种不开明的人，你将来要和什么样的姑娘在一起，我没有过多的要求，只要是性格好、端庄大方的女孩我都喜欢。更何况我跟郗颜的父亲还是多年的同事，也算是门当户对，挺好的。"像是想起什么，李翔的语气一转，变得有些犹豫，"但想要过你妈那一关，恐怕不太容易，你多鼓励鼓励郗颜，如果可以读研究生的话，也许会受欢迎一点儿。"

李嘉恒明白父亲话里的意思，想起云雅之前说过的话，心头又是一沉。

顾郗颜切好水果端出来的时候，李翔跟李嘉恒之间的话题已经变成了工作。把水果盘放在茶几上，跪在毛毯上，把水果签一根一根插好双手递给李翔。

"叔叔，吃水果。"

"谢谢。"

李翔的眼底都是笑意，接过水果之后招呼顾郗颜坐着聊天。在这个过程中，顾郗颜很少插话，更多的时候她是安静地听着，偶尔李翔问她问题，她便笑着回答，给人一种修养极好的感觉。

实际上，她还是有些紧张。

过了半个多小时，天色已晚，李翔起身离开，临走的时候拍了拍李嘉恒的肩膀："你是男孩子，要有担当，多照顾郗颜。颜颜啊，有空儿的话就来家里坐坐。"

"好的，谢谢叔叔，叔叔您慢走。"

李嘉恒送李翔到小区门口，顾郗颜留在公寓里，门刚关上，她整个人就瘫坐在地板上，一副重获新生的样子。

李嘉恒回来的时候，顾郗颜还在地板上坐着，不知道在想些什么。

"地板凉，寒气从脚底蔓延上来很容易感冒，快起来。"

顾郗颜抬头，把手搭在李嘉恒的掌心上借力站起身来："怎么样，你爸爸有没有说我什么？他看到我住在这儿，就算表面上没有说什么，心里也一定会多想的。"

"后来我解释你只是在我去国外的这段时间过来帮忙照看公寓而已，我爸没多心，你放心。"

虽然有李嘉恒这句话，但顾郗颜还是一副闷闷不乐的样子。

"啊，阿恒，叔叔刚才来得真是太突然了，我简直紧张到灵魂出窍——我刚才是不是表现得糟糕透了？"

李嘉恒哭笑不得地把顾郗颜拥入怀里："哪有，我爸突然过来，我都没想到。你要是还能镇定自若，我才要怀疑你是不是被什么人冒名顶替了呢。"

顾郗颜捂着脸，回忆着刚才手忙脚乱的表现，小心脏后悔得一抽一抽的。

晚餐到最后还是在李嘉恒的帮助下做完的，刚吃完，他的电话就响了，拿着手机回书房一接就是一个多小时。顾郗颜因为有心事也就没有在意，洗完碗回房间坐在书桌前发呆，想的全都是跟李翔聊天的画面。

像是把录像带一遍一遍回放一样，仔细回忆，想要看看里面是否还有不妥当的地方。

苏小白打电话来的时候，顾郗颜还在拼命回想，以至于她一句"你家学霸红啦"砸过来她都没反应过来。

"你说什么呢？"

"微博你没看吗？热搜榜上有你家学霸的大名，热门头条是你家学霸录制节目的路透照，一大波粉丝正朝你家学霸扑过来。"

顾郗颜坐直了身，眨了眨眼睛："你的意思是，阿恒……火了啊？"

"是啊，他本身在音乐方面已经有不小的成绩，只是还没红起来，没到家喻户晓的地步。但这一次不同啦，新综艺节目跟多少大热明星搭档呢，所以自然就引起了关注，你自己去看一看吧，学霸开了微博，粉丝都已经涨到一百多万了。"

苏小白的语气异常兴奋，想想也是，如果让那些粉丝知道这个新晋男神是自己闺密的男朋友，肯定不得了。光是想着都觉得嘴巴好痒，恨不得让全世界都知道李嘉恒跟顾郗颜之间的爱情。

"我去看一看。"

"快去快去。"

挂断电话后，顾郗颜点开微博，果不其然，李嘉恒的名字占据热搜榜第一的位置，围绕他展开的话题纷纷挤进热门，点开他的微博看一眼，苏小白说的一百多万粉丝如今已经接近两百万，这可是大红大紫的节奏。

从开微博到现在，李嘉恒总共发了二十条微博，每一条不是宣传专辑就是一些公益活动，还有画报拍摄的宣传，很少有原创微博，平日里在公寓都没见他玩过，指不定这个微博还是背后的经纪团队在帮忙打理呢。

"看什么呢？"

李嘉恒一进门就看见顾郗颜趴在桌子上玩手机，不知道在看些什么。

"你知不知道你上微博热搜榜了，快来看。"

李嘉恒走近，靠着书桌拿过顾郗颜递来的手机，粗略地看了一眼网上的消息跟评论，大致能知道也就是几张路透照，不过是节目官方微博的宣传造势引起的。

"我平时不怎么玩微博。"

李嘉恒把手机还给顾郗颜，走到书桌另一边坐下："你呀，也少看点儿这些东西。没什么含金量，多半都是公司公关炒作出来的。"

顾郗颜眼角眉梢都染着笑意，把微博里的照片点开来看了一遍又一遍："我是不是应该立马跟你要个签名呀，你要出名了，以后你的签名就值钱了。将来我要是落魄了，就去卖掉。"

李嘉恒看她翻得兴致勃勃，也没再打断，只是笑了笑，随手拿过一本书翻开来看，实际上，刚才他接了一个电话，已经知道网上散播的消息了，多数都是公司跟节目组安排的，人红之后意味着很多活动要展开，年末已经开始酝酿明年初的工作安排了。

比起兴奋跟开心，李嘉恒更多的是担心和迟疑。

如果工作太多通告太满的话，人红是非多，私生活也肯定会曝光在镜头下，如果只是他个人，倒也无所谓，毕竟是工作。但是牵扯到顾郗颜……她可能要去承受很多本不该她承受的东西，而现在的她根本没有意识到这个问题。

当初进公司发表EP全然因为喜欢音乐，并不是为了走红，成为大明星，从什么时候开始，李嘉恒在意识到线路改变了的时候却没有办法说停下来。

"阿恒，你在想什么？"

顾郗颜问了一大堆问题，半天都没得到回应，抬起头一看才发现李嘉恒在发呆。他可是很少在谈话的时候走神，莫不是真的看书太认真？可把手放在眼前晃了好几下都没动静。

"嗯？怎么了？"

"你是不是有心事啊？"顾郗颜伸手触碰李嘉恒紧蹙的眉头，"我本来还打趣若是有一天你红了签名会不会供不应求呢。可你好像不太开心，对于这件事，你起码没有我想象中的那么在意。"

李嘉恒紧紧盯着顾郗颜，过了许久，他淡淡地问了一句："你希望我变成大明星，还是觉得就算我是一个很普通的小人物，你也喜欢？"

顾郗颜轻笑："我倒巴不得你是个普通人呢，我喜欢你，跟你的身份没有什么关系。"

生活冷暖自知，本如盲人摸象，并不是在别人看来光芒四射就是幸福，在顾郗颜看来，只要能跟李嘉恒在一起，不论他成为什么样的人，她都觉得欢喜和幸福。

"下周二就是圣诞节了，你到时候有没有工作安排啊？"

大约是从十一月初开始，顾郗颜就惦记起这个节日了，想着到底要怎么跟李嘉恒庆祝才算浪漫。看着别的情侣把这些节日过得精彩难忘，她也很想制造一个特别的回忆。

"二十五号？"

李嘉恒拿出手机来看了一眼工作安排，当天是周二，有一个宣传海报要拍。当晚还要飞一趟英国，进行节目的第二站录制。

但对上顾郗颜那双闪着光的眼眸，这些却说不出口来，到最后只剩下一句："我陪你过圣诞节。"

这一夜，他看得见她眼眸里如璀璨繁星，脸颊含笑的酒窝。

一阵愉悦在心底蔓延开来，原来恋人就是这样的，她的开心能够感染到你的心情。

接连几天，顾郗颜回公寓的时间都有些晚，李嘉恒本打算每天晚上都去学校接她，但无奈于通告安排的时间不合适，以至于无法兼顾。

后来，顾郗颜想，如果她不固执的话，听李嘉恒的话留在学校过夜，或许就不会遇上云雅，也就不会发生后来的事情。

李翔来过公寓，她本应该预感到有一天云雅也会来，只是怎么都料想不到时间会那么巧。

已是冬天，顾郗颜围着围巾穿着羽绒服把自己包成一个粽子仍旧抵挡不了严寒，而对上云雅挑剔轻蔑的目光时，浑身更有一种无所遁形的寒意。

"这么晚了，你怎么会在嘉恒的公寓？"

因为这声质问，顾郗颜手里提着的夜宵差点儿掉到地上，慌张在心里翻滚，耳边嗡嗡直响，整个人全然不知如何应对。

"看样子，你并没有把我之前说过的话放在心上，郗颜，我记得你小时候不是这样的，为什么长大之后，长辈的提醒反而成了耳边风了呢？"

语气听上去是那么温润，话语间却又咄咄逼人。

难以名状的委屈将顾郗颜整个人困住，连一句话都说不出来，只是拘谨地站在那里，身子僵硬，眼眶通红。

公寓离A大有一段距离，在这个时间点，顾郗颜拎着一袋夜宵过来，还背着书包，云雅不会傻到以为她是来散步。给李嘉恒打电话没有接，想到他最近工作很忙碌这才做了许多他爱吃的东西带过来，结果呢？

瞥见顾郗颜另一只手里拿着的钥匙，回想起保安说的，李先生跟顾小姐都还没回来，云雅只觉得怒火中烧，失望之极。

什么时候开始，她这个当妈的说话一点儿分量都没有了！

"阿姨，我们进屋谈好吗？"

楼下人来人往，顾郗颜实在觉得她们这样的状态不适合在外面谈，眼看着袋子里的夜宵已经凉透，自己憋在心口半天的话也只说出这句来，胆战心惊地看着云雅，在她转身上楼的时候竟也觉得心口一松。

这个时间李嘉恒还没有回来，顾郗颜打开大门后，云雅便径直入屋，换好鞋子把带来的东西放在玄关口的架子上。

"你过来。"

顾郗颜抿着唇把夜宵袋子放在一边，不安地走到云雅对面的沙发上坐下。小时候见面她会笑着撒娇，云雅偶尔还会把买回家的蛋糕分给她跟顾郗若吃，怎么都没想过有一天，她们相处的气氛会变得这么尴尬。

她像是一个做错了事的孩子，连抬头的勇气都没有。

而云雅则是在最短的时间内，用如同鹰隼般的厉眼打量了一下四周，不用进房间她就已经能看出来，顾郗颜在公寓住了有一段时间了。

几乎什么东西都是一对的，例如杯子，例如拖鞋，例如玄关架子上的小饰品。

"我原本以为你是一个懂分寸的孩子，怎么说你也算是书香世家教出来的，可你今天实在是令我觉得惊讶，怎么刚刚谈恋爱就住在一起，这要是传出去，你就不怕别人戳你爸爸的脊梁骨吗？"

顾郗颜愕然，她抬起头来对上云雅那冰冷的目光，不敢相信这些话是从她口中说出来的。

云雅自然看得懂顾郗颜的表情，敛了敛眸子轻咳了一声："阿姨话说得重，也是为了你们好，你现在还没有大学毕业，跟嘉恒的感情也没有个定数。郗颜，阿姨知道你是一个懂事的孩子，懂得明辨是非。"

深深的无力感袭上心头，从没有过像今天这样强烈的感觉，恨不得马上大学毕业，恨不得有一份很好的工作，恨不得自己一切都是优秀的。

"阿姨。"顾郗颜咬着牙，鼓起勇气对上云雅的眸光，"我是还没有大学毕业，我也曾经在听您说过那番话之后主动跟嘉恒哥哥提出分手，可到最后我还是做不到。我想，喜欢一个人是不能说退缩就退缩的，毕竟毕业之后的路还很长，我有很多时间去奋斗，我也能变得很优秀。"

"这些道理跟决心你不必说给我听，你一年后就大学毕业了，现在看来前路未卜，你不觉得到那个时候跟我说这些话更有底气吗？这个世界上没有那么绝对的事情，你们现在在一起并不代表以后也会在一起，实话说给你听，与其让他跟一无所有的你在一起，我更看好秦沫那孩子，起码，她的能力跟实力摆在那里，你也看到了，现在的嘉恒多么成功，换作是你，你能给得了他这样的机遇吗？"

顾郗颜脑子里乱糟糟的，试图让自己冷静下来，然而云雅说的话却像紧箍咒一样在她耳边不停回响。

大门传来咔嗒一声，是用钥匙开门的声音。

李嘉恒走进来之后便看见玄关处摆放着的鞋子，一时间怔住，蓦然抬起头就看见沙发上挺直了脊背却低着头的顾郗颜，还有另一边端正坐着的云雅。

大步朝沙发走去，李嘉恒微微皱了皱眉，这气氛显然并不轻松："妈，您怎么来了？"

"我一个当妈的，来看看自己的儿子还要向谁递申请吗？我就是心疼儿子工作忙，做了点儿东西送过来，至于会在这里遇见外人，我也很惊讶。"

李嘉恒有些头疼地看着云雅，察觉到气氛里的诡异，他猜测刚才两个人之间的谈话一定是不愉快的。

"妈，郗颜不是外人，她是我的女朋友。"

云雅冷笑了一声："一个大学生，这个时间点却出现在这里，我的儿子跟别人同居了，我居然都不知道？"

李嘉恒注意到了顾郗颜紧紧攥住裙摆的手，从这个角度看过去，连她咬着牙在颤抖这样细微的动作都看得一清二楚。

李嘉恒心底陡然涌起一股火气，当着云雅的面，并不好发作，只好先缓了缓语气对顾郗颜道："颜颜，你先回房里。我跟妈妈聊聊。"

顾郗颜惊慌失措地看着他，还来不及说话，就被他轻柔地推进了书房，还随手带上了门。

"你妈妈在外面，你怎么能把我这样推进来呢？"顾郗颜拍着门。

然而李嘉恒是铁了心不让她参与这场谈话了，他从外面握着门把手："乖，听话。"

"她是你的妈妈，有话好好说。"顾郗颜急得直跺脚。

"嗯。"

把门关上后，李嘉恒看了一眼云雅，转身走到厨房，再出来的时候手里多了一个杯子。

把水壶里的水温了温，倒了一杯递给云雅。

"妈，您喝点儿水。不知道您要过来，我这儿连点儿水果都没了。您有什么想问的，问我就是了。"

李嘉恒的声音很平静，平静得就如同真的只是在家里和妈妈的一次寻常的促膝长谈。但这平静里，云雅却看出了一种不容改变的坚决。

都是因为一个顾郗颜。

"你觉得我为难她了吗？我是你的妈妈，我会害你吗？"云雅眼眸紧凝李嘉恒，单刀直入，"郗颜根本还是个孩子，她能对你的未来有什么帮助呢？"

李嘉恒浓密的睫毛垂下，沉默地坐在沙发上，攥紧手里的杯子，他的态度其实是一忍再忍。爱情跟亲情被云雅就这么放在天平两端，非要逼他选择其中一个，为什么明明能够共存的却容不下对方。

或许是察觉到李嘉恒的僵持，云雅喝了一口水后清了清嗓子。

"从一开始我就没有说要阻止你们两个人谈恋爱，只是这感情要在最合适的时候谈，她大学还没毕业，对自己的未来也没有明确规划。你呢，事业处在上升期，一切都是未知的，你能保证你们现在在一起以后就能够幸福吗？"云雅看着李嘉恒，把手中的杯子放在桌上，"我和你爸爸，郗颜的父母，都是老师，你回国没多久，郗颜还没毕业，你们就这么同居了，这消息要是让别人知道，你能保证每个人都能理解你们吗？人言可畏啊。你想过万一吗？万一将来有点儿什么变化，你考虑过郗颜的处境吗？"

"她只是这段时间……"

"嘉恒，我是你妈妈。没有一个妈妈不了解自己的儿子，别对妈妈撒谎。"

云雅打断李嘉恒的解释，李翔信的未必她会相信，女人总是比较心细，这一屋子的东西甚至是气息已经证明了一切。

"你把郗颜叫出来，我最后说句话就走。"

见李嘉恒不动，云雅站起身来就准备自己过去叫她。

"妈！"

李嘉恒叫了一声，眉头蹙得紧紧的："这件事情我会处理好，很晚了，我送您回去。"

"我连跟她说一句话都不行吗？"

云雅眼角的鱼尾纹特别明显，鬓边的白发更刺目，她看着李嘉恒："嘉恒，你现在这样，妈妈很失望。"

"妈……"李嘉恒冷眉一拧。

云雅都没有等到李嘉恒说完，只是轻声道："你自己想一个对两个人都负责任的做法吧。"

大门刚打开，云雅的肩膀就被李嘉恒握住。

"太晚了，我送您回去。"

"不用了，我开车过来的。"云雅最后一眼看着紧闭的房门，转身离开。

公寓陷入了前所未有的寂静，李嘉恒在玄关上靠了许久，低垂着头，额前的散发挡住了他的视线。

顾郗颜打开门走出来看见的就是这一幕。

紧咬着嘴唇，双脚像是灌了铅一样，沉重得不能往前移动哪怕是一小步，就那样僵直着身子站在门边。

甜蜜的爱情何时成为困住两人的枷锁，挣脱也不能够，分分钟让别人为你为难，为你伤透了脑筋。

这一夜，两个人都是望着窗外坐到了天亮。

第二天清晨，顾郗颜走进浴室，灯刚打开，就被镜子前的自己吓了一跳。苍白无血色的脸颊，红肿的眼睛，再加上那凌乱的头发跟黑沉的眼袋，颓然捂住了脸，这个鬼样子怎么出门！

啪嗒一声，大门关上的声音，顾郗颜蓦然回头看了一眼房门的位置，这个时间，李嘉恒出去了？

顾郗颜轻手轻脚地跑到房门边，打开门偷偷看了一眼，外面静悄悄的，因为拉着窗帘，屋子里光线很暗。

李嘉恒的房门是打开的，被子叠得整整齐齐，手摸上去都是冰凉的，也不知道他昨晚到底有没有休息。顾郗颜抿着唇离开房间，朝厨房走去，餐桌上放着的一张小纸条引起了她的注意，心里面猜想着或许是李嘉恒去买早餐了跟她说一声。

结果看见上面的字眼，水眸中闪过一丝失落。

"我今天一早有工作先走了，午饭跟晚饭就不回来吃了，冰箱里的食材不是很多，你可以叫外卖。"

纸条轻飘飘地掉在地板上，顾郗颜打开冰箱看了好一会儿又关上，默默折回客厅去烧水。

今天是圣诞节啊，他们说好一起过的，怎么就突然有工作了呢。

苏小白接到电话的时候正在洗衣服，今天阳光明媚，楼顶栏杆上晒满了被子，她也是早早抱着被子去占位，心想再多洗几件大衣趁着天气好晒一晒。

"圣诞节这么浪漫的日子你居然约我？学霸呢？你不是说你们早早就约好了？"

"嗯，他临时有点儿事情，午饭跟晚饭都不回来吃，我一个人也没什么意思，我们出去吃大餐好不好？都好久没有一块儿吃点儿好吃的了。"

顾郗颜的声音听不出有半点儿不悦跟失落，苏小白反问了好几遍她都说没什么事情，最后将信将疑地答应了中午一块儿吃饭。

定的地点是市中心的一家高级西餐厅，苏小白到门口的时候震惊得不敢推门进去，打电话反复跟顾郗颜确认，一直强调"太豪华"这三个字，最后非逼着顾郗颜亲自出来带她进去才敢相信。

"我说你是不是捡到钱了啊，这么财大气粗的，我穿成这样，结果你约我来这么高级的西餐厅。"

苏小白挽着顾郗颜的手，悄悄打量了一下四周，光是装潢就能看出其高档程度，做好了心理准备以防在看到菜单的那一刻尖叫出声。

"我上一次比赛虽然没有得金奖，但也是有奖金的，我们都好久没有一块儿出来吃饭了，所以偶尔大开吃戒也是不错的。"

在位置上坐下之后，顾郗颜把菜单推到苏小白面前："我比你早到十分钟，已经看好我想吃的了，你自己看看有没有喜欢的菜品。"

"既然你是用奖金请客，那我就不客气了，好荣幸啊，我以为你是有了学霸之后就不要我了。"

苏小白打趣着翻看着手里的菜单，无意间抬起头来瞥见了不远处有些熟悉的身影，但对方很快就进了包厢，门关上便什么都看不到了。

"你家学霸真的不陪你过圣诞节吗？"

"早上很早就走了，留了张纸条给我。"

苏小白托着腮帮子看着顾郗颜："都这年头了，还时兴留纸条啊，你要不要打个电话问问看他在哪里，吃没吃午饭。"

"不用了，我们吃我们的就行，怎么样，你想吃什么？"

顾郗颜招呼服务生过来，点好了菜之后，苏小白说她要去洗手间，就起身把包包递给顾郗颜，然后走了出去。

经过刚才注意到的包厢门口，特意留意了一下，瞥见周围没有人，她捋了捋头发推开门就往里闯。

以最快的速度扫了一眼屋里的人之后，在众目睽睽下，苏小白装出一副惊慌失措的样子连连弯腰道歉："对不起对不起，我进错房间了。"

赶在别人开骂之前火速把门关上，那一瞬间眸子里的惊慌被镇定了然所取代。她真的没看错，所以，李嘉恒说很忙没有空儿陪顾郗颜过圣诞节，是因为跟别人聚餐？

带着疑问，苏小白去了一趟洗手间，出来时，在转角处遇见李嘉恒，似乎一点儿都不惊讶。

"师兄，这么巧，你也在这里吃饭？"

"你不是刚才就已经进去确认过了？"李嘉恒嘴角勾着淡淡的笑容，看不出其中藏着的情绪。

苏小白表现出一副全然不知的样子。

"啊？我刚才走错的那个，是师兄的包厢吗？"

面对苏小白的惊讶，李嘉恒只是笑笑并没有说什么，也猜不透他到底是信没信。

"你一个人，还是跟郗颜一起？"

"郗颜拿比赛的奖金来请我吃饭，师兄可惜了，如果不是有聚餐的话，恐怕坐在她对面吃饭的人就不是我了。"

走到了包厢门口，再往外走的话，兴许顾郗颜一转头就能看见了。李嘉恒停住了脚步，双手抄在裤袋里，扫了某个角落一眼，轻勾嘴唇。

"今天是圣诞节，我晚上要飞英国录制第二期的节目，中午跟团队一块儿聚餐，推不了。不过我会给她一个惊喜，如果可以的话，能不能请你帮忙配合一下？"

对上李嘉恒那双带着笑意的眼眸，苏小白下意识地点点头。

回到座位上，小菜跟冷菜已经上来了，顾郗颜放下手机看了苏小白一眼："去了那么久，我差点儿去洗手间把你捞上来了。"

"一下没找到洗手间在哪儿。话说今天你脸色很不好，吃完饭要回去休息吗？"

顾郗颜摸了摸自己的脸，出门的时候都特意化了淡妆，原来看上去还是不太好。但还是笑了笑，说了句："我没事啊，昨天睡得很好。"

"我们下午去海洋公园怎么样？这么长时间了我都还没去过呢。"

"你不是对那里不感兴趣的吗，怎么突然想去？"

服务生在这个时候端菜上来，苏小白一边拿出手机拍照片，一边装作很自然地说："那要约会也得选一个靠谱的地方，这个季节不适合游泳，去看看海洋生物也挺浪漫的。"

顾郗颜没有什么意见，事情就这么敲定了。

苏小白默默地把刚才偷拍到的顾郗颜的照片发送出去，顺便附上一句已经邀请成功，很快就收到了来自李嘉恒的回应。

——谢谢。

真是简短干练。

第六感告诉苏小白，顾郗颜肯定不开心，至于原因嘛，恐怕跟某人脱不了干系呢。

制造惊喜这种事情，苏小白其实很不拿手，说实话她都觉得自己情商有点儿低，拉着顾郗颜去海洋公园的时候，忘记有买门票这回事，钱都没带够……

"你这人怎么这么奇怪，明明是你要带我来公园玩的，所以，你只是临时兴起吗？"顾郗颜有些头疼地打开自己的钱包，准备递卡的时候被苏小白拦住了。

"你等等，我找一下我朋友，他是这里的负责人之一，答应过我如果我来玩可以不用门票，你等等啊，我去打个电话。"

苏小白神秘兮兮地往远处一个角落跑，打电话的时候还不停往这边张望。顾郗颜就那样安静地站着等，很快就看到一个西服男朝这里走了过来。

"请问是顾小姐吗？"

"哦，我是。"

"您好，我是海洋公园的主管，我们经理邀请您到公园参观游玩。"

西服男很有礼貌，脸上带着得体的微笑，顾郗颜看得一愣一愣的，转过头，苏小白已经打完电话走过来了。

"小白，这位是海洋公园的主管，他说……"

"对对对，我已经打电话确认过啦，我们走吧。"

生怕说太多话露馅儿，苏小白挽着顾郗颜的手迅速往里走，在主管的带领下，她们直接进了公园。海洋公园是一个很完整的景区，既有水上乐园也有海洋馆、海洋剧场，顾郗颜原以为苏小白会去海洋馆，可走到岔路口的时候，她却拉着自己往海洋剧场的方向走。

"你不是来看海洋生物的吗？去剧场干什么？"

海洋剧场一般都是海豚海狮表演，虽然很有趣，但其实其他水族馆也有，顾郗颜觉得来这里应该看亮点才对。

"亲爱的，你听我说，我们先来海洋剧场，听说今天有特殊表演呢。"

顾郗颜被苏小白拉着往场馆里走，一进门就看见海豚机灵可爱的表演，周围几乎座无虚席。苏小白像是知道哪里有位置一样，拉着顾郗颜径直往最前面一排走，不少人都往这边看过来，顾郗颜下意识弯着腰，生怕挡住别人的视线。

在最前排最中间的位置，顾郗颜非常忐忑地坐下，小声问苏小白："喂，你别告诉我这是特意留给我们的座位。"

苏小白自己其实也觉得漏洞百出，电话里李嘉恒告诉她怎么做，去哪里，她都是照做的，现在坐到位置上才觉得——

这社会有钱有才有势能使鬼推磨啊！

"这可是VIP位置，特级的，你快专心看表演。"

苏小白不知道李嘉恒说的惊喜到底要准备多久，会在何时出现，所以她只能拼命让自己全身心投入到眼前的海豚表演中。

很快，主持人宣布接下来是嘉宾互动的环节。饲养员凑在海豚旁边，不知道是不是在"对话"，不一会儿就看见海豚亲了亲她的脸，然后她接过话筒微笑着看向看台。

"海豚小米说想找一个长头发、穿着裙子跟米色呢外套的美女上来配合它。"

"这里这里！"

苏小白举起手来．连带着把顾郗颜都拽了起来，所有人都看向这边，顾郗颜顿时惊慌失措。

"小白！"

苏小白扭过头来指了指顾郗颜身上的衣着："人家饲养员说的不就是你吗？你自己看看你穿的。"

顾郗颜低头一看，怎么就那么巧呢！

"这位美女，请问怎么称呼呢？你愿不愿意上来配合小米的演出？"

饲养员走过来询问，脸上带着微笑，苏小白把顾郗颜推出去，看台上掌声响起，就这样，顾郗颜连拒绝的机会都没有就被带上台了。

为了让顾郗颜跟海豚亲近，饲养员先教给她一些比较简单的手势，还让她给海豚喂食，很快，她就进入了状态。在饲养员的帮助下，顾郗颜跟海豚做了好几个亲密动作，精彩度惹得看台上的观众频频鼓掌欢呼。

就在顾郗颜跟海豚亲密玩闹的时候，从馆里另一侧走出来一个穿着泳衣的男人，苏小白第一时间认出那是李嘉恒。

他很快速地跳入泳池里，如一尾鱼消失在水中。

所有人的注意力都集中在顾郗颜跟海豚身上，很少有人注意到李嘉恒，也可能有人已经看见，但只是当作普通饲养员，并未多留意。

唯独苏小白屏住呼吸，紧张地攥紧双手盯着泳池里那个黑色的身影，很快他便游到海豚身边，手紧抓着海豚的鳍，在它的带领下环绕着泳池飞速转了几圈，溅起来的水花惹得顾郗颜连连后退。

因为对方戴着泳镜，她根本没认出来对方是李嘉恒。

直到三圈结束，海豚回到她面前，嘴上顶着一个红色绒盒子，顾郗颜愣愣地看着眼前这一幕，有些不知所措。

旁边一直站着陪同的饲养员走了过来："这是小米送你的神秘礼物哦，顾小姐愿不愿意接受它的一番心意呢？"

饲养员的话通过扩音器响遍整个场馆，所有人都注意到刚才是陪着海豚转圈的那个男人将盒子放了海豚的嘴上，而在顾郗颜没有察觉的时候，他已经跃出泳池，径直朝她走了过来。

　　以前在电视上看过无数个求婚示爱的画面，在场的观众有经历过被求婚的也有看过别人求婚的，唯独借着海豚来表达爱意的或许还是第一次。

　　呼唤声太热情，顾郗颜取下绒盒子转身便对上了李嘉恒带笑的眼眸，看着他湿漉漉的贴在额头上的发丝还有身上穿着的泳衣，吃惊地瞪大了眼睛。

　　"你怎么会在这里？穿成这样……"

　　"颜颜，圣诞节快乐！"

　　李嘉恒的嗓音澄澈清晰，好听得令人觉得耳朵发痒，顾郗颜瞬间红了眼眶，低下头打开绒盒子，一款精美的铂金项链，吊坠是一棵小小的圣诞树，就这样呈现在她眼前。

　　"哇，好漂亮的项链啊，是不是应该亲自为顾小姐戴上呢？"饲养员一起哄，场馆里也有人开始尖叫鼓掌。

　　当着那么多人的面，李嘉恒拿过项链亲自为顾郗颜戴上，末了，手指在吊坠上摸了摸，抬眸看向顾郗颜。

　　"谢谢你喜欢我。"

　　目光里的温度让顾郗颜很贪恋，听不见周围的声音，一切都成了背景，她眼里只有李嘉恒一人，听得见他澄澈的嗓音落在耳朵里。

　　被他拥入怀中的那一刻，顾郗颜闭上了眼睛，泳衣轻抚着她的脸颊，如果说从前只有满腔孤勇在面对这份感情，那么现在，又多了一份自信，即便这个世界上有再难听的言语，也会自动屏蔽掉。

　　有人说，爱一个人，他会让你觉得拥有全世界，从前的顾郗颜没有体会得那么深刻，现在她终于感受到，什么叫作唯一。

　　"在一起！在一起！"

　　观众离得远，听不见顾郗颜跟李嘉恒之间的对话，以为这是一场求婚，当细碎的声音变得整齐划一的时候，顾郗颜涨红了脸埋在李嘉恒的怀里，攥紧他身上的泳衣什么话都不敢说。

　　被拥着从后面离开的时候，顾郗颜想起了苏小白。

　　"对了，小白还在看台等我呢。"

　　"她已经先走了。"

　　李嘉恒用干毛巾擦拭头发，顾郗颜拿着衣服在旁边等，听见这句话的时候愣了一下："走了？你怎么知道的？"

当着顾郗颜的面，李嘉恒把泳衣脱下来放在椅子上，冲澡之前指了指旁边的手机：“她给我发了短信，你可以看看，担心的话你给她回个电话。”

所以，这两个人是早有预谋吗？

李嘉恒手机设有密码，顾郗颜知道是自己的生日，屏幕上显示了好几个未接来电，是秦沫打来的。

原本只是想看小白的留言。解锁之后，界面却因为之前的操作，停留在上一次锁屏时的界面上——那是李嘉恒和秦沫之间的短信。即便是能感受到李嘉恒在回复短信的客气跟疏离，但秦沫说话的语气跟那些字眼还是让她觉得刺眼。

默默把手机放回到原来的位置，闭上眼睛，深呼吸后从包包里拿出自己的手机给苏小白打了电话。

“你看看我多仗义，帮学霸安排了一次完美的惊喜，我就说嘛，圣诞节这么浪漫的节日，你这个有夫之妇应该跟男朋友一起过才对的。我就一个人孤独地回学校啦，记得明天带好吃的来报答我。”

“小白……我不是那种重色轻友的人。”

“我知道，我知道，我也没嫌弃你啊，总之今天这个节日你就好好过，师兄今天跟我说他今晚要飞英国，指不定又有好长一段时间不回来，你可要珍惜时间啊。”

李嘉恒要飞英国？

这对于顾郗颜来说，无疑是个爆炸消息，这才回来多久，这么快又要飞走了，之前还对李嘉恒的工作没感觉，如今才渐渐觉得，进入娱乐圈竟然是这样的，以后或许见面的次数就更少了。

“郗颜，你在听我说话吗？你家学霸不让我告诉你这件事情，所以你要假装不知道，我跟你说就是想让你好好珍惜这次约会，千万别因为不相干的事情影响了心情。”

“谢谢你小白，我知道了。”

顾郗颜刚结束通话，李嘉恒正好冲完凉换好衣服走出来，头发上还有水珠滴下来。

“这里没有吹风机，这种天气你怎么就想到要下水呢，很冷吧？”

前一秒还在因为李嘉恒要去英国的事情而心情不好，下一秒看见他湿答答的头发又免不了关心备至。拿着干毛巾追上去帮他擦，在他搂着自己的腰微微俯下身来的时候，顾郗颜觉得，这么亲密的姿势即便在一起有一段时间了仍觉得心动不已。

想起过去的那么多年，日子叠着日子，没人会去算时光几何，却会在一个人的时候想起来有多久没有见到他。如果有一天有人问顾郗颜，为什么喜欢他足以支撑那么多年，在面对别人的冷言讽语时还舍不得放手，那么她是很愿意回答的——

喜欢变成心甘情愿的时候，便舍不得抽身离开了。

手牵着手离开海洋公园，走的时候还获赠一个小海豚挂坠，特别可爱，顾郗颜爱不释手地别在了包包上。

"以前没觉得你很少女心，现在怎么就喜欢这些小饰品了？"

"我是女孩子啊，我喜欢这些东西很正常吧？不喜欢才怪呢！"

李嘉恒勾了勾唇角，没再说什么，牵着顾郗颜的手往停车场走。

在门口遇见来时为自己和苏小白引路的西服男，顾郗颜终于反应过来，那时候为什么他会径直走向自己然后叫她顾小姐了，若真是苏小白的关系，应该是找苏小白或者叫苏小姐才对啊。恍然大悟回过头来看着李嘉恒，嘴角轻翘。

"从什么时候开始拉着小白密谋今天的事的？"

什么时候？

李嘉恒挑了挑眉："不告诉你，你在这里等我，我去把车开出来。"

看着李嘉恒走向远处，顾郗颜忽而一笑，阳光明媚的冬日，街上人来人往，路边树影斑驳，静静伫立在原地，眼里只有那个熟悉的背影。

"这个时间，总觉得去哪里都不合适，你又习惯午睡，会不会觉得很困？"

系好安全带，李嘉恒抛过来这句话，顾郗颜看了他一眼，想了好一会儿："我们去海边怎么样？虽然会冷，但有阳光啊。"

"去海边？那要不要先去超市买点儿吃的，然后在那里待到晚上才回来，难得去一次。"

对于李嘉恒的提议，顾郗颜连连点头，就这样，两人去了一趟超市，买了一些零食还有面包牛奶甚至是寿司，堆放到后车座上。

"我们这样还真像私奔。"

顾郗颜眯着眼睛吃着新鲜出炉的华夫饼，在李嘉恒提议在海边待到晚上的时候，话都到嘴边了却还是没说出口。本想问他不是晚上飞英国吗？又想起了苏小白的叮嘱，还是等他自己提起比较好。

从市中心到海边将近两小时的车程，到最后顾郗颜都有些心疼李嘉恒了。先是为了自己在这么冷的天气下水，现在又因为一句玩笑话然后开车来了海边。

"到了。"

因我
你的
隆喜
重欢
，

闻声抬起头来，蓝天白云，沙滩大海就这样像画卷般呈现在眼前，惊得顾郗颜瞬间忘了一切，瞪大了双眼。

"太美了！我其实很少来海边，小时候爸爸会在夏天带我来游泳，不过也就来过两三次，后来就再没来过，冬天的海边原来是这样的。"

李嘉恒探身从车后座上拿过一条毛毯，围到顾郗颜身上："海边风大，你穿得这么少待会儿很容易着凉。"

从午后到黄昏再到傍晚，几个小时的时间里，顾郗颜跟李嘉恒在海边玩得不亦乐乎，即便风很大，仍旧没有扫了他们的好兴致。到最后天都黑了，顾郗颜筋疲力尽地回到车上，头发凌乱不已，都打结了。

"我肚子好饿啊，你呢？"

李嘉恒取出一包湿纸巾递给顾郗颜："我还好，先擦擦脸跟手，然后再吃点儿东西，吃完了我们就回去。"

顾郗颜看了一下时间，七点多，回公寓的话估计就得九点多十点了，苏小白不是说李嘉恒是今晚的飞机，怎么到现在还只字不提？

"想什么呢？"

李嘉恒把湿纸巾在顾郗颜面前晃了半天。

"哦，没什么，我们回去都好晚了，又是你开车。"

"不然呢，我们在车里睡到第二天早上再回去？"李嘉恒问得一本正经，让顾郗颜差点儿信以为真。

看着窗外的明月跟夜空，似乎还能听到海浪拍岸的声音。

"A市冬天不下雪，不然肯定很美。"

顾郗颜想了想："银装素裹，枝丫上都压满白花花的雪，整个世界都像是被白色包裹住一样，想想都觉得那个画面特别美。"

李嘉恒喝了一口咖啡，拿过餐巾纸擦了擦嘴角，把垃圾都装到一个塑料袋里。做这些事情的时候，他的表情很平静，所以说起去英国的事情都显得漫不经心。

"这一期的综艺节目是在英国录制，所以我凌晨的飞机，十一点去机场，但是不会去很久，一个星期就回来。"

"一个星期？"

七天的时间，想一想不长也不短，顾郗颜没有太惊讶反倒让李嘉恒有些意外。

"我以为你会表现出很惊讶很不舍很失落的样子呢。"

"我又不是长不大的孩子每分钟都要赖在你身边，你是去工作，又不是去玩。"

　　顾郗颜低着头把剩下没打开包装的零食装回到袋子里，系好了放回到后车座上，将其他垃圾收拾起来装好，擦了擦手指。

　　动作特别慢。

　　顾郗颜低着头，李嘉恒看着她柔和的侧脸，忽然笑道："颜颜，好好念书，指不定以后我的经纪人就变成你了。"

　　"我才没那么大的能耐，秦沫手里有太多的资源，又是金牌经纪人，我初出茅庐怎么可能比得过她。"

　　"大不了我回学校教书，你都不知道，A大艺术系主任找我谈了好多次，问我愿不愿意去当特邀教授。"

　　特邀教授？

　　顾郗颜眯了眯眼睛抬起头来，庆幸车里的灯光并不是很亮，不至于让李嘉恒看到她的小情绪。

　　"你答应了吗？我觉得你要是去上课，座无虚席就不用说了，估计那些女同学都会疯了似的给你塞情书吧？"

　　顾郗颜特意凑近了一点儿，把双手放在李嘉恒的肩膀上，一眼望入那深邃如夜色的眼眸，情不自禁地打量他精致如上帝雕刻般的五官。

　　李嘉恒勾了勾唇，浅笑在这夜色里，狭窄的车厢中，显得异常性感魅惑。他低着头，目光紧凝顾郗颜不放："所以你终于承认我是鲜花了？"

　　顾郗颜拢了拢眉，一时间没搞清李嘉恒话里的意思。

　　李嘉恒小声提醒了一下："鲜花插在……"

　　几个字一出来，顾郗颜微愣，忽而反应过来，狠狠拍打李嘉恒的胸口："你才是牛粪！

　　李嘉恒，做人要厚道！"

　　这句话要说得很有底气才对，可在这样的气氛下，顾郗颜竟被他这个不着调的比喻逗笑了。

　　后来的很长一段时间里，停留在顾郗颜回忆中占据很重要位置的便是那个冬夜，圣诞夜没有雪花不要紧，有海风、海浪、沙滩、夜空、繁星，还有他。每每想起来，她总觉得浑身充满力气，甜蜜令她无暇顾及其他，即便李嘉恒没有在身边都能够元气满满地生活。

　　直到几天后，顾郗颜翘首以盼地倒数着李嘉恒回国的时间的时候，铺天盖地的新闻如海啸般疯狂翻涌过来，网络上狗仔拍的视频堪比高清，那张脸就算再模糊一点点，顾郗颜仍旧能第一时间认出来。

"李嘉恒恋情曝光，深夜携金牌经纪人秦沫同进酒店。"

"新晋艺人李嘉恒恋情公开，女友竟是经纪人。"

层出不穷的娱乐新闻，李嘉恒的名字瞬间登上微博热搜榜，等赵歆艺赶过来的时候，顾郗颜正拿着手机坐在那里发呆。

"对不起，刚下手术台，来晚了。"

顾郗颜顿了几秒钟抬起头来，眼神还有些散。赵歆艺察觉到，低头便看见了屏幕上那些画面。

视频里，秦沫的确是跟李嘉恒同进同出，但从头到尾李嘉恒都刻意跟她保持了一段距离，没有牵手也没有拥抱。甚至在房间里，也只是面对面坐在沙发上，没有其他亲近的行为，但娱乐头条向来不讲道理。

赵歆艺接到徐止电话的时候，就约了顾郗颜，一路上开快车祈祷着她不要看见这些新闻，但还是晚了一步。

"郗颜啊，这视频里没有任何亲密动作，你千万不要被这些绯闻给吓到了。"

赵歆艺说话都变得小心翼翼，看着顾郗颜苍白的脸色恨不得立马飞去英国手撕了秦沫这个不安分的女人。

"再说了，网上也就是说说而已，先别看了啊，乖，李嘉恒今天的飞机，回来之后你就可以问他真实的情况了。"

"他今天的飞机？"问出这个问题的时候，顾郗颜觉得荒谬而可笑，明明她才是李嘉恒的女朋友，结果什么事情都是她最后一个知道。即便发生这样的绯闻，她不相信远在英国的他没有看见，可他却连一条解释的短信都没有。连回来的时间提前了，都是赵歆艺告知的。

下意识握紧面前的纸巾，恨不得捏成碎片。

赵歆艺意识到自己的表达让顾郗颜产生了误会，下意识闭上眼睛低咒一声。

"别误会，他的行程我也是听徐止说的，他第一时间看到新闻就联系李嘉恒了。"

顾郗颜摁了摁太阳穴的位置，松开手来，纸团忽悠悠掉到了桌子上："歆艺姐，你今天叫我出来，就是想跟我说这些事吗？"

赵歆艺笑得有些僵硬："跟你解释是其一，其二是想着也有一段时间没有见面了，问一问你的情况，还有一年就毕业了，有什么打算？"

服务生在这时候走过来，问赵歆艺需要什么。

"郗颜，你喝什么？热奶茶好吗？"

"嗯。"

"两杯热奶茶，一杯放布丁，谢谢。"

等到服务生离开，赵歆艺想起一件事情，看了一眼顾郗颜，见她脸色比刚才好了许多才下定决心告诉她。

"秦沫是一个很有心计的人，但你要相信，她是不可能跟李嘉恒在一起的，不仅仅因为她大了两岁，更因为她是单亲妈妈。"

顾郗颜蓦然抬眼："单亲妈妈？"

"嗯，她结过婚，后来离婚了，业内不少人都知道，我们自然是因为校友的关系才多多少少听说了一些。李嘉恒家里的情况你也是知道的，他妈妈那种性格，即便是一开始有多看好秦沫，一旦知道她瞒着有孩子这件事情，肯定会闹起来的。"

顾郗颜敛下眸子，努力消化这接二连三的消息，所有思绪挣到最后都是一声质问，为什么李嘉恒什么都不告诉她呢？

是不相信，还是不想说，懒得说。

不论是哪一个理由，都让她眼窝酸涩得难受。

赵歆艺还想说什么的时候，顾郗颜放在桌上的手机响了起来，来电显示的名字让她眼皮一跳。

"云阿姨。"

云雅在这个时候找顾郗颜干什么？

"不好意思，我先接个电话。"顾郗颜拿着手机走到窗边，停顿了一下，深呼吸后才接通了电话。

自从上一次在公寓闹了不愉快，云雅就再没找过顾郗颜，这还是她第一次主动打来电话，但不知怎的，顾郗颜的预感却不是很好。

"我们见一面吧，时间地点你来定。"

云雅的开门见山坐实了顾郗颜心里的猜想。

"明天早上可以吗？我今天下午跟晚上都有课。"

"就今晚吧，你几点下课？我去你们学校找你。"

连隔一夜都不愿意等，顾郗颜有些头疼，但仍旧把下课时间告诉了云雅，挂掉电话回到座位上的时候，表情都是黯淡的。

"嘉恒的妈妈？"

赵歆艺小心试探顾郗颜的语气，见她点了点头，下意识翻了个白眼。真是会选时间来凑热闹啊，这种新闻一出来，指不定她会说出多过分的话。

"歆艺姐，我下午还有课所以要早点儿回学校，谢谢你的关心，我没事。"

奶茶都还没有上来，顾郗颜就准备离开，赵歆艺挽留的话到了嘴边却停住了，她向来最会察言观色，对方情绪如此低落，她岂能什么都看不出来。

"我送你去学校吧？回医院也顺路。"

"不用了，我想一个人走一走。"

顾郗颜抿着嘴唇点头算是告别，背着包包离开的时候，每一步都走得很虚。外面的太阳很大，但不知怎的却觉得非常冷，她紧了紧外套恨不得把整个人都缩进衣服里去，不见光不见风。

苏小白一直在宿舍等顾郗颜，偶然间听见同学在议论娱乐八卦，听着听着，觉得名字很耳熟，凑过去一看，原来是学霸李嘉恒的绯闻。

几乎所有娱乐频道的相关新闻苏小白都看了一遍，就是没有找到一张两人亲密的照片，别人信以为真，还在那里议论，苏小白却是半点儿都不信，可偏偏在这个时候打电话给顾郗颜却无人接听。

"小白，要不要先一块儿去吃饭？郗颜可能会吃完午饭才回宿舍。"

林婧妍收拾好包包走了过来，这几天顾郗颜都在宿舍住，只不过早上接到电话早早就出去了，到现在都没回来，眼看到了饭点了，让苏小白一个人在宿舍里等着也不好意思。

"没事没事，我还不饿呢，你去吃饭吧，我在这里看会儿书再给她打电话，或许很快就回来了。要是到了一点她还没有回来，我就回去。"

"那好吧，我就先去吃饭了。"

林婧妍挥了挥手离开了，宿舍只剩下苏小白一个人，坐在椅子上无趣地晃着腿，手机上的新闻看了一遍又一遍。等得快没耐性的时候，传来钥匙开门的声音，苏小白蓦地回过头去，果不其然，是顾郗颜。

只不过她的样子看上去很疲惫。

"亲爱的，我给你打了多少个电话你怎么都没接呢？"

顾郗颜抬起头来看见苏小白，有些疲惫地冲她笑了笑，拖着无知觉的两条腿挪到床边扑通一声躺下。

"手机调了静音丢在包包里了，所以没有听到。"

苏小白见顾郗颜脸色很不好，也不知道该不该问李嘉恒的事情，坐在椅子上抿了抿唇，又是看眼色又是蹙眉，沉默了好一会儿，时间像是静止了一样。

顾郗颜额头上还有虚汗，走了这么长的一段距离，不仅脚跟疼，整个人都觉得很累，提不起半点儿力气，更别说去吃午饭了。

"你怎么弄得这么狼狈啊？听婧妍说你接了电话之后就出去了，是见了什么人，还是……知道了什么事情？"

苏小白问得非常小心，顾郗颜也没打算瞒着她，抱膝坐在床头，双眸空洞地盯着地板。外面阳光明媚，可屋子里却一点儿阳光都没有，她浑然觉得冰冷，不自觉紧了紧双臂，将整个人缩得更小了一点儿。

"你想问什么就问吧，我们之间没有必要遮遮掩掩的。"

苏小白努了努嘴，站起身来移动到床边坐下，把手放在顾郗颜的肩膀上："你都看到网上那些新闻了吧？怎么样，学霸有没有联系你，稍微解释一下？"

顾郗颜捏紧了掌心，摇了摇头。

哦，天……

苏小白有些头疼，脑子里乱得跟糨糊一样，要劝说的话一大堆一大堆的，一时间都捋不清头绪。

"我相信他，那些新闻并不代表什么。"

声音淡淡，嘴上说相信，可这样的情绪跟表情，苏小白半信半疑："你真的没事吗？我还以为你难过得快要崩溃了。"

原本放在顾郗颜肩膀上的手顺势往下，不小心触碰到她的指尖，凉得让苏小白倒吸一口冷气。

"天啊，你没事吧？是不是哪里不舒服？"

"小白。"顾郗颜攥住苏小白的手，抬起头来定定地看着她，"我应该相信李嘉恒，是不是？就算他没有第一时间打电话来跟我解释，就算很多事情没有第一时间告诉我，但我仍旧应该相信他，对不对？"

明明是想让自己确信，却说得这般没有力气。

苏小白叹了一口气："他现在的工作也是身不由己，很多时候在事情发生的第一时间并没有办法联系你。但新闻、照片、视频你都看了呀，他跟那个经纪人其实并没有什么过分的行为不是吗？报道归报道，指不定是为了节目作秀宣传的一种手段呢。"

"嗯。"顾郗颜点了点头，"我也是这样想的。"

如果这点儿小新闻就把自己压垮的话，未免对这段感情太没有信心了点儿。顾郗颜一路从咖啡厅走回到学校，想了很多，到底是初恋，到底是单恋了十二年，终究在看待很多事情上，欠缺考虑，过于情绪化。

爱情是两个人的事情，生活可以是一个人的事情，她不能让这些负面新闻左右了她的生活。如今她能做的除了去相信李嘉恒以外，就是静下心来好好学习，明确未来的路怎么走。

"别想那么多了，你吃过午饭了吗？要不要跟我一块儿去饭堂，还是我们叫外卖？"

苏小白看顾郗颜的模样实在是疲惫不堪，下午都还有课，晚上还要一起去上选修课，吃过午饭后肯定要赶紧休息一下，最后决定还是叫外卖，就在宿舍吃。

下午两节专业课，顾郗颜去得很晚，踩着上课铃声进门之后选择了最后面的位置坐下，老师点名的时候看她坐得那么远还有些惊讶，但并没有过问太多，或许是看到她脸色不太好，连演奏都没有叫她上来示范。

两节课结束之后，顾郗颜被叫到办公室，同在的还有系主任跟辅导员，他们手里拿着一份表格，似乎在讨论着什么，看见顾郗颜进来，便放下手头的东西。

"郗颜，坐这边，今天找你过来呢，是有一件事情想跟你商量商量。"开口的是系主任，老人家如此亲切地叫自己的名字，一时间顾郗颜还有些受宠若惊。

一张表格推到她面前，似曾相识的画面。

"我知道你对于出国留学这方面多有顾虑，上一次有好机会你也推掉了，但这所学校是特意指名希望你去交流一年时间。"

伯克利音乐学院。

这几个字跃入顾郗颜的眼中，模糊如碎片般的记忆瞬间被拼凑起来，上一次大赛中有一位评委就是伯克利音乐学院的教授，他也曾亲口说过很欣赏自己，只是没想到会通过这样的方式来邀请自己成为交换生。

顾郗颜一时呆住，有些反应不过来。辅导员以为她又犹豫着不愿意出国，便出声劝导。

"郗颜啊，你在系里的表现一直都很优秀，跟你合作过的亦凡不也抓住了出国留学交流的机会？学校在音乐这方面师资固然不错，但真的要发展的话，去国外交流交流还是很不错的。千万不要像上一次那样轻易就拒绝掉。"

"伯克利音乐学院享誉盛名，这一次是教授亲自推荐，对于学校来说也是一次殊荣。郗颜你有没有想过，也许这会成为你人生中最精彩最难忘的经历。"

系主任、辅导员，紧接着连科任老师都出声劝说，顾郗颜有些紧张地一条一条消化他们传达的信息。

"老师，我最晚可以什么时候回复关于去做交换生的事情？"

系主任脸上浮现出慈祥的笑容："两天之内吧，你好好考虑，跟家里人说一说，机会难得，千万不要轻易放弃。要知道这不是你自己去争取，也不是学校去争取的名额，而是伯克利音乐学院教授特意发来的邀请。"

"我知道了主任，我会好好考虑的。"

拿着表格走出办公室，双脚如同踩在棉花上，轻飘飘的，没有任何实感，顾都颜摸了摸心口的位置，嗯，心跳有点儿快。

她是心动的，特别是在这个急需证明自己的时候，这份申请表格如同充电线一样，仿佛连接上了，她就能够充满电，变得有能量，变得更有价值。

吃晚饭的时候苏小白注意到顾都颜似乎有心事，拿着筷子敲了敲她的碗沿："你怎么每次跟我在一起都一副心事重重的样子，这一次又在想什么？"

顾都颜不打算瞒着苏小白，就把伯克利音乐学院的事情说给她听，末了还补充上她矛盾的根源。

无非是因为李嘉恒。

"我现在才发现你是个谈了恋爱就变得没有安全感的人，经得起考验的爱情最不在乎时间跟距离了，如果你们真的相爱的话，只是去个美国而已，照样可以聊天语音视频，半分钟就可以看见对方，有什么好顾虑的？"

苏小白把挑出来的胡萝卜丢到顾都颜碗里，她很挑食，她不吃的顾都颜总会默默帮她解决，这就是好几年闺密积累下来的默契。

"我觉得这是个特别好的机会，这说明人家教授看重你啊。人生不是总有这么多好机会，你之前拒绝了一次，这次要真的放弃，我想说你以后会后悔的，这叫得不偿失。人的一生不能只有爱情啊，你自己不也想证明你的能力吗？"

苏小白的最后一句话正中顾都颜的心脏。

是啊，她总是说要做得更好，让自己有资格有勇气骄傲地站在李嘉恒身边，那么现在面前摆着的就是一个通往最广阔平台的桥梁，她拿着直通证，没有必要犹豫，也没有必要回头。

"怎么样，我说的是不是很在理？"

顾都颜抬起头来莞尔一笑："谢谢你，每次总是这么不遗余力地开导我。"

"快吃吧，回宿舍洗完澡还要赶去占位置呢，一想到选修课我就困，偷偷告诉你，我已经下载好几集电视剧准备偷看了。"

苏小白狡黠地挤了挤眉眼，当初选课大战，她跟顾郜颜同时挤不进系统，结果等到用手机上去的时候，好课早就被选走了，剩下一大堆冷门的。本以为跨文化交际讲的是国外文化风土人情，还很侥幸剩下一门稍微有点儿兴趣的，结果去了才知道是全英文授课……

就连苏小白这种平日里对美剧颇为喜欢的人都听不下去，更别说是顾郜颜这种对英语没有半点儿感应的人了。

"晚上下了课，李嘉恒的妈妈约我见面，我想她的立场应该跟之前一样，是来劝我放弃的。我有没有跟你说过，上一次她去公寓，我并不知道，结果撞上了，她大发雷霆。"

顾郜颜虽然说得风轻云淡，但苏小白听着光是想象那个画面都觉得惊心动魄。之前她总以为李嘉恒修养那么好，家里父母都是教师，应该也是很温柔很有素质修养的，结果看顾郜颜被为难成那样，就改变了看法。

这一次……

"需不需要我晚上坐在你们旁边的桌子保护你？必要的时候冲上去帮你挡咖啡也是可以的。"

"别开玩笑了……"

顾郜颜瞥了苏小白一眼，低下头拿着筷子戳着碗里吃剩的米饭。

"我想，她的话八九不离十都是劝我离开李嘉恒，我会把要出国留学的事情跟她说，或许她就会相信我的决心了。"

一个人的爱情要用这么多方式去证明，想想也真是觉得很累，苏小白很是同情地看着顾郜颜，总觉得她未来这条路走得会很不平坦。

第 九 章

南 风 知 我 意

云雅约见顾郗颜的地方是学校附近的一个高级餐厅，这个时间去的人并不多，下课之后顾郗颜就直奔校门口，书包里放着已经在上课的时候填完的报名表。利用课间的时间打电话跟家里人说了一声，跟想象中的一样，父母无条件赞同并没有过多意见。

云雅把房间号以短信的方式发给了顾郗颜，敲门声响起的时候，她放下手中的茶杯应了一声，抬起头来对上那双清澈的眼眸。

"阿姨。"

"嗯，先坐吧，刚下晚修，如果肚子饿了，想吃什么就点，这是菜单。"

顾郗颜不傻，不会把这种客气当成宠溺，拉开椅子坐下之后，只喝了面前杯子里还泛着热气的清茶。

"阿姨，您今晚特意约我出来，是有什么事情想要跟我说吗？"

"听嘉恒的爸爸说，你并没有跟嘉恒同居，只是在他出国工作的时候过去帮忙整理一下公寓而已，是这样吗？"

云雅的声音听起来很轻柔，以至于顾郗颜辨别不出她这句话里藏着的情绪，到底是从一开始就不相信呢，还是被李翔一说真的就以为不是同居了。

茶水很热，隔着杯子握着正好暖和掌心，话在心里斟酌了好几遍才出声。

"是的。我和嘉恒都很尊重对方，请您相信我们。"

"是吗？"优雅精致的妆容下藏着一抹说不清的笑意，云雅轻轻点了点杯子，指甲跟青花瓷碰撞发出清脆的声音。

"那么，你为什么还不把你的东西搬离公寓呢？衣柜里的衣服，化妆台上的化妆品，浴室里的洗护用品，那些东西应该不是短暂居住留下来的吧？既然只是过来帮帮忙，那么之后是不是就应该带走了？"

顾郗颜还以为自己听错了，眸子定定地看着云雅，小脸毫无血色，如若不是指尖攥紧掌心让疼痛将她整个人网回来，兴许连自己的声音都听不到了。

"阿姨……"

"网上的消息你也已经看到了，我从一开始就不掩饰对秦沫的欣赏，但现在谁跟谁都没有定数，我唯一坚持的就是嘉恒的事业。男人应该以事业为重，他才多少岁，你才多少岁，你把一生捆绑在他身上的时候考虑过我们长辈对他的期许吗？"

云雅的话如激光枪扫射一样，仅仅这几句就已经让顾郗颜蒙了，总感觉每次来见云雅，都像是小时候做错事情被班主任叫到办公室训导一样。几乎无法反驳，只得乖乖听着，末了应一句"我知错了"。

"郗颜，阿姨今天就是希望你能给我一个准确的答案——你能不能离开他？"

眸光平静地凝视着顾郗颜，等着她的回答。

沉默了有好一会儿，就在云雅的耐性快要被消磨掉的时候，顾郗颜从书包里拿出一张表格展开来放在她面前。

"云姨，我已经决定去美国做交换生了，就像您说的那样，我还年轻，我甚至还不算是一个有实力的人。对于未来，并没有太大的把握，所以我会抓住这次机会好好充实我自己。"

顾郗颜注意到，在看见那张表格的时候，云雅眸子里闪过一丝惊愕。

顾郗颜垂下脸，掐紧自己的掌心。

"我一直跟您承诺，我会为了我们的未来做到最好，您却一直觉得我没资格说这句话。但现在，我的规划就在这里，您也可以看到，一年之后，我学成归来，也可以从我的立场，为我们的未来提供保障。所以我想说，我理解您作为一个母亲，对嘉恒的爱，但也请您体谅我们的感情。我，是不会离开他的。"

云雅的笑容里有一丝凉薄："一年后的事情，你不觉得现在说有些早了吗？"

"一年很快就会过去，十几年我都这样等过来了。云姨，您看着我从小到大，难道我就比不过一个比李嘉恒大、离过婚有女儿的秦沫吗？"

"你说什么？"

见云雅瞬间皱起了眉，顾郗颜咬着牙，点了点头。如果不是一再被质疑，她也不想在背后议论任何人，但她更不愿意自己和心爱的人就这么不明不白被拆散。

"你说秦沫结过婚？还有一个女儿？"

云雅难以置信地看着顾郗颜，面容惊讶："这件事情是谁告诉你的？"

她不相信。

顾郗颜并不觉得意外，因为一开始她听到这个消息的时候也不敢相信，秦沫那样的条件，她到底哪来的自信觉得胜券在握，仅仅因为资源跟实力吗？

也怪不得赵歆艺每每提起秦沫意见会那么大。

"是真是假，我想阿姨可以亲自去问秦小姐。"

云雅抿着唇没有说话。

这时传来敲门声，侍者推开门端上一锅小米百合枸杞粥，云雅指了指顾郗颜面前的位置："她的。"

顾郗颜呆呆地看着眼前滚烫的小米粥，香味四溢。

"下午跟晚上都有课，被我叫过来谈话，总归是要吃点儿夜宵垫垫肚子的。这小米粥你就趁热喝了，回去之后早点儿休息。至于去留学的事情，你已经做好决定了？"云雅看着顾郗颜，转而从身后的包包里取出一个信封推到她面前："这里是我的一点心意。"

这样的话从云雅嘴里说出来，再加上那傲人高贵的态度，先前听不清褒贬，这会儿也终于反应过来，脸上一阵烫一阵凉。

顾郗颜咬紧了牙，眼睛死死盯着那个信封："阿姨，心意我领了，钱您拿回去吧。"

桌上的小米粥还散发着热气，香味钻入鼻子，很好闻，但顾郗颜一秒钟都待不下去了，站起身来，椅子往后推，跟地面摩擦发出了刺耳的声音。

"对不起阿姨，我明天还有早课，就先回去了，谢谢您今晚的招待。"

收起放在桌上的表格，折叠着放回书包里，最后看了一眼云雅，颔首算是打招呼后转身离开。

快步逃离餐厅，直到出了大门看见车来车往的街道，顾郗颜这才弯着腰扶着膝盖喘气，明明几步路却像是跑了好几千米一样，喘不过气来。

不少路过的人纷纷扭过头来看，餐厅的经理也走了出来，伸手扶住顾郗颜，关切地问道："小姐，没事吧？"

"我没事。"

顾郗颜站直了身子，说了声"谢谢"后匆匆往校门口走去。

晚上十一点多，顾郗颜收到了一条短信，是李嘉恒发来的，说他准备登机了，关于最近的事情等他回去之后再解释。

"解释"两个字看在顾郗颜眼里，多多少少暖和了她有些冰冷的心。

把手机丢回床头，抱膝坐在床尾靠着墙壁，洗完澡看了一会儿书就到了关灯时间，寝室其他同学都睡着了，唯独她一个人夜不能眠。

出国的事情决定下来，能那么坦坦荡荡在云雅面前说了，却有些迟疑该怎么跟李嘉恒开口。接下来的几天都满课，晚上也有训练，最近老师看出顾郗颜的状态不太好，希望她有空儿多在琴房练练，毕竟偶尔也有学弟学妹去围观，给大家做个榜样也很好。

第二天，顾郗颜还在等李嘉恒的电话，第三天，她望着手机屏幕发呆，第四天，苏小白也八卦，凑过头来过问情况。

他说回来之后会解释，却一连几天一个电话都没有，顾郗颜没去公寓，他也没有打电话。消息都是从网上看到的，在第一期节目播出之后，李嘉恒的日程紧张得让顾郗颜看了都觉得心疼。

"怎么样，周末了，你不回公寓吗？李嘉恒没有主动联系你，你是不是也得给他打个电话问问情况啊？"

顾郗颜这么安静，苏小白都不太习惯了。

把琴谱放回书包里，背上书包站起身，顾郗颜抬眸看了苏小白一眼："我为什么一定要打电话啊，我没什么要问的，如果有什么事情他一定会主动打电话联系我。走吧，我们去吃夜宵怎么样？我饿了。"

苏小白拦住顾郗颜，伸手探了探她的额头。

"你干吗啊？"

"我才要问你干吗呢，看看有没有发烧。一个平日里围着李嘉恒团团转的人，现在居然不闻不问，这都几天了，你怎么跟没事人一样？"

顾郗颜低下头轻勾唇角，挽住苏小白的手慢慢走着："我每天都关注网上的消息啊，没有不闻不问，只是我觉得我总要去适应没有他的生活。就跟从前一样，我不想把喜欢变成一种依赖，而且我就要出国了。"

"签证办得怎么样了？你出国的事情跟他说了吗？"

走在校道上，踩着地面上的枯叶发出簌簌的声音，夜风吹来，说出的话都伴随着一团白气。

"还没有，返签号周六下来，我周一亲自去一趟大使馆，这件事情，我想等周末去公寓，如果遇得见他我就说。"

"不能这样吧。"苏小白不太同意顾郗颜处理事情的方法，"你出国留学，第一征求了父母同意，第二就该跟他说，人家现在是你的男朋友，有权知道你的想法，而不是什么遇见了就说，遇不见呢，就不打算说了？"

顾郗颜抿了抿唇："不是啊，我只是想，这么重要的事，我想当面告诉他。"

长发在风里打着转，她的眼里唯有黑夜、繁星跟路灯橙黄的光。

公寓楼下。

秦沫手放在方向盘上，有节奏地轻叩着，红唇微启，说话的语气明明冰冷却像极了在说无关紧要的事情，让人着实有些捉摸不透。

"你确定你要在这个时候解约吗？违约金你短时间内拿得出来吗？"

同样猜不透的，还有副驾驶位置上的男人，李嘉恒眸眼微眯，倨傲的下颌划出一条凛冽的弧线，似乎要划破这黑夜的冰冷。

深邃的眸色宛若深潭，并未因为秦沫的话而动容半分。

"从前我顾及的是情分，你做的事情我可以睁一只眼闭一只眼，只要不触及底线，我可以当作不知道。但这并不代表你可以不经我同意，就擅自用我的消息进行炒作。"

李嘉恒缓声吐字，冰冷的语气似乎能将人一寸寸冻住。

"我说过了，这件事情跟我没有任何关系，娱乐圈就是这样，你有新作品出来就必定会有绯闻伴随着，才会引起注意，从而起到宣传的作用。你跟我在英国录制新一期节目同进同出，除此之外没有其他，报道自然会这样写。怎么，你这么高估我，觉得我还有这个能力去操纵媒体？就因为这点儿事情，你摆了这么久脸色就算了，还提出解约？"秦沫的语速特别快，有一种咄咄逼人的气势，末了还冷笑几声。

"李嘉恒，我们认识这么多年了，你从来不是这么沉不住气的性子。怎么，因为这回的事伤害到了顾郗颜，是吗？因为绯闻对象是我，所以你觉得是我伤害了顾郗颜，是吗？"

秦沫轻轻笑出了声，"嘉恒，你太小看我，为她？我都不值得花什么心思。"

在看见李嘉恒眉头轻蹙这个小动作之后，秦沫了然地眯了眯眼睛，这种事，没有确切的证据，她不承认，李嘉恒没有任何指责她的理由。

很多事情就跟她猜想的一样，就算没有十分相似也有九分。

"我的话就说到这里，这几天你好好休息，周二晚上别忘了答应萱萱的事情。"

车门啪的一声关上，秦沫回过头看着李嘉恒的背影越走越远，而她放在方向盘上的手也越攥越紧。

李嘉恒脱掉鞋子，连灯都没开就摸黑走了进来，一室冰冷寂寥，从什么时候开始，这里少了一个在开着橙黄的壁灯下捧着一本书，旁边放着一杯冒着热气的咖啡等着自己的人。

李嘉恒解开领口扣子，扯了扯，有些疲惫地倒在沙发上，闭上眼把手搭在额头上。

钥匙开门的声音引起了李嘉恒的注意，微微撑起身往玄关处看了一眼，门啪嗒一声打开了，顾郗颜背着书包，似乎手里还提着什么东西。原本想第二天才回来，跟苏小白走了一圈，回宿舍后刚坐下不到十分钟就开始起身匆匆收拾东西。

"你在家啊？"

玄关处放着鞋，可屋里都没开灯，顾郗颜还以为李嘉恒不在，把东西放下开了灯，差点儿被沙发上的人吓到。

"你怎么这么晚从学校跑过来？"

李嘉恒说着话，站起身来，刚张开手，顾郗颜就很自觉地走过去抱住他，往怀里蹭了蹭。

针织毛衣的面料非常柔软，上面还有熟悉的薄荷香气，顾郗颜闭上眼睛紧了紧手臂："我要是说感应到你在家，然后我就赶过来了，你会不会说我很厚脸皮啊？"

"嗯，会。"

顾郗颜笑着把头埋进他怀里："那就当我厚脸皮好了。"

松开手，李嘉恒拿过顾郗颜带来的东西，看了一眼："你怎么带这么多琴谱过来，有什么演出需要练习吗？"

"如果以后我都要在这里住的话，所有东西都搬到这里不是很正常的事情嘛，这样我就不用搬回家了。"

交换生的事情在嘴边徘徊了许久，最终顾郗颜还是决定不在这个时候说出来，因为太破坏气氛了。这是李嘉恒回国后他们第一次见面，绯闻的事情说好要解释，现在隔了那么多天很多感觉都淡了，解释也变得不是很有必要。

"你刚回来吗？我去帮你放洗澡水？"

"不用了，你去整理东西，我自己去。"

走过顾郗颜身边的时候，李嘉恒伸手很随意地揉了揉她的头发，这个动作几乎变成了他的一种习惯。

就这样，李嘉恒去洗澡，顾郗颜背着书包去自己的房间，几天没有回来住，空气中似乎多了尘埃的味道。推开窗户，寒风吹进来，吹散了一屋子的闷气却变得有些冷，她缩了缩肩膀，开始整理带过来的琴谱。

如果决定要去做交流生，那么必定接下来一年都不会回学校，东西肯定是要搬走的，匆匆整理也就带了几本琴谱，其他的并不着急。

李嘉恒洗完澡出来的时候，顾郗颜已经窝在床上玩平板电脑了。

"你的吹风筒呢，借我吹一下头发。"

"在柜子里呢，嗯，就那里，第一个抽屉拉开了就是。"

在顾郗颜的提醒下，李嘉恒拿到了吹风筒，就着化妆台旁边的插座插上后吹了起来，呼呼呼的声音有点儿吵。

"秦沫的事情，是个意外，一种宣传手段，所以我没来得及第一时间解释给你听，因为我也很生气。"

李嘉恒说得很轻，声音都被呼呼的风声盖住，顾郗颜专注于刷微博并未留意。等不到回答，李嘉恒回过头来，见顾郗颜玩着电脑嘴角还带着笑，就知道她并没有听到自己的话。

吹好头发，李嘉恒在她身边坐下，见她正在刷微博，就留意了一下她关注的人，很快就找到了自己的名字。

236

平日里李嘉恒很少玩微博，多数宣传消息都是助理帮忙发的，跟秦沫的绯闻出来后他并没有第一时间去看，如今翻了翻评论，多数网友都表示很失望。

顾郗颜看来看去，发现因为点赞数比较高而被顶为热门评论的都很极端，无非是觉得李嘉恒并不像表面看上去的那么有才华，走红全都靠炒作，这年头连男人都要潜规则。每一句话都非常难听，顾郗颜这样的旁观者看了都觉得不适应，更何况是李嘉恒呢。

"大千世界，你不能去左右其他人的想法，你如果每一条评论都去在意的话，恐怕会活得很累。"

"所以即便别人误会你跟秦沫在一起，你也不想解释一下？"问这句话的时候，顾郗颜显然是带着点儿情绪的，她不太喜欢李嘉恒面对所有事情都风轻云淡的样子。

只有不在意，才会风轻云淡。

"在娱乐圈，很多事情只会越解释越像掩饰，很多时候你冷处理反而会让人渐渐淡忘。"

"但从此你的身上就会贴着她秦沫的标签了啊。"

顾郗颜淡淡地揶揄，扯了扯被子往里躺，转过身背对着李嘉恒，故意拉开一点儿距离。

这种情况下，李嘉恒要是还看不出顾郗颜在闹脾气，那真的就是近视眼，该去配一副眼镜了。

"那绯闻也让我措手不及，作为一种宣传方式，我完全不知情，被搞得很被动。"

顾郗颜抱着被子没有回头，她对这样的解释并不满意，可她也知道，在这样的情况下她是不能够很任性地要求李嘉恒出面澄清什么的。

"颜颜。"

李嘉恒叫了一声她的名字，过了好一会儿才见她缓缓转过身来。

"如果我支付违约金之后离开公司，一切从头开始，你还会不会跟我在一起？"

听着他莫名其妙蹦出这样的一句话，顾郗颜掀开被子坐起身来跟李嘉恒面对面。

"虽然我一早说过，我喜欢的是你，和你在做什么工作无关。但是……你怎么忽然又想起这个问题？"

顾郗颜对上他的眼睛，李嘉恒却移开了视线。

"怎么话说到一半就停了，你是不是有什么事没有跟我说啊？"

"没事……就是忽然想起来，就问一问。别想太多，睡吧。"

不知道是不是太困还是没力气去纠缠过多，李嘉恒并没有继续说下去就站起身准备离开，顾郗颜坐在床头一脸的莫名其妙。

"你能不能不要话说一半就走啊，阿恒，你真的有把我当作一个和你平等的人吗？所有的大事小事，你从来都是自己决定。已经不止一次了，出国也好，工作也好，绯闻也好，每一次我男朋友的消息我都要从别人那儿知道，阿恒，你有想过我的感受吗？"

喊完这句话，顾郗颜就后悔了，盯着李嘉恒瘦削的背影，忽而想起这段时间的他有多么忙碌。第一期节目录制结束的时候，他就第一时间赶到学校接刚考完英语六级的自己，明明都过去很久了却仿佛还在昨天。

这一期节目录制结束，他们虽有几天没见面，但今天刚进门，他从沙发上翻身起来的模样仍在脑海里浮现着。

他是有多疲惫才会在进门的时候，连灯都不开就摸黑瘫倒在沙发上。

明明已经说服自己不要在这件事情上面过多纠缠，可看见他分明有心事，却又欲言又止的样子，不知怎的，情绪就是这么容易被激起来。

黑发贴着脸颊垂下来，顾郗颜后悔地闭上眼睛咬咬牙。

"对不……"

"郗颜，我还是喜欢你懂事的样子。"

道歉被生硬地打断，顾郗颜整个人像是被雷电击中一样，满脑子一片空白，有些惊慌地抬起头，对上李嘉恒那双清淡的眸子。

刚才，他说什么？

"你是觉得……我现在不懂事？"听不太清楚自己的声音，像是从远方传来，好不容易到了耳边又散开来了。

"不，关于那些消息，我并没有刻意瞒你的意思，因为我实在是不知道这些不值一提的小事，你居然会这么在意……"

李嘉恒抿了抿唇，一直压抑着的旅途的疲惫终于涌上来，连日的奔波和顾郗颜忽然而至的质问，让他向来冷静的大脑有些混沌："也许他们说得对，咱们俩在感情上，确实都没有自己想的那么成熟。你确实是年轻，而我，大概唯一相处过的也只有郗若，就下意识以为，你和郗若一样……你没有错，我不该怪你，是我错了……"

如果说前面那些话，顾郗颜听着还有些入耳，那么最后面，姐姐顾郗若的名字一出来，就如同棒槌狠狠敲打在她脑门上一样。

那一瞬间，脑海中只剩下一句话：

原来，他一直在拿自己跟姐姐作比较……

这样的认知让顾郗颜整个人一下子丧失了思考能力，就那么呆呆地看着李嘉恒，猛然间觉得从一开始，她就像……

替身。

姐姐顾郗若的替身。

她们相貌极像，性格却有所不同，而这是第一次，李嘉恒那么直接地说出来。

眼睛茫然地望着那个熟悉的身影，清晰地感觉到抱着被子的手指在一寸寸发凉。

情绪总是来得比理智更快一点儿，等李嘉恒意识到刚才说的话，再看顾郗颜，她的脸色已经难看到了极点。

"郗颜，我的意思并不是……"

"李嘉恒。"

顾郗颜猛地站起身来，一步步走到李嘉恒面前，清眸中满是失望和冷洌，她在生气，因为很生气所以才会把眉头都蹙紧了。

"我一直以为你明白的。却没想到……是，我，和我的姐姐，本来就是不一样的人。她温柔包容，知书达理，除了一张相似的脸，我不及她大度，不及她体贴，不及她完美。"

她的指甲嵌进了掌心，疼痛蔓延开来，丝丝缕缕随着冰冷占据了四肢百骸。

愤怒快要将顾郗颜整个吞掉了，火气越来越大的时候，连说过的话是什么都不知道，只懂得歇斯底里地喊。

"但你看清楚，现在活生生站在你面前的是我顾郗颜，顾郗颜永远不会变成顾郗若的模样，而她，已经不在这个世界上了！"

"顾郗颜，你知不知道你自己在说些什么？"

李嘉恒擒住了顾郗颜的肩膀，眯了眯眼睛，满脸的不可思议。

"我当然知道我在说什么！李嘉恒，你看着我的眼睛告诉我——你是不是很遗憾？"

顾郗颜挥开李嘉恒的手，后退好几步，泪水终于崩溃一般流下来。她原本是想亲口告诉他，自己马上就要出国做交换生的事，虽然可能很久不能见面，但对于他们的未来却是一个天大的好消息。

但如果知道会发生现在这样的事，她宁愿永远不再回这个公寓。

"你总觉得我能理解你的所作所为，你总觉得解释对于我来说可以不那么重要，可你知不知道，我是顾郗颜，不是顾郗若。"

顾郗颜满脸的泪痕瞬间拽回了李嘉恒所有混乱的思绪，他下意识想要辩解："对不起，是我言辞有些不妥，我的意思不是……"

"我不想听了。"

顾郗颜打断李嘉恒的话。

"乖，别闹情绪。"

李嘉恒伸手托住顾郗颜的脸颊，试图想用吻来安抚她的情绪，可就在看见那双眸子里浮现出来的绝望时，他的动作一瞬间停滞了。

也就是这一瞬间，顾郗颜推开了他。

"李嘉恒，你爱过我吗？"

这句话问得是那么无力，嘴角的笑容是那么苍白，他们彼此靠得这么近，可她却连对方心里在想些什么都不知道。

人心是多么可怕。

李嘉恒无意间的一句话让顾郗颜整个人如坠万丈深渊，再怎么解释都是掩饰，因为人在无意间说出来的话才真正代表他的心声。

顾郗颜终于明白，原来所有的悲欢都是她一个人的。等不到李嘉恒回答的时候，她并没有觉得会怎样，仿佛一切最终只不过是尘归尘，土归土，又或许是因为这种情绪已经到达了一个极点，不能再突破。

她茫然地越过李嘉恒，推开衣柜取出两件外套，一件一件地套在身上，动作机械，甚至连睡衣都没想着要先换掉。

"你要干什么？你想去哪里？"李嘉恒握住顾郗颜的手，"你冷静一点儿，现在很晚了，我们有什么事情明天再谈，好不好？你现在这个情绪，不论我说什么你都不会听的。"

顾郗颜漠然地看着李嘉恒不说话。

"不，把你的心和你的家都留给姐姐吧，我走了。"

怕她真的是情绪一上来就冲出去，李嘉恒率先走出房间，替她关上房门之前连忙安抚："颜颜，抱歉，我知道我现在说什么都晚了。但你现在状态很不好，又已经这么晚了，你就算再不想看见我，也不该拿自己的安全开玩笑。明早……明早我送你回学校。"

因
我
的
你
喜
隆
欢
重
，

看着那扇关上的门，郗颜缓缓闭上了眼睛，心想：习惯真是一件很可怕的东西。

从前，顾郗颜把喜欢当成了一种习惯，你问那么多年是怎样长的时间，可曾迷茫过可曾放弃过，她说不上来。后来，得到了他的回应，喜欢变成了一种依赖，恋人间相处的细节在生活中越积越多。

依赖就成了一种习惯。

现在要抽身远离，忽然就变成了割舍不了的痛苦。

黑夜如散开来的迷雾，跟房间里失落的气氛融合在一起，将人裹得严严实实的。顾郗颜双手抱着膝盖靠在床边，一直坐到麻木僵硬，待黎明第一束光照射进屋子，轻抬眼眸，眼底满是血丝。

换好衣服离开房间的时候，客厅一片寂静，顾郗颜看了一眼主卧的门，漠然回头。时间这么早，李嘉恒肯定还在休息，比起自己彻夜未眠，他似乎并不把争吵放在心上。

清晨的大街非常安静，寒风瑟瑟，即便是把自己缩进围脖里还特意戴着耳套，却仍旧冻得鼻尖脸颊发红。

买了早餐走回学校，进宿舍的时候，刚下床的林婧妍吓了一跳。

"你怎么这个时候回来啊？不是周末不回来住吗？"

顾郗颜笑了笑，摇头："没有，以后都在宿舍住，出国之前要办的手续很多，住在学校比较方便。"

拎起手中的袋子晃了晃："我买了早餐，一块儿吃吧。"

"我先去洗漱。"

"好。"

顾郗颜把门关上，整理好自己的桌子，把早餐拿出来。

顾郗颜只带了钱包跟手机就离开了公寓，回学校的路上想了很多，跟李嘉恒之间恐怕需要一段让彼此冷静思考的时间，留学的事情一时间找不到合适的契机开口，趁这几天，一方面办理各种相关手续，一方面也能让自己冷静下来，好好想一想。

人在被逼急的时候都容易情绪浮躁，一时间涌出的想法在之后或许就会被否定。

林婧妍洗漱回来后就看见顾郗颜坐在桌前发呆，这样的她有点儿陌生，以前总是一脸笑容，活泼开朗，但自从李嘉恒的绯闻出来之后，顾郗颜就像变了个人似的。

可问她有没有什么心事，她总会笑着说没有。

"郗颜，你还好吧？"

顾郗颜闻言抬起头来，有些勉强地扯了扯唇角。

林婧妍靠着桌子拿起一杯豆浆，接过顾郗颜递过来的油条，一针见血地问："你们吵架了？"

"嗯。"

林婧妍一脸惊讶："我以为你这人根本就不会吵架，更别说对方是李嘉恒了。毕竟感情那么深，你不是经常跟我说要信任对方吗？"

林婧妍说的话，就连顾郗颜自己也曾这么认为。但能安慰别人，不代表能说服自己。

她敛下眸子轻轻摸了摸脖子上的项链，浪漫的一幕已恍如隔世。

"可能是我……在某些问题上还是太敏感了。当时的确很生气，现在想起来，总能找出各种理由去为他开脱。"

"虽然不知道是什么事让你这么冲动，但冷静一下应该是个好方案。火上浇油不是好事情。"

"嗯。"

接下来的几天，顾郗颜都没有再回公寓，出国的事情定下来之后，她有不少材料需要准备，又遇上周末，办事处都没上班。周一特意请了假，大使馆、学校、银行、家里，奔波了一整天。

原本以为学校会帮忙办理手续，却没想到事事都要自己来。早出晚归，一个面包一杯牛奶就算解决掉一顿饭，好不容易交齐所有材料，回到宿舍后顾郗颜整个人瘫倒在床上。

苏小白一下课就向饭堂冲去，帮顾郗颜带了盖浇饭回宿舍。

"就这几天，我怎么觉得你好像瘦了好多的样子，快，吃晚饭了。"

顾郗颜有气无力地爬起来："谢谢你啊，小白。"

桌上放着一个资料袋，苏小白瞥了一眼上面的字："一想到你也要出国，我就觉得很难过，只要一有时差，联系就很不方便了。"

"时差怕什么，算准了时间，聊聊天还是可以的。"

林婧妍刚洗完澡走出浴室就听见苏小白的话，忍不住回应了一句。

"怎么样，签证下来需要的时间也不长，你打算什么时候跟李嘉恒说？"

云雅的事情苏小白已经听说，所谓知人知面不知心，谁知道云雅背地里会对一个从小看到大的孩子也能这么不留情面。

"嗯，我打算晚上回去说。"

自从上一次吵架从公寓离开之后，李嘉恒打电话来顾郗颜都没接，一开始是故意不接，后来几天忙起来便没有注意到来电。

从昨天下午开始，李嘉恒就再没来过电话，今天一整天也没有。

顾郗颜犹豫过要不要发一条短信，但后来编辑了大半天还是删掉了。明明只是过去几天，却有种恍如隔世的感觉，每每冷静下来，再想起顾郗若，还是心有波澜。

时光再有力量，也抹不去她曾经的存在。

冷静下来之后，顾郗颜想，她其实并不会因为李嘉恒拿她跟顾郗若作比较，就如何嫉妒，那毕竟是她的亲姐姐。

但只要想到"替身"两个字，还是会有一种难以名状的难过。

吃完晚饭，顾郗颜跟苏小白聊了一会儿天，洗完澡出来已经是晚上十点。幸好时间还不是很晚，从学校到公寓，走路需要一个小时左右，搭地铁的话只要二十多分钟，到了公寓，站在楼下扫了一眼他家的窗户，是黑着的。

想起进来的时候门卫说，李先生下午开车出去之后还没回来，应该是有工作。

顾郗颜慢慢上楼，等到了门口，拿下包包来翻了半天才发现没有带钥匙。想了好一会儿才记起上一次从公寓离开的时候就只带走了钱包跟手机，书包都没拿走，钥匙就放在里面。

她叹了一口气，拿出手机来靠着墙玩了一会儿，当手机提示电量不足的时候，顾郗颜慌张了，本是打算就这么坐着干等，但眼下不知道还要等多久，外面又冷，赶在手机没电以前应该给李嘉恒打一个电话。

响了不到五秒钟对方就接听了。

"阿恒。"

顾郗颜先开口，可很快便听见了一个稚嫩的声音："你是谁呀？"

顾郗颜顿时怔了怔，拿下手机，原本想看一眼电话号码有没有错，结果居然发现变成了视频通话。难不成是她一时疏忽摁错了？

视频里的小姑娘脸颊肉嘟嘟粉嫩嫩的特别可爱，似乎不知道镜头在哪里，黑溜溜的眼珠子看着别的地方。

顾郗颜刚想说自己打错了，就看见画面中出现了一个身影。

还未来得及看清楚就擦身而过，紧接着像是有人拿走了手机，画面模糊看不清是衣服还是手指挡住了摄像头，等了一会儿就看见了李嘉恒。

"郗颜？"

"嗯，是我。"

顾郗颜嘴上应着，但注意力都在画面里，刚才那个小女孩是谁？

"你在哪儿？"李嘉恒拿着手机，走到外面，这才注意到顾郗颜身后的环境，"公寓？"

"我忘了带钥匙，进不去，给你打电话你没接。你在朋友家里吗？"

"嗯，你等一会儿，我现在就回去。"

"好。"

还没说"拜拜"二字，顾郗颜就听见了话筒另一端传来的女声："阿恒。"

"嘟嘟嘟嘟……"

还来不及辨别就成了系统忙音，顾郗颜怔怔地看着手机屏幕，微微垂眸，如果没有猜错的话——

那是秦沫。

脑海里的景象重重叠叠，想象的跟曾经发生的交织在一起，混乱得捋不清，试图去找一个借口，到最后却发现分明连自己都说服不了。

不知道在台阶上又坐了多久，等到耳畔响起脚步声时，抬起头映入眼帘的便是李嘉恒顾长的身影。

令人窒息的沉默在蔓延，对视了片刻，李嘉恒伸手将顾郗颜拉起来，拿出钥匙打开了门。

"进屋吧。"

灯打开，一室通亮，开了暖气之后，顾郗颜解开围巾，随手放在了沙发上。李嘉恒从厨房出来，手里拿着两个刚洗干净的玻璃杯。

"你晚上是去了秦沫家吗？"

"嗯。"

屋子里只有电磁炉烧水的声音，两个人沉默着坐在沙发两边，没有面对面，眼角的余光也扫不到对方。

约莫过了有十分钟，顾郗颜开口唤了李嘉恒一声。

244

"视频里的那个小姑娘，是秦沫的女儿吗？"

水开了，李嘉恒倒满一杯，放在顾郗颜面前："先喝点儿水，这么冷的天，你在门外等了多久？"

"没多久。"

捧着水杯，暖和着掌心，顾郗颜在等着李嘉恒的回答，然而接下来的话，却让她觉得有些措手不及。

"秦沫的事情，是你告诉我妈妈的？"

顾郗颜的瞳孔骤然收紧，转过头看向李嘉恒，只见他面容平静，脸色未有丝毫变化。

"郗颜，你是对我没有信心，还是对你自己没有信心？"

他问得极平静，却让顾郗颜心底那一方平静变得风起云涌，对上李嘉恒深邃的眼眸，只觉得有些慌乱。

"云姨很欣赏秦小姐，即便是在我面前也不吝啬夸奖，可我觉得很有压力。我并没有瞧不起秦小姐的意思，但是我也承认，我告诉云姨，确实是因为云姨即便面对着我，也在千方百计想要撮合你和她，这太让我不安了。"

在那个时候，顾郗颜不是没有对自己失望过，换作是从前，她决不会去过问别人的私事，或者是在背后乱嚼舌根。

　　"在云姨看来，秦沫是在事业上能对你有很大帮助的人，相比较之下，我至少现在什么都做不了。"

　　"颜颜。"

　　李嘉恒出声打断顾郗颜的话，索性站起身来走到卧室，再出来的时候，手中多了一张纸。

　　"我不知道从什么时候开始，给了你这么多的不安感。之前提起郗若，是我的错，我不是刻意去作比较，更不像你说的那样把你看成替身。她是我们两个人之间共有的记忆，也是我放在心底去怀念的人。"

　　李嘉恒的语速很慢，语气很沉稳，为的就是能让顾郗颜更清楚地明白他的想法。

　　顾郗若是她的亲姐姐，他不希望因为自己一时表达不妥，而让顾郗颜不理智地认为现在拥有的一切原本都是属于顾郗若的。

　　"我不把喜欢挂在嘴边，是觉得行动比说的来得重要。"

　　顾郗颜心口为之一震，李嘉恒所说的每一句话，都在她耳畔鼓噪着。

　　"我……"

　　"但秦沫的事情跟我们之间的感情没有关系，有她没她，我都不会改变我的选择。"

　　他说的是"不会改变"，顾郗颜却分明觉得，不知从什么时候起，两个人之间的裂缝越来越大，而她自以为的信任原来这么不堪一击。

　　顾郗颜觉得有些无力，过多的解释到了嘴边也说不出来："对不起，如果你因为秦沫的事情而生气，我道歉。今天我来，是有另外一件事情要跟你说。"

　　过长的铺垫让顾郗颜原本坐在门口琢磨了许久的说辞忘得一干二净，所以这个时候她唯独能想到的就是直接摊开来说。

　　"我申请了出国留学。"

　　看不见李嘉恒的眸色有何变化，平静得甚至令她怀疑是不是自己说话的声音太小了以至于对方根本就没听到。

　　就在顾郗颜想着是不是应该再重复一遍的时候，李嘉恒抬手揉了揉眉心，有些疲惫地接了一句："我还以为这件事情得等我去问，你才会告诉我。"

　　李嘉恒把手里一直捏着的纸摊开放在茶几上，熟悉的字眼映入顾郗颜的眼帘，这不是她去伯克利音乐学院的申请表格吗？学校给了两份，一份她放在宿舍备用，万一填错了能够用上，另一份她一直放在书包里，上一次从公寓离开书包就忘了带走。

"这张表格你填得已经差不多了，这么长的时间，你就没想过跟我说一声？"

事已至此，顾郗颜本来也是要来告诉他的，索性很直接地坦白："上一次来公寓本就是想跟你说这件事情，但后来……这几天我又忙着办各种手续，直到今天才过来。"

李嘉恒的目光有些茫然，却仍旧认真攫取顾郗颜脸上每一寸表情，一丝一毫都不放过。

目光落在那张纸上，顾郗颜的心情很平静："这对我来说是个机会，上一次比赛，主评委是伯克利音乐学院的教授，这次正是他邀请我去当一年交流生，大家都说这是一个很好的机遇。"

"教授邀请？不是你自己申请的？"

"不是。但是我同意了，你妈妈之前找我聊过，你也知道。她一直认为我没有资格做你的女朋友，我想，这不仅对我自己是一个机会，对我们的未来，也是一个保障。"

客厅灯光明晃晃的，顾郗颜看着李嘉恒，光线打在他的脸上勾勒出俊逸的棱角，那疑惑中含着些苦笑的目光，让人看着有些发怵。

"你真的只是觉得是个机会，而不是跟我冷战的借口？郗颜，如果是几个月前，我听到这个消息，一定非常骄傲，但当我前几天看见这张纸上填的日期时，我只觉得自己很失败。因为我提到了郗若，所以你决定离开，是吗？"

这几天他反复地反思自己，除了绯闻没有及时解释而可能伤害到顾郗颜之外，能让她都不跟自己商量，就独自做主，二话不说选择出国留学的理由，大概只有那一晚的争吵。

顾郗颜很依赖他，哪怕出国留学是个很好的机会，她也一定会和自己商量的。或许唯一的原因就是——在这段关系里，她有勇气面对任何困难，但唯一一个她无力面对的对手，就是郗若。

顾郗颜那晚离开公寓之后，李嘉恒就看见了这张表格，起初还觉得没什么，直到看见最后的填表时间——他下意识认为，就是一个误会，导致了顾郗颜连跟他沟通的欲望都丧失了。

震惊、慌张、不安，所有情绪交织在一起袭上心头，接连打了好几个电话，顾郗颜一个都没接。

李嘉恒开车到学校门口，却根本不知偌大的校园里应该到哪里找顾郗颜。而且像是约好了一样，连苏小白都不接他的电话。

李嘉恒无法用语言来形容那一日的心情。

"你做这件事情之前，哪怕有一秒钟，你选择过相信我，都应该跟我说一说。你知道这确实是个好机会，为了你，让我等个一年半载也都是小事情。但你现在因为一次不愉快，就在这么大的事上把我排除在外，而那个不愉快的理由是因为我提了郗若……真的，郗颜，或许他们说得没错，你确实还只是个孩子。"

顾郗颜的心一颤，几句话堵得她哑口无言。她现在再说什么"填表日期根本是个误会，那表是之前打草稿时填的"，想来也没有用。因为当时谁也没预料到，那天晚上他们会因为顾郗若而不欢而散。

到最后，他们就是这样一动不动地面对面站在客厅，他不说话，但那失望的目光已将顾郗颜逼到了尽头……

这天晚上，他们之间的谈话没有再继续下去，沉默着对视了数分钟后，李嘉恒拿起桌上的钥匙离开了公寓，开车绕了整个A市一圈，末了，在江边长廊附近停下，坐在车里看着外面的风景直到天色泛白。

顾郗颜在公寓过夜，或许是太疲惫，难得一沾枕头便入睡。但睡得太沉，做的梦也太沉，梦里无数碎片拼凑在一起，只觉得气氛沉压，来不及去思考，只是一味地奔跑跟拒绝。等到挣扎着清醒过来，摸着枕畔，一片湿冷，分不清那是汗水还是泪水。

顾郗颜背着书包离开公寓的时候，李嘉恒还没有回来，她犹豫着给他发了一条信息，不到十秒钟便得到了一个极其简单的回复。

我知道了。

这四个字含着太多情绪，她把手机放回大衣口袋里，用围巾包住半张脸，走进了寒风里。

一月底，A市下了新年第一场雨，气温骤降好几度，顾郗颜冷得恨不得每天都把自己缩在被子里不出来。

适逢徐止生日，他邀请顾郗颜一块儿去酒吧玩，距离上一次去酒吧已经过去了很长时间，而且这一次，她跟李嘉恒还在冷战。

"你不趁此机会跟李嘉恒和好，还想等到什么时候？我听说你要出国了，难不成临走之前两人还要以这种状态持续下去？"

得知两人的情况，赵歆艺特地打来电话劝说顾郗颜要把握机会。

下课前，她拿着手机给李嘉恒编辑了一条短信，写了一些又删掉，重写，又删掉，如此重复了好几遍，到最后不小心摁了发送键。

嗖的一声，短信就这样发出去了。

傍晚你能不能来学校接我，一块儿去酒吧？

等待回复的心情是非常忐忑的，仿佛回到了很久之前那段小心翼翼的暗恋时光。以至于后面老师都说了什么，布置了哪些任务，顾郗颜一个字都没听进去，屏幕暗了又摁亮，不能开铃声，总怕漏掉了短信。

下课铃响的时候，顾郗颜捧着手机还在发呆，林婧妍收拾好东西走过来拍了拍她的肩膀。

"不走吗？去吃饭了。"

"不好意思啊，婧妍，我晚上有点儿事，一个朋友生日，要去给他庆生。"

李嘉恒的短信恰好在这个时候进来，顾郗颜瞥了一眼屏幕，惊喜地瞪大眼，林婧妍恰好扫见那上面的字眼。

"哦……"

拉长了尾音，用极其暧昧的眼神看着顾郗颜。

"和好了啊，看样子，以后时不时发呆，时不时闷闷不乐的样子不会多见了。那你们好好玩，晚上不回来住的话给我打个电话。"

"好。"

林婧妍离开后，顾郗颜又重新看了一眼李嘉恒发来的短信。

"六点钟，我在校门口等你，天气冷，多穿一件衣服。"

很简单的一句话，顾郗颜愣是看了一遍又一遍，在心里模仿着李嘉恒平日里说话的语气，把这话念了一遍后莞尔一笑，脸颊的两处小酒窝微陷。

顾郗颜踩着准点跑到校门口，大口大口地喘着气，头发有些凌乱，稍稍拨弄一下就开始四处张望。李嘉恒从咖啡厅出来，提着袋子，一眼就看见路边的顾郗颜，踩着脚似乎很冷的样子，时不时搓搓手，这么冷的天连手套都不戴。

A市的天气变化很大，下了一场雨之后，气温骤降。

李嘉恒加快了脚步走过去，一把将咖啡塞到顾郗颜手里："怎么连手套都不戴就跑出来了，不冷吗？"

"戴手套总感觉不方便。嗯……好香啊。"

顾郗颜低头闻了闻，咖啡的香气钻入鼻尖。

"来时路边临时停车位都满了，我把车停得比较远，走吧。"

"嗯。"

李嘉恒走在前面，这么冷的天，他只穿了一件黑色大衣，里面是浅色的针织衫配着一件白色衬衫，光是看，顾郗颜都觉得冷。她又低下头看着自己，一件长的毛呢连身裙再加上羽绒服，还围着一条围巾，包得严严实实的，就跟粽子一样。

她想了想，单手把自己的围巾取下来，缠得太紧以至于取的时候有些费力。

迟迟没有看见人跟上来，李嘉恒一回头，就看见顾郗颜正在跟她的围巾作斗争。

"怎么把围巾摘了？"

顾郗颜没有理他，最后一用力，直接把围巾拽下来，长舒一口气，抖了抖围巾拿着往李嘉恒那里快步走了过去。

"你把围巾戴上吧，我看你穿得好少。"

把围巾扯掉，头发都弄乱了，她一只手拎着咖啡袋子，另一只手递上围巾，根本腾不出手来整理头发。

李嘉恒看着她，没有马上接围巾，而是下意识先伸手，替她顺了顺头发。干燥的指尖触碰到额头的时候，顾郗颜垂下眸盯着自己的脚尖，直到围巾夹带着余温重新围到自己脖颈上，才有些茫然地抬起头来。

"我不冷。"

因为这个细微的动作，顾郗颜顿时觉得被一股暖流包裹住，垂下眼眸遮住眼底腾起的一点水汽，她盯着围巾看，总觉得上面还带有李嘉恒指尖的温度。

阿恒……是不是已经不生气了？李嘉恒没有像顾郗颜那样想很多，看了一眼腕表上的时间，很自然地牵起顾郗颜的手快步朝停车处走去。

在看见副驾驶位置上放着礼品袋后，顾郗颜顿了顿，转而打开后车门，刚一钻进去坐好，一抬头就对上李嘉恒清冷的眸子。

而他的手正放在袋子上，似乎是想把袋子放到后面，腾出位子来给顾郗颜，却没想到她动作这么迅速。

"那个，我坐在后面就可以了。"

顾郗颜有些尴尬地解释道，李嘉恒抬眼看了看她，虽然没说话，却抬手拍了拍副驾驶座，顾郗颜在心里叹了口气，乖乖坐回了前面。

车子缓缓启动，顾郗颜把咖啡放在一边，掌心感觉还有他指尖的温度，握紧，松开，重复了几遍动作后弯了弯唇角。

酒吧喝酒唱歌只是第二场，晚饭订在君悦酒店，顾郗颜跟在李嘉恒身后，进包厢之前就遇见了上一次在度假村见过面的许毅然，旁边还跟着一个女孩子。长得非常漂亮，小鸟依人，嘴角挂着温婉的笑容，见面的时候还微微颔首低头算是打招呼。

"这是我的女朋友，路冉冉。他是李嘉恒，这是他的女朋友，顾郗颜。"

"你们好，初次见面，我是路冉冉。"

"人都来了怎么不进来啊，在门口站着以为是路过的人呢。"

赵歆艺走了过来，看见顾郗颜颇为惊喜地迎上去，挽住她的手轻声道："来就对了，你放心，姐今晚肯定帮你一把。"

顾郗颜错愕，下意识看向李嘉恒，生怕他听见。

赵歆艺挽着顾郗颜的手走在前面，一进包厢，环视了一圈，徐止也算是低调，生日宴居然就请了几个人。除了见过面的赵凯，还有另外一个是他酒吧的合伙人。

赵歆艺的位置自然在徐止旁边，隔着一个位置坐着那位合伙人，顾郗颜很自然地坐在李嘉恒身旁。扫了一眼餐桌上满满的菜，这才感觉到肚子饿了。

"来，先喝一杯，祝今天的寿星生日快乐！早点儿把我们赵大美女娶回家！"

许毅然举起手中的红酒杯，率先站起身来，紧跟着其他人都纷纷举杯，顾郗颜看向自己面前，有碗有筷子有茶杯有碟子，唯独没有酒杯。

相反，不胜酒力的李嘉恒手里，端着一杯红酒。

顾郗颜刚想提醒他，就听见一个似笑非笑的嗓音落在耳边。

"我就喝一杯，回去的时候你开车就可以了。"

"行了行了，不能喝的饮料代替，来来来，都举起酒杯，小青梅面前差个杯子，毅然，从你身后的柜里拿一个杯子过来。"

徐止站起来解围，直接丢过两瓶凉茶，打开来往高脚玻璃杯里一倒，冒充起酒来有模有样的。

"对不起，我们来晚了。"

包厢门被推开，宋城骁的声音涌进来，顾郗颜握着筷子的手抖了抖。赵歆艺抬起头，看到宋城骁跟秦沫一块儿进来，脸色立马黑了。

"我说宋城骁，你到底是不会做事，还是不会做人啊？"

赵歆艺几乎是一点儿脸面都不顾及，拍着桌子就站起身来大声说话。路冉冉吓了一跳，看了许毅然一眼，后者把食指抵在唇间示意她安静地看着就可以。

"看来赵小姐是相当不欢迎我。你不用为难城骁，整个酒店这么大，你能来我自然也能来。只是顺便进来说一句，徐止，生日快乐。"

红唇黑发，抹胸小礼服。

秦沫的着装还真是隆重，这么仔细一看，她也不像是跟宋城骁一道过来的。

只是这样的凑巧难免让人心生不悦。

赵歆艺就是个直性子，不喜欢就是不喜欢，从来不遮遮掩掩，即便秦沫解释了，她仍旧冷笑道："那真的要是路过的话，说完祝福你就可以走了，你说得对，我还真不欢迎你。"

顾郗颜下意识想要制止赵歆艺，这样针锋相对未免太尴尬了一点儿，眼角余光扫了一眼旁边的李嘉恒，却见他只是安静地喝汤，眉头连皱一皱都没有。

秦沫浅笑着，目光定定落在顾郗颜身上，从她这个角度看过去，能注意到顾郗颜跟李嘉恒靠得很近，甚至顾郗颜碗里都是剥好的虾。

这些细节她统统收入眼底，化为一丝嘲讽。

"既然如此，那你们玩得尽兴。"

秦沫转身离开，宋城骁耸了耸肩膀走到李嘉恒旁边的空位，拉开椅子坐下来，很自然地挥挥手。

"吃饭吃饭，真的只是在门口遇见，别影响了聚会的心情。"

赵歆艺忍住一杯红酒泼过去的冲动："宋城骁我警告你，下一次你要再跟秦沫一起出现在我面前，你干脆就消失算了，明知道我有多讨厌她，你还老让她在我面前晃。"

宋城骁挑了挑眉，举起面前的酒杯："行行行，我错了，这杯酒我自罚。"

徐止拉着赵歆艺，示意她别生气，好好的生日气氛，没有必要因为一个外人弄得那么僵。

"对了嘉恒，听说你最近拍了一档新综艺节目，这是要正式进军娱乐圈的节奏了？"

干了一杯酒后，宋城骁把话题抛向李嘉恒，见他正在剥虾，虾仁直接往顾郗颜的碗里放，下意识调侃起来："哟，颜颜，这也就是我亲眼看见了才信，以前我们出去，嘉恒可是最烦剥虾的。"

"吃饭还堵不住你的嘴。"

李嘉恒忍不住抬起头来白了宋城骁一眼。

顾郗颜静静地坐在自己的座位上，偶尔伸筷子夹菜，更多时间都是默默听着别人聊天。

"哎呀……"

赵歆艺的红酒杯放得太靠近桌上的圆转盘，结果路冉冉一转转盘直接就把酒杯给碰倒了，红酒洒了一桌，赵歆艺躲闪不及，裙子也遭了殃。

"对不起，对不起，歆艺姐没事吧？"

路冉冉吓得花容失色，刚才看见赵歆艺骂秦沫的画面，火暴脾气算是领教过了，这一下，轮到自己身上，多少有些害怕。

"没事，没事。"

赵歆艺拿起湿毛巾捂了捂，虽皱眉但并没有说路冉冉什么，顾郗颜放下手中的筷子，拿起自己的手包。

"姐，我陪你去趟洗手间吧。"

"好。"

赵歆艺跟顾郗颜一块儿出去了，路冉冉有些紧张地看着许毅然。

"没事，只是不小心弄倒了红酒杯，歆艺不是那么斤斤计较的人。"

大约是看出了路冉冉的担心，徐止解释了一下。

穿过长长的走廊，绕了两个拐角才找到洗手间，顾郗颜蹙着眉头看那深浅不一的红酒渍："这么好看的白裙子，红酒渍能洗掉吗？"

"没事，回去之后上网搜搜什么万能小百科之类的，准有什么小妙招可以帮忙，现在擦一擦就可以了。"

接过顾郗颜从手包里拿出的小手帕，放到水龙头下，沾湿了往裙子上擦。

"不然我还是去给你拿件外套来吧，挡一挡兴许好一点儿。"

"没事。"赵歆艺拦住顾郗颜，美眸里带着笑意，"这点儿红酒渍没关系的，又不是参加什么大型宴会。走吧，离席太久了不好，我们回去吧。"

走到包厢门口，顾郗颜想起自己的手包落在了洗手间："姐，你先进去，我不小心把手包落下了，我去拿。"

"快去。"

折回洗手间，推开门就发现了放在洗手台上的手包，顾郗颜松了一口气。

拿回手包仔细检查了一下里面的东西，确认了没有丢失什么正准备转身离开，不想，遇见了推门进来的秦沫。

对方似乎也没料想过会在洗手间遇见顾郗颜，表情有一瞬间怔忪，但很快就恢复了标志性的勾唇笑容。

"顾郗颜，你真的挺让我刮目相看的。"

秦沫一头卷发拢在一边垂在胸前，眉眼间透着一股风情，说实话，她的身上的确有令人目不转睛的魅力。

相比较之下，顾郗颜只是穿着很简单的毛呢裙。

因为秦沫突如其来的这句话，顾郗颜太阳穴突突跳了几下，看着她从自己面前走过，来到洗手台前，打开手包从里面取出粉饼补了补妆。

秦沫真的是打破了顾郗颜的一切猜想，她把日子过得非常精致，妆容仪表跟举手投足，比起经纪人，她甚至更像个真正的大明星。

即便是这种时候，语气中步步相逼，面上还带着得体的笑容。

"不好意思，我想我并不明白你话里的意思，也不想明白。"

顾郗颜提步想要离开，秦沫一句话成功地让她停住——

"你以为，李嘉恒爱的人真的是你吗？"

透过镜子看见顾郗颜僵直的身子，秦沫露出一丝诡异的笑容，把粉饼跟唇膏收回到手包里，把手伸到感应水龙头下，掬了一捧水洗了洗，然后转身把手放到烘干机下面。

呼呼的风声让顾郗颜听了有些烦躁，她想要走，可脚下就像是被黏住了一样动弹不得。

"听说你有一个亲姐姐？她才是嘉恒的青梅竹马。"

风声停下来，秦沫摸了摸手指走了过来，与顾郗颜面对面的时候，孤傲的表情中带着点儿轻视，知道顾郗若的存在，对于她来说就好像是捏到了顾郗颜的死穴一样。

"我就说，为什么李嘉恒每一次看你都会出神，以前我找不到原因，以为他那是对你的欣赏，现在我知道了。顾郗颜，你真可怜。"

"秦小姐，你……"

顾郗颜脸色都白了，对方所说的每一句话都像是尖锐的利器划破心口一样疼痛。垂在身侧的手指紧攥成拳头，她极力想说点儿什么反驳秦沫，可开了口却又发现无从辩驳——甚至就在前不久，她和阿恒还当真为了顾郗若闹了矛盾。

眸内浮上讥色，高跟鞋踏在大理石地面上发出很清脆的声音，秦沫上前一步靠近顾郗颜，在她耳边轻轻留下一句话："我可以帮你试一试，在李嘉恒的心里，你并没有那么重要。"

指甲掐紧掌心里，哪怕真的疼痛，顾郗颜都没有表露出来，出于自我保护的本能，她一把推开了秦沫，对方似乎没有料想到她这个动作，连连后退了几步，穿着恨天高根本没有办法掌控好重心，结果摔倒在地上。

嘭的一声，应该很疼。

秦沫的脸色瞬间就变了，但顾郗颜似乎处于一种混沌的状态里，脸上没有任何表情，眼睛一眨不眨地从她身边走过，推开洗手间的门，在离开前一秒钟留下一句话——

"我要是你，就先管好自己，再考虑别人。"

"顾郗颜！"

秦沫咬牙，把手包重重往地上一摔，满心的怒火几乎要烧出来。

居然敢跟我动手，我倒要让你清醒地看看，自己到底有多可怜！

逃出洗手间，突然觉得长廊变得很漫长，顾郗颜自己都没察觉到额头沁出了汗水。

包厢里。

李嘉恒放下手中的筷子，用湿毛巾擦了擦手，不动声色地拉开椅子站起身来，对上赵歆艺的眸子。

顾郗颜说是要折回去拿个手包，这么久，都足够来来回回跑好几趟了吧。

推开门，李嘉恒一眼就看到靠在墙壁上默默低着头的顾郗颜。

"你站在外面干什么？发生什么事情了？"

李嘉恒刚把手搭在顾郗颜的肩膀上，就感觉到她震了一下，往旁边一缩，猛地抬起头来，眼里满是惊慌失措。

"怎么了？"

放柔了嗓音，修长的指尖落在顾郗颜的额头上，指腹轻轻一抹，一层汗珠。李嘉恒蹙眉看向顾郗颜："哪里不舒服吗？"

连问了四个问题，顾郗颜这才缓过神来摇了摇头："没有，没有不舒服，我们进去吧。"

李嘉恒拉住顾郗颜的手："真的没事？"

"嗯。"

顾郗颜挣脱开李嘉恒的手，看都没有多看他一眼，推开包厢的门走了进去。

洗手间的插曲到底是影响了她的心情，回到包厢之后，除了喝汤，顾郗颜几乎没怎么动过筷子。赵歆艺察觉到了她的情绪变化，绕过她跟李嘉恒使眼色，对方却摇了摇头表示不清楚。

"走走走，下半场酒吧继续，今晚不醉不归啊，不会喝酒的就唱歌，给爷助助兴！"

徐止站起身吼了一句，立马被赵歆艺打了一下："喝醉了吧你！"

"不好意思啊，下一场我就不去了，最近课程有点儿紧。"

思忖再三，顾郗颜站起身来，有些歉意地开口。

"生日可是一年只有一次，我说小青梅你要不要这么煞风景啊。"

徐止刚想伸手拦住顾郗颜，先是被李嘉恒半路截住，紧接着就被赵歆艺拍了一掌。

"你别跟平日对别的女人一样，对人家郗颜动手动脚的，我看她的脸色实在是难看，反正都一块儿吃过饭了，喝酒就不用了。嘉恒，你送她先回去吧，你不会喝酒，也别跟着去酒吧，太煞风景了。"

"喂，说好喝酒，你别给我赶人好不好？"

徐止话刚说完，就被赵歆艺瞪了一下。

顾郗颜一时间有些尴尬，所有人都在看着自己，似乎这个决定有些任性了点儿，大家都开开心心出来玩，她自己一个人说要退出，结果连带着李嘉恒也要跟着离开。

顾郗颜抿了抿唇，扯了扯李嘉恒的衣摆，小声道："我自己一个人回去就好，你跟他们去玩吧。"

李嘉恒眉头轻轻一蹙，哑声道："我送你回去。"

顾郗颜摇了摇头："不用，真的不用。"

两人这样推搡着，看的人都有些腻了，宋城骁摊了摊手率先往包厢门口走，抛下一句话："你们继续讨论，我去外面抽根烟。"

顾郗颜愕了愕，低头抓着包包，有些不知所措。

"这样吧，嘉恒你跟徐止他们先去酒吧，我送郗颜回去，可以吧？"

赵歆艺突然来这么一句，顾郗颜愣了一下后点了点头。

徐止怕这场推搡无休止持续下去，揽住了李嘉恒的肩膀，见他一副很不放心的样子，开口道："有阿艺在，你担心什么，喂，别太重色轻友。"

李嘉恒面无表情地拿开徐止搭在他肩膀上的手，走到顾郗颜面前，帮她拢了拢衣领："回去之后，早点儿休息。"

"好。"

赵歆艺开车送顾郗颜回去，走到停车场的时候，赵歆艺停下脚步，回头看了一眼酒店大厅。

"听说今晚有个娱乐圈高层聚会，谈电影的，也难怪秦沫会出现。你回洗手间拿手包去了那么长时间，该不会是遇见她了吧？"

赵歆艺眼神就跟手术刀一样锋利，光是这样看，就能猜得那么准，顾郗颜连想说谎掩饰都不知道从何开口了。

"也就你给她面子，还跟她好言好语，换作是我，就直接上巴掌了，我就看不惯她那种惺惺作态的人。"

夜晚的A市说不出的美，华灯初上，流光溢彩。

如果能下一场雪就好了，瑞雪兆丰年，年初的雪一定是最美的。

顾郗颜的手指在车窗上轻轻画了几下，赵歆艺侧过头来看了一眼，忽而轻笑："小姑娘还是小姑娘，追溯到好几年前，我也跟你一样，喜欢在玻璃上写写画画。"

"歆艺姐，你认识李嘉恒多少年了？"

"嗯？多少年，三四年，四五年？反正有好长一段时间了，我跟徐止玩的时候认识他的，那时候觉得他这人好无趣。"

回忆总是令人矛盾的，它可以令一个人陷入一段痛苦中无法自拔，也可以陷入美好里忍不住嘴角上扬。

想起自己的学生时代，赵歆艺的表情都是明朗的。

"其实我很早就知道有你这个人了，以前你国外有比赛演出的时候，只要路程不太远，李嘉恒都会亲自去看。那时候我还以为他只是对音乐感兴趣，徐止提起你来我才知道，哦，原来醉翁之意不在酒。"

"提起我？"

顾郗颜有些好奇，要知道她对李嘉恒的过去真是知之甚少，两人交往之后也不曾听李嘉恒怎么提起过。

现在有第三人知道得很清楚，一下子就勾起了兴趣。

"对啊，你跟李嘉恒拍过很多合照吧？小时候，徐止就是看到过一本相册才知道你的，对了，他钱包里有张独照，不就是你吗？"

赵歆艺脱口而出，并未注意到顾郗颜一时僵住的表情。

拍过很多合照……

不是的。

那不是她，跟李嘉恒拍过很多照片的人是顾郗若，而她，从小就不喜欢拍照片。

没来由地觉得难过，本就不该打听的，一颗心浮上来又沉下去，在喉咙口哽住。有些真相真没有必要非去追究，被蒙蔽得越多，就会觉得越接近幸福。

赵歆艺没有察觉到顾郗颜情绪里的不妥，在路边的临时停车处停下车来："你能不能在这里稍微等我一下，我下去买瓶解酒液，徐止肯定会喝多，我得帮他醒醒酒。"

"好。"

顾郗颜一个人留在车里，有些索然无趣，隔着车窗望着外面的风景，头靠近车窗处，冷风灌进来，又迅速缩到围巾里。

真冷。

赵歆艺很快就回来了，只是她上车之前注意到旁边经过的车辆。

同样看见的还有顾郗颜。

车窗被摇下的缘故，能很清晰地看见副驾驶位置上的人，是秦沫。

而那辆车，是李嘉恒的。

意识到这一点，顾郗颜心里一紧。

"那个……"把车门关上，塑料袋随手丢到一边，赵歆艺看了顾郗颜一眼，"或许是看错了呢，徐止不可能放他走的。"

每个人都有自己的软肋，有一些人保护得很好不被别人看破，有一些人，从一开始就暴露了。

顾郗颜不懂得如何藏心事，也不懂得如何伪装自己的情绪，所以她才会被秦沫一次一次攥住软肋来攻击。

曾以为李嘉恒是她的后盾，即使前面有千军万马她也不怕，可如今……

赵歆艺没说话，发动了车子一路跟了上去。一直开到秦沫公寓的楼下。顾郗颜推开车门走下去，没过多久，小脸就被寒风吹得通红。赵歆艺透过车窗看着顾郗颜，她安静地站在小区门口，长久长久，不说一句话，也没有其他动作，就那样静静地看着停在楼下的车跟楼上那盏开着的灯。

光是那个画面，就令人觉得心酸。

做了激烈的思想挣扎，在赵歆艺准备推开门下车之前，顾郗颜走了回来，拉开车门上车，系好安全带，理了理额前有些凌乱的刘海，鼻尖通红，分不清是哭过了还是被寒风冻疼了。

"颜颜……"

"我没事。"

顾郗颜的回答有些强颜欢笑，赵歆艺也慌乱了，不知道该强势地把她带下车然后一路奔上楼去将李嘉恒从秦沫公寓里揪出来质问呢，还是待在车里安抚顾郗颜。

只是意料之外，顾郗颜没有哭，也没有歇斯底里，反而是这种沉默跟安静才让人更觉得担心。

"要不要打个电话问一问？或许是工作上出了什么事情临时需要商讨一下。"

"歆艺姐，你就不用安慰我了。"

停留在顾郗颜嘴角的最后一抹笑容显得异常苦涩。

原来秦沫所谓的证明就是这样，伎俩虽然很幼稚，但的确有一定的伤害力。顾郗颜努力想让自己紧绷的肩膀放下来，默默咬着牙。

赵歆艺开车送她回学校，到了校门口，她从后车座上取过顾郗颜的羽绒服帮她罩上。

"歆艺姐，你能不能答应我一件事情？"

"什么事？"

"不要去问他，就当作什么都没看见。"

思忖再三，顾郗颜打心里还是愿意去相信李嘉恒说的话，她都要出国了，不想再有争吵。

得知顾郗颜的想法，赵歆艺并没有同意。

"既然有了误会就要及时去过问跟澄清，矛盾隔夜的话就会跟滚雪球一样越滚越大，你难道真的能控制自己的情绪，今天看到的，明天起床就忘记了？"

赵歆艺的反驳让顾郗颜哑口无言。

"忍耐久了就会变成习惯，习惯就像永不愈合的伤口，有了伤口你们这段感情还能继续下去吗？"

"歆艺姐，其实下周我就要去美国当交流生了，最近发生了太多事情，我实在提不起力气去管，我不想让自己沦为爱情的奴隶，我还有很多事情要做，譬如音乐，譬如我的学业。"

寒冬深夜里，顾郗颜眼中似落入繁星般闪烁璀璨，那一抹失落后藏着的坚定渐渐溢出来，赵歆艺抿紧了嘴唇，而后伸出手来拍了拍她的肩膀。

把萱萱哄睡之后，秦沫从儿童房走了出来，一眼就看见站在客厅中央的李嘉恒，天花板上的吊灯光打下来，映射在他刀削般英俊挺拔的侧脸上。

让人舍不得移开目光的容颜，她执念了多年的容颜。

"阿恒，今晚谢谢你，如果没有你，我不知道应该怎么办。"

秦沫走上前，轻轻挽住李嘉恒的手，刚准备把头靠过去，就被他挣脱开来。李嘉恒不动声色地后退几步，清冷的眸子宛若看不见底的深潭。

"我问你，郗颜去洗手间的时候是不是遇上你了？"

精致的容颜如同破碎了一样，秦沫心有不甘地看着李嘉恒。

"你以为我会跟她说什么？她跟你告状了吗？跟你说在洗手间遇见我了？"

"她不是你，从来不会告状，只是你表现得太明显了。"李嘉恒瞥了一眼儿童房紧闭的房门，"孩子是最不会撒谎的，你利用萱萱让我从酒店赶过来是想证明什么，我想我不说你也应该清楚。秦沫，你知道的，我最讨厌的就是别人在我身上用这种手段。"

李嘉恒的脸色很难看。

那寒冰般蔓延开来的气场将秦沫整个人都冻住，下意识摸了摸裸露的手臂，咬着红唇很无辜地看着李嘉恒。

"你这样对我不觉得太不公平了吗？萱萱有多喜欢你有多依赖你，难道是我可以操控的？顾郗颜到底有什么好，那一张脸真的跟顾郗若一模一样？"

"你怎么知道顾郗若的？"

这一刻的李嘉恒让她觉得非常陌生，那俊逸的脸上充满史无前例的狠厉。

"我问你，你是怎么知道顾郗若的！"

声音陡然提高，秦沫被震得颤了一下，她从未想过原来李嘉恒的软肋不是顾郗颜而是顾郗若。原本以为不过是个死人，不值一提，但现在才知道，原来从一开始她就没有找对致命点。

"我想知道这个很难吗？顾郗颜有个亲姐姐，这并不是秘密，想一想她原来比我还可怜，我虽没有跟你在一起，但起码我不会被当成替身。"

"秦沫！"

盛怒的声音回荡在夜色里，格外清晰，他压住自己的火气。

"我会主动提出解约，秦沫，你好自为之。"

"阿恒。"

秦沫还想伸手挽留，却被李嘉恒挥开，秦沫整个人跌了出去，撞在了茶几边角，疼得她整张脸都白了。

脚步声越来越远，大门砰的一声关上，秦沫心里莫名闪过一股强烈的恨意跟不甘，忍痛撑着手站起身来，跌跌撞撞往门外奔去。

"李嘉恒！你给我站住！"

眼看电梯门就要关上，秦沫不顾一切地冲了上去，伸手挡住，妆容精致的脸上满是狼狈，眼眸里充斥着血丝，整个人看上去十分狰狞。

咬着红唇，牙齿都沾染上了唇膏的红印。

"我就问你一个问题，如果没有顾郗颜，你会不会跟我在一起？"

深邃的眼眸里没有丝毫动容，语气依旧是那么冰冷。

"你连她一分都不及，就算没有她，你也不过是我的经纪人。"

秦沫的呼吸开始不稳，她强摁着电梯门不放手，苍白着脸咬着牙一字一句："那么，你爱她还是爱顾郗若？"

温度骤然降至冰点，李嘉恒垂眸，片刻后用力拨开秦沫的手，在电梯门缓缓关闭的最后一秒，他抬起那双清冷的眸子，微微启唇："我从来只爱顾郗颜一个人。"

电梯门砰的一声关上，秦沫瘫倒在地上，双目空洞地望着死角，万念俱灰……

签证下来得比想象中要快，拿到护照的时候，顾郗颜一句话都说不出来，只是看着上面的时间沉默着。

"郗颜啊，从学校毕业出去然后选择去国外著名音乐学院留学的学生特别多，其中不乏佼佼者，但你是伯克利音乐学院教授亲自点名的，意义还是很不一样的。加油！"

任课老师拍了拍顾郗颜的肩膀，鼓励她。

"来，这是代表系里送给你的一个纪念品，好好珍惜，好好加油。"

系主任拿着一个红色绒盒子走了过来，顾郗颜有些受宠若惊，打开来一看，是钢琴形状的徽章，每一年钢琴专业优秀毕业生都会颁发的一个纪念品，当然，也是一份荣耀。

"谢谢主任，谢谢老师。"

"先回去吧，机票订好之后，这几天就回家陪陪爸爸妈妈，小提琴专业的徐亦凡，那个跟你搭档很默契的学生，学校已经跟他联系了，届时他会去机场接机，国外学校多数都没有校内宿舍，你刚去，人生地不熟的，有他在可以互相照应。"

老师不说的话，顾郗颜其实也想过提前联系徐亦凡，没想到学校替她考虑得这么周全。

从办公室出来，顾郗颜看了一眼腕表上的时间，还有一个小时就五点了，她想去一趟公寓收拾一些东西带走。自从徐止生日那天后，李嘉恒就没有主动联系过顾郗颜，她虽然主动打过电话，发过短信，但没得到任何回复。

连她自己都不知道这段感情算是什么状态了。

苏小白说要亲自去找李嘉恒，问个清楚，顾郗颜一笑置之。

从一开始谈恋爱到现在，不知不觉过去了那么久，心里隐隐期待的跨年在他们的沉默冷战中度过，似乎谁都没有提起，但在顾郗颜心里始终留下了一道疤。

原来热恋过后真的会疲惫，在电话跟短信一直没有回复之后，顾郗颜已经做不到假装若无其事了。

如果恋情非要有一个过渡期的话，顾郗颜很感谢在这个时候有了一个出国留学的契机。她承认，喜欢的时候她很勇敢，可受到伤害了，她就像乌龟一样缩到自己的壳里，一动不动。

苏小白打来电话，问晚上是否要一块儿出去吃饭，顾郗颜告诉她，自己打算去公寓收拾东西。苏小白立马毛遂自荐要去帮忙，但还是被顾郗颜婉言谢绝了。

回到公寓小区的时候，保安刚巡视一圈回到岗位，看见顾郗颜，很和善友好地上前打招呼。

"顾小姐，好久不见啊。"

"是，最近比较忙。"

保安并不知道顾郗颜还是大学生，只知道她姓顾，是李嘉恒的女朋友。

"最近李先生也不常回来，可能也很忙。"

顾郗颜笑笑没有继续说什么，跟保安道别后径直回了公寓。

原本以为公寓的东西应该不多，但收着收着就清出一大堆东西，很庆幸之前在这里放了一个行李箱。

261

二十四寸的箱子装得满满的，都是衣服跟一些小物件，至于其他，顾郗颜并没有带走。不是说出国，就要把公寓里一切属于自己的痕迹都清除掉，分手的人会这么做，可他们并没有谁说要分开。

公寓的钥匙，顾郗颜并没有带走，思量再三最终还是放在了玄关处的置物架上。

拉着行李箱走到门边，都换好鞋子了还是鼓不起勇气往外走，想了想，最终折回卧室。

推开衣柜，如果不是时间来不及，顾郗颜真想把这些衬衫都取下来熨烫一遍。小时候她见过妈妈给爸爸熨烫衬衫，那个画面总是很温馨，后来她跟李嘉恒在一起，却没帮他烫过。

李嘉恒……

顾郗颜把这个名字在心中默念了一遍又一遍。

搭电梯的时候遇见了隔壁的阿姨，很友好地打招呼，拖着行李箱离开公寓的时候，保安投过疑惑的目光。

"顾小姐，你这是……"

顾郗颜解释："我要出国一段时间，短期就不回来住了。"

"原来是这样，还以为你是要搬走了，那路上小心。"

"谢谢。"

这里的每张面孔都是这么友善，想起来的画面总是很美好，顾郗颜抿着唇，舍不得的心情就这么不合时宜地占据着她原本已经禁锢起来的心。

等到顾郗颜的身影消失在路口，大树下，李嘉恒双手抄着口袋走了出来。命运的安排就是那么凑巧，它不会提前告诉你什么时间什么地点会遇见什么人，但一切就是那么刚刚好。

他从停车场出来就遇见顾郗颜回公寓，她在楼上待了多久，他就在楼下等了多久，直到顾郗颜离开，他都没有出来。

冬日里，隔着清风撞入他眼眸的只有顾郗颜的身影，随着距离拉远渐渐消失，最后只剩下一抹坚定。

如果从一开始会知道是这样的结局，那么他肯定不会用一个拥抱去回应她那句可不可以在一起。

再坚持久一点儿，等她长大了，他们就可以不用分别了。

机票订下来之后，知道了飞美国的时间，秦念初跟顾俊森特意来了一趟学校，说什么也要让顾郗颜回家住，当天好送她去机场。

但顾郗颜的脾气倔得很。

"妈妈，那样来来回回太麻烦了，爸爸还要特意请假然后开车送我去机场。其实就跟从前我去比赛一样，你们放心吧，我一个人可以的。"

"爸妈送你去机场才放心啊，到了美国学校，老师会不会去接机？"

顾俊森拍了拍秦念初的手："学校肯定会安排好，孩子也大了，你就别操心太多。"

说完这句话，顾俊森转而看向顾郗颜："你呢，一下飞机就试试机场Wi-Fi能不能连接上，然后给爸妈报个平安，知道吗？"

"知道了，爸爸。"

顾郗颜挽着秦念初的手，"我会好好照顾自己的。"

秦念初最终还是没能拗过顾郗颜，退了一步，答应不会去送机，只是离开前这几天一定要回家吃饭。

想着自己再不可能去公寓，也不会联系李嘉恒，顾郗颜便答应了。

第 十 章

愿此生不渝

　　出发这天，顾郗颜一觉睡到中午才起床，醒来的时候枕畔都湿了，第一次做梦是那么真实，第一次醒来都还清晰地记着梦里的场景。

　　她不敢想，李嘉恒会不会去送她，昨晚迟疑了许久最终还是把航班信息以短信的方式发送给他，抱着手机窝在被子里，时不时点开来看，甚至睡到中途还不忘打开手机看一眼有没有信息。

　　如果一开始不抱有期望的话，或许之后就不会有沮丧跟失落了。

　　辗转反侧了许久都睡不着，满脑子都是一些很混乱的画面，什么时候睡过去的，顾郗颜已经想不起来了，只知道连梦里故事的过程跟结局都是不完美的。

　　掀开被子起身，穿上毛绒鞋往浴室走去。秦念初推门进来的时候顾郗颜已经洗漱好正在换衣服。

　　"我看你睡得很熟就没叫醒你，错过了早餐，午餐可不能再让你错过了。"

　　走上前来伸手抚住顾郗颜的脸颊，眼里有些心疼："怎么眼睛都是肿的？昨晚是不是没睡好？"

　　顾郗颜有些不好意思地笑了笑。

　　"乖，我们下楼吃饭，吃完饭你爸爸开车送你去机场，就送你到门口。"

　　飞机起飞时间是下午四点，顾郗颜两点多就到机场了，顾俊森没有请假，所以还要赶回去上课，匆匆抱了抱顾郗颜就离开了。出国次数多了之后，很多手续顾郗颜都很清楚，换了登机牌之后，离飞机起飞时间还有一个多小时，拉着行李箱慢慢走到咖啡厅里，在柜台前犹豫了好久才点了一杯榛子玛奇朵。店员满脸歉意地解释说榛子没有了，再三确认后，顾郗颜无奈道："那就换冰咖啡吧。"

　　坐在最靠边的位置，面前放着几包白糖，冰咖啡里已经兑了牛奶，可是喝起来还是特别苦，到后面干脆失了兴致，将杯子推到一边，手指在杯壁上轻轻划着水珠，无聊地打发着时间。

"终于找到你了。"

身后传来熟悉的声音，顾郗颜颇为惊讶地转过头，对上苏小白的眸光，瞪大了眼，她没想到苏小白会找过来。

"你居然想这样偷偷走掉，顾郗颜，你未免太过分了一点儿吧？"

苏小白绕到顾郗颜面前坐下，拿起冰咖啡猛喝了几口，跑遍了整个大厅，要不是搭电梯四处张望时发现了她的身影，指不定还要多跑几圈，真是比学校跑八百米测试还要累。

"小白……"顾郗颜轻轻唤了一声。

"登机手续都办好了吗？"

"嗯。"

"李嘉恒来了吗？"

顾郗颜摇了摇头，长发都被顺到一边散落在胸前，微低头的时候挡住了半边脸。

"我想，我们都需要时间去冷静一下。"

听到这句话，苏小白抿着唇点了点头："你能这么想也好，这次出国学习的机会来之不易，你一定要好好把握住，学业为重。至于感情，是你的，终究还是你的，他如果爱你，就一定会等你回来。"

顾郗颜莞尔一笑，她也是这么想的，能做的都做了，剩下的就交给时间，没有谈恋爱的时候并不知道，原来生活中的一切都可以被改变，当所有的心思跟注意力都放在感情上的时候，会默默遗失很多东西。等到有一天猛然回头，很多想做的事情已经来不及了。

不畏将来，不念过往。

所以，她应该为自己的未来争取一次，如果这段感情到最后只是这个结局，那她也认了。

苏小白叹了一口气，从包包里拿出一个包装精致的小盒子："这是我的一点点小心意，到了美国之后你别管太多，什么都让徐亦凡去做就行了。有时间就跟我视频，知道了吗？"

顾郗颜笑起来，点了点头。

俩人聊了有一会儿，广播响起，顾郗颜把小盒子收到包包里站起身来："马上要登机了，谢谢你来送我。"

拥抱住苏小白的时候，顾郗颜的眼睛下意识看向入口处，隔着攒动的人头，她很想捕捉到自己那个身影，却在目光快速扫了一圈后，终究还是希望落空。

不言语，只是默默收回目光，闭上眼睛轻轻告诉自己，千万不要有期待。

"送你到登机口我就走。"

苏小白还是舍不得，顾郗颜没有说什么，点了点头，挽着她的手慢慢走着，几十米的距离好像几步路就到了，恨不得再走慢一点儿。

"郗颜，一路平安。"

广播又重复了一遍，苏小白放开手，顾郗颜捏了捏她的脸蛋后转身朝登机口走去，没有回头，步伐也没有一丝犹豫。

热浪在心中一层一层翻滚，眼眸通红，长睫毛也被打湿，明知道顾郗颜留学是个好事，可作为闺密，苏小白心里还是非常舍不得。

在登机口站了许久，苏小白鼓了鼓腮帮子转身，几乎是下一秒，就看见了站在圆柱子旁边的李嘉恒，黑超遮面，即便是一身休闲装也挡不住他的帅气。

既然都来了，也不上前跟顾郗颜说句话道声别，未免也太过分了点儿。苏小白快步走了过去，握着背包带的手都攥成了拳头。

"李嘉恒，你人都已经来了机场了，在这里傻站着干什么？"

把目光从登机口收回，落到苏小白的脸上，李嘉恒眸光一闪，却没有回答。

"你真的跟那个什么秦沫在一起了？"

李嘉恒似乎有些愕然："谁跟你说的？"

苏小白眯了眯眼睛："不是吗？那你为什么都不跟颜颜解释一下？"

李嘉恒的眉头越皱越深："解释已经不重要了。郗颜从一开始就不明白自己想要什么，喜欢什么，就连音乐，也是因为别人而喜欢而执着。我不希望她把爱情当成人生的全部，为了别人，成为别人，最终迷失自我。"

什么叫作为了别人，成为别人？

沉静地说完这番话，却发现苏小白的表情很迷茫，李嘉恒叹了一口气："有时间吗？我请你喝杯咖啡吧。"

苏小白点了一份提拉米苏，坐在李嘉恒对面，心里猜想他会说什么。

对于顾郗若的事，李嘉恒本不知道该从何说起，指腹在咖啡杯上摩挲。

"你知道郗颜还有一个亲姐姐吗？"

苏小白点了点头："当然，虽然她很少提起，但能够感觉到姐妹俩的感情很深。"

"她叫郗若,是我的同学。"语气平淡地跟苏小白介绍,"郗颜学音乐,多半是因为她姐姐。"

苏小白惊讶得张大了的嘴巴。

"我一直以为,她学音乐是为了你……怎么会是因为她姐姐呢?"

"我跟她姐姐,是真正意义上的青梅竹马。"李嘉恒淡淡地答,望着苏小白的黑眸波澜不惊。

"……"

这个消息来得太过震撼,以至于苏小白半天没能反应过来,想问什么都问不出来。

"从前段时间开始,我就发现郗颜身上有太多跟郗若相似的地方,不是本来就有的,而是后来学的。"

比起苏小白,李嘉恒从小就认识顾郗颜,她本是那种淘气骄矜的性格,却渐渐变得安静温顺,有时候真的能从她身上看见顾郗若的影子。

此时的苏小白,已经说不出一句完整的话来了,她本以为自己很了解顾郗颜的,可就是没想到……

"郗颜在她姐姐这件事情上比较敏感,误会我把她当成郗若的替身,所以我们才会有矛盾。虽没有争吵,但算得上冷战了一段时间,我想,她可能还未看清楚自己的内心,所以我可以给她一点儿时间跟空间。"

苏小白愣怔了一下,她算是明白了,顾郗颜在等李嘉恒的好言相劝,李嘉恒却在给顾郗颜时间认清自我跟内心。

"好吧,我被你说服了。但是就算你的想法没错,你也应该跟她沟通一下啊,你不知道她嘴上不说,心里有多希望你来送她吗?"

"这事怪我。最近一直在忙解约的事情,确实没抽出时间。"

解约!

苏小白当即被震在原地,久久不能回神,这么重大的事情李嘉恒居然说得风轻云淡。

"为什么……你要解约?"

李嘉恒拿起咖啡杯,喝了一口:"娱乐圈几乎没什么隐私可言,这种生活,对颜颜来说,压力太大了。"

苏小白微微动容,半天说不出话来。

顾郗颜以为所有的悲欢都是她一个人的,其实她并没有看到,在身后,李嘉恒为了她付出了多少。

"伯克利音乐学院的教授看重她，这就是一个机遇，在她成为我的谁之前，我想先让她成为她自己。"

飞机上。

没有提前选座位，但还能幸运地坐到靠着舷窗的位置，等了有二十多分钟，飞机才起飞，顾郗颜扭头望着窗外。

她很安静地看着窗外，跟地面的距离越来越远，眼看着这座她迷恋着，舍不得离开的城市慢慢变小。

白天飞，能够感受到那种飞入云端的刺激感，晚上飞，能够看见星光点点的城市布局。

不论是哪一种，都美得让人想要永远记在心里。

收回目光，顾郗颜闭上眼睛，尽管没有一点儿睡意，但仍旧想小憩一会儿。十几个小时的飞行，其实是很疲惫的，旅途上没有伴侣，孤独感就变得如影随形。

不知是什么时候陷入梦境，又回到了圣诞节那天，只是没有海洋公园也没有吊坠，取而代之的是漫天白雪跟游乐园的摩天轮。

她穿着一件毛呢外套，裸色雪地靴，围脖把她的半张脸都给包住了，雪花飘飘洒洒落下来，肩膀跟帽子上都沾上了。坐在秋千上轻轻晃动着，李嘉恒就在她前面，说着些什么并不清楚，只知道两个人都是笑着的。

李嘉恒渐渐靠近自己，伸出手来，触碰脸颊，或许是太过冰凉，顾郗颜被惊吓到了，猛地睁开眼睛，视线中出现了一张稚嫩的脸，还来不及辨别清楚就听见奶声奶气的声音。

"姐姐，你怎么了呀？"

顾郗颜有些惊讶地伸手抹了一把脸，什么时候流的眼泪她竟然都不知道。依稀记得梦里的画面都是美好的，怎么就……

"对不起啊，我刚去了一趟洗手间，没想到孩子就爬到你身上了。"

一个很年轻很漂亮的妈妈将孩子抱走，顾郗颜摸了摸脸颊，轻轻一笑："没事，没事，孩子真的好可爱。"

"你一个人飞美国，是去旅游呢还是念书啊？"

"是去念书。"

对方点了点头："是不是很舍不得家里人啊？"

"嗯。"

我的喜欢，因你的隆重

顾郗颜敛下眸子，看了一眼脖颈上戴着的项链，她不知道，下一次见到李嘉恒会是什么时候。

　　洛根国际机场。

　　跟年轻的妈妈聊了很久，到最后困得睡过去，一觉自然醒就已经到机场了。顾郗颜的英语并不是很好，六级考试的成绩还没出来，李嘉恒虽帮忙高强度补习了一段时间，但记忆都是有一定时限的。

　　最初看指示牌还有一些标志，顾郗颜真是头都大了，默默拿出手机来，连接到了机场的无线网络，立马收到徐亦凡发来的语音消息。

　　原来他已经提早到了机场，取得联系之后，顾郗颜很快就听见有人在喊自己的名字，四处张望最终看见不远处跑过来挥手的徐亦凡。

　　那一瞬间，顾郗颜没有控制住情绪。

　　"亦凡，我在这儿。"

　　喊了一声，感觉周围的人都在看她，有些不好意思。

　　"终于找到你了。"

　　徐亦凡跑得很快，气喘吁吁地站定在顾郗颜面前，搂着顾郗颜的肩膀，轻轻拍了拍。

　　"你是不是等很久了？"

　　"还好，不等你的话，你走丢了我是要负责任的。"

　　"我又没走丢。"顾郗颜推开徐亦凡，后退了一步，缩了缩肩膀看了一下四周，"美国下雪了吗？好冷啊。"

　　徐亦凡帮她推行李车，走在前面。

　　"是下雪了，温度也很低，我们住在山顶别墅，离机场比较远。我这几天刚好没课，陪你办一些手续，带你去学校，熟悉一下环境。对了，你有驾照吗？"

　　"国内驾照在国外可以用吗？不过能用也没用了……我没带来。"

　　顾郗颜向来觉得驾照没什么用，所以就没有随身携带，本来也是，她虽然考过了，但没有练过车，实际上也是马路杀手。

　　"从纽约到波士顿开车需要四五个小时，我如果有课的话，不会来这边住，你一个人住会不会害怕？不过，邻居是一对很友好的夫妇，退休教授。"

　　徐亦凡从口袋里掏出一张名片一样的东西递给顾郗颜，顾郗颜愣是看了几遍才发现原来上面是地址。

　　事实上，之前学校说联系了徐亦凡，顾郗颜还有些疑问的，就因为两个人的学校不是同一个，而且一个在纽约，一个在波士顿，怎么可能互相照顾，互相帮忙。所以在徐亦凡说开车需要四五个小时的时候，顾郗颜觉得非常感动。

"谢谢你，该不会是因为我你才请假的吧？不会耽误上课吧？"

徐亦凡回过头看了顾郗颜一眼，扬了扬眉："这你就不清楚了，国外大学跟国内差别很大，我平时不上课就去做家教教音乐，对了，我可以介绍你一起，是在一家小型的私人机构。"

"那波士顿这边的别墅呢？是租的还是……我总要付租金啊。"

"我家的别墅，你过来住需要付钱吗？"

徐亦凡笑得特别自然，煞有介事的模样根本分不清是真的还是假的，但顾郗颜还是不太相信。

"你什么时候学会说谎话连眼睛都不眨一下？你是在纽约读大学的……"

"那你在A大，你家还住在郊区呢，你怎么说？不是非要把房子买在纽约，更何况我家这房子，都很多年了。"

徐亦凡在顾郗颜脑门上弹了一下："你还没睡醒吧？明明在我到美国的时候就已经把这些情况都告诉你了，现在居然还问这么多为什么。不过，你怎么舍得他出国来学习？"

徐亦凡的问题让顾郗颜一时有些反应不过来，不知怎么开口，眼神中还带有躲闪。

"嗯，我，嗯……"

"你想说你是来学习的，所以他是支持你的？"

在顾郗颜犹豫不决回答不上来的时候，徐亦凡倒是率先帮她解了围，表面上看说得很自然，实际上，顾郗颜知道他是在给自己台阶下。

从机场到山顶别墅的确有些远，天气也很冷，车里开着暖气跟音乐，顾郗颜靠着车窗看着外面倒退的风景，想象着接下来她在这里的生活。

"房间我已经帮你收拾好了，今天就早点儿休息，饿了的话，楼下厨房里有很多好吃的，我今早才买的。"

车子在别墅门口停下，徐亦凡拉好手刹下车，把行李从后备厢里取出来。顾郗颜背上书包从另一侧下车，手里拿着徐亦凡递过来的钥匙，抬眼看了一下面前的别墅。

一栋独立的小公寓，样式还是很漂亮的，特别是有一个小院子，院子里有鲜花藤蔓。

顾郗颜特别喜欢。

别墅有三层，顾郗颜的房间在三楼，搬行李上楼的时候可把徐亦凡累坏了，到最后直接靠在门上，手指指这里点点那里，跟顾郗颜介绍着。

"时间不早了，明天我带你去办银行卡和电话卡，顺便带你去学校报到，你洗一洗，然后早点儿休息。有什么事情你到楼下敲门，我房间就在你楼下。"

"这一次如果不是你，我估计到现在还焦头烂额不知怎么办，真是给你添麻烦了，谢谢。"

看着徐亦凡额头上的汗水，顾郗颜真是把"谢谢"挂在了嘴边，快变成了口头禅。

"你哪来那么多客气的话，不是好朋友吗？这点儿忙算什么。那我就先走了，你早点儿休息。"

徐亦凡下楼之后，顾郗颜把门关上，重新打量了一下房间，干净整洁，窗台上还放着一盆说不出名字的绿色植物。把行李推到墙角放下，打开后从里面取出干净的衣服，房间里有一个小型浴室，徐亦凡已经教了如何使用热水，洗了一个舒服的热水澡之后，就直接爬上床了。

顾郗颜手里摆弄着手机，"无SIM卡"字样提醒她电话卡已经被丢掉了，根本没有办法打电话发短信。

连上Wi-Fi的时候，顾郗颜都不敢看手机，把它闷在被子里，听着短消息提示音丁零零响起，猜着会是谁。

等到安静下来，她才慢慢拿出手机，连看短消息都要屏住呼吸的经历真的是第一次。

苏小白、林婧妍、妈妈……

一系列名字看下来，顾郗颜的心慢慢下沉，明知道不该有期待，却还是想着可能，明知道不该抱有念想，却还是想着万一。

班里同学几乎都发了消息，就连平日里很少联系的朋友也发来一句问候，唯独不见李嘉恒的信息。顾郗颜微蜷着身子，一动不动。

不知几时，她又变成了一个人。

曾在一本书上看到过这样一句话，人的一生什么都是短的，唯有怀念跟失去显得尤为漫长。

顾郗颜尝试着去忘记跟李嘉恒有关的一切，在徐亦凡帮忙办好电话卡之后，她也没有将自己的号码告诉他。

整个世界仿佛都安静下来一样，知道心里有一处地方不可触碰，所以想方设法去避开它，尽管偶尔会不由自主地想起，但总好过被困于里面不能自拔。

学院的课程并不算满，顾郗颜并没有跟在国内一样把多数时间都耗在琴房里，在这里她发现了另一件很感兴趣的事情，就是给影视作品写插曲。这种机会也来自于劳伦斯教授，正是他邀请顾郗颜来学校做交流。

原本以为自己的英语不好，不能够很好地跟这里的同学交流，生怕他们把自己隔离开来，融入不到群体里。还没有去学校，顾郗颜满满的担心快把她整个人都压垮了，庆幸的是，这里的每一位同学都非常友好，还遇上了几个同样从国内来留学的学生。

口语在短时间内提高了很多，还找到了真正的兴趣，刚来的时候偶尔会出神，满脸心事，到后来，融入了这边的生活后，渐渐开朗起来。

顾郗颜很庆幸她没有放弃这次来伯克利音乐学院交流学习的机会。

时间，是最经不起推敲的，恍然间就已经过去了几个月，告别了冬天迎来了春天，还未从对白雪的迷离中脱离开来就已经甩掉了厚厚的羽绒服跟雪地靴，投入春天的怀抱，接受了同学的骑行邀约。

在国内念书的时候，顾郗颜很少参加社团活动，但国外社团氛围非常浓厚，课外活动也丰富多彩，他们甚至有过为了写出一首更好听的曲子，去海边听海浪拍打沙滩的声音，去山顶搭帐篷守着日出听清晨虫鸣林鸟啼叫的经历。如果是在从前，这样的生活对于顾郗颜来说可以称之为疯狂。

比起刚来时的忐忑跟不安，顾郗颜已经完全适应了这里的生活。别墅距离学校并不远，她就没有搬离，但自从那次接机，徐亦凡陪着自己回别墅之后，这长达几个月的时间里，他基本都在纽约，两人没有见过面，偶尔有事情都是电话联系。

"我周末要跟同学去骑行，你呢？有没有时间一起去？"

想着这么长时间以来，自己都没有主动约徐亦凡出来玩，实在是有些不合适，所以这一次没有犹豫地编辑短信发出邀约。

等待回音的时候，顾郗颜就坐在窗台边看着外面的风景，以蓝天为基调，云卷云舒如一幅油彩画，她忍不住拍下来。

发到微博上的时候，输入文字前想了好久，顾郗颜知道，李嘉恒并不玩微博，所以如果她在这里小小告白的话，也不会被发现吧。

有时候需要放下，有时候就需要念想，唯有这样一拿一放，才知道什么叫舍不得。

"我在蓝天下，想念你。"

编辑完这句话，配上一个微笑的表情发送出去，很快就收到了评论消息的提示音，顾郗颜点开一看，是苏小白。

"我又这么荣幸抢到了沙发，快说你有没有想我？不要看风景，来张你的自拍。"

时间如白驹过隙，恍然间就已经在美国待了几个月，如今想来还真有点儿不可思议。顾郗颜回复了一句："想你啊，想你那圆滚滚的身子还有大饼般的脸蛋。"

半天等不到苏小白的回复，过了一会儿，QQ聊天有提示信息。

"美国现在是白天吧？下课了？"

每次聊天顾郗颜总会忘了有时差这回事，有几次发消息，国内都是深更半夜，不但没有及时回复，还会在几个小时后收到苏小白的怒吼，说是扰人美梦……

后来的顾郗颜就学乖了，如果不是别人主动联系，她发消息之前会把时差好好算一算。

苏小白跟顾郗颜讲了很多，身边的同学，还有她自己的工作，已经顺利面试到一家五百强企业，不出意外，过几天就会去上班，职位是音乐总监助理。

一圈话题下来，顾郗颜隐约感觉到苏小白有话要说。

273

"虽然事情我是提前知道的，但因为答应了他便没有告诉你，现在网上都传开了，官方微博也贴出了声明，郗颜，李嘉恒解约了，你知道吗？"

"李嘉恒解约了"这几个字在顾郗颜眼里无限放大，只觉得脑袋有一瞬间丧失了思考能力。

这么长时间以来，她试图去找过关于李嘉恒的消息，可每每那个页面都还在缓冲，她就已经抢先关掉。

回忆就像是一座城，她让自己走了出来，想把所有跟李嘉恒有关的消息全部关在里面，没有鼓足勇气之前，她根本看不到那些消息。

就像现在一样，知道了，便控制不住了。

"他怎么会解约？"

"发生什么事情了？"

一连串问题发送出去，指尖几乎连一点儿犹豫跟停顿都没有，离开他的时候，顾郗颜就很清楚，喜欢是一回事，固执是一回事，放下是另外一回事。

等了一会儿，苏小白发来一句话，顾郗颜看了之后眼眶就像着了火一样灼烧起来。

"原来你真的什么都不知道？"

窗外有明亮刺眼的光线照进屋子，顾郗颜仍觉得自己像是被裹进了黑暗之中，她开始有些恨自己的自以为是。

自以为不去想就会忘记，自以为不去问就会放下，到头来不过是被别人评价为自以为是。

"对于他解约这件事情，外面传了很多版本，但我想，你应该猜得出来，他这么做是为了谁。"

顾郗颜以为来到美国，把李嘉恒放在心底一个不去试探不去触碰的角落，就能让心变得纹丝不动，等到如今，她才看清楚，唯有命运，才是纹丝不动的。

苏小白的话成功地让她整个人变得浮躁起来，恨不得立马收拾行李买最快一班飞机的机票冲到李嘉恒面前，问问他——你这么做，是为什么?

她本就不是一个完美的人，而就是这样一个不完美的她，竟要让李嘉恒舍弃如今这么好的机遇和条件来保护。

"我告诉你啊，你可千万别一冲动就跑回来了，要知道李嘉恒为了你付出了很多。其实你那天去机场，他是在的，只是默默站在柱子后面目送你到登机口，他并没有出现，就是怕你一下子动摇了。"

连打字都省了，直接语音，苏小白的语气中带着可惜。

"我以前还怪他，可后来我知道真相之后就觉得，郗颜，你是攒了前半辈子的好运气，才遇见一个李嘉恒。你不好好念书写出几首好曲子来扬名立万，就别想着回来了。"

顾郗颜还沉浸在她那句"原来你真的什么都不知道"里，怔怔地坐在窗台上。手机忽然又有陆陆续续几条语音跳出来。

顾郗颜没有立马点开听，而是把目光放远，看向窗外的风景，日光透过树叶洒落下来，斑驳的光在眼睫毛上跳跃，她心想，为什么一日一日看见同样的风景，唯有今天，她才觉得美呢。

爱情像极了一个天时地利的迷信。

骑行的路上，耳边、心里、脑海里浮现的全都是苏小白说过的话——

秦沫喜欢李嘉恒是事实没错，但李嘉恒决绝、不拖泥带水也是事实，听说是因为秦沫总是挑衅你，所以他才提出解约的。

当前李嘉恒接下的广告跟综艺节目啊，都是在合同期内签的，所以谈了很长一段时间，网上各种流言蜚语。有些人说李嘉恒红了，所以就跳槽，忘恩负义；也有些人说李嘉恒跟秦沫感情生变，所以离开。反正版本很多，但我从他口中听到的应该是最准确的答案。

如果你那时候在国外看新闻的话，多多少少能知道一些消息，李嘉恒承受了很多。

李嘉恒叮嘱我不能把近况跟事情的真相告诉你，没办法，他给我的理由太充分了，令我不得不听。要是我真的说漏嘴，你现在哪能在美国生活得如鱼得水？他比你自己都了解你，你姐姐的事情他也说了，顾郗颜，你真傻，怎么能因为喜欢一个人，就去模仿其他人的样子呢？

"在她成为我的谁之前，我想先让她成为她自己。"

这是李嘉恒的原话，你知不知道人家其实早就看透你了。两小无猜、青梅竹马的可不只有他跟你姐姐，跟你也是啊。

顾郗颜，你就认认真真念书，等这一年交换结束，就赶紧回国。

属于你的，还是你的，你该庆幸一切不是你所想所担心的样子，你思念的那个人呢，也在思念你，你喜欢的那个人呢，也在喜欢你。

只要知道李嘉恒对你是真的，就足够了。

风声在耳边猎猎作响，海藻般的长发在风中飞舞起来，春日的阳光亮得璀璨，眯着眼睛望着天空，光晕映在眼里一片眩晕。

顾郗颜莞尔，双手握紧把手，骑着单车，迎着风大喊一句："李嘉恒！我会变成我自己的样子！我会做到的！"

加快速度，踩着脚踏板努力往上冲，感受着风跟阳光，心里有一扇厚重的门像是被猛地推开，属于过去的尘埃扑面而来，幸福没有被吹走，还在那里。

骑行当晚，顾郗颜跟小伙伴一起在山顶过夜，她对着满天繁星偷偷许下一个愿望，以求未来会实现。

第二天清晨，顾郗颜和这座城市一块儿苏醒，路边的花草都沾满露珠，她走到帐篷外伸懒腰，做一做运动。同睡一个帐篷的美国小姑娘Jessie拿出手机探出头来，喊着顾郗颜接电话。

见是徐亦凡的来电，顾郗颜连忙接听。

"郗颜，还没回来？"

之前约了徐亦凡一块儿参加骑行，但他腾不出时间来，这时候打电话就是想问问顾郗颜什么时候回去，他已经在别墅了。

"一会儿就回去了，我们一块儿吃早餐？"

"那行，你差不多就回来吧，我去一趟附近的小超市，买点儿东西等周末吃。"

挂掉电话，顾郗颜闭着眼睛深呼吸，空气清爽得让人舍不得离开，还能感觉到微风拂面，像极了恋人伸手触碰脸颊，睁开眼睛去看这个世界，放眼看去，每一道风景都染上晨曦的阳光，它带着璀璨的光晕告诉她，新的一天又来了。

所以，她离她的思念更近了。

回到别墅，顾郗颜跳下自行车，捶了捶肌肉紧绷的小腿，虽然满头大汗但却特别舒服，人都还没到大门口就开始喊徐亦凡的名字。

很快，大门打开，徐亦凡手抄着裤袋走了出来，一脸笑意地看着顾郗颜："你今天心情特别好啊？是因为我来了吗？"

把自行车放好，顾郗颜背着背囊跑上台阶，一口气奔到徐亦凡面前："不是很忙吗？怎么有时间过来啊，自己开车过来的吗？"

顾郗颜仰脸看着徐亦凡，脸上盈满笑容，眉眼弯弯。

徐亦凡看着看着就入神了，内心敛起波动，伸出去的手在快要触碰到顾郗颜脸颊的时候，转而变成屈指，以迅雷不及掩耳之势敲了一下她的脑门。

"我不过来都不知道你什么时候才主动联系我，郗颜，你要不要这么没心没肺啊？"

顾郗颜摸了摸被敲了一下的脑门，不好意思地笑了笑："我那是不想打扰你，我哪里没有联系你了，不是打电话发短信了吗？我先上楼洗澡换身衣服，早餐呢？"

徐亦凡推着顾郗颜进屋，空气中飘着香气，还刻意在她面前用手扇风："怎么样，闻到了没有，特意去超市买来亲手做的。"

顾郗颜往餐厅跑去，看了一眼之后连连赞美："我想知道你还有什么不会的？"

等到顾郗颜上楼，身影消失在了楼梯拐角处，徐亦凡这才收回目光，脸上满是掩饰不了的笑意，连他自己都控制不了，嘴角止不住上扬。

喜欢一个人是藏不住的，满心欢喜去为她做所有力所能及的事情，祈祷着时间再慢一点儿走，这个美好的画面能停留得久些，即便知道总有一天那个人会出现，也想着再自私一点点。

等到顾郗颜洗完澡换好衣服下来，徐亦凡已经整理好餐桌了，坐在客厅沙发上摆弄着买来的鲜花。

"隔着这么远我都已经闻到花香了，真好看！"

顾郗颜垂眸轻笑，伸出手来，指尖在花朵之间轻轻游移，她凑近了花朵，低头闻着花香的侧脸，美得令人无法轻易移开目光。

徐亦凡收回目光，从身后拿出一个藏了许久的小盒子，在手心里掂了半天才鼓起勇气拿出来。

"来时买了一份小礼物。"徐亦凡指了指顾郗颜脖颈的位置，"总觉得你戴项链会很好看。"

顾郗颜有一瞬间表情错愕，下意识摸了摸自己的脖颈，穿了高领衣服的缘故，藏在里面的项链并没有露出来。

"并不是很贵重的品牌，只是路过看到，一眼看上去觉得合适，所以就买下了。"

徐亦凡误以为顾郗颜的犹豫是因为价格，怕她有负担就迅速解释了一下，过了几秒钟，她终于伸手接过了盒子。

顾郗颜眼里微微蕴了笑："谢谢你，亦凡。"

"不打开看一看吗？"徐亦凡摸了摸鼻尖，"我觉得很适合你就买下来了。"

顾郗颜微愣，察觉到徐亦凡的目光，不动声色地低下头看了看："嗯，挺好看的。"

"走吧，去吃早餐。"

餐桌上摆放着很精致的早餐，小米粥泛着清香还冒着袅袅升起的热气，几个小碟子里放着不同的点心，让顾郗颜有种回到国内吃到了粤式早点的错觉。

"这些都是你一大早准备的？不会是你亲手做的吧？"

徐亦凡拉开椅子坐下，舀了一口小米粥，尝完了这才抬起头来回答顾郗颜的问题："除了小米粥以外，其他都是我来的时候去一家熟悉的中国餐厅买的，想着你应该喜欢吃，所以就多买了一点儿。"

"谢谢你。"

徐亦凡莞尔。

借着吃饭的时间聊天，顾郗颜才知道，原来徐亦凡参加了学校组织的一项慈善演出，怪不得之前那么忙碌，都是为了训练。问及接下来的时间安排，据徐亦凡所知，顾郗颜来美国交流的时间并不是一开始说好的一年，学校给了她一定的适应期，对于接下来要不要继续求学，顾郗颜有一定的主动权。

顾郗颜捏着勺子轻轻搅拌着碗里所剩不多的小米粥，仿佛是经过了深思熟虑才做出的决定，她抬起头来，眼里透着认真和专注。

"来之前，我想我一定要找到自己真正的兴趣所在，经过了这几个月的时间，我觉得我已经有了很明确的方向，对于未来要做什么也很清楚了。所以，我想，等这边的学业结束之后，就回去找他。"

长达几个月的时间里，徐亦凡唯一一次主动提及李嘉恒，就是在顾郗颜刚来美国那天。出国之前他就已经知道顾郗颜跟李嘉恒之间不一般的过去，他渐渐明白为什么从始至终顾郗颜都对他未曾动过心。

可算一算，才热恋多长的时间，顾郗颜就选择出国留学，这让徐亦凡联想到不久前网上曝光的一些消息。

所以他以为，顾郗颜跟李嘉恒之间有了矛盾。

现在，突然听见顾郗颜说想回国，"他"字虽未言明是谁，但徐亦凡已经很清楚了。

"其实你来美国的时候我就想问你了，是不是因为李嘉恒的绯闻，才选择出国的？"

明亮的眼睛似乎能看透自己的内心，顾郗颜有些慌乱地低下头，将碗里最后一口小米粥喝完，抽出纸巾缓缓擦了擦嘴唇。

"算是吧。"

顾郗颜只是笑了笑，承认了。顾郗若的事既然是误会，就没必要跟所有人解释了，徐亦凡双手抱臂一边往后靠椅背一边看着顾郗颜，表情很正经："我跟你怎么也合作了很多年吧，你在想什么，我看看就知道。"

一板一眼说得那么认真，顾郗颜仰头看着徐亦凡，忽而勾了勾唇角。

"说得跟真的一样。"

"是不是，你自己最清楚，把生活过得那么忙碌不就是为了腾不出时间来想念某个人吗？"

徐亦凡说得很不屑一顾，却让顾郗颜的表情瞬间僵住。

几个月没见，居然还能这么一针见血地指出来。

"你出国这么长时间，他来看过你吗？没有吧。你找到了你未来的方向，你告诉他了吗？没有吧。我其实并不明白，除了才华跟外貌，李嘉恒还有哪些地方那么吸引你，让你自己无法左右你的人生。"

对上徐亦凡的眼眸，顾郗颜的脑海里浮现出另一张脸，俊逸的眉宇，削薄的唇瓣，不论从哪个角度都能感受到五官棱角的魅力。

顾郗颜默默低下头看了一眼指尖。

有一种情绪慢慢浮上了喉间，哽住之后没能散开。

"不是他左右我的人生，是当我把那么多年的感情放在他身上的时候，就注定这辈子，在得到回应之后很难抽身离开。年纪轻轻谈不了太沉重的话题，我只是不想让自己后悔。"

顾郗颜心里有满腔的情绪，如抽丝剥茧般浮散开来，露出一丝淡淡的笑容。有些时候不用把一切都说给别人听，让别人明白，只要自己能够理清楚初心就够了。

李嘉恒说，不喜欢她活成顾郗若的模样，那么，她就以全新的面貌重新回到他身边。

不能够把来之不易的感情变成一根深扎在心间的刺，即使拔掉还会留下伤痕。

"既然决定了，就好好完成这边的学业，然后回国吧。"

徐亦凡微微扬了扬嘴角，站起身来整理桌上的碟子跟碗筷，样子看上去似乎很轻松，可表情明显有些僵硬。

顾郗颜忽然就接不上话了，总觉得自己好像不应该跟徐亦凡说这些，把好好的气氛都给破坏掉。

很长一段时间的沉默，谁都没有主动开口说什么，徐亦凡把所有东西收拾好放到洗碗池里，水流声哗啦啦啦响起的时候，顾郗颜回过神来，站起身走向厨房。

"我来吧，你一大早开车来，又给我准备了这么丰盛的早餐，我总该有所回报才对啊，而且你还不让我交房租。"

"说到报答，你不觉得以身相许更加合适吗？电视上都这么演的。"徐亦凡开着玩笑，低下头看了一眼顾郗颜。

这么近的距离，像是可以数清楚她的眼睫毛一样，阴影落在白皙如凝的肌肤上，这个角度看过去像极了一幅画。

"郗颜，我一直有个问题想问你。"

等不到回应，徐亦凡停下手中的动作转过身来靠着大理石台面，跟顾郗颜面对面，手里还沾着泡沫。

"如果李嘉恒没有回国的话，那个时候你会不会接受我？"

问题问出口了，徐亦凡才知道原来自己在某些地方也很固执，总以为不会在意，此时才觉得还是念念不忘。

甚至可以说是不甘心，偏偏就是在李嘉恒回来之后。

所以，人都是这样的，即便知道答案也不会死心，总想着会有万一，仿佛只有这个答案才能让他放下所有的执念。

顾郗颜拧了拧眉，这个问题的答案并没有太大的意义，但她却犹豫着说不出来，不论用多么委婉的方式，到最后还是会伤害到徐亦凡。

有时候坦白并不是一场救赎，而是将两个人之间的关系彻底弄僵。

"亦凡，我一直都当你是我的好朋友，音乐上的知己。"

声音很轻，轻得让徐亦凡觉得这本身就不带任何情绪和感情，多好，这么干脆，听都听不出半点儿勉强和欺骗。

徐亦凡低头笑了，声音落在顾郗颜头顶上，她觉得有些麻，却怎么也不敢抬起头来看那张失落的脸。

此时此刻，徐亦凡算是懂了，从一开始他就没有走入顾郗颜的心，哪怕一秒钟取代李嘉恒都没有。

她的心并不小，却被一个李嘉恒填满了，他如果硬要去证明曾经存在过，那么到最后只会让自己变得更尴尬。

"郗颜，以后李嘉恒如果让你不开心了，尽管告诉我，我一定为你出头。"

不顾指尖的泡沫，在顾郗颜的鼻尖上点了一下。

"今天天气这么好，不出去玩有些可惜了，不如当我一天波士顿导游如何？"

数秒后，顾郗颜眉眼弯弯："好。"

浅浅的酒窝，让徐亦凡迷醉，强忍着移开目光，装作什么都没看见。

徐亦凡当晚就开车回了纽约，也没有告诉顾郗颜，事实上他这几天打算回国一趟。

内心有了决定之后顾郗颜觉得整个人变得豁然开朗，生活的脚步好像又加快了。每天频繁地奔走于教室跟音乐房之间，把手头上还未完成的作业尽快做完，与教授沟通春季课程结束之后就回国一事。教授觉得特别可惜，也曾试图说服，但都是竹篮打水一场空，最后也只能祝福顾郗颜。

在人生转折点做出一个重要决定其实是很不容易的，一不小心就会将自己推入一条弯路，如果运气不够好，还可能一辈子都绕不回正确的轨道上。

顾郗颜不希望在未来有一天想起李嘉恒时，是在遗憾，是在学着遗忘。

就算时间过去，她恐怕都做不到在心里抹去李嘉恒这个人。

桌上的手机乐此不疲地响着，解约的事情闹得沸沸扬扬，即便是提上了日程，把解约金摆在秦沫面前，李嘉恒也没有省心过。

云雅打来好几次电话问情况，也有不少经纪公司伸出橄榄枝，但因为解约的关系，很多签下的通告都面临相应的问题，一时间，李嘉恒忙得白天黑夜都分不清楚了。

有时候想着算一算时差，给美国那边的顾郗颜打个电话，却总是那么凑巧地遇上她的黑夜，不忍打扰。

铃声停下，过了一会儿又重新响起来，紧绷的身子终于有了一丝动静，李嘉恒睁开眼，坐起身来伸手拿过书桌上的手机，看了一眼陌生的号码，最终接听。

"请问是李嘉恒吗？我是徐亦凡。"停顿了几秒钟，末了才补上一句，"顾郗颜的同学。"

轻抬眼，眸中闪过一丝小情绪，对于徐亦凡，李嘉恒是有印象的，他记忆力一直很好，特别是对方似乎还把自己当成了竞争对手。

"你好。"

李嘉恒的嗓音有些沙哑，几天没有好好睡一觉，仔细看还能发现眼睛里的红血丝。

徐亦凡并没有长篇大论，而是开门见山表明来意，他想见李嘉恒一面。

眉头轻蹙。

略作沉默后，李嘉恒答应了。

谈话无非是跟顾郗颜有关，正好，他也想知道那个丫头的近况。

时间跟地点是徐亦凡定的，电话挂断之后，李嘉恒才想起来应该多问一句，顾郗颜那丫头什么时候回来。

以前还觉得她跟顾郗若太像，如今才察觉到她也有自己的小性子，倔强起来，果断起来，真能做到不联系他。

他狠心，她也不软弱。

李嘉恒用手摁了摁眉骨位置，有些酸疼，站起身来，原本放在身畔的几张纸散落到地板上，他瞥了一眼，并没有打算将它们收拾好。

凡是伸过橄榄枝的公司，李嘉恒都过了一遍，与其说签约经纪公司然后进娱乐圈，如今他反倒觉得如此做音乐并不开心。有了秦沫的例子，李嘉恒对业内多少有了一定的了解，不进娱乐圈，照旧可以做喜欢的音乐。

只不过是换一种方式而已，人都要懂得舍得，才能更好地去拥有其他。

李嘉恒把挂在衣架上的外套取下来穿上，进浴室洗了一把冷水脸，彻底清醒之后拿着车钥匙出门。

徐亦凡选的地方是在A大附近的一家茶餐厅，这个时间，说是喝早茶未免有些勉强，都能赶上午饭了。他这次从美国回来是为了办一些手续，坐了十几个小时的飞机，简单休息了一会儿之后就向学校奔来。事情办完，在寝室睡了一夜，一大早就想到联系李嘉恒，为了要到电话，也是在苏小白那里磨蹭了好久。

餐厅门推开，铃铛丁零丁零地响，服务员说了一声"您好"之后就迎了上来，李嘉恒说出桌号，在服务员的引领下来到了一个巨大流水隔断后面的雅式伸展平台前。

徐亦凡站起身，两人面对面，虽是第一次见面却未曾觉得尴尬和不自在。这个世界上，总有那么一个理由让两个陌生的人变得熟悉，而他们的理由就是顾郗颜。

"初次见面，虽有些唐突，但我想和你好好谈一谈。"

因为徐亦凡的话，李嘉恒多留意了一下眼前这个男孩子，跟顾郗颜一样大，有朝气也有魄力，似乎出国历练后眼里多了不少故事，做事风格和言谈举止都超很成熟。

"她在美国念书怎么样？"

"我从没听郗颜说你去看过她，还以为你并不关心这个问题。"

徐亦凡的话里带着讽刺，李嘉恒是听得出来的，嘴角勾起一抹少见的笑意，不着痕迹，很难被捕捉到。

今天过来他几乎都能预料到徐亦凡会说些什么，是不是郗颜在美国过得并不快乐，才会让他有这么多意见。

"你在国内发生的事情，国外也是能知道的，郗颜在关心你，你又通过什么方式在关心她？"

这座城市如星辰般错落分布，徐亦凡不曾想过有一天会以这样一种态度来为难一个初次见面的人，尽管他知道结局自己并不会占上风。

对视着，他从李嘉恒眼里看到一丝坦然的时候，瞬间觉得气势减掉了一半。

"我听郗颜提起过你，你是一个很优秀的小提琴手，曾经你们也很默契地合作过很多场演出，我想，你应该是很了解她的朋友吧？"

端起面前的茶壶，李嘉恒开始滚水泡茶，像是握住了主动权一样。一杯茶放到徐亦凡面前，再端起面前这杯，吹了吹，一饮而尽，表现得格外镇定。

"我不去找她不去看她，并不代表我不关心她，你或许能够看出来，在国外，她过得未必会比在国内差。"

徐亦凡动了动手指头，握着茶杯的手微微有些僵硬。

某种程度上讲，他忽然觉得与顾郗颜朝夕相处几年都抵不过一个数年后重新回来的人，李嘉恒对顾郗颜的了解，更像是一种默契和习惯。

"她很优秀，教授也很看好她，已经自主创作了不少优秀的曲子，跟美国的同学相处得也很好，她留在国外也可以有很好的发展。但她却告诉我，她还是决定回国来找你。"

沉默良久后，李嘉恒敛下眼眸，没有看徐亦凡。

离开茶餐厅后，李嘉恒打电话订了最早一班飞机，做这个决定似乎有些冲动，但他却一点儿都不后悔。

十几个小时的飞行，飞机慢慢降落，李嘉恒缓缓睁开眼睛，眼里没有一丝困意，实际上他并没有睡着。

耳边广播里是机长在报时和气温，心情无法用简单的好与坏来形容，却有所期待。

在她不知道的情况下，出现在她面前，会不会很惊喜？

美国的天气非常好，拖着行李走出机场，深深吸了一口气，眉头舒展开来，眯了眯眼睛望着似曾相识的路牌。忽然很想知道，那个英语六级都不知道能不能跌跌撞撞通过的丫头在美国生活会不会欲哭无泪。

行李箱很轻，里面装的只是几件换洗的衣服，美国的天气跟国内差不多，春天不至于带一大堆衣服，所以还算轻松。拦了一辆出租车，把徐亦凡留下来的地址给了司机，望着车窗外不停倒退的风景，李嘉恒闭上了双眼。

酒店在山顶别墅附近，并不是很大，入住之后李嘉恒也没有第一时间跟顾郗颜联系，而是想给她一个惊喜。双手抄着裤袋独自出门逛了一下波士顿，想着总得买些小玩意儿送给顾郗颜。

清晨的波士顿，连空气都是令人迷醉的，舒爽无比，仿佛全身的毛孔都张开了一般。李嘉恒随手用手机拍下了几张特别好看的风景照，存起来有所用处。

另一边，顾郗颜在学校琴房埋头练曲子，遇到八度音阶却怎么都不能很熟练地弹出来，为了保持那个速度，甚至把手都弄伤了。

看着指甲上那被琴键磕出来的青紫，顾郗颜鼓着腮帮子忍着疼，想起在国内，她每每在公寓里练琴偷懒，李嘉恒总会过来一边跟她讲一些练习细节，一边帮她揉手指。

没有了以前的刻意避开，最近的顾郗颜总是分分钟就想起李嘉恒。

"亲爱的，你一大早就来琴房练习，是不是真要把我这学渣给逼疯啊？"

一道清亮的女声打断了顾郗颜的思绪，抬起头来就看到关筱芷捧着一本书推门进来，脸上绽放着笑容。

"筱芷，你怎么来了啊，不是一般周五就回纽约家里吗？"

关筱芷是顾郗颜的同班同学，美籍华人，短短几个月相处下来，性格相似的两个人成了极好的朋友。

"还不是因为你，最近怎么就跟拉了发条一样？"一本琴谱拍在顾郗颜面前，关筱芷故作生气，"你说为什么我一首曲子都做不出来，你却连续做出那么多首好听的曲子，教授天天把你挂在嘴边夸奖。"

顾郗颜低头轻笑，没有说话。

"言归正传，给你打电话你没接，本打算去一趟别墅找你，听同学说你在琴房，我就过来了。明晚我要办个小型聚会庆祝生日，你一定得来。"

生日？

顾郗颜有些纳闷，她一向记性很差，所以经常记不住别人的生日，印象中关筱芷的生日也不是在这个月份……

"你是不是……把生日提前了啊？"

顾郗颜问得小心翼翼，生怕一不小心真的是人家生日，然后……

谁知道关筱芷扬着眉掐着蜂腰把小胸脯一挺："提前怎么了啊，谁规定不能提前过生日了？生日这种东西就是可以提前不能延期。"

"……"

顾郗颜瞬间被堵得说不出话来。

"就这样说定了，你没时间也得腾出时间来，晚一点儿我把地址发给你。"

关筱芷不理顾郗颜的反应，径直走出琴房，一关上门就迅速从口袋里拿出手机来，指尖飞快地编辑短信发送出去。

师兄，你想着怎么请我吃大餐吧！搞定！

波士顿大街上，正挑选小礼品的李嘉恒听到手机短信铃声响起，拿出手机一看，嘴角微微上扬。

然而计划总是赶不上变化，惊喜有时候很可能成为竹篮打水一场空。一切准备就绪，李嘉恒却临时有事被曾经的导师喊走。

当初在德国留学时，导师艾森给予过李嘉恒很多帮助，这一次他来美国伯克利音乐学院做交流，也不知从何得知李嘉恒来美国了，非要跟他见上一面，突如其来的邀约令他措手不及也无法拒绝。

无奈之下，李嘉恒只能让这场惊喜变成普通的聚会，让关筱芷随意安排，他会尽快出现。在不知情的情况下，顾郗颜去了酒吧包厢，真的以为这就是一场普通的聚会，就跟平时一样。

关筱芷存了小心思，故意灌了顾郗颜很多酒，等到李嘉恒推门进来的时候，她早已经瘫倒在角落的沙发上睡得正熟。

"师兄，你来晚了。"关筱芷指了指角落的位置，狡黠一笑："她喝多了，睡着了，怎么样，我干脆把这个惊喜留到你们俩人独处的时候，这样我们这一大堆人就不用做灯泡了。"

包厢里的人此时都注意到了来人，其中少数能认出李嘉恒来，在关筱芷做了简单的介绍之后，一听是顾郗颜的男朋友，都不淡定了。

"你怎么让她喝了那么多酒？"

李嘉恒有些不悦地看了关筱芷一眼，松了松袖扣，把袖口随意挽起，朝角落走过去。他是知道顾郗颜的酒量的，能醉成这样肯定是喝了不少的酒。

"我这是为了你好啊，喝了酒气氛还能好很多嘛。"

说到最后一句话，关筱芷的语气满是暧昧，李嘉恒看了她一眼："你就不能学一些好的吗？"

关筱芷摊了摊手："在我的概念里，这就是好的。"

"我先把她带走了，包厢的费用我已经结清，下一次女孩子出来玩，别喝酒。"

李嘉恒叮嘱完，俯下身轻轻拉起顾郗颜的手，生怕动作太大把她惊醒了。这分温柔看在关筱芷眼里，就跟看见了新大陆一样，怎么说她跟李嘉恒都认识很多年了，因为对方是哥哥的好朋友，从前也经常见，但从未见过他对一个女生这么温柔。

"嗯……"

顾郗颜还是被吵到了，迷迷糊糊睁开眼睛，看不清楚来人，但总感觉很熟悉。李嘉恒没有注意到这些，只是手指一动，将她纤细的手裹进掌心，揉了揉之后搭到肩膀上，指腹抹了抹顾郗颜的脸颊。

居然喝了那么多酒，真是不知道控制。

将顾郗颜抱起后，李嘉恒表情淡定自若地向周围的人点头算是打招呼，关筱芷挥了挥手，把顾郗颜的包包跟外套递给李嘉恒，很细心地帮他打开包厢的门。

醒过来只是一瞬间的事情，被李嘉恒抱起之后，或许是闻到他身上熟悉的薄荷香气，顾郗颜整个人安定下来，自顾寻找一个最舒服的姿势，沉沉地睡去。

李嘉恒拦了一辆出租车，扶着顾郗颜坐到后车座上，将她搂到怀里，细心地把外套裹在她身上。报了酒店的地址后，一路上李嘉恒时不时将目光落到顾郗颜身上，隔了那么久才见面，她似乎更瘦了。

她睡得并不安稳，时不时蹙着眉头，也不知道梦里在想些什么，长长的眼睫毛一颤一颤，阴影落在如胭脂般粉红的脸颊上，十分漂亮。

路灯透过车窗玻璃落在她的脸上，灯光将她更加精致的脸庞刻画出来，李嘉恒时不时低头，安静地看着顾郗颜。

到了酒店，司机帮忙打开车门，李嘉恒先下车，然后弯腰将顾郗颜抱出来，动作小心翼翼就是怕吵醒她。

一路从酒店门口到房间里，李嘉恒抱着顾郗颜的动作没有半点儿不稳妥，事实上，她也是瘦了许多，抱在怀里总让李嘉恒觉得比从前轻一点儿。

这一觉，顾郗颜睡得格外好，没有做梦，一觉睡到天亮，以至于第二天醒来的时候，并没有头疼难受的感觉，相反觉得很清爽。

顾郗颜一睁眼，入目一片蓝白色，陌生得令她一时间有些反应不过来，闭上眼睛再重新睁开，意识到周围环境是陌生的之后，整个人从床上弹起来。

将散落在脸颊边的长发一股脑捋到耳后，掀开被子看了一眼身上的衣着，还是昨天穿的那套，并没有被换掉。松了一口气之后，顾郗颜屏住呼吸打量着四周，一眼就认出来这应该是酒店的房间，所有东西都是酒店标配，再看一眼自己床边，除了外套之外就是包包了。

衣服没被换掉，包包里的东西还在，唯一陌生的恐怕就是床尾放着的那件黑色衬衫了……

顾郗颜轻手轻脚地爬到床尾，拿起衬衫一看，倏忽瞪大了眼睛！

门口有细微的脚步声传来，顾郗颜的手像触电般将衣服一丢，整个人倒在床上还蒙上了被子。

在被窝里，她屏住呼吸，紧张得只听得见心跳如擂鼓般扑通扑通的声响。

房门被推开，李嘉恒端着一杯牛奶走了进来，他刚洗了个澡，身上还穿着浴袍，空气中也多了沐浴露的香气。把牛奶放在床头，见顾郗颜抓着被子蒙着头，李嘉恒也没有察觉到什么，像从前一样伸手，动作很轻地把被子拉下来，披在她肩膀附近。

也就是这个小动作，顾郗颜紧张得涨红了脸。

或许是察觉到了那轻颤的眼睫毛跟刻意屏住的呼吸，李嘉恒挑眉多看了一会儿。就这么一小会儿，可把顾郗颜给憋坏了，她本就不擅长做这种事情，忍无可忍，就小心翼翼睁开眼，才一条小缝隙，就已经对上了李嘉恒的眼眸。

"既然醒了，为什么还要装睡？"

李嘉恒伸手拍了拍她的脑袋，然后走到床尾随手拽起衬衫就往浴室走去，关门之前丢下一句话。

"醒了就起来，牛奶放在床边了。"

就这样？

李嘉恒这种不像反应的反应让顾郗颜整个人都呆住了，他们不是有好几个月没有见面没有联系了吗？

刚才醒来还觉得清爽，这时候脑子里乱得就跟糨糊一样，理不清楚思绪，却掩盖不了欣喜。

掀开被子站起身来，整理衣服，想找个镜子照一照自己的模样时，浴室的门打开了，李嘉恒换好衣服走了出来。

面对面的时候，顾郗颜呆呆地看着他，与她相反，李嘉恒的表情很自然。

"我不在的时候，你就是这么照顾自己的？把自己喝得烂醉如泥？"

李嘉恒走过来，伸手触碰顾郗颜额前的刘海，轻轻拨弄出一个很好看的弧度，这么近的距离，咫尺相对的时候几乎能从对方眼里看见自己。

过了好半天，顾郗颜才回过神来，嘬了嘬嘴巴盯着李嘉恒看："你怎么过来了？你什么时候来的啊？这是酒店吧？你什么时候把我带过来的？"

一连串问题砸过来，李嘉恒有些哭笑不得，并没有立马回答顾郗颜，而是伸手环抱住她，将她整个人拢入自己的怀里。

苏小白曾经说过，情侣之间有一种最萌身高差。

顾郗颜并不记得那个具体数字，但她被李嘉恒搂入怀里的时候，耳朵贴着他左心口的位置，能听得见心跳声。鼻尖贴着他胸膛的位置，能闻得到他身上熟悉的薄荷香。她双手环抱着他的腰，能够感觉到踏实，甚至他低下头来，下巴就抵着自己的肩膀，这种契合得像是一生一世分不开的样子，让顾郗颜很是眷恋。

她是有多么贪恋这个怀抱？紧紧拥着的时候，所有的语言、情感、过往，仿佛都化作时光里的尘土，唯有这一刻才是踏踏实实拥有的。

"你都还没有回答我的问题呢，你怎么过来了？"

李嘉恒松开手，修长的手指带着微凉，轻轻握住顾郗颜的指尖："我如果不过来，恐怕你很快就收拾行李准备回国了。"

顾郗颜抿着唇，表情有些茫然地看着李嘉恒："你怎么知道的？是小白告诉你的？"

"我怎么知道的并不重要，你只需要回答我一个问题，你是不是真的打算过段时间就回国，放弃这边你好不容易才适应的环境？"

顾郗颜沉默了半晌，抬头看着他，很认真地问了一句："你是不是不希望我回去？"

话到了嘴边还是停了下来，李嘉恒不紧不慢地把顾郗颜拉起来："先去洗一把脸，把牛奶喝了，起码有点儿东西垫着肚子你才有力气跟我说话。"

最终，顾郗颜乖乖地去浴室梳洗，看着大理石台面上放着一套整齐的洗浴用品还有毛巾，心里微有撩动。

顾郗颜冲了个澡。毛巾包着头发，踮着脚尖走出浴室，往外看了一眼，发现李嘉恒不在，而他的行李箱就放在房间的角落，想了想，光着脚奔了过去。

幸好没有设置密码，拉链一拉行李箱就打开了，顾郗颜开始翻衣服，全神贯注以至于丝毫未察觉到身后慢慢压下来的阴影。

"颜颜，你在找什么？"

头顶落下一道低沉的嗓音，吓得顾郗颜整个人往后跌坐，手中的内衣也甩到一边，捂着心口闭上眼睛，下意识大喊一句："你想要吓死我吗？"

"到底是你吓我，还是我吓你？"

李嘉恒弯腰捡起被顾郗颜丢到一边的背心，拍了拍，叠好放回行李箱，把盖子盖上之后，伸手扶起吓得双腿都瘫软了的顾郗颜。

顾郗颜到这时候才缓过神来，抽出被李嘉恒扶着的手，指了指自己身上这套衣服："我的衣服上都是酒气，想洗个澡换身衣服，可这儿没有我的衣服，所以才想着借你一套衬衫来穿的。"

李嘉恒双手环抱在胸前，盯着顾郗颜有些红晕的脸："这么说，那你拿衬衫就好了，拿着我的内衣看半天干什么？"

耳根子又烫起来。

顾郗颜用力推开李嘉恒，瞪着他大声嚷了一句："谁看你内衣了！我刚想拿开，你就进来了。"

李嘉恒决定不再闹她，重新打开行李箱，取出一件黑色长袖衬衫递给她。

"去吧，换这件就可以了，酒店离你住的别墅并不远，待会儿我就送你回去。"

顾郗颜夺过衣服就往浴室里跑，等到门关上，后背靠在门板上，这才敢伸手捂住自己的脸颊。

等到顾郗颜洗完澡擦好头发走出房间，李嘉恒已经吃了早餐，坐在沙发上翻看新一天的纽约报纸。

他只在大学的时候，因为短暂的音乐交流来过美国，却很喜欢这里的生活，也结交了不少的好朋友。

关筱芷的哥哥就是李嘉恒在美国认识的朋友之一，当初他做交流的学校也是伯克利音乐学院，这个小插曲从未跟顾郗颜提起过，这也就是关筱芷为什么喊他师兄的原因。

"你这次来美国待多久啊？是因为工作吗？"

开场白有些不自然，顾郗颜抓了抓还有些湿的头发，人都走到沙发旁边了，坐也不是，站也不是。

李嘉恒换了一个坐姿，拍了拍身边的位置："坐下。"

国内其实还有很多事情要处理，所以李嘉恒在美国只能待两天。顾郗颜颇为惊讶地抬起头来，眼里一闪而过的失落轻而易举地被李嘉恒给捕捉到。

李嘉恒长臂一伸，一把环抱住了顾郗颜的肩膀，将她搂到自己怀里，低下头，咫尺般的距离相互对视。

顾郗颜小心翼翼地屏住呼吸，身上穿着李嘉恒的衣服，如今又被他搂在怀里，感觉周围弥漫着的都是属于他的气息。

这么近的距离，她能够感觉到他身上的热度。

"你很失望？"

"我没有。"

顾郗颜回应得很快，倒有种此地无银三百两的感觉，只不过李嘉恒没有拆穿她。

"有些事情我想应该当面跟你谈一谈，你是不是真的打算过段时间就回国？放弃这边的机会？"

顾郗颜挣扎着拉开一段距离，在这段感情里，他们有过误会，也有过争吵，甚至有过冷战，过了那么久不见面不联系，彼此很默契地不提当初，可那并不代表矛盾不存在。

有些事情终究要发生，如果每天想着有没有退路的话，恐怕迟早有一天这段感情是要放弃的。

顾郗颜不想。

"在我回答你的问题之前，告诉我，你现在跟秦沫……"

"我跟秦沫什么关系都没有。"

李嘉恒的目光直视顾郗颜，声音平缓。

正因为太了解顾郗颜，李嘉恒才能够这么准确地拿捏她的情绪，伸手揉了揉她的头发。

"我跟秦沫，现在已经解约没有合作了，郗颜，这个世界上什么对我来说才是最重要的，我很清楚。"

这个世界上什么对我来说才是最重要的，我很清楚。

耳边不停回响着这句话，顾郗颜睫毛轻颤，不知该说些什么。

虽然已经在苏小白那里听说了李嘉恒解约的事情，但毕竟是第三人转述的，亲耳听见李嘉恒讲，仍旧能够感觉到那种惊心动魄。

十指相扣，掌心相贴，他的嗓音低沉沙哑，充满磁性，把那些常人无法拒绝的诱惑就这样平淡地道来。

"其实她真的能够给你特别好的资源，会有更多的人喜欢你的音乐，我一直觉得，那真的很好。"

顾郗颜的目光落在李嘉恒修长的手指上，男生的手指如果很好看的话，其实就是一种魅力。李嘉恒的人气，在他参加了那档综艺节目之后得以验证，顾郗颜想，如果她不在意那些花边新闻，他的未来会不会发展得更好？

"颜颜，首先你应该知道你是爱争风吃醋的性子。"

顾郗颜蓦然对上李嘉恒的双眼，发着愣，好半天才听懂了他话里面的调侃。

"我心胸没有那么狭窄好不好，再说了，我也可以从事跟影视有关的工作啊，在美国，我就是给那些电影、美剧写配乐的。"

顾郗颜脸上充满自信，提到了就恨不得立马拿出那些乐谱来给李嘉恒看，好让他知道自己在这方面也是特别有天赋的。

但跟顾郗颜想象的不一样，李嘉恒的表情并没有表露出很欣赏或者很愉悦，反而眉头不易觉察地皱了皱，他想，顾郗颜是不是又掉进了另一个圈子。

从模仿顾郗若，到为了他李嘉恒生活。

前一秒还理直气壮，后一秒钟就因为李嘉恒的脸色有些忐忑不安，顾郗颜抿着唇看他："你是不是觉得，我太骄傲了？"

松开原本与顾郗颜十指相扣的手，李嘉恒站起身来，双手抄着口袋走到落地窗前。顾郗颜就坐在沙发上，看着背影，过了一会儿，觉得有些憋不住了，快步走过去："你是不是有什么意见？"

微风卷着窗纱一漾一漾的，顾郗颜的心情就跟这纱帘一样上下起伏。李嘉恒也没有故意要吊着她，只是在想如何用最合适的语气跟方式说出他的心里话。

李嘉恒的手指落在顾郗颜的额头，指尖沿着刘海线划了一圈，最后落在她的耳边，轻轻捏了捏圆润的耳垂，嗓音如红酒撞上高脚杯沿般清灵澄澈。

"接下来我说的每一句话，你都好好听着，不要打断我，也不要轻易就闹脾气。"

顾郗颜的心，跟着那纱帘动了一下，连呼吸都放轻了，所有的情感都堵在了喉头处，等着李嘉恒接下来要说的话。

"你跟郗若的性格其实有很大不同，从小就是，虽然有很多年未曾见面，但初见时，我还是从你身上看到了她的影子。郗颜，怀念一个人不是要把自己变得跟她相像，喜欢一个人，也不要去胡乱揣测他理想型的样子。正因为一开始让我有了错觉，才会犹豫不定，不是因为不喜欢你，而是怕把你当成了郗若。"

每每提及这个话题，顾郗颜跟李嘉恒之间总是无法做到很平静地讨论，因为她在他心中占据的位置太过微妙。

李嘉恒从未很直接地表明他的立场跟态度，唯独这一次，他想说清楚，也算是告诉自己，有过迷茫，但也要清醒。

"我喜欢你，因为你是顾郗颜，因为郗若的事情跟你发生了误会之后，我不想过多解释什么，是想给你一点儿时间缓冲一下，她是你的亲姐姐，不是你一时冲动之后自制的那个假想敌。"

我喜欢你，因为你是顾郗颜。

李嘉恒的话让顾郗颜略有慌乱地低下头，盯着自己的脚尖看，用力吸着鼻子，努力克制着情绪。

"我们的未来有很长一段时间，不用去惧怕什么。你才刚开始，如果作曲真的是你自己遵从本心想要去做的，我希望你能坚持下去。"

不要因为我，然后就贸然选择回国。

李嘉恒的弦外之音，顾郗颜听出来了，她抬起头来，垂在身侧的手紧紧攥成拳头，贝齿紧咬着唇，眼里似乎有不赞同。

"可那样，我会跟你分开很长一段时间，我也可以回国学习的。"

李嘉恒伸出手轻轻拍了拍顾郗颜的头，千言万语汇聚到嘴边，看着她最终只说出一句话——

"是你的，永远会是你的，现在是，将来也是，怕什么？"

宠溺，不过如此。

到后来，李嘉恒终于做通了顾郗颜的思想工作，他把心里面所有的想法都告诉她，人的一生应该有追求，这种追求必须属于自己，而不是为了任何一个人。

他就是希望顾郗颜能够成长为她最想要的样子。

在酒店待了一段时间，回到别墅的时候，顾郗颜的心情已经有所转变，跟李嘉恒一起回了别墅，上楼换好衣服后，准备下楼做饭。

"你有没有什么想吃的啊？"

顾郗颜一边说一边往厨房走去，在美国住了几个月，她总算明白为什么别人说出国之后很多不会的都会学会，她的料理实力真的进步飞快。

李嘉恒双手抱臂站在厨房门边，靠着门框看着顾郗颜，只见她弯着膝盖站在冰箱前，似乎犹豫了一会儿，紧接着就开始挑选，结果动作一直没停下，等到抱得满满的，连关冰箱门都得用脚来勾的时候，他终于看不下去了。

"就我们两个人，你是准备做出一大桌满汉全席来吗？"

李嘉恒重新打开冰箱，把顾郗颜抱在怀里的菜拿掉了一半以上重新放了回去，又打量了一眼，冰箱里的东西基本齐全，还很细心地放了柚子皮跟茶叶包，不至于有味道。

"你去把你作好的曲子拿来给我听听，午饭我来做。"

李嘉恒把墙上挂着的粉红围裙取下来，动作连停顿都没有。围裙有些小，加上还是粉红色，怎么看都跟穿着衬衫西裤的他有些格格不入。

"不行，说好我要做给你吃的。"

想要小露一手就这么被李嘉恒给拦路截断，顾郗颜有些不开心，刚才之所以站在冰箱前犹豫了那么久，是因为脑子里涌出来太多菜单，总觉得这个也拿手，那个也想做给李嘉恒尝尝……

"以后有的是机会，今天就暂时交给我，先去把曲子拿过来。"

"以后"这两个字让顾郗颜有所触动，醒来就见到李嘉恒，总觉得今天的一切就跟做梦一样。

要知道，这在以前，顾郗颜连想都不敢想。

等了好一会儿，李嘉恒把蔬菜都洗干净切好，顾郗颜才捧着乐曲本和手机跑过来。新曲她都练得很熟悉了，给教授看了之后，修改了又练习，练习了之后再改，重复了许多遍才最后定下来。

播放给李嘉恒听的时候，小脸上写满了紧张，一直盯着他的脸看，生怕漏掉一丝一毫的表情。事实上，李嘉恒觉得这几首曲子都很好，如果不是跟顾郗颜朝夕相处过一段时间，知道她在音乐这方面的天分，恐怕都不敢想象这些曲子是她写出来的。

当然，教授的修改跟指导也起了很大的作用。

"怎么样？"

好不容易等到最后一首曲子播完，顾郗颜还没能松一口气，探着脑袋踮着脚尖，手撑着料理台看着李嘉恒。

"去摆碗筷，可以准备吃饭了。"

李嘉恒把盛好菜的碟子递给顾郗颜，看都没多看她一眼就转身去看锅里的热汤。弄得顾郗颜有些不知所措，手里还拿着手机，乐谱干脆夹在臂弯处，艰难地把碟子放到餐桌上后转过身去找李嘉恒。

"我问你感觉怎么样呢，是不是不好？你怎么都不回答我？"

"你别离我这么近，我身上都是油烟味。来，让我先把汤端过去。"

难不成真的很差？顾郗颜表情都变了，不应该啊，连教授都对她赞许有加，怎么到了李嘉恒这边，就是听完了之后连评价都不愿意了。

对于顾郗颜这么较真的态度，李嘉恒到最后认输了，无奈地看着她，好半天才慵懒地开口："你对你自己这么没信心吗？"

"这倒不是，我就是想听听你的意见。"

在音乐方面，顾郗颜的态度非常认真，李嘉恒给过她不少指导，对于她来说，他的意见很重要。

"我觉得很不错。"李嘉恒的眼底淌过笑意。

"真的？"

顾郗颜瞪大了的眼睛，满脸的喜悦和惊讶怎么都掩盖不了。

李嘉恒抿了抿嘴唇："原来你也没有多看好你自己啊。"

"才不是，我都是被你给吓的，谁让你一句话都不说。"

顾郗颜的眼里像是盈满了星光一样璀璨清亮，嘴角微扬，满是盖不住的笑意。踮起脚尖来，伸手攀住李嘉恒的肩膀，想都没想就亲了他一口。

"李嘉恒！你真好！"

李嘉恒忽而一笑，伸手虚环顾郗颜的腰："我总觉得这个奖励有点儿小，不如趁此机会，来个大一点儿的？"

还未等顾郗颜反应过来，他已经低头吻住了她娇艳欲滴的红唇，一个深吻，令红晕迅速爬上顾郗颜的脸蛋。

松开她的时候，李嘉恒捏了捏她的耳垂："这么容易害羞？"

"我才没有……"

声音小得跟蚊子叫一样，还拼命往李嘉恒怀里藏。

就这样，顾郗颜抱着李嘉恒，闭上眼睛恨不得永远都偎依在他的怀抱里，占有他的所有温柔跟宠溺。

原本以为李嘉恒会为了自己在美国多待一段时间，没想到说好的两天真的是两天，一大早起床看见摆放在门边角落的行李箱，顾郗颜嘟着嘴有些失落。

"你只是为了做我的思想工作，让我留在这边好好念书，没有必要特意过来一趟，来两天之后又回去，你确定不是故意影响我的心情？"

顾郗颜还没刷牙洗脸，掀开被子下床，走到行李箱前就一脚踢过去。

李嘉恒从浴室里出来，看到顾郗颜这个小动作，有些啼笑皆非。

"那你是希望我电话里跟你说呢，还是亲自过来一趟？"

李嘉恒总是能够很准确地拿捏顾郗颜的情绪，嘴上说的不好，根本就是反话。但他也知道，影响是有的，就连他自己都有些舍不得离开，更何况是顾郗颜。

李嘉恒的手环到顾郗颜肩膀上拢了拢："一有时间我就会过来。"

顾郗颜抬起头来，眼巴巴地看着李嘉恒："你要是真的成了大学教授，我就只能数着寒暑假的日子了。"

得知李嘉恒接了A大校长的聘邀，顾郗颜喜忧参半，毕竟李嘉恒的光环太过耀眼，会有多少女学生涌上去递情书。

有些担心，还是有必要的。

"你认真学习的话就会觉得时间过得很快了。"

听李嘉恒这么说，顾郗颜也只能点头同意。去机场的路上，顾郗颜一直盯着窗外的风景看，手被李嘉恒的掌心包裹住，即便这样安静，仍旧能让人察觉到她微变的情绪。

一路从大厅到换取登机牌都很顺利，来早了一个多小时，坐在休息区等候的时候，顾郗颜的眼神里满满都是不舍。

"都说了不让你陪我来机场，你让我待会儿怎么放心你一个人回去？"

李嘉恒伸手托起顾郗颜的下巴，另一只手捏了捏她的鼻尖。

"我能说我也后悔了吗？"顾郗颜伸手捂住脸，"早知道就不过来了。"

"还好是赶上了。"

熟悉的嗓音响起，李嘉恒跟顾郗颜同时转过头，只见徐亦凡满头大汗地跑过来，站定之后弯腰扶着膝盖大口大口喘着气。

"不用这么着急的，你来得有点儿早。"

李嘉恒薄唇微勾，淡淡地看着徐亦凡，不错，人是他叫过来的。遇上对方恰好有时间，就这么爽快地答应了，否则李嘉恒也不会真的让顾郗颜来机场送机。

"怎么？舍不得？又哭了？"徐亦凡双手抄着裤袋看了顾郗颜一眼。

"你哪只眼睛看到我哭了？"顾郗颜嘟囔了一句，看向李嘉恒，"你怎么有亦凡的联系方式的？"

印象中，她可从没给过李嘉恒徐亦凡的联系方式，从这一小段对话中明显可以感觉到彼此也不是初次见面。

"之前见过面。"

就在这时候广播里提醒登机，李嘉恒站起身来。

顾郗颜咬着唇："你下飞机之后记得给我报个平安，发短消息也可以。"

"好。"

李嘉恒唇角微扬，轻轻拢了拢顾郗颜的脸颊，转而看向徐亦凡："亦凡，就麻烦你送她回去了，谢谢你一直以来对她的帮助，如果有什么需要我帮忙的，不论何时何地，随时开口。"

顾郗颜真不知道自己是怎么一回事，来机场的路上默默不语其实是一直在给自己做思想工作，不论多么舍不得，不论多么难过，在机场也不能闹情绪，可现在，听了李嘉恒的话，好不容易压下去的情绪又挣脱开来了。

徐亦凡沉吟一下，笑了笑："不用客气，进去登机吧，别误了时间。郗颜，我在外面等你。"

就这样，徐亦凡留给顾郗颜跟李嘉恒单独相处的时间。

这么近的距离，李嘉恒一低头就看到顾郗颜泛红的眼眶，叹了一口气之后将她拥入怀中，轻轻拍抚着她的肩膀。

"颜颜，要加油。我等你回来。"

靠在李嘉恒怀里，鼻尖满满都是专属于他身上的味道，哑着声："你一定要算好时差。我午睡的时候你不能打搅我，我可以为了你稍微有那么一两次熬夜，但你也不要天天联系我，我会觉得烦的。"

嘴上这么说，实际上却愈加用力抱住了李嘉恒。

头顶落下轻笑声，李嘉恒揉了揉顾郗颜的头发："好。"

两年后。

顾郗颜拉着行李箱走出机场，迎面而来的寒风顿时让她身体一颤，A市的冬天比她想象中的还要冷。

紧了紧围脖，伸手拦了一辆的士，报了地址后，顾郗颜给苏小白打了电话，对方很快就接了。

"颜颜，你下飞机了？"

"嗯，我现在已经上车准备去你那里了。"

"行，晚饭我都做好了，就等你来呢。"

两年前，顾郗颜考上了伯克利作曲系的研究生，不久前，苏小白还跟顾郗颜的父母、李嘉恒一起去美国参加了她的毕业典礼。只不过因为美国那里还有一些事情没办完，所以顾郗颜等到昨天才收拾好行李飞回国。

十几个小时的飞行，一夜无眠，脑海里全是他的身影，说不激动那都是假的。

车窗外是熟悉的街景，灯火通明，终于回到了这座繁华的不夜城，感觉连空气的味道都是熟悉的。

到了苏小白住的公寓，刚下车，顾郗颜就听见了喊声。

"颜颜！"

苏小白挥着手从楼下一溜烟跑了过来，抱住顾郗颜："你终于回来了。"

"等很久了吧？真是不好意思。"

"没事，我们上楼吧，我帮你拉行李。"苏小白一只手挽着顾郗颜，另一只手拉着行李箱，"给师兄打电话了吗？"

"没有，我听取了你的建议，准备给他一个惊喜。"顾郗颜眉眼间泛出的笑意，因为低着头，并未发现苏小白那松了一口气的表情。

回到公寓后，顾郗颜吃过晚饭就去洗澡了，苏小白拿着手机走到阳台给李嘉恒打电话："师兄，颜颜人已经在我这里了，刚去洗澡，你那边呢？准备得怎么样了？"

电话另一头似乎有些嘈杂，隐约还能听见后台工作人员说话的声音，李嘉恒摘下耳麦找了个比较安静的位置听电话。

"刚结束彩排。"

为了这场演出，李嘉恒筹备了很长时间，几乎每一个环节他都要跟到位，不想有瑕疵也不想留有遗憾。

这是他在两年前就已经想到的惊喜，却整整迟了那么长时间。离顾郗颜回国的时间越近，他就越觉得紧张，这种在他身上从未有过的情绪令他几个夜晚辗转难眠。

可即便是这样，他也不觉得疲惫。

"我问颜颜要不要告诉你她回来了，她还说要给你个惊喜。"想到这里，苏小白就忍不住想笑，"师兄，辛苦你了，今晚早点儿休息，明天我把她带过去。"

"谢谢。"

深夜，李嘉恒脸上有着淡淡的倦色，但那双深邃的眼眸却是清亮的。

在过去，有数不清的白昼跟黑夜，每当他捧着书坐在床边的软榻上，总会想起从前身畔的那个人；每当他在十字路口停车观望着人潮时，总会想会不会有某个熟悉的身影；每当他抵不住思念拿起电话，总会想还有多少个日子，她就回来了。

李嘉恒从没有这么清楚地认识到，原来在顾郗颜面前，他的自制力这么差。

第二天，顾郗颜睡到中午才起床，倒时差的缘故让她一副没睡醒的样子。苏小白从A大回来，手里拎着一个白色袋子，里面放着李嘉恒帮顾郗颜挑好的裙子。

"你醒啦，怎么样，还觉得累吗？"

顾郗颜揿了揿肩膀，摇摇头："不累，但是很饿。"

她注意到苏小白手里拎着的袋子，上面的logo并不陌生。

"我去了趟学校，回来顺路把午饭也给买了，刷牙洗脸出来吃吧。"苏小白并没有第一时间把礼服拿出来，而是把袋子放到一边后，拿着打包回来的午餐往厨房走。

"颜颜，先前你回国的时候去过A大吗？知不知道今天有个校友晚会？"

状似无意地提起，苏小白脸上的表情非常自然，这个说辞她可是琢磨了好久，也幸亏李嘉恒是把地点选在A大，否则，她都想不出其他理由来了。

"去年去过，今年没有，什么校友晚会啊？我们要参加吗？"顾郗颜拿着碗筷走过来，拉开椅子坐在苏小白对面。

她在A大念了几年书，都从未听说过什么校友晚会，难不成她一出国，学校就有这样的活动了？

"我们当然要参加，就在今天晚上，礼服我都已经给你准备好了，吃完饭我们出门做个头发，然后晚上一起去参加。"

顾郗颜半信半疑地看着苏小白："可我连请柬都没收到，也没人知道我回来，我可以去参加？"

"你不是A大毕业的吗？"

"是……"

"那不就得了，别说那么多，快吃饭，我好饿。"

"……"

是夜，月朦胧。

A大艺术厅，人影梭梭。所有准备工作都已经完成，更有不少同学早早就来了，提前占了好位置。

徐止打着领结走了过来，跟一旁正在整理鲜花的赵歆艺说话："音响跟灯光都已经调试好了，小白打电话来说她们出发了，怎么样，都准备好了吧？"

"准备好了。"

赵歆艺很是期待，转身看着站在窗边的李嘉恒，这场筹备了半年多的求婚仪式，终于等来了最重要的时刻。

"男主角，你紧张吗？"

李嘉恒转过身来，没有说话，谁都不知道，他的掌心紧张得一片濡湿。

九点整。

顾郁颜在苏小白的陪同下来到A大艺术厅，还在台阶下的时候，她就已经听到了钢琴声，直觉告诉她，在里面弹琴的那个人就是李嘉恒。

"不进去吗？"苏小白站在旁边，嘴角微勾，眉眼间是明亮的笑意。

音乐的节奏像极了一种引力，将顾郁颜整个人带了进去，站在最后排的位置，目光很自然地锁定台上那个男人。

灯光打在他身上，隔着这么远的距离，她并不能看清楚他的容颜，却仍旧能够感受到从他周围散开来的气场。

今夜夜幕清朗，凉风习习，这么远地看着他，听不见周围的声音，看不见来的都是些什么人，甚至都没有注意到别人看见她的时候在惊喜地窃窃私语。

在顾郁颜的视线里，李嘉恒就是唯一的光芒，至于其他，全都是背景。

一首曲子结束，掌声如潮。

光束依然照着舞台上的李嘉恒，另一束光从角落快速移动到顾郁颜身上，瞬间，她成为众人的另一个焦点。

赵歆艺忽然从旁边走了过来，没有给顾郁颜半点儿反应的时间，就将她带到了舞台下，隔着几个台阶的距离，李嘉恒走了过来。

他的脚步声，在她耳边陡然放大。感觉呼吸都停止了一样，唯有心脏忽然剧烈地跳动起来。

"我很庆幸在你最美好的年华里，能成为唯一且永远的存在，同样，你也是我心中不灭的星光。"

因我
的
你 喜
隆 欢
重 ，

）

清朗的嗓音透过话筒传遍整个艺术厅，几乎每一个角落都能听见李嘉恒深情的告白。

岁月静好，两相凝望。

多少年后，生命里来来去去很多事情很多话语顾郗颜都记不清楚，唯有这个画面，清晰地烙在她的脑海里，时光抹不去，岁月掩不了。

"我愿意用时光去证明，你会成为岁月和命运盗不走的爱人，会成为我李嘉恒的一生。"

宛如一簇烈火灼烧般的感觉，迅速窜过全身，从脚底蔓延到心头，渗透到四肢百骸。李嘉恒单膝跪下，举起那个红色绒盒子，当盒子噔的一声打开的时候，顾郗颜的眸子里泛着激滟的波光，所有感动都哽在了喉咙里，灯光亮得璀璨，化成盈盈星光洒落到眼里映成一片眩晕。

"颜颜，你愿不愿意嫁给我？"

如雕刻般的容颜令人怦然心动无法呼吸，薄唇轻声吐字却是许下了一生的承诺。

酸涩涌上鼻端，眼眸里是温热的颤动，心脏某个地方甜得令人发腻，顾郗颜缓缓勾起唇角，用力点了点头。

如此一个他，抵过了全世界。

周围的欢呼声跟掌声快将顾郗颜的所有知觉都淹没，左手被李嘉恒牵着，一枚精致的钻戒从指间推进，非常合适的尺寸，一如彼此的契合。

过去的时光，漫长却终究变得浪漫，他们的爱情从此成为一段佳话。被李嘉恒拥入怀里的那一刻，眼泪打湿了顾郗颜微扬的唇角。

十几年的时光，像电影一样迅速掠过，多么庆幸，他们都成了对方人生中的主角。喜欢没有在记忆里慢慢老去，而是在岁月的见证下成了永恒的深爱。

"你知不知道，我人生里最隆重的一件事情，就是喜欢上你。"

"那你肯定不知道，你那隆重的喜欢在我看来，就是深爱。"

在所有不被想起的快乐里，我最喜欢你。

在所有人事已非的景色里，我最喜欢你。

李嘉恒，在所有时光的变迁里，我最爱你。